Beltz & Gelberg Taschenbuch 665

Karla Schneider, geboren 1938 in Dresden, arbeitete als Buchhändlerin und freie Mitarbeiterin einer Tageszeitung. Seit 1979 lebt sie in Wuppertal, heute als freie Autorin von Büchern für Kinder und Erwachsene. Bei Beltz & Gelberg erschienen von ihr die Romane *Die abenteuerliche Geschichte der Filomena Findeisen* (TB 636), *Wenn man Märri Schimmel heißt* (TB 263), *Zwischen Kloppe und Glück*, *Lauter Windeier* sowie *Fünfeinhalb Tage zur Erdbeerzeit* (Astrid Lindgren-Preis). Zuletzt veröffentlichte sie das Kinderbuch *Der klügste Hase unter der Sonne*.

Karla Schneider

Die Reise in den Norden

Roman

BELTZ
& Gelberg

Die Reise in den Norden wurde für den Deutschen Jugendliteraturpreis nominiert.

www.beltz.de
Beltz & Gelberg Taschenbuch 665

Neue Rechtschreibung
Einbandgestaltung: Max Bartholl
Einbandillustration: Peter Knorr
Gesamtherstellung: Druckhaus Beltz, Hemsbach
Printed in Germany
ISBN 3 407 78665 4
1 2 3 4 5   08 07 06 05 04

Dank geht an dieser Stelle an den großen Carl von Linné (1707–1778), auf dessen »Iter Lapponicum« hier mehrfach zurückgegriffen wird.

»Dichter ist, wer Figuren erfindet, die ihm niemand glaubt und die doch keiner vergisst.« Elias Canetti

1. Kapitel

Seit Monaten konnte ich an nichts anderes mehr denken als an meine Reise. Mitte Mai, wenn Hermeline und Schneehasen, Eisfüchse und Schneehühner anfingen, ihr weißes Winterkleid in braun gesprenkeltes Fell und Gefieder zu wechseln, wollte ich aufbrechen in Richtung Norden. Die schlimmste Zeit der Frühjahrsüberschwemmungen würde dann, so hoffte ich, dort oben vorüber sein. Ich hatte im Hinblick auf die Reise auch bereits zahlreiche notwendige Dinge gekauft, einige davon eigens nach meinen Entwürfen angefertigt. Jetzt zählte ich die Tage. Jeden Vormittag suchte ich den Stall von Herrn Scavenius auf, um mich mit dem Fuchswallach anzufreunden, den Herr Scavenius mir gütigerweise zu leihen versprochen hatte.

Als mir im vergangenen Herbst zu Ohren gekommen war, die Königliche Sozietät der Wissenschaften habe beschlossen, im kommenden Frühling jemanden für eine Exkursion auszurüsten, um die Flora und Fauna* der weitgehend unbekannten nördlichen Landstriche zu erforschen, stand für mich fest, dass nur ich derjenige sein konnte. Gab es einen besseren Kandidaten für ein solches Unternehmen als mich? Ich war nicht nur in Botanik und Medizin beschlagen, Verfasser zweier Schriften über Geschlecht und Krankheiten der Pflanzen, sondern obendrein von guter Gesundheit, ohne feste Anstellung, unverheiratet, beharrlich und ausdauernd und zudem ein Bürger dieses Landes von Geburt an.

Eine Woche nach Neujahr war ich in die Gesellschaftsräume

* siehe Worterklärungen S. 400 ff.

des Hotels Reichskrone bestellt worden, wo die Sozietät ihre Versammlungen abzuhalten pflegt, und wurde auf Herz und Nieren geprüft. Herr Scavenius zwinkerte mir verstohlen zu, so dass ich wusste, das Examinieren war nur mehr eine Formsache. Überglücklich nahm ich zuletzt den Empfehlungsbrief entgegen, der schon auf den Namen Isak Zettervall ausgestellt war und in dem die Ehrbarkeit meiner Person und die Wichtigkeit meiner Mission bestätigt wurden.

Natürlich drückten sie die von mir auf sechshundert Kupfertaler veranschlagten Reisekosten auf vierhundert herunter, obwohl ich schätzungsweise bis Anfang September unterwegs sein würde. Mir blieb nichts übrig, als gute Miene zu machen; die Sache abzublasen kam nicht in Frage. Mit dem Herzen und den Gedanken war ich schon halb auf dem Weg, und nichts würde mich aufhalten, erst recht nicht die Knausrigkeit meiner Auftraggeber.

Nun war es endlich Mai geworden. Wenn auch der Wind noch recht frisch blies, blieb doch der Himmel klar und blau, und ich nahm Froosen-Linna, meine Nachbarin, nicht ernst, die einen verregneten Monat prophezeite. Grämliche Leute unken immer von schlechtem Wetter. Roch es nicht nach Feld und Wald und Buchsbaum, sobald man die Stadt ein wenig hinter sich gelassen hatte? Entdeckte ich auf meinen Spaziergängen nicht tagtäglich mehr Blumen – Veilchen und Pfennigkraut, Schminkwurz und Vergissmeinnicht? Schallten um die Giebel der Häuser nicht die Schreie der Mauersegler, die über zwei Meere geflogen waren, um zu Hause zu nisten?

In meiner Unruhe fortzukommen, die riesige Wildnis des Nordens kennen zu lernen, monatelang frei wie ein Vogel zu leben – allerdings auch so ungewiss, was Versorgung und Schlafplatz anging –, beschloss ich, die Abreise nicht länger hinauszuschieben. Übermorgen würde ich damit beginnen, mich reihum bei den Herren der Sozietät zu verabschieden. Wollte ich warten, bis da oben überall der Schnee geschmolzen war, säße ich im Sommer noch hier.

Heiterster Laune kehrte ich vom Kolleghalten in mein Quartier zurück. (Zwei meiner Botanikstudenten, Söhne wohlhabender Familien, hatten inständig gebeten, sich mir auf eigene Kosten anschließen zu dürfen, doch ich hatte es ihnen abgeschlagen: »Keine Begleiter – keine Verantwortung. Frei wie ein Vogel, meine Besten, werde ich reisen!«)

Im Treppenhaus, im Dunkel vor meiner Zimmertür, empfing mich ein Unbekannter. Ein Bote mit einem Brief. Er benahm sich sonderbar geheimniskrämerisch. Ob ich wirklich und wahrhaftig Isak Zettervall sei, Dozent der Botanik? Er wollte mir den Brief nicht aushändigen, bis ich mich legitimiert hatte, und bestand darauf, meinen Pass zu sehen. Eine Antwort meinerseits sei nicht erforderlich, sagte er dann. Was man von mir wünsche, stehe alles in dem Schreiben. Und dass ich diesen Wünschen nachkäme, und zwar umgehend und in allen Einzelheiten, werde erwartet und bedürfe keiner Extra-Bestätigung. Er sah mich noch einmal durchbohrend an, nickte viel sagend und entfernte sich.

Kaum war er zur Tür hinaus, suchte ich wie ein Narr nach dem Brieföffner, fand ihn nicht am gewohnten Ort, schnappte mir kurzerhand den Hirschfänger, den ich mir für die Reise zugelegt hatte, und fuhr damit unter das Siegel.

Mein erster Blick galt der Unterschrift: *Sophie Ulrika*. Der Familienname fehlte. Ich kannte keine Sophie Ulrika. Wahrscheinlich handelte es sich um eine jener Damen, die gelegentlich meinen botanischen Rat erbaten: Ein Park sollte umgestaltet werden oder es wurde eine Führung im privaten Kreis durch den botanischen Garten der Akademie verlangt. Abgesehen von der Ehre, bedeutet das jedes Mal einen willkommenen Nebenverdienst. Umso willkommener, als ich keinen nennenswerten Hauptverdienst zu verzeichnen hatte. Zu schade, dass der Brief so kurz vor meiner Abreise eintraf; ich würde die Dame Sophie Ulrika auf den Herbst vertrösten müssen. Aber je weiter ich las, desto verwirrter wurde ich. Man habe erfahren, stand da, ich sei im Begriff, eine Exkursion in den Norden anzutreten. Mein Mut und mein wissenschaftlicher Eifer wurden gelobt. Das Risiko eines solchen Unternehmens nicht zu scheuen, mich in eine weitgehend unerforschte Gegend zu begeben, sei verdienstvoll. Auch die Herren der Sozietät wurden gepriesen, weil sie mich dabei unterstützten. Noch ehe ich überhaupt einen Schritt aus dem Hause getan hatte, fühlte ich mich durch die freundlichen Worte auf den Schild gehoben wie ein heimkehrender Feldherr.

Umso unvorbereiteter trafen mich die nächsten Sätze. Ich wurde angewiesen (nicht etwa gebeten), nunmehr unverzüglich aufzubrechen, spätestens am Tag nach Erhalt dieses Schreibens. Auch sei es unbedingt erforderlich (»unbedingt« war unterstrichen), dass man mich zuvor unter vier Augen spreche. Kein Mensch dürfe von dieser Unterredung erfahren. Das sei äußerst wichtig. Man erwarte mich zu diesem Zweck in Rökstuna, genauer gesagt im Schloss von Rökstuna. (Das hatte mir noch gefehlt – ein Umweg von zwei Tagen! Rökstuna lag alles andere als an meiner Reiseroute.) An drei aufeinander folgenden Nachmittagen, von morgen an gerechnet, werde am hinteren Parktor eine eingeweihte Person bereitstehen und mich in Empfang nehmen. Logis für drei Nächte sei bestellt, und zwar im Gasthof KARLS ZEPTER.

Ohne zu wissen, wie ich dahin gekommen war, fand ich mich auf meinem Bett sitzend wieder. Am trockenen Hals merkte ich, dass mir der Mund offen stand.

Dass dies keine Einladung zu einem amourösen Abenteuer war, stand für mich außer Frage. Schloss Rökstuna gehörte der königlichen Familie. Außerhalb der Jagdsaison stand es, soviel mir bekannt war, leer.

Plötzlich ging mir auf, wessen Unterschrift das war, diese langen, eckigen Schnörkel und Schleifen auf meinem Brief. Sophie Ulrika war der Name der Königin, unserer Landesmutter.

Am gleichen Abend noch suchte ich Herrn Scavenius auf, um mich zu verabschieden, und bat ihn, mich bei den anderen Herren der Sozietät zu entschuldigen – es eile mir zu sehr, um die große Runde der Adieu-Sagerei bei allen zu absolvieren.

»So, so, es geht los. Morgen also! Wissen Sie, wie ich Sie beneide, mein lieber Zettervall? Wenn ich zwanzig, ach was, zehn Jahre jünger wäre!, nichts Lieberes wüsste ich dann, als mich Ihnen anzuschließen. Nach wie vor entschlossen, alles allein durchzustehen?« Er schnalzte missbilligend mit der Zunge. »Mir ist nicht wohl bei dem Gedanken, fast habe ich ein schlechtes Gewissen, wenn ich Sie mir vorstelle: mutterseelenallein tückischen Sümpfen und reißenden Strömen preisgegeben! Wölfen und Bären ausgeliefert!«

Je mehr er mir mein schreckliches Los ausmalte, desto heftiger packte ihn die Begeisterung. Seine gewaltige Perücke erbebte, so fuchtelte er mit den Armen herum. Schließlich bestand er darauf, mich in mein Quartier zu begleiten, um meine Reiseutensilien in Augenschein zu nehmen. Obwohl das ein Fußweg von kaum einer halben Stunde war, ließ er das Stadtwägelchen anschirren und ratterte mit mir bis vor meine Haustür. Das wäre mir ein tüchtiger Reisegefährte gewesen!

Knasterwolken aus seiner Meerschaumpfeife paffend, begutachtete er alles, was ich auf Tisch und Bett zurechtgelegt hatte.

Das Mikroskop.

Das nagelneue Perspektiv (mit dem er, mutwillig wie ein

Knabe, ans Fenster trat und in die Stube der alten Froosen-Linna, im Haus gegenüber, hineinschaute).

Die kleine Pistole.

Den Stockdegen (mit dem er im Zimmer herumterzte, bis er um ein Haar die Gardine heruntergerissen hätte).

Die Regenkapuze aus Basthanf und die Florhaube nach Art der Imker, die ich als Mückenschutz hatte nähen lassen.

Die äußerst bequemen Schnürstiefel (vom Schuster nach meinen Angaben gefertigt, ohne Absätze und ohne offene Nähte. Ich würde lange Strecken zu Fuß zurücklegen müssen, wozu die Reitstiefel nicht taugten).

Eine rohlederne Tasche mit Ösen, um sie an den Gürtel zu hängen. Mehrere Foliohefte, um Protokoll zu führen und Pflanzen zu pressen.

Einige wenige Fachliteratur, ein kleines Notizbuch sowie Tintenfass, Federbüchse, Feuerzeug, Hirschfänger, etwas Leibwäsche nebst Kamm.

An allem freute er sich mit und ließ sich von mir die Bedeutung und die Vorzüge des einen und anderen erläutern. Besonders die Schleierhaube gegen die Mücken fand seinen Beifall. Ich musste sie für ihn aufsetzen, und er prüfte ihre Durchsichtigkeit, indem er bald drei, bald fünf Finger hochhielt und ich ihre Anzahl nennen sollte.

Er konnte kein Ende finden. Immer fiel ihm noch etwas Neues ein, Fragen, wie ich mich in dieser oder jener Situation verhalten würde, und er sparte dabei nicht mit Warnungen und Ratschlägen. Er meinte es gut mit mir, aber ich hätte ihn nun doch gerne aus dem Hause gehabt, um mein Bündel zu schnüren und meinen aufgeregten Geist etwas zur Ruhe kommen zu lassen. Der Brief und das Treffen in Rökstuna lagen mir schwer auf der Seele.

Wenn es nach Herrn Scavenius gegangen wäre, hätte meine

Wirtin aus dem nächsten Gasthaus Punsch holen lassen müssen und von Schlaf wäre keine Rede gewesen. Trotz seines massigen Körpers und seines gesetzten Alters war er hibbelig wie ein Schüler, der zum ersten Mal sein Elternhaus verlässt, ja es schien mir, als habe Herr Scavenius das Reisefieber an meiner statt. Aber immer, wenn er anfing, von einem Abschiedstrunk zu reden, stellte ich mich taub. Was wäre daraus geworden: Bezecht und halb erstickt (denn er qualmte wie ein Meiler) wäre ich in der Morgenröte davongeritten, die Hälfte meiner unentbehrlichen Sachen im Zimmer zurücklassend, was ich natürlich erst nach erfolgter Ernüchterung gemerkt hätte. Aber am meisten befürchtete ich, dass ich ihm, wenn ich etwas getrunken hätte, von dem Brief erzählen könnte.

Als sich Herr Scavenius endlich zum Heimgehen bequemte, war der Nachtwächter schon dreimal durch unsere Straße gekommen, und ich hatte die Hoffnung fast aufgegeben, meinen freundlichen Gönner jemals loszuwerden. Auf der Gasse half ich ihm in seine Chaise und zündete gerade die Wagenlaternen für ihn an, als er sich, in großer Bestürzung, noch einmal herauslehnte. Er habe gar keine Büchse unter meinen Reiseutensilien gesehen.

»Nein, nein, Zettervall, lieber junger Freund, so kann ich Sie unmöglich in den Norden ziehen lassen. Nehmen wir mal an, Sie bekommen es mit einem erwachten Bären zu tun. Was dann?«

In diesem hungrigen Zustand, beteuerte er (als habe er alle Tage mit Bären zu tun), gingen die Petze auch auf Menschen los. Er wollte sich nicht beruhigen lassen und bestand darauf, mir für die Reise eine seiner Jagdflinten zu leihen. Er würde sie morgen früh dem Stallknecht mitgeben, wenn der mir das Pferd brächte. Aus dem davonrumpelnden Wagen rief er noch: »Immer dran denken: Sobald der erste Schuss abgefeuert ist, umgehend zur Seite laufen! Denn der Bär, falls er nicht gleich tot ist, rennt direkt auf den Rauch zu, das heißt auf die Stelle, von der der Schuss gekommen ist. Merken Sie sich das, lieber Zettervall!«

Für den gegenwärtigen Moment übernahm ich die Rolle des Bären, rannte die Stufen hinauf, auf den Rauch zu, den Herr Scavenius in meinem Zimmer hinterlassen hatte, um totgeredet aufs Bett zu fallen. Kaum, dass ich mir Zeit ließ, die Perücke mit der Nachtmütze zu vertauschen.

Wenige Stunden später befand ich mich bereits auf dem Weg nach Rökstuna, auf dem mich niemand vermutete. Abgesehen von einer einzigen Person – jener, die mich dorthin bestellt hatte. Das sorglose Tirili der Lerchen wirkte auf mein Gemüt, so dass ich bald alles Grübeln vergaß und in muntere Stimmung verfiel.

Der Boden dampfte vom Frühnebel, ich ritt durch die weißen Schwaden und der Tau glitzerte auf den wagenradgroßen Spinnennetzen längs des Weges an Zäunen und Büschen. Ich musste bei diesem Anblick unwillkürlich an Spitzen denken, an Häubchen und Volants, eine Gedankenverbindung, die sogleich eine zweite herstellte. Urplötzlich fiel mir ein, dass ich auf dem Weg in den Norden ja über Aettersbron reisen wollte. Und in Aettersbron wohnte meine Braut, Hjördis Ulfeldt.

Wir hatten uns vor einem Jahr verlobt, als ich ihren erkrankten Vater, den Stadtphysikus Movitz Ulfeldt, vertrat und drei Monate lang bei der Familie Ulfeldt lebte. Uns war klar, dass wir nicht würden heiraten können, ehe ich nicht promoviert hatte. Um die Doktorwürde zu erlangen aber musste man ins Ausland reisen. Am besten nach Holland; in Haarderwijk war eine Promotion am schnellsten und billigsten zu erledigen. Meine heimlichen Hoffnungen, Hjördis würde ihren Vater dazu bringen können, mir das Reisegeld für Holland vorzuschießen, waren bis jetzt vergeblich gewesen. Keine Heirat ohne feste Anstellung, hatte Movitz Ulfeldt betont (Frau Ulfeldt war sowieso dagegen gewesen). Feste Anstellungen aber gab es nur mit Doktortitel. Der wiederum war nicht ohne einen beträchtlichen Aufwand an Geld zu bekommen. Doch über das Geld, ihre Mitgift, konnte Hjördis erst nach der Eheschließung verfügen. Es war ein Teufelskreis.

Wir hatten uns seitdem nicht wieder gesehen, Hjördis Ulfeldt und ich, nur ein paar Briefe gewechselt. Und jetzt hatte ich noch nicht einmal ein Geschenk für sie besorgt. Um mein schlechtes Gewissen einzuschläfern, nahm ich mir fest vor, ihr in Rökstuna etwas Schönes zu kaufen. Ich hatte bloß keine Ahnung, womit ich meine Braut beglücken konnte. Ich wusste nicht viel von ihr. Hatte sie nicht geklöppelt? So kleine Kanten aus Zwirnspitze? Oder nein – sie hatte gewebt! Dicke bunte Stoffe hatte sie gewebt, jetzt fiel es mir wieder ein.

Inzwischen war ich in den Wald gelangt, freute mich an den vielen weißen Glöckchen der blühenden Bärentrauben, suchte die Vogelstimmen auseinander zu halten und verlor Hjördis Ulfeldt abermals aus dem Gedächtnis.

Rökstuna ist eine alte Stadt, zumindest das Straßenpflaster und der Name sind alt. Doch da alle fünfzig oder siebzig Jahre ein Großbrand die meisten Städte verheert, wonach sie moderner und komfortabler wieder aufgebaut werden, dürfte Rökstuna sich mit Fug und Recht auch als eine junge Stadt bezeichnen. Ausgenommen etliche steinerne Gebäude, die ja aus Feuersbrünsten relativ unbeschadet hervorgehen, wie zum Beispiel Kirchen. So war denn auch der spitz in den Himmel stechende Turm der Frauenkirche das Erste, was ich von Rökstuna zu sehen bekam, wenngleich es noch gut und gern eine Dreiviertelmeile bis dahin war.

Ich hielt das Pferd an und zog meine innere Uhr zurate, denn eine andere besaß ich nicht. Bis ich in der Stadt anlangte, den Gasthof Karls Zepter gefunden und einen Friseur ausfindig gemacht hatte, würde die Sonne untergegangen sein. Streng genommen konnte man dann nicht mehr von Nachmittag sprechen.

Ich beschloss, meinen Besuch bei der Königin auf morgen zu verschieben, um den von ihr befohlenen »Nachmittag« auch wirklich einzuhalten. Heute würde ich Rökstunas Läden nach einem Mitbringsel für Hjördis Ulfeldt abgrasen, hinterher im Karls Zepter ordentlich zulangen (ich vertraute darauf, dass mein Verzehr auf die Rechnung des Zimmers ging, die ja nicht ich bezahlte) und mich beizeiten zurückziehen. Die letzte Nacht war nach vier Stunden für mich zu Ende gewesen; da war einiges nachzuholen.

2. Kapitel

Kaum hatte ich den Gasthof Karls Zepter gefunden und dem ersten Menschen vom Gesinde, den ich im Durchgang zu den Ställen aufstöberte, meinen Namen genannt, begegnete mir jedermann mit der allergrößten Zuvorkommenheit. Es hatte den Anschein, als sei der Name Isak Zettervall allgemein bekannt und Knechte wie Küchenfrauen seien ganz versessen darauf, mein Gesicht kennen zu lernen. Jeder gab mich an einen anderen weiter. Und immer wieder Getuschel, aus dem ich »Ist er das?« und »Das da ist er!« heraushören konnte.

Eine alte Frau nahm sich zuletzt meiner an und geleitete mich zu dem Zimmer, in dem mich mein bestelltes Bett erwartete. Sie hatte sich als Frau Blombakker vorgestellt, die Mutter des Wirts.

Als ich mich einmal nach ihr umwandte, ertappte ich sie dabei, wie auch sie hinter meinem Rücken viel sagend nickte und grinste, als ob sie unausgesprochene Fragen von Neugierigen beantwortete.

Nachgerade fing diese sonderbare Popularität mir an zu missfallen. Hatte nicht die Briefschreiberin von strengster Geheimhaltung meines Besuchs in Rökstuna gesprochen? Warum behandelte man mich, einen ganz gewöhnlichen Gast, wie ein Stück aus einer Menagerie und führte mich herum, als sei ich ein Nashorn oder ein Elefant?

»Es scheinen nicht allzu viele Gäste bei Euch abzusteigen«, bemerkte ich, »wenn Ihr ein derartiges Aufhebens macht, sobald Euch endlich ein Gast untergekommen ist.«

Die alte Blombakker hatte die Ironie in meinen Worten nicht

erfasst, denn sie reagierte nur auf die vermeintliche Herabsetzung ihres Gasthofes, und zwar voller Eifer.

»Oh, wir können uns nicht beklagen, mein Sohn Melcher und ich. Im Gegenteil! Selbst höchste Ratsmitglieder sind sich nicht zu schade, bei uns zu verkehren. Einmal die Woche treffen sie sich, um unser Bier zu trinken und unserer Küche Ehre anzutun, und niemand darf sie bedienen außer meinem Sohn, Melcher Blombakker, weil dann sehr delikate Staatsgeschäfte verhandelt werden. Jawohl, hier im KARLS ZEPTER! Mein Sohn sagt immer zu mir: ›Mutter, alles, was später im Parlament von Västhedanger vorgetragen wird, ist zuvor in Rökstuna über den Tisch unseres Hauses gegangen.‹ Doch die Herren wissen, dass es bei ihm hinter sieben Siegeln ruht.«

»Ei, wie interessant«, spottete ich und machte eine ehrfürchtige Miene. »Apropos ruhen – ist darauf zu hoffen, meine Beste, dass wir vor völliger Dunkelheit ein Bett für mich ausfindig machen? Ich hätte vorm Essen gern noch etwas von der Stadt gesehen, und zwar bevor die Läden zu sind und die Einwohner schlafen gehen.«

Frau Blombakker meckerte belustigt. »Der junge Herr ist ein Spaßvogel. Das gefällt mir. Mit Spaßvögeln ist ein gutes Auskommen, sagt mein Sohn Melcher immer. Und auch den Damen gefällt es, wenn zu einem hübschen Gesicht ein unterhaltsamer Geist gehört. Aber das wisst Ihr ja selbst am besten, hihihi!«

Fast augenblicklich öffnete sie eine von zwei Türen auf einem Treppenabsatz. Es gab nur diese beiden Fremdenzimmer, wie sie mich wissen ließ. Da sie nicht billig vermietet würden, zögen die meisten Reisenden es vor, unten, im Gemeinschaftsraum, zu übernachten.

Die zweite, größere Kammer sei, wie sie mich vertraulich informierte, seit zwei Wochen schon von einer ausländischen Dame und ihrer Tochter belegt. Eine Zofe gehöre auch dazu, aber die nächtige auf dem Dachboden bei den Tauben. »Eine gewisse Frau Dannhauer aus Deutschland. Keiner weiß, wohin sie will und was sie hier sucht. Wahrscheinlich weiß sie es selber nicht. Mein Sohn Melcher sagt: ›Mutter, solange sie bezahlen kann, mag sie bleiben.‹ Aber ich habe ein Auge auf sie, Tag und Nacht. Womöglich ist sie eine Abenteurerin, die auf einen reichen Galan aus ist. Na, da lauert sie hier vergebens. Oder vielleicht ist sie eine steckbrieflich gesuchte Diebin. Am Ende ist sie gar eine Giftmischerin, die ihren Ehemann umgebracht hat. Wir haben ihren Pass visitieren lassen, aber bis jetzt liegt nichts gegen sie vor. Man kann als Wirtsleute ja nicht vorsichtig genug sein. Mit ihrer Gesundheit steht es auch nicht zum Besten. Gestern jedenfalls sah sie aus wie Molke und hatte Schatten unter den Augen, so violett wie Aurikel. Was wird, wenn sie hier das Zeitliche segnet? Nur Scherereien, nichts als Scherereien hat man mit diesen Ausländern, sobald sie sich erst einmal eingenistet haben. Ihr bleibt also nur zwei Nächte? Wir hatten Euch bereits gestern erwartet. Und ich schätze, nicht nur wir …«

Sie grinste wieder viel sagend und zeigte einen langen, braunen Stockzahn, der in ihrem Oberkiefer ein ziemlich einsames Dasein führte. Falls die unverblümte Anspielung dazu gedacht war, zwischen uns beiden eine ganz besondere Beziehung zu knüpfen, so erfüllte sie ihren Zweck. Was mich anging, äußerte sich diese besondere Beziehung in einem Gefühl lebhafter Abneigung.

Während ich meine kostbaren Utensilien sorgsam ablegte und aufhängte, verharrte Frau Blombakker in der offenen Tür. Sie schnatterte ohne Unterlass und klimperte mit ihrem Schlüsselbund.

Plötzlich flog die Tür der Nachbarkammer auf und eine Frau mit schreckgeweiteten Augen fuhr gestikulierend und radebrechend auf die alte Blombakker los. Auch ohne das Radebrechen hätte ich gewusst, dass es sich um eine der drei Ausländerinnen handeln musste. Denn sie war der erste Mensch seit meiner Ankunft im KARLS ZEPTER, dessen Blick nicht die mindeste Neugier, ja eigentlich überhaupt kein Interesse an meiner Person bekundete.

Ich machte mir die Auseinandersetzung zunutze – es ging um Leinentücher und heißes Wasser, soviel ich verstehen konnte –, trollte mich die Treppe hinunter, fand mich im Torweg wieder und trat auf die Straße.

Hinter den Fenstern der Kaufmannsgewölbe von Rökstuna brannten schon die Talgfunzeln. Der Abend senkte sich auf die Dächer. Dohlenschwärme, von den Feldern vor der Stadt heimkehrend, machten mächtigen Spektakel und umflatterten die Kirchtürme.

Ein Mops sprang vom Arm seiner Herrin herunter und heftete sich an meine Fersen. Als ich den Marktplatz erreichte, waren es schon zwei Hunde, die mich begleiteten. Der Besitzer des einen und die Mopsherrin zeterten laut und riefen vergeblich die Namen ihrer Tiere. Ich tat mein Bestes, um ihnen von weitem mit ratlosen Handbewegungen zu beteuern, dass ich nichts dafür konnte, dass ich kein Hundefänger war mit präpariertem Köder in der Tasche. Wie sollte ich den aufgebrachten Leuten begreiflich machen, dass es von Kind an so gewesen war? Dass ich, wo ich auch auftauchte, von zutraulichen Tieren begleitet wurde? Schlief ich bei offenem Fenster, fand ich nicht selten beim Aufwachen in meiner Stube ein Sortiment unterschiedlichster Vögel vor, die sich benahmen, als wären sie zu Hause.

Um die Hunde und ihre Besitzer abzuschütteln, trat ich in eine Bäckerei. Sollte ich Hjördis Ulfeldt eine von diesen großen Figuren mitbringen, eine Edeldame oder einen General, aus

Kuchenbrot gebacken und mit buntem Zuckerguss prächtig lackiert, mit Rosinenaugen und Mandelorden? Aber womöglich empfand sie ein solches Geschenk als zu kindisch. Auch bestand die Gefahr, dass das Gebäck schimmelte, ehe ich Aettersbron erreicht hatte. An einem Salzkringel kauend, kam ich wieder heraus. Schwanzwedelnd empfing mich der eine Hund, der Mops war von seiner Herrin davongeschleppt worden.

Den Barbierladen ließ ich aus, merkte mir aber seine Lage für morgen. Meine Perücke hatte vor dem Besuch im Schloss dringend eine Auffrischung nötig.

Drei Steinstufen mit geschwungenem Eisengeländer zu beiden Seiten lenkten meine Aufmerksamkeit auf den größten und sichtbar wohlhabendsten Laden des Marktes – die Apotheke. OSVALD NETTELBLAD stand mit goldenen Lettern über der Tür. Hier würde doch wohl ein achtbares Mitbringsel zu finden sein!

Eine Weile wartete ich völlig unbeachtet im nahezu finsteren Raum und atmete die Düfte ein: Arnika und Minze, Essigessenz und süßlichen Äthergeruch.

Bis ein Mann aus dem Hintergrund gestürzt kam, die langlockige Perücke schief auf dem Kopf, wie in größter Hast aufgestülpt.

»Einen Augenblick! Ein Momentchen nur! Sie werden auf der Stelle bedient. Was Sie auch wünschen, mein Herr – ich habe es.«

Osvald Nettelblad, denn er war es selbst, entzündete einen Wachsstock, der an einem langen Stab befestigt war, und spazierte damit feierlich um einen Kronleuchter herum. Umständlich setzte er jeder der zwölf Kerzen eine Flamme auf, bis die Apotheke erstrahlte wie ein Ballsaal.

»Das mache ich nur für ganz besondere Kunden. Ich habe gleich gesehen, dass der Herr ein Fremder ist, denn ich kenne jeden in der Stadt. Nun, wo drückt uns der Schuh? Was haben wir für Begehren?«

Ich vertraute ihm mein Problem an. Sogleich fing Apotheker Nettelblad an herumzurennen wie eins dieser mechanischen Spielzeuge, die mit einem Schlüssel aufgezogen werden, und innerhalb der nächsten Augenblicke und Momentchen bedeckte sich die polierte Ladentafel mit Tütchen und Flaschen, Schächtelchen und Flakons. Unschlüssig nahm ich eins nach dem anderen in die Hand, las die Aufschriften, roch daran und stellte es wieder beiseite.

Zahntinktur? Elixier antiscorbutum selectum gegen Ausschlag und Gicht? *Fischer'sche Kugeln* gegen Kropf und Atemnot?

Soweit ich mich erinnerte, litt Hjördis Ulfeldt weder an Ausschlag noch hatte sie einen Kropf. Vielleicht lieber *Milaneser Reismehl* zum Pudern? Oder *Rouge sans danger*, garantiert ungefährliche Schminke?

Ich hatte meine Zweifel, ob man sich in Aettersbron schminkte. Mit Sicherheit nicht im Hause von Movitz Ulfeldt. Schenkte ich meiner Braut einen Rougetiegel, damit sie sich die Wangen à la mode färben konnte, wurde das unter Umständen falsch ausgelegt. Es konnte mich, den künftigen Gatten und Schwiegersohn, in den Ruf der Liederlichkeit bringen.

Das war schon eher etwas: Ungarwasser, destilliert aus Rosen-, Zitronen- und Pfefferminzöl, zu verwenden äußerlich wie innerlich, dessen Duft, als Herr Nettelblad es entstöpselte, mich die Augen schließen ließ.

Da ich mich nicht entscheiden konnte, kaufte ich zu guter Letzt ein *Not- und Hilfsbuch* mit Ratschlägen gegen Sommersprossen, Frostbeulen, Warzen, Hühneraugen, Zahnweh und juckenden Grind. So etwas konnte man immer brauchen, vor allem im Hinblick auf einen zukünftigen eigenen Hausstand.

Apotheker Nettelblad wollte es nicht fassen, dass ich von all den zur Verfügung stehenden Schätzen nur diesen für meine junge Dame mitnahm. Ich konnte direkt seine Gedanken lesen: Und dafür habe ich den Kronleuchter angesteckt!

»Wir werden uns morgen wiedersehen«, prophezeite er, als sei er überzeugt, ich würde die Nacht schlaflos verbringen, von Reuegedanken gequält. »Ist der Herr erst einmal unterwegs, wird es ihm Leid tun, eine so – verzeihen Sie – prosaische Wahl getroffen zu haben. Ich lasse den Flakon hier stehen, Sie müssen ihn nur noch abholen. Und Sie werden ihn abholen, da bin ich sicher. Denn wie kann ein Bräutigam zu seiner Braut gehen ohne eine Flasche Ungarwasser, dazu bestimmt, ihre Sinne sanft zu erwärmen? Bis morgen also!«

Er griff nach dem Lichthütchen, um die Festbeleuchtung für besondere Kunden wieder auszulöschen.

Der Hund war nicht mehr da, sein Besitzer hatte wohl auf Heimkehr gedrungen. Auch ich wollte nun zum KARLS ZEPTER zurück; der Hunger meldete sich mit Macht. Entgegen den Bedenken Apotheker Nettelblads war ich mit meinem Kauf sehr zufrieden. Von wegen »die Sinne sanft erwärmen«! Der gute Mann kannte Hjördis Ulfeldt nicht und war ganz gewiss noch nie in Aettersbron gewesen.

Inzwischen herrschte statt des Zwielichts fast schon nächtige Düsternis. Beim Schein, der hier und da aus den Fenstern fiel, versuchte ich mich zu orientieren, in welcher Richtung der Gasthof lag.

Das Geräusch meiner Schritte auf den Buckelsteinen des Straßenpflasters schien ein seltsames Echo zu haben, das meinen eigenen Schritten etwas hinterherhinkte. Wenn ich stehen blieb, machte es noch zwei- oder dreimal tapp, verstummte und setzte wieder ein, sobald ich weiterging. Wechselte ich die Gangart, beschleunigte oder wurde langsamer, brauchte mein

Echo immer die besagten zwei oder drei Tappser mehr, ehe es wieder mit mir übereinstimmte.

Ich drückte mich an eine Hauswand und trat dabei vernehmlich auf der Stelle. Sieh da – weiter unten in der Gasse löste sich ein Schatten von der Mauer, kam zögernd näher, sichtlich verdutzt, dass er mich wohl laufen hörte, aber nicht laufen sah. Zwar befand sich der größte Teil des Geldes, das die Sozietät mir mitgegeben hatte, bei meinem Gepäck im KARLS ZEPTER, dennoch griff ich nach meinem Stock, allerdings ohne die Klinge herauszuziehen. Der Kerl musste mich wittern, denn er blieb genau auf meiner Höhe stehen und wandte lauschend den Kopf. Da er direkt unter einem erleuchteten Fenster stand, konnte ich feststellen, dass er – ein beruhigendes Faktum – ein ganzes Stück kleiner war als ich, aber wendig wie ein Frettchen.

In der Stille des Abends, die nur vom fernen Gebell einiger Kettenhunde unterbrochen wurde, vernahm ich deutlich die näselnde Musik einer Sackpfeife. Da die Zeit der Jahrmärkte vorüber war und es bis Michaelis keine mehr geben würde, schloss ich auf fahrendes Volk. Die Musik war klar zu hören; sie konnte nicht sehr weit weg sein. Wo etwas los war, gab es Menschenansammlungen. Dorthin wollte ich, dort würde ich nach dem kürzesten Weg zum KARLS ZEPTER fragen.

Mit meinem Stock fuchtelnd, begann ich auszuschreiten, in die Richtung der Sackpfeifenmusik. Ich hätte lachen können, wie mein Verfolger zusammenschrak, als er mich so plötzlich losmarschieren sah, und zwar in seiner allernächsten Nähe.

»Weiter geht's!«, rief ich und gab meiner Stimme einen groben Ton. Folgsam setzte auch er sich in Trab.

»Voraus, voraus!«, befahl ich, noch eine Spur barscher. »Wenn Ihr Euch schon an mich heften müsst, dann hab ich Euch lieber vor mir als hinter mir.«

Er gehorchte auch dieses Mal. Einen Bogen schlagend, wetzte er an mir vorbei, als habe er Angst vor meinem herumwirbelnden Stock, und lief nun vor mir, wobei er in kurzen Abständen über die Schulter schaute, ob ich ihn nicht etwa foppte und in die entgegengesetzte Richtung davonrannte. So trieb ich meinen seltsamen Verfolger vor mir her wie ein Gänsehirt seine Gänse, und er spielte den Willfährigen, ohne das geringste Anzeichen eines Fluchtversuchs.

»Hast du schon gegessen?«, fragte ich nach einer Weile. Denn ich hielt ihn nunmehr für einen armseligen Streuner, der in dem Ortsfremden eine leichte Beute gesehen haben mochte und der nichts Schlimmeres beabsichtigt hatte als eine Einschüchterung oder Nötigung. Ich hatte kein Messer in seiner Hand blinken sehen. »Hör zu, ich bezahle dir eine Suppe und Brot; mit einem leeren Magen schläft sich's schlecht.«

»Besten Dank, aber ich bin nicht hungrig.« Mein Angebot schien ihn sehr zu belustigen, denn er kicherte schnaubend in sich hinein.

»Ja, aber was willst du ... was wollt Ihr dann von mir?«

Antwort erhielt ich keine, was mich ärgerte, denn ich weiß gern bei allem, woran ich bin.

Die finstere Gasse machte eine Krümmung und mündete auf einen von niedrigen Häusern eingefassten Platz. Hier gab es keine Kaufmannsläden und auch kein Straßenpflaster mehr. An der Stirnseite des Platzes stand ein Planwagen mit einem Klepper davor. Beim Licht zweier Laternen, die an den Wagenpfosten hingen, blies ein älterer Mann vor einem kleinen Publikum auf der Sackpfeife und tanzte dazu von einem Bein auf das andere. Das Seitenbrett des Wagens war heruntergenommen, so dass die beiden Funzeln eine Menge bunten Krimskrams beleuchteten – Hausiererware.

Nun glaube ich zwar nicht an das berühmte goldene Herz,

auf das Hausierer immer pochen, wenn sie einem versichern, dass sie ihren Plunder für weniger hergeben, als sie selbst dafür bezahlt haben. Auf Sprüche wie »Weil du es bist, mein hübscher Junge – ein Sonderpreis!« falle ich schon lange nicht mehr herein. Aber mein Herz schlägt noch immer schneller, wie das eines Kindes, sobald ich eines Hausierers ansichtig werde.

So zog es mich auch hier, wie von einem Magneten gelenkt, zum Wagen hin, zu all dem Trödelkram, den Schuhschnallen, Vogelpfeifen, Maultrommeln und Wunderarzneien. Diesen Augenblick der Unaufmerksamkeit nützte mein »Verfolger«, um sich dünnzumachen. Als ich nach ihm Ausschau hielt, war der Platz leer; nur der Ring lachender Gaffer umstand den musizierenden Händler. Aber niemand aus dem kleinen Kreis hatte etwas an sich, das mich an meinen frettchenhaften Dunkelmann erinnert hätte. Es waren in der Mehrzahl ärmlich gekleidete Frauen und Kinder, und die wenigen Männer, davon überzeugte ich mich schnell, mussten nicht auf den Zehen stehen, um meine Größe zu erreichen.

Da ich nicht noch einmal riskieren wollte, mich im nächtlichen Rökstuna zu verirren, zumal mein Magen wie ein aufziehendes Gewitter grollte, versprach ich einem älteren Jungen eine Münze, wenn er mich zum KARLS ZEPTER begleiten würde.

Aber wo ich nun schon einmal da war, wollte ich wenigstens einen Blick auf das Warenlager des Hausierers werfen, der die Sackpfeife jetzt auf den Kutschbock legte und mit weit ausgebreiteten Armen alle Umstehenden zur Begutachtung seiner Kostbarkeiten einlud.

»Stinus Nissen hat euch wieder, und ihr habt ihn wieder, den lang Entbehrten! Er hat Taschenuhren mitgebracht, die im Freien ebenso gut ticken wie im Innern eines fest verschlossenen Hauses! Ringe, Ringe, Ringe! Für den dicksten Daumen und für das feinste Goldfingerlein! Jedes einzelne meiner Halstücher hat tausend Seidenwürmer aus dem Lande China das Leben gekostet!«

Ich muss bekennen, dass meine Neugier weniger den nützlichen Gegenständen aus Stinus Nissens Angebot galt. Weder den Wettergläsern noch der Wanzensalbe oder gar den Fingerhüten aus Zinn und Glasschmelz gönnte ich auch nur flüchtiges Interesse; ein Geschenk für Hjördis Ulfeldt besaß ich ja nun. Nein, ich wühlte und fledderte nach etwas, das ich noch nicht kannte, geeignet, mich in Verblüffung und Entzücken zu versetzen.

Als ich nichts darunter fand, fragte ich den Alten, ob er denn gar keine Kuriositäten anzubieten hätte.

Mit theatralischer Gebärde ergriff er meine Hände und drückte sie zwischen den seinen, als gratuliere er mir. »Was Ihr auch begehrt, mein Freund – Stinus Nissen hat alles. Alles außer Geld.«

Es waren fast die gleichen Worte, die Apotheker Nettelblad vorhin gebraucht hatte. Er zog mich unter die eine Laterne, holte ein strohfarbenes Seidentuch aus der Brusttasche und schlug Zipfel für Zipfel beiseite.

Der Junge, der wohl fürchtete, ich könnte meine ganze Barschaft bei Stinus Nissen ausgeben, ehe er seine Münze bekommen hatte, zupfte mich mahnend am Rockschoss. »Ich muss heimgehen, Herr; wenn ich Euch immer noch zum Karls Zepter bringen soll …?«

»Ja, gleich … ich komme …«

Ich vertröstete ihn mechanisch, indes Stinus Nissen, der gesegnete alte Gauner, mit mir machte, was er wollte. Was er mir zeigte, war sowohl verblüffend wie entzückend; ich handelte ein wenig, aber nur, weil es zum guten Ton gehörte. Dass ich es haben wollte, stand fest. An Nutzwert freilich war dem schrulligen Spielzeug jede Hand voll schnöder Kichererbsen überlegen. Sei's drum! War die Verwendung des Reisegeldes nicht allein in meine Hände gelegt worden? Wenn ich es jemandem entzog, dann nur mir selber.

»So, mein Junge, jetzt aber wie der Wind zum KARLS ZEPTER!«

3. Kapitel

Während ich mir mein Nachtmahl schmecken ließ, unter den rußigen Dachbalken der Gaststube mich an Fleischbrühe mit verlorenen Eiern gütlich tat und einen Euterbraten folgen ließ, wurden Zinnplatten mit Forellen und Krammetsvögeln durch den Raum getragen und verschwanden hinter einer Tür. Immer wenn sie aufgestoßen wurde, erhaschte ich den Widerschein eines lodernden Feuers an der Wand, Tabakwolken wogten an der Decke, und einmal erschien ein Mann im Türrahmen, durch die umgebundene Schürze kenntlich als der Wirt, Melcher Blombakker. Er rief nach mehr Bier, und als ein Knecht eilfertig das Fässchen brachte, es auf dem geneigten Nacken balancierend, ließ ihn der Wirt nicht über die Schwelle, sondern nahm ihm das Fässchen ab.

Aha, dachte ich bei mir, offenbar tagen heute die Herren Ratsmitglieder und kochen das geheime Süppchen, ehe es im Parlament gegessen wird. Dadurch waren auch die beiden Kutschen im Hof erklärt, mit den Adelswappen auf den Schlägen, die mir aufgefallen waren, als ich vor dem Essen meinem Fuchs noch einen Besuch abstattete.

An einem der langen Tische im Hintergrund wurde sowohl mit Würfeln als auch mit Karten gespielt. Immer wieder brach Grölen aus, und immer wurden die Krakeeler sogleich zur Ruhe gezischt oder wenigstens gedämpft, indem man auf die bewusste Tür im Hintergrund deutete.

Die Schenkmädchen mit den hölzernen Kannen streiften auffällig oft an meinem Platz vorbei.

Obwohl ich keiner von ihnen schöne Augen gemacht hatte

noch sie sonst in irgendeiner Weise ermutigt, lag in ihren Blicken etwas Anzügliches.

Jemand stieß unterm Tisch auffordernd gegen meine Wade. Es war eine der Hofkatzen, die sich an mich heranmachte und mir mit klagenden Tönen von unguten Dingen berichtete, vor denen ich mich hüten solle. Leider war ich in der Katzensprache noch nicht so weit fortgeschritten, dass ich außer dem Tonfall auch die Worte verstanden hätte. Bedauerlich; die Warnung hätte mir manchen späteren Ärger erspart.

Als ich mich bückte, um sie zu kraulen, und dabei meine Haltung etwas veränderte, fiel mir am hintersten der Tische eine kleinwüchsige, wendige Gestalt auf. Das heißt weniger die Gestalt selbst als ihr flinker Schatten, der sich auf der Wand abzeichnete. War es denkbar, dass mein Dunkelmann, der vermeintliche arme Schlucker und Wegelagerer, hier im KARLS ZEPTER saß? Im gleichen Raum mit mir, seelenruhig und unverfroren? Der Gedanke missfiel mir ebenso wie das viel sagende Augenwerfen der Kellnerinnen.

Mit dem letzten Brotkanten wischte ich den Napf aus und bat um eine Kerze. Ich wollte fort aus dieser Gesellschaft, hinauf in mein Bett, mit den Ausländerinnen im Nebenzimmer, die sich ganz gewiss nicht um mich scheren würden. Als ich die Kerze erhalten hatte, konnte ich es aber doch nicht lassen – ich trat an den hintersten Tisch zu den Würflern und Krakeelern, um den Kerl oder vielmehr das Kerlchen scharf anzublicken. Ich wollte mir nur sein Gesicht einprägen, nichts weiter. Mir stand der Sinn nicht nach Wirtshausschlägereien, schon gar nicht in einer fremden Stadt.

Es kostete mich einige Mühe, den Lachreiz zu verbergen, als ich sah, was ich sah. Eine Bibelzeile kam mir ins Gedächtnis: *Deine Nase ist wie der Turm auf dem Libanon, der gegen Damaskus sieht.* Sie ragte in der Tat wie ein Erkertürmchen aus dem sonst fast fleischlosen Gesicht heraus, diese Nase. Als habe jemand nach ihr gegriffen, als sie noch formbar war, und sie im Scherz lang gezogen auf Kosten der Nasenflügel, wobei die Atmungsöffnungen zu zwei Schlitzen zusammengedrückt worden waren.

Das Kinn schien vor diesem Riechorgan in den Unterkiefer zurückkriechen zu wollen, denn es war so gut wie keins vorhanden. Auch die Zähne waren nach innen gerichtet, weg von dieser Nase; ich bekam das vorgeführt, als der Besitzer des Zinkens mich mit gleichmütiger Miene fragte: »Kennen wir uns von irgendwoher? Dann müsst Ihr meine Erinnerung auffrischen.«

»Der Hausierer hatte hübsche Sachen«, sagte ich. »Zu schade, dass Ihr so plötzlich verschwunden wart.«

»Ihr sprecht in Rätseln, junger Freund. Ihr müsst mich mit einem anderen verwechseln. Obwohl ich eigentlich kaum zu verwechseln bin.« Er kicherte mit hoher Falsettstimme.

»Wie Ihr beliebt. Vielleicht habt Ihr Recht; im Dustern sieht man schlecht.« Ich wandte mich zum Gehen, als einer der Spieler, ein jugendlicher, stark angetrunkener Bursche, meinen Ärmel erwischte.

»Hausierer? Was für ein Hausierer? Ist etwa der alte Stinus Nissen wieder in Rökstuna?«

Ich bejahte und wollte fort. Doch musste ich erst noch Auskunft geben, wo der Alte zu finden sei. Auch die anderen der Würfelrunde kannten ihn; augenscheinlich erfreute er sich großer Beliebtheit. Der Betrunkene erhielt Beifall, als er lallend vorschlug: »Gehen wir noch bei Stinus Nissen vorbei! Kommt alle mit!«

Während des Intermezzos war ich von meinem Dunkelmann, dem König aller Nasen, abgelenkt gewesen. Die Männer rechts und links von ihm saßen nunmehr nebeneinander, und hätte nicht sein zinnerner Becher – er hatte Wein getrunken, kein Bier wie die anderen – auf dem Tisch gestanden, wäre ich versucht gewesen, unseren kurzen Wortwechsel für eine Einbildung meines übermüdeten Kopfes zu halten.

Eine sehr junge Spülmagd saß noch in der Küche; sie gähnte und rieb sich die Augen und wartete offensichtlich darauf, dass man sie zu Bett schickte.

»Pst!« Ich lockte sie mit gekrümmtem Finger zu mir. »Wie heißt du?«

»Ellik, Herr Zettervall.«

»Sag mir, Ellik, kennst du die Gäste, die bei euch einkehren?«

Sie walkte den Schürzenzipfel in den Händen, hielt die Augen scheu auf mich geheftet und nickte. »Die meisten schon. Wenn sie öfter hier sind.«

»Wer ist der kleine Mann mit der Nase wie ein Pflugscheit?«

»Oh, der! Der kommt bloß, wenn Graf Stenbassen da ist. Aber er darf nicht mit in das Zimmer hinein. Oder manchmal doch, aber nur dann, wenn die Herren ihn rufen lassen. Sein Name ist Sivert Snekker.«

»Hat er auch einen ehrlichen Beruf?«

Das wusste Ellik nicht.

»Da wäre noch eine Frage. Vor wenigen Stunden erst bin ich in Rökstuna angekommen und nie zuvor hier gewesen. Wie ist es dann zu erklären, dass jeder im KARLS ZEPTER, die Nachbarschaft eingeschlossen, etwas über mich zu wissen scheint, meinen Namen kennt und mich mit viel sagendem Grinsen beglückt?«

Trotz der kümmerlichen Beleuchtung in der Küche konnte ich sehen, wie die Kleine blutrot anlief. »Die Frage solltet Ihr Euch selbst beantworten können, Herr Zettervall. Ihr wisst schließlich am besten, wer die Kammer für Euch bestellt hat.

Und mit wem Ihr Euch morgen heimlich trefft. Sicher hat sie heute schon auf Euch gewartet, denn die Kammer ist seit gestern gemietet. Jeder weiß, wessen Lakaien Senfgelb und Vergissmeinnichtblau tragen.«

Jetzt war ich es, der einen roten Kopf bekam, rot vor Scham und zugleich rot vor Zorn über die schmutzigen Schlüsse, die die alte Blombakker, wer sonst, aus der Farbe der königlichen Livree gezogen hatte. Im Versuch, mich zu rechtfertigen – mich vor einer kleinen Spülmagd zu rechtfertigen! –, konnte ich nur stammeln.

»Ihr irrt euch alle. Was ihr denkt, ist eine Beleidigung! Nicht so sehr für mich, denn wer bin ich schon, als vielmehr für die bewusste Dame, die durch eure widerlichen Verdächtigungen in den Kot gezerrt wird!«

Meine Stimme war heiser vor Wut; Ellik wich vor mir zurück. »Was wollt Ihr, Herr Zettervall? Ich habe doch nur erzählt, was ich Frau Blombakker zu den anderen Mädchen habe sagen hören, Ihr meint doch nicht, ich hätte mir das selber ausgedacht? Und als Ihr dann eintraft und nicht gerade aussaht wie ein Bärenhäuter … was sollten wir da anderes vermuten als …?«

Schon flossen die Tränen.

»Dummes, verleumderisches Gewäsch. Das kannst du allen mitteilen, wenn ihr das nächste Mal über mich tratscht!« Ich ließ sie stehen, mit dem angstvoll an den Mund gehobenen Schürzenzipfel. Wäre die alte Vettel, diese Blombakker, mir jetzt über den Weg gelaufen – ich gebe Brief und Siegel darauf, dass ich ihr den Hals umgedreht hätte. Mit Wonne!

Beim Schein des Nachtlichts streckte ich mich auf dem Strohsack aus, nicht ohne vorher das Fenster weit geöffnet zu haben, wie ich es gewohnt war. Um wieder Herr meiner selbst zu werden, schlug ich auf dem Kopfpolster mein Schnupftuch auseinander. Der Anblick von Stinus Nissens Kuriositäten sollte mich auf friedlichere Gedanken bringen. Ich spielte eine Weile damit und blies dann die Kerze aus. Die Jagdflinte von Herrn Scavenius hatte ich zwischen Türklinke und Bettpfosten verkeilt, denn abzuschließen ging die Kammer nicht.

Der Schlaf kam nicht sofort. Was in aller Welt mochte Königin Sophie Ulrika von mir wollen? Ach was, redete ich mir selber zu, sie hat von deiner Reise in den Norden gehört und hätte wahrscheinlich gern, dass du ihr ein paar seltene Gewächse mitbringst für den Schlosspark von Västhedanger. Oder ein Schneehasenjunges für die kleine Hoheit, den Kronprinzen.

Aber wäre dann der Hinweis auf die strenge Geheimhaltung des Auftrags nötig gewesen? Schöne Geheimhaltung – einen Diener in Livree zu schicken! Halb Rökstuna schien zu glauben, sie hätte mich für einen Seitensprung ausgewählt. Na, in vierundzwanzig Stunden würde ich klüger sein.

Im Halbschlaf hörte ich es hinter der Wand rumoren. Jemand ächzte, hustete und würgte gottserbärmlich, dann ein Gurgeln und ein schwacher Schrei, der wie »Doris! Doris!« klang. Ich zog mir die Kissenzipfel um die Ohren und drehte das Gesicht dem schwarzen Fenster zu, durch das ein leichter Nachtwind hereinwisperte.

Faustgetrommel gegen die Türfüllung weckte mich. Es war noch mitten in der Nacht.

»Herr Zettervall!« Wieder und wieder wurde an der Klinke gerüttelt. »Herr Zettervall, wir brauchen Eure Hilfe, seid so gut und steht um Himmels willen auf! Herr Zettervall!« Eine weibliche Stimme.

In Hemd und Nachtmütze tappte ich zur Tür, entfernte die Sperre, öffnete und sah mich der alten Blombakker gegenüber. Sie hielt einen Leuchter und kreischte, als sie in den Gewehrlauf blickte. Die Tür zum Nachbarzimmer stand angelehnt, ein Lichtkeil fiel heraus auf den Korridor.

»Der Schlaf Eurer Gäste sollte Euch heilig sein«, knurrte ich. »Ist Feuer in den Ställen ausgebrochen? Hat einer mein Pferd gestohlen?«

Doch der Anblick der Waffe lähmte das Mundwerk der schmierigen Alten derart, dass sie bloß mit wirren Gebärden auf die halb offene Tür deutete. »Schnell … die Fremde«, brachte sie endlich heraus. »Ihr müsst etwas tun, ich will keine Leiche in meinem Haus und mein Sohn auch nicht …«

Kaum dass sie mir Zeit ließ, den Rock übers Hemd zu werfen; die Beinkleider schenkte ich mir. Das Zimmer der Ausländerinnen war doppelt so groß wie meines, auch befand sich ein Kamin darin, in dem helles Feuer brannte. Mitten in der Nacht! Musste ein schönes Geld kosten, dieser üppige Lebensstil. Weshalb sie bei so viel Geld im KARLS ZEPTER logierten, statt sich eine saubere, möblierte Wohnung zu mieten?

Eine ältere Person, wohl die Zofe, zog gerade blutbeflecktes Bettzeug ab, und die Kranke, eine noch junge, wenn auch zum Skelett abgemagerte Dame, lag für den Augenblick unbedeckt und apathisch in den Kissen. Die Augen waren tief in die Höhlen zurückgesunken, das Gesicht nahezu grau. Sie hielt ein Tuch an den Mund gepresst. Da das Laken unter ihr rein war, schied mein erster unwillkürlicher Gedanke – *abortus* – aus. Demnach ein Blutsturz, wie denn alles an ihr auf Schwindsucht im letzten Stadium hindeutete.

Ich hatte vor einiger Zeit begonnen, ein wenig Deutsch und Holländisch zu lernen; die Studienreise zwecks Doktorexamen würde ja vielleicht doch irgendwann Wirklichkeit werden und ich bin gern gut vorbereitet. Jetzt bekam ich Gelegenheit, meine Lehrbuchkenntnisse in der Praxis auszuprobieren.

Ich erfuhr von der Dienerin so viel, dass dies bereits der

zweite Blutsturz gewesen sei. Der erste hatte am Nachmittag stattgefunden, war allerdings lange nicht so schlimm gewesen wie der zweite. Leicht wie ein Bündel Federn, ließ die Kranke sich hin und her wenden, als ich sie untersuchte.

Sie röchelte etwas Unverständliches. Fragend sah ich die Zofe an.

»Wir sollen Stemma nichts sagen. Das ist ihre Tochter. Sie schläft oben, unterm Dach, auf meiner Matratze. Madame wollte, dass ich die Nacht anstelle der Kleinen hier unten bleibe, um das Kind nicht zu verängstigen, falls wieder …«

Viel konnte ich nicht ausrichten; ein Aderlass schien mir nach dem Blutverlust nicht angebracht. Ich verordnete ein adstringierendes Mittel, einzunehmen in lauwarmem, schwachem Bier, und drückte der alten Blombakker einen Zettel mit dem Namen der Arznei in die Hand. Mit dem Befehl, unverzüglich einen Knecht oder wen immer damit zur Apotheke zu schicken. Und Wärmsteine sollten gebracht werden, drei oder vier, denn die Ärmste zitterte unter ihrer seidenen Daunendecke (die mit Sicherheit nicht zur Ausrüstung des KARLS ZEPTER gehörte).

Ich blieb noch da und sah mich neugierig um. Doris, die Zofe, hatte mich in den einzigen Sessel genötigt; sie selbst saß auf dem Bettrand ihrer Herrin und hielt deren Hand.

Ich bemerkte zwei truhenartige Reisekoffer und auf dem Tisch ein geöffnetes Kästchen voller Kristallflakons mit silbernen Stöpseln. Eine Galerie hochhackiger Pantoffelschuhe stand unterm Bett aufgereiht, und was an Kleidungsstücken herumlag, zeugte von Geschmack und Wohlhabenheit.

Um nicht so dumm dazusitzen und um mich, wo ich nun schon einmal auf Ausländer getroffen war, etwas im Deutschen zu üben, fragte ich die Dienerin nach den Umständen der Reise aus. Sie kamen aus Sachsen und waren schon viele Wochen unterwegs; mehr verriet sie nicht. Entweder gehörte sie nicht zu der gesprächigen Sorte, oder es bedrückte sie die unglückliche Lage der überaus zarten und todkranken Dame zu sehr, die ganz offensichtlich einen anderen Lebensstil gewöhnt war.

»Hat Madame denn keinen Ehemann?«, fragte ich und musste unwillkürlich an die Verdächtigungen der alten Hexe Blombakker denken. »Es ist ungewöhnlich, dass eine Dame so mutterseelenallein reist, noch dazu mit einem kleinen Kind. Ist Rökstuna das Ziel Eurer Reise oder soll es noch weitergehen?«

Nach einem Blick auf die erschöpft schlafende Kranke beugte sie sich vor. Als könne sie die Sorge nicht länger allein tragen, erleichtert fast, sich endlich jemandem mitteilen zu können, flüsterte sie: »Wir sind auf der Flucht. Die Ärmste – immer hat er sie auf Händen getragen, der Herr, ihr Gatte. Aber dann wurde er plötzlich verhaftet. Schlimme Dinge werden ihm zur Last gelegt. Sie hat mir nichts davon anvertraut, aber man reimt sich doch dies und das zusammen. Hätte man ihn sonst auf die Festung Königstein gebracht? Dann kam die geheime Botschaft, der Brief, den er hat hinausschmuggeln können.

Er hatte einen Fluchtplan entwickelt; sie sollte alles Geld nehmen und ihren Schmuck und das Kind und fliehen. Er wollte dann mit ihr zusammentreffen. Alles hatte er vorausberechnet, sogar die Gasthöfe genannt, wo sie auf ihn warten sollte. Sei er nach soundso viel Tagen nicht zu ihr gestoßen, sollte sie weiterreisen zum nächsten Ort. Was haben wir gewartet und gebangt, so viele Tage und Nächte, und immer umsonst. Tagsüber hat sie die Zuversichtliche herausgekehrt, schon des Kindes wegen. Aber nachts hat es keinen Schlaf gegeben, nur Tränen.«

»Und Ihr habt gar nichts erfahren? Haben ihn die Häscher am Ende wieder eingefangen?« Die späte Stunde und der raunende Ton, in dem Doris erzählte, das knackende Feuer – all das erinnerte mich an die Spinnstubengeschichten meiner Kinderjahre. Auch da hatten die dramatischen und verhängnisvollen Schicksale mich nachhaltiger beeindruckt als die lustigen Schnurren, die Schabernackhistörchen.

»Es muss etwas schief gegangen sein mit seiner Flucht«, tuschelte Doris. »Aber Madame, das arme Herz, will es nicht wahrhaben. Als dann die letzte Frist verstrichen war und wir in dieser schrecklichen kleinen Stadt an der Küste festsaßen, ohne dass der Herr eintraf oder wenigstens eine Nachricht von ihm, hat sie in ihrer Verzweiflung einen Plan beschlossen. Sie – die noch nie im Leben eine eigene Entscheidung hat treffen müssen! Sie hat sich auf den Geburtsnamen ihrer Mutter besonnen und dass es immer geheißen hat, es lebten noch Mitglieder dieser Familie in dem Land hier. Sie glaubte, wir müssten nur über die See gelangen und dann würde man uns mit Hilfe dieses Namens zur richtigen Adresse bringen. So haben wir uns Schiffspassagen gekauft. Vor drei Wochen sind wir angekommen und immer weiter ins Landesinnere gereist. Bis sie nicht mehr konnte.«

»Und der Name? Wie ist der Name der Leute, die sie sucht?«

Im Innersten bewegt von der traurigen Odyssee der kranken Dame, bildete ich mir ein, dass die Vorsehung mich dazu ausersehen hätte, ihr rettender Engel zu sein. Schon hörte ich mich Angaben machen, wo die gesuchte Familie ansässig sei; alle Not würde ein Ende haben.

»Arvedi.« Doris sah mich hoffnungsvoll an.

Ich konnte nur die Achseln zucken und den Kopf schütteln und war kein Engel mehr.

Sie hätte es sich schon gedacht, sagte Doris und senkte die Stirn. Niemand hatte diesen Namen je gehört. Vielleicht war die Familie längst ausgestorben.

»Was jetzt?«, wollte ich wissen.

Es kam keine Antwort. Die Nacht schritt fort und hinter der Wand zirpte eine Hausgrille ihr monotones Liedchen. Als die vor Übermüdung kreidebleiche Ellik mit dem Mittel aus der Apotheke und mit den Wärmesteinen eintraf, ging ich zu mir hinüber, um noch ein paar Stunden Schlaf zu ergattern. Die Empfehlungen, die ich hinterließ, waren nicht mehr als ein Haufen guter Ratschläge: keine starken Getränke, keine schwer verdaulichen Speisen, nichts Gepökeltes, nichts Geräuchertes, nichts Saures, keine heftigen Gemütsbewegungen, keine Erhitzungen, keine Erkältungen, kein Magenüberladen.

Wirklich helfen konnte hier nur noch ein Wunder.

Beim Gedanken, am übernächsten Tag in den Norden aufzubrechen, fortzukommen von allem menschlichen Elend, mit der Natur und den Elementen allein zu sein für lange Wochen, war ich auf recht selbstsüchtige Art zufrieden.

4. Kapitel

Obwohl ich zu den Menschen gehöre, die normalerweise fröhlich und in bester Stimmung erwachen, legte es sich gleich nach dem ersten Augenreiben wie eine Zentnerlast auf meine Seele. Heute war kein gewöhnlicher Tag, musste ich doch einer hohen, nein: einer allerhöchsten Persönlichkeit gegenübertreten. Statt des Morgenappetits kollerte die Aufregung in meinem Magen herum und verdarb mir alle Freude auf das kostenlose Frühstück. Schon beim bloßen Gedanken an duftende Schinkenscheiben und Pfannen voller Spiegeleier verzog sich mein Mund vor Ablehnung.

Wie erschien man vor einer Majestät? Ich strengte mich an, fuhr mir mit den Schößen des Hemdes gründlich übers Gesicht und grub sodann mit der Spitze des Hirschfängers unter meinen Fingernägeln herum. Die Frage nach der Wahl passender Kleidung erübrigte sich, da ich nur einen Reiserock besaß, zwar nagelneu, aber aus grob gewebtem Bauerntuch, und nur eine einzige lederne Hose. »Ich bin nun mal kein Gesandter, der mit zwölf Koffern voller Staatsgewänder reist«, verteidigte ich mich laut vor mir selber.

Unumgänglich allerdings war der Besuch beim Barbier, um meine Stutzperücke auffrischen zu lassen. Einer der Gesellen band mir den Pudermantel um und schmierte mit beiden Händen Pomade auf mein gutes Stück. Dann schüttete er fast ein halbes Pfund Puder in seine Schürzentasche, drehte die Quaste darin um und fing an, mich zu bestäuben.

Als er mir anschließend noch die Wangen mit Rouge bemalen wollte, wehrte ich mich jedoch nach Kräften.

»Nein, auch keine Mouches, zum Donnerwetter! Bleib Er mir aus dem Gesicht mit Seinen ›Verschönerungen‹!« Nur ein paar Kohlestriche zum Schwärzen der Augenbrauen ließ ich zu. Ich wollte nicht aussehen wie ein junger Stutzer, der zum Rendezvous mit seiner Angebeteten schleicht.

An einem Marktstand genehmigte ich mir ein Stück geräucherte Scholle, ohne dass das fatale Gefühl im Magen Erleichterung erfuhr.

Ich wusch mir an einer Pumpe die Hände und säuberte sogar die Stiefel mit Huflattichblättern.

Als ein Freund der Pünktlichkeit hatte ich mich beizeiten zu dem eine Viertelmeile entfernten Schlösschen auf den Weg gemacht, einem schmucklosen Gebäude aus roten Ziegeln, nur zwei Stockwerke hoch, mit vier gedrungenen Rundtürmen an den Ecken. Die zwiebelmützigen Dächer der Türme waren mit Grünspan bemoost. Auf keinem von ihnen wehte eine Fahne als Zeichen, dass ein Mitglied der königlichen Familie anwesend war.

Alles schien in tiefem Schlaf zu liegen.

Unschlüssig strich ich am Parkgitter entlang. Als ich mich dazu aufraffte, das quietschende Hintertürchen aufzustoßen, zeigte sich noch immer keine Menschenseele. Umso mehr zuckte ich zusammen, als jemand buh! schrie und ein Kind, ein ungefähr sechsjähriger Junge, aus einem Azaleengestrüpp heraussprang.

»Bist du Isak Zettervall?«

Ich gab es zu.

»Dann komm.« Der Kleine fasste mich bei der Hand und zog mich mit sich. »Ich heiße Ibb Ibson, mein Großvater ist der Kastellan. Er heißt wie ich, mein Vater auch. Wir heißen alle Ibb Ibson.«

»Weißt du denn, wohin du mich bringen sollst?«, fragte ich.

Ich hatte da meine Zweifel, denn er hopste so ungebärdig neben mir her und funkelte mich so spitzbübisch an, dass ich eher auf einen Lausbubenstreich gefasst war.

»Das kommt darauf an, wohin du zuerst möchtest. Was magst du am liebsten, Isak?«

»Ameisenhaufen, Bienenstöcke und Eulennester«, schnurrte ich herunter, es war das Erstbeste, was mir einfiel.

»Das haben wir hier alles. Zuerst zeige ich dir den Ameisenhaufen …«

»Ibb, verflixter Bengel, was stellst du schon wieder an?« Keuchend, im ungeschickten Trab alter Leute, näherte sich ein dunkel gekleideter Greis auf der Hauptallee und winkte mit beiden Armen.

Ibb ließ meine Hand los. »Schade, ich hätte dir alles so schön zeigen können.« Aber er rannte nicht davon, ließ sich von dem Alten geduldig am Ohr beuteln und abkanzeln. Und als er nachdrücklich fortgeschickt wurde, entfernte er sich kaum drei Schritte, als sei er entschlossen, auf mich zu warten.

»Mein Enkel«, entschuldigte sich der Alte, der ebenfalls Ibb Ibson hieß. »Nur Flausen im Kopf. Weiß der Teufel, wie er herausgefunden hat, dass ich Euch abholen sollte, und auch, wo Ihr zu finden wärt. Horcht an jeder Tür, das Bürschchen.«

Ein tonnenartiger Durchgang führte in einen Innenhof, in welchem an die sechzig *Syringa vulgaris* einen wunderhübschen kleinen Hain bildeten, voller Knospen, bereit, innerhalb der nächsten zwei, drei Wochen aufzubrechen und ein durchgehendes Dach aus violetten Blütentrauben zu bilden, denn die Krone eines jeden Bäumchens berührte die nächste. Ibb Ibson der Alte gestattete jedoch nicht, dass ich stehen blieb, um diesen Triumph gärtnerischer Kunst und Fürsorge eingehender zu bestaunen. »Später, später …«

Unsere Schritte hallten in den Treppenaufgängen wider. In

den Räumen, die ich im Schlepptau des Alten betrat und wieder verließ, herrschte der kalte Modergeruch von Zimmern, die nicht bewohnt und nie gelüftet werden. Herren und Damen in den schwarzen Kostümen und weißen Mühlsteinkragen einer lang zurückliegenden Zeit starrten frostig aus geschnitzten Rahmen zu uns Störenfrieden herunter.

Nirgendwo trafen wir eine lebende Seele. Schon flößte meine Phantasie mir Bilder ein, auf denen ich mich in einem fensterlosen Kabinett sah, eingesperrt für den Rest meines Lebens, ohne jemals zu erfahren, warum dies geschehen war.

Doch da kratzte der alte Ibb Ibson an einer Tür. So unerwartet wie erlösend tat sich ein vor Sonne blendendes Zimmer auf, angenehm durchwärmt von einem Ofen mit bunten Bildkacheln. Und an einem Tischchen beim Fenster – SIE. Sophie Ulrika, die Königin, der eine Kammerfrau gerade etwas Dampfendes in ein Porzellantässchen eingoss.

Es lag nicht nur am verschwenderischen Dekolleté, dass ich sofort wusste, wen ich vor mir hatte. Auch nicht am Umfang des wasserblauen Reifrocks, nicht an den breiten Perlenarmbändern um jedes Handgelenk und nicht an den rosa Seidenblumen in der Frisur. Nein, meine Blicke wurden von einer gerüschten Halskrause angezogen, auch sie aus rosa Seide. Sie umgab das Gesicht wie eine Spitzenmanschette ein Bukett und lenkte das Auge unweigerlich auf die darunter liegende Blöße. Etwas so Raffiniertes, zweifellos aus Paris stammend, hätte keine unserer einheimischen Damen zu tragen gewagt, bevor es nicht jenseits des Meeres ein Jahr lang Mode gewesen war. Die Königin aber, das wusste ich, war vor ihrer Vermählung eine polnische oder ungarische Prinzessin gewesen und besaß keinerlei Scheu, sich im allerneusten Modeputz zu präsentieren, so kokett und wenig dezent er sein mochte.

Wenn ich hätte hoffen dürfen, Hjördis Ulfeldt jemals in einer ähnlichen Rüschenkrause zu sehen! In einer Nussschale wäre ich über das Meer gerudert bis nach Holland, nur um das Doktorexamen schnellstens abzulegen und Hjördis ehelichen zu können. Ein solches Nichts aus rosa Falbeln aber entfaltete seine Wirkung nur über einem einladenden Dekolleté und derartige Offenherzigkeiten wurden in der Aettersbroner guten Gesellschaft nicht gezeigt.

»Herr Isak Zettervall, nehme ich an?«

Sie streckte mir die Hand hin, sogar ein Lächeln bekam ich ab, und ich stolperte täppisch auf die Hand zu, um sie zu ergreifen und zu küssen.

Die Majestät lächelte auch weiterhin, offenbar missfiel ich ihr nicht.

»Sparen wir uns lange Einleitungen«, begann sie. »Ein alter Freund, Mitglied der Sozietät der Wissenschaften, hat beiläufig von dem Plan berichtet, einen befähigten jungen Wissenschaftler« – geschmeichelt senkte ich den Blick auf meine Stiefelspitzen – »auf eine Exkursion in die wilden, unwirtlichen Regionen des Nordens zu entsenden. Eingehend zu Seiner Person befragt, hob der Herr Seine Intelligenz und Zuverlässigkeit hervor. An diese nun möchten wir appellieren. Denn sosehr ich persönlich mich für die Erforschung des Unbekannten interessiere, überhaupt große Begeisterung für alles Botanische hege und Seinem zu erwartenden Bericht über die Ergebnisse der Reise gespannt entgegensehe, hat Sein Hiersein doch eine ganz andere Ursache. Es handelt sich um einen Auftrag. Nein, eher um eine Mission, bei der Diplomatie ebenso gefragt ist wie Courage, denn leider besteht Grund zu der Annahme, dass die Sache nicht ganz ungefährlich ist.«

Sie sprach geläufig, ohne ein einziges Mal nach Worten zu suchen, man hörte ihr die ausländische Prinzessin kaum noch an. Währenddem hantierte sie mit dem Tässchen, hielt es in der

Schwebe und hob es ab und zu an die Lippen. Ich stand stocksteif und hatte das gute Recht, sie nach Herzenslust anzustarren.

Sophie Ulrika … die Königin …

Sie war nicht bloß eine hübsche, sondern auch eine noch junge Frau. Ich will damit sagen, dass sie mir für das schwere Amt einer Landesmutter verhältnismäßig jung vorkam. Sie konnte nicht älter sein als Hjördis Ulfeldt, und die war nur drei Jahre älter als ich. Wenigstens hatte ich Hjördis etwas zu berichten, wenn ich sie demnächst wiedersah, und auch in der Achtung von Movitz Ulfeldt würde ich unweigerlich steigen.

Was aber wollte man nun wirklich von mir? Diplomatie … Courage … nicht ganz ungefährlich … Ich verstand nicht das Geringste und schaute wahrscheinlich ziemlich dumm drein.

»Ich glaube, das Weitere übernehme nun ich, meine Liebe.«

Ich fuhr herum; aus einer als Tür nicht kenntlichen Öffnung in der Tapete war ein Kavalier herausgetreten.

Umgehend sank ich in einer tiefen Verneigung zusammen, denn dieses Gesicht kannte ich von zahlreichen Porträts. Ich kannte es im Profil und en face, gemalt, gezeichnet und gestochen. Nur dass es auf allen diesen Bildern viel kühner und majestätischer ausgesehen hatte, »über den Dingen stehend« gewissermaßen. Das Original, nur wenige Schritte entfernt von mir, wirkte dagegen seltsam welk, mit einem Netz winziger Fältchen unter den Augen und neben den Mundwinkeln. Umgekehrt übertraf der Rock von apfelgrünem Samt mit elegant abgespreizten Schößen bei weitem die langweiligen Harnische und Hermelinumhänge der Holzschnitte und Kupferstiche.

Olvart Märtus. Der König.

Olvart Märtus, der König – und keine Fahne auf dem Schlossturm?! Ganz im Stillen musste er eingetroffen sein, ohne Eskorte. Am Ende gar in Verkleidung. Denn wäre seine Anwesenheit in Rökstuna offiziell, hätte es im KARLS ZEPTER kein anderes Gesprächsthema gegeben, dessen war ich sicher. Dass man mich also nicht sprechen wollte, um sich Ableger seltener Nordlandpflanzen für den Schlossgarten mitbringen zu lassen oder ein Schneehäschen für den Kronprinzen, wurde mir schlagartig klar.

Die Angelegenheit schien so brisant zu sein, dass er sich nicht setzen mochte. Er ging voller Unruhe im Zimmer umher und verflocht die Hände, dass die Finger knackten, eine üble Angewohnheit, nebenbei gesagt.

Die Königin folgte ihm mit den Augen. Man konnte merken, dass sie am liebsten alles herausgesprudelt hätte, statt zum Schweigen verdonnert zu sein, bis der König sich entschieden hatte, wie er es mir beibringen wollte. Langsam hängten sich ungute Ahnungen wie Bleigewichte an mein Gemüt.

Abrupt blieb er stehen. »Wie alt ist Er, lieber Zettervall?«

»Fünfundzwanzig, Majestät.«

»Hat Er Vorstellungen von Seinem zukünftigen Leben? Ich meine, hat Er sich Ziele gesetzt, die zu erreichen Ihn lohnend dünkt? Gibt es Wünsche, Ideale, ehrgeizige Pläne?«

Schon wollte ich treuherzig mein Sorgenbündel aufschnüren und von der Schwierigkeit erzählen, Geld für eine Reise nach Holland aufzutreiben, wollte ihn aufklären, wie unmöglich es war, ohne den vermaledeiten Doktortitel eine Anstellung zu bekommen, als ich es mir anders überlegte. Es kam mir zu vertraulich vor, den allerhöchsten Landesherrn, dessen Sorgen in ungleich bedeutenderen Dimensionen angesiedelt waren, mit meinen kleinen Zettervallproblemen zu behelligen.

Daher beschränkte ich mich darauf, seine Fragen so knapp wie möglich zu beantworten. »Ja, Majestät, alles vorhanden. Vorstellungen, Ziele, Wünsche, Ideale. Und ehrgeizige Pläne auch.«

»Das ist gut … hm, hm … sehr lobenswert.« Er hakte nicht weiter nach, hatte es also tatsächlich gar nicht so genau wissen wollen. Bloßes Geplänkel, um Zeit zu gewinnen. Als habe er es satt, noch länger um den heißen Brei herumzuschleichen, kam die nächste Frage: »Hat Er schon mal etwas von den Nomadenvölkern der Rubutschen und der Sbiten gehört?«

Ich hatte keine Ahnung, worauf er hinauswollte, und kam mir vor wie in der Schule bei Magister Kniplinger. »Bis jetzt noch nicht, Majestät. Aber wenn ich mich von der Logik leiten lasse, würde ich Nomadenvölker im Riesenreich der Russen oder in den nach Asien hin gelegenen Khanaten suchen.«

»Ausgezeichnet.« Er machte ein erfreutes Gesicht. Von da an gab es kein Räuspern und kein Stocken mehr; ich lauschte ehrerbietig, ohne zu verstehen, was er mit seinem Vortrag bezweckte.

»Die Rubutschen und die Sbiten … Die einen sollen sich, wie es heißt, seit Jahrhunderten in den Zonen der sibirischen Taiga aufgehalten haben und die anderen in der Gegend der Wolga. Aus Gründen, in die wir keinen Einblick haben, scheint es von Seiten der sesshaften Bevölkerung immer wieder zu gewalttätigen Ausschreitungen gegenüber den Nomaden gekommen zu sein, zu grausamen, ja blutigen Maßnahmen und Metzeleien. Äußerst selten nur sind Gerüchte darüber bis zu uns gedrungen und haben uns – mit uns meine ich die mehr oder weniger informierten Kreise – nicht stärker berührt als die grausamen und blutigen Sagen unserer Vorväter. Russland, das unberechenbare, hat in unseren Augen ohnehin mehr zu Asien gehört als zu den Nationen des guten alten Europa.

Seit einiger Zeit nun mehren sich die Berichte von Pelzhändlern und Falkenjägern, die sich länger im Norden aufhalten. Sie wollen fremdartig aussehende und gekleidete Menschen beobachtet haben, die teils in herumziehenden Stämmen, teils in primitiven Hüttensiedlungen leben. Wir nehmen an, dass es sich dabei um die besagten Rubutschen und Sbiten handelt. Sie sind höchstwahrscheinlich von Russland illegal über mehrere nördliche Grenzen gewandert, um hier Ruhe zu finden. Ruhe – aber auch Eis und Schnee und Dunkelheit viele Monate im Jahr und nur für einen kurzen wilden Sommer Blumen und Beeren und Sonne und Vögel. Ob sie wussten, was sie erwartete?

Ich machte ihnen gern eine Heimat geben, wo sie vor Verfolgung sicher sind. Ehe ich die Angelegenheit im Parlament zur Sprache bringe, hätte ich aber doch zuvor gern etwas mehr über die Einwanderer gewusst. Da Er sowieso in diese Gebiete zu reisen vorhat, lieber Zettervall, bitte ich Ihn, zugleich mein Kundschafter zu sein.

Er soll für mich herausfinden, wie der Charakter der Sbiten und Rubutschen einzuschätzen ist. Ob sie von friedfertiger Natur sind, was für Angewohnheiten und Sitten sie haben. Ob man ihre Eigenschaften und Gebräuche, auf die Zukunft hin betrachtet, als schädlich für unsere Untertanen bezeichnen kann oder nicht. Könnten diese Völker auf die Dauer Ungelegenheiten bereiten? Zeigen sie Neigung, herunterzuziehen in die besiedelten Gebiete des Landes?«

Wie um seinen eigenen Fragen nachzusinnen, legte er eine Pause ein.

In die Stille platzte der Zwischenruf der Königin: »Vergessen Sie nicht zu erwähnen, mein Lieber, warum wir gerade auf Herrn Zettervall verfallen sind. Er glaubt womöglich, wir wollten uns bloß die Kosten für einen eigenen Kundschafter sparen und ihm zu seiner wissenschaftlichen Aufgabe noch eine zweite aufhalsen. Er muss erfahren, dass er sich vorzusehen hat und auch weshalb und vor wem.«

»Wie?« Irritiert, aus seinen Ansiedlerproblemen herausgeholt, blickte der König auf seine Gemahlin. Es schien ihm

Mühe zu bereiten, rasche Gedankenwechsel zu vollziehen, besonders wenn er sich in ein bestimmtes Thema so verbissen hatte, wie es gerade der Fall war.

Die Erkenntnis, dass auch bei Ehen zwischen allerhöchsten Personen die unterschiedlichsten Temperamente aufeinander trafen, war neu für mich. Bisher hatte ich mir königliche Paare stets als absolut gleich geartete Wesen gedacht, wie Löwe und Löwin beispielsweise, ruhend in paralleler Hoheit und Gelassenheit.

»Ich erwähnte nur, dass wir Herrn Zettervall wohl oder übel in die politischen Hintergründe einweihen müssen.«

»Selbstverständlich, das bedarf keiner Frage. Ich weiß nur noch nicht recht, wie ich mich ausdrücken soll. Einerseits möchte ich keine übertriebenen Ängste auslösen, andererseits aber auch die Möglichkeit eventueller Behinderungen nicht ausschließen.«

Die Sache wurde mir immer rätselhafter. Sollte ich in der Tat auf die geheimnisumwitterten Nomaden stoßen – was konnte daran Gefährliches sein? Ein einzelner Reisender, ein Forscher, der sich für die Pflanzen- und Tierwelt interessierte, durfte sich wohl bedenkenlos mit ihnen anfreunden, ohne dass sie in ihm gleich eine Bedrohung ihrer Existenz sahen und zu Pfeil und Bogen griffen oder was sie sonst benutzten.

Seine Majestät begann wieder mit dem Umhergehen und dem Fingerknacken, indes die Königin ihm wieder mit den Augen folgte und vor Ungeduld an den Schleifen ihres Mieders herumzupfte.

Wie vorhin setzte der König abrupt ein. Fast erschrak ich, als er stehen blieb und hervorstieß: »Ich bin nicht der Souverän, für den mich das Volk hält. Die Partei des Adels ist in den letzten Jahrzehnten, also lange bevor ich den Thron erbte, in einem Maße erstarkt, dass sie nicht bloß im Parlament regiert und den

Rat und die Stände auf ihre Seite gebracht hat; sie weiß auch durch stetiges Aufwiegeln, Intrigieren und Verbreiten von Gerüchten das Königtum als ›Quelle aller Leiden‹ darzustellen. Ihr Ziel heißt: mich auszuschalten und an meiner statt einen Schattenkönig ihrer Wahl einzusetzen, der ihren Anmaßungen freie Hand lässt.«

»Während der Karnevalsbälle wurde ein Mordanschlag auf den König verübt!«, unterbrach ihn seine Gemahlin und scherte sich nicht darum, dass er die Stirn runzelte, als verrate sie zu viel. »Nur der Umstand, dass er im letzten Augenblick ein anderes Kostüm wählte als das ursprünglich vorgesehene, rettete ihm das Leben. Der Attentäter erwartete einen türkischen Padischah, dessen seidene Leibbinde ein Dolch ohne weiteres durchbohrt hätte. Doch die Vorsehung wollte, dass der König auf dem Ball in der Tracht eines Normannenfürsten erschien, und der mit Wucht geführte Dolch rutschte an den Ringen des Kettenhemds ab und fiel zu Boden. Der Attentäter aber tauchte im Gewühl der Masken unter. Er blieb unerkannt. Zu dem Ball hatte Graf Stenbassen geladen, der Kopf der Adelspartei. Natürlich verbürgte er sich für die Loyalität seiner Gäste, was blieb ihm anders übrig. Ein Irrer habe sich eingeschlichen, hieß es. Aber seitdem sind wir gewarnt und wissen, wie skrupellos sie in ihrer Machtgier sind.«

»Es versteht sich wohl von selbst, dass Er über dieses Vorkommnis strengstes Stillschweigen bewahrt«, schaltete sich hier der König ein. Ich nickte, von dem Gehörten zu sehr entsetzt, um zu sprechen. Ich konnte mir nicht denken, dass Herr Scavenius davon wusste; der Gute – er liebte den König so sehr! Der Schlag würde ihn hinstrecken, wenn er davon erführe.

Ob dem König bekannt war, dass dieser Graf Stenbassen einmal pro Woche hier in Rökstuna mit seinen Anhängern zusammenkam? Und zwar ausgerechnet im Gasthof KARLS ZEPTER, den er und die Königin für mich ausgesucht hatten als unauffälliges Quartier?

»Um auf die eingewanderten heimatlosen Völkerstämme zurückzukommen: Besagte Adelspartei bedient sich dieser armen Menschen, um mir, also dem Souverän, zu schaden. Da man weiß, dass ich ihr Ansiedeln befürworte und bereit bin, ihnen Lebensraum zuzugestehen, streut die Adelspartei allenthalben Hetzparolen aus über die angeblich barbarischen, blutdürstigen Sitten der Fremden. Sie werden als ein Heer von Tataren dargestellt, das ich ins Land gerufen hätte und das nur auf einen Wink von mir warte, um herunterzuwalzen in die bewohnten Gebiete – plündernd und brandschatzend und allem Recht und aller Ordnung hohnlachend.«

Er hatte sich in Hitze geredet und brauchte eine Weile, um sich zu beruhigen. Unvermutet trat er auf mich zu und legte mir mit einer bittenden Geste seine Hände auf die Schultern.

»Ich muss den Bericht eines verlässlichen Augenzeugen haben, lieber Zettervall, um öffentlich gegen die Hetzparolen auftreten zu können. Stenbassen und seine Kamarilla sind sonst imstande, einen Kreuzzug gegen die schon einmal Vertriebenen zu entfesseln. Einen solchen Schandfleck in der Geschichte meines Landes kann ich nicht zulassen.

Um zu verhindern, dass ich Berichterstatter in den Norden entsende, wird man ein Auge auf jeden haben, der ohne nachweislichen Grund auf dem Weg dahin angetroffen wird. Er jedoch, lieber Zettervall, kann sich jederzeit als beglaubigter Beauftragter der Sozietät der Wissenschaften ausweisen. Er hat gewiss auch Gegenstände in seinem Gepäck, die das bestätigen – falls man Seine Habe heimlich durchsuchen sollte. Dazu kommt, dass niemand eine Verbindung zwischen mir und Ihm herstellen wird. Ich bin zu Pferd hier eingetroffen, nur von meinem Reitknecht begleitet. Adjutanten und Kammerdiener sind in Västhedanger und wissen nichts. Offiziell bin ich in Tumlevik, um den Neubau nach einem Schadensfeuer zu besichtigen. Nun, wie ist es? Dürfen wir auf Ihn zählen?«

Die Gefühle, die sich in meiner Brust stritten, konnten nicht gegensätzlicher sein. Ich hätte liebend gern eine etwas längere Bedenkzeit gehabt; eine so schwer wiegende Frage wollte ich nicht so einfach übers Knie brechen.

Bequemlichkeit und Verstand rieten mir, das riskante Ansinnen zurückzuweisen. Niemand konnte mich zwingen, nicht einmal König Olvart Märtus. Ständig auf der Hut sein zu müssen, um nicht irgendwelchen Spähern und Schnüfflern ins Netz zu gehen, hinter jeder harmlosen Reisebekanntschaft jemanden zu vermuten, der im Sold der Adelspartei stand, würde mir den Genuss des Reisens vergiften. Aber war das nicht längst geschehen? Die unschuldige Freude auf das, was vor mir lag, war dahin, und ob sie sich wieder einstellte, wenn ich ablehnte, war höchst ungewiss.

Also kannst du ebenso gut auch zusagen, lockte mein innerer Bruder Leichtfuß. Du erweist deinem König einen großen Dienst damit. Und solltest du den mit deinem Leben bezahlen, kommst du womöglich in die Geschichtsbücher – eine Chance, von der du als schlichter Isak Zettervall, ohne Anstellung und ohne Doktortitel, nicht einmal träumen könntest.

»Wenn aber der Zufall dagegen ist, dass ich mit diesen Sbiten und Rubutschen zusammentreffe?«, fragte ich, schon halb gewonnen. »Immerhin haben sie keine in Landkarten eingetragenen Wohnsitze, und man kann dort oben wochenlang umherziehen, ohne auf menschliche Ansiedlungen zu stoßen, so hat man mir gesagt.«

»Ja, dann … gegen den Zufall ist man machtlos. Oder gegen das, was wir in unserer Blindheit Zufall nennen. Doch ich glaube daran, dass Er, Zettervall, uns nicht ohne bedeutsamen

Grund aufgefallen ist, gerade jetzt, in dieser prekären Lage. Wie vom Himmel gesandt.«

Beide Majestäten wirkten wie erlöst. Die aufrichtige Dankbarkeit in ihren Gesichtern beschämte mich; bis jetzt hatte ich ja noch nichts geleistet.

»Ich weiß, dass Er sie finden wird!« Die Königin lächelte, nein, strahlte mich an. »Ich will Ihm auch einen Talisman mitgeben, der Ihn beschützt, weil er von Herzen kommt, und das im doppelten Sinn.«

Mit jähem Ruck trennte sie eine der rosaseidenen Schleifen von ihrem Kleid. Die, welche zualleroberst gesessen hatte, dem freizügigen Brustausschnitt am nächsten. Sie hielt sie mir hin, und ich konnte nicht verhindern, dass ich rot anlief wie ein Jüngling, der zum ersten Mal verliebt ist.

»Natürlich wird Er Umstände machen müssen und vermehrte Auslagen haben …« König Olvart Märtus räusperte sich. »Wir hoffen, dass Ihm dies hier dabei ein wenig zustatten kommt, lieber Zettervall.«

Mit gnädiger Gebärde drückte er ein ledernes Würstchen in meine herunterhängende Hand. Fast hätte ich es fallen lassen, überrascht von seinem unerwarteten Gewicht. Das konnten keine Kupfertaler sein, so schwer waren nur Goldstücke.

5. Kapitel

Auf meine Bitte hin hatte Ibb Ibson der Alte mich im Fliederhof verabschiedet. Die sinkende Sonne überflutete die Dächer des Schlösschens und erfüllte die stille Oase mit beinah südländischer Heiterkeit. Ich ging unter den Zweigen der Syringenbäumchen auf und ab und verspürte nicht den geringsten Wunsch, von hier fortzukommen. Der Zauber des Ortes schien die Zeit anzuhalten und versprach Schutz, solange man in seinem Bannkreis verweilte. Die Lust auf das Unbekannte, die mich vor wenigen Stunden noch beflügelte, hatte mich verlassen – ein Zustand, zu dem mein leerer Magen sicher nicht wenig beitrug.

»Pst, Isak! Hast du jetzt Zeit für mich?« Ibb Ibson der Jüngere brachte sich wieder in Erinnerung. Er rief vom Torbogen her, in seinen Augen funkelte der Tatendrang, der mir abging. »Weißt du was? Lass uns nachsehen, ob der komische Mann sich noch draußen vorm Parktor versteckt. Und dann schreien wir buh!«

Er zerrte mich hinter sich her, doch mich durchfuhr ein schlimmer Verdacht.

»Hatte der Mann eine solche Nase?« Und ich beschrieb mit den Händen einen gewaltigen Geierschnabel.

»Ja, ja, wie der Ausguss von einer Kanne, nur andersherum!« Ibb Ibson der Enkel kreischte vor Vergnügen. »Also kennt ihr euch doch. Ich hab ihn beobachtet, von meinem Busch aus, dann hab ich buh! gerufen, genau wie bei dir. Und als ich ihn fragte, ob er auf dich wartet, sagte er, ich würde albernes Zeug schwatzen, und er kennt niemanden, der so heißt.«

»Oh, du Unglückswurm, hat du ihm etwa meinen Namen genannt? Hast du ihm erzählt, dass ich hier jemanden besuche?«

Der Junge nickte, plötzlich wie auf den Mund geschlagen, da er einsah, wohl eine Dummheit begangen zu haben. Schüchtern schlug er vor: »Du musst nicht durch das Parktor gehen, wenn du nicht willst, Isak. Auch nicht durch das Schlosstor. Ich kann dich hinausbringen, ohne dass jemand dich sieht.«

Schon war er wieder obenauf. Etwas von seiner Quicklebendigkeit strömte durch die kleine, heiße Hand, die mich mitzog, spürbar auf mich herüber. Vom leeren Hundezwinger aus krochen wir unter einem Fallgatter, durch das man in der Jagdsaison die Meute herausließ, ins Freie und schlichen gebückt zu den Wirtschaftsgebäuden. Von dort führte ein Trampelpfad in den nahen Forst. Kaum eine halbe Stunde später war ich mit Ibb Ibson des Jüngeren Hilfe an einer Abzweigung, die direkt auf den Weg zwischen Schloss und Stadt münden sollte, wie er beteuerte.

Ob ich ihm noch böse sei, fragte er, grinste aber dabei so schalkhaft, als wäre nun alles in bester Ordnung. Winkend und hüpfend entfernte er sich zwischen den hohen Fichtenstämmen. Ich konnte nur beten, dass er nicht eine weitere Dummheit anstellte, etwa schnurstracks zu Sivert Snekker rannte und rief: »Ätsch, Isak ist schon lange fort!«

Hatte ich, wie der König, bis jetzt gemeint, niemand würde zwischen ihm und mir eine Verbindung herstellen, so durfte ich diese Hoffnung jetzt begraben. Snekker, das Frettchen, war auf dem Posten.

Zahlreiche Eichhörnchen begleiteten mich, solange der Wald dauerte, flogen wie rote Flämmchen von Wipfel zu Wipfel und hielten blitzschnell inne, um mich zu beäugen. Als ich an die offene Straße gelangte, war gottlob weit und breit nichts von meinem Nasenmann zu sehen. Ich beschloss, die Kopfhängerei auf ein andermal zu verschieben.

Da der Abend noch jung war, verzehrte ich mein Nachtmahl in der Gaststube vom KARLS ZEPTER, ohne von Zechbrüdern rechts und links angestoßen zu werden. Mein Auftauchen bewirkte großes Befremden unter den Schankmamsellen; sie hechelten miteinander und kicherten. Sicherlich tauschten sie Vermutungen aus, weshalb ich so früh zurück war, anstatt die Nacht über das zu tun, von dem sie annahmen, dass ich dazu hergekommen war.

Mochten sie doch denken, was sie wollten! Ich hatte weiß Gott andere Sorgen. Sogar das Stockzahngrinsen der alten Blombakker, die um meinen Platz herumscharwenzelte und mir Komplimente über meinen Appetit machte (»Ja, ja, ja … davon wird ein Mann hungrig. Esst nur, esst! Wird ja alles bezahlt!«), ertrug ich mit Gelassenheit.

Oben in der Kammer ließ ich die königlichen Reisetaler mit den Talern der Sozietät zusammenklingeln. Am weit offenen Fenster lehnend, sah ich zu, wie das Völkchen der Fledermäuse das Dämmerblau mit blitzartigem Hin-und-her-Schwirren in Stücke schnitt. Die Perücke schaukelte auf einem der Bettpfosten und die Abendluft kühlte meinen verschwitzten Kopf. Ich überlegte, ob ich doch noch die Flasche Ungarwasser kaufen sollte, da ich jetzt etwas besser bei Kasse war. Vielleicht war ja doch etwas dran, dass solche Duftwässer die Sinne einer Dame erwärmen konnten.

Zwischen Hjördis Ulfeldt und mir war es noch zu keinem Kuss gekommen, nur zu einer flüchtigen Abschiedsumarmung vor aller Augen.

Das zarte Kratzen oder Schaben, das ich für Mäusegeknabber gehalten hatte, wurde auffälliger wiederholt. Jemand kratzte an meiner Tür. Zu kratzen statt zu klopfen war eine Sitte der

Leute von Stand; die alte Blombakker konnte es also nicht sein, die pochte mit der ganzen Faust.

Es war Doris.

»Frau Dannhauer bittet Euch recht herzlich, doch für einen kurzen Besuch herüberzukommen. Sie möchte sich bei Euch bedanken für die Hilfe letzte Nacht.«

Ich versah mich also wieder mit Perücke, blieb aber ansonsten in Hemdsärmeln und Weste. Waren wir uns letzte Nacht nicht weit ungezwungener begegnet? Außerdem war mein Bedarf an förmlichen Visiten für heute gedeckt. Ich würde eine kraftlose Hand drücken, ein paar beruhigende Worte murmeln und damit genug.

»Mein lieber Herr Zettervall!«

Vom Bett aus wurden mir beide Hände entgegengestreckt wie einem lang vermissten Freund. Die Kranke war zu meiner Verblüffung vollständig angekleidet und aufs Sorgfältigste geschminkt, so dass ihre Krankheit dem unkundigen Auge entgehen mochte. Frau Dannhauer empfing mich in einer losen Negligéjacke aus dünnem Indienne, die über und über mit Papageientulpen durchwirkt war. Die bloßen Unterarme wurden vom Spitzengeriesel der Halbärmel umschmeichelt. Die Haare hatte sie unter einem Brüsseler Häubchen verborgen und neben dem Mund waren zwei Schönheitspflästerchen angebracht worden. Selbst das unvermeidbare Hüsteln schien eher ein Zeichen charmanter Nervosität zu sein als ein Merkmal tödlicher Krankheit.

Ich wurde wieder in den Sessel gebeten, wie in der Nacht, nur dass Doris diesmal nicht bei uns blieb. Wahrscheinlich betreute sie das kleine Kind.

Es folgten Dankbarkeitsbeteuerungen, die ich abwehrte; was hatte ich schon tun können! Dennoch muss ich zugeben, dass ihre Lebhaftigkeit und Liebenswürdigkeit Eindruck auf mich machten. Frau Dannhauer hatte hübsche, sehr weiße Zähne, mit denen sie mich verschwenderisch anlächelte. Die purpurnen Flecken auf ihren Backenknochen allerdings waren nicht dem Rouge zuzuschreiben, sondern verrieten das fortgeschrittene Stadium der Schwindsucht. »Friedhofsrosen«, sagt der Volksmund dazu. Und der Volksmund äußert sich nur zu Dingen, über die er Erfahrungen gesammelt hat.

Als Nächstes teilte sie mir ihren Namen mit. Sie hieß Hermynia; Hermynia Dannhauer.

Schon vor längerem hatte mich ein Kommilitone, der in höheren Kreisen verkehrte, gewarnt: »Wenn dir eine hochgeborene Dame das Geschenk ihres Vornamens macht, dann sei höllisch auf der Hut. Denn falls sie es nicht auf deine lustigen Augen abgesehen hat, womit höchst selten zu rechnen ist, will sie dich nur für irgendwelche heiklen Dienstleistungen einspannen.«

Ich hätte die Warnung ernst nehmen sollen; die Prophezeiung traf ins Schwarze. Hermynia Dannhauer ... Ich dachte an diesen Namen während der folgenden Tage mit ohnmächtigem Zorn, sooft ich an seine Trägerin erinnert wurde. Und das geschah praktisch von morgens bis abends, ja selbst des Nachts, denn ich schlief nicht allzu gut in der anschließenden Zeit.

Vorerst bekam ich noch einmal alles das zu hören, was ich bereits von Doris wusste, nur spielte der Ehemann in der Version seiner Gattin die Rolle eines unschuldig Verfolgten. Andererseits verwickelte die Erzählerin sich in Widersprüche, die ihr selbst offenbar unbewusst blieben. Denn wenn das Musterbeispiel eines Ehrenmannes zu Unrecht verhaftet worden war – weshalb hatte er dann nicht in aller Ruhe die Gerichtsverhandlung abwarten wollen, sondern sich für das Wagnis einer Flucht entschieden, deren Ausgang mehr als zweifelhaft war? Eine Flucht aus einer Felsenfestung! Und obendrein noch Frau und

Kind gedrängt, ebenfalls Hals über Kopf Stadt und Land zu verlassen! Wog sein Verbrechen, wenn er denn eins begangen hatte, so schwer, dass seine nächsten Angehörigen eine Verfemung zu fürchten hatten?

Sie musste mehr wissen, als sie vor mir zugab. Ihre Angst um ihn, von dem keine Nachricht kam und von dem man an keinem der verabredeten Treffpunkte etwas gehört hatte, war kurz davor, in Verzweiflung überzugehen. Ihr Lächeln konnte mich nicht täuschen; sie wurde selbst hier noch von Angst gepeinigt, wo niemand sie und ihren Namen kannte. Dessen ungeachtet gab sie sich ersichtliche Mühe, zu plaudern und mich zu unterhalten, damit ich noch nicht ginge. Sobald sie sich ein wenig besser fühle, wolle sie einen Wagen mieten, sagte sie, um die fremde Stadt, in der sie Zuflucht genommen hatte, kennen zu lernen.

»Ich kann mich ja nicht ewig verstecken, nicht wahr? Ach, ich wäre so viel ruhiger, wenn ich wenigstens mein Kind in Sicherheit wüsste! Stemma, so heißt meine Tochter, vergöttert ihren Vater. Seit man ihn gefangen nahm in ihrer Gegenwart, ist alle Fröhlichkeit von ihr gewichen. Und Sie? Haben Sie Kinder?«

Vorerst sei ich noch nicht einmal verheiratet, gestand ich. Aber ich würde meine Braut in Kürze sehen, denn ich sei im Begriff, eine längere Reise in den Norden anzutreten. Genauer gesagt morgen. Eine Reise zu wissenschaftlichen Zwecken, betonte ich, denn ich hatte plötzlich das knabenhafte Bedürfnis, in den Augen Hermynia Dannhauers etwas zu gelten. Das leichte Abendfieber machte ihren Mund rot und ihre Blicke glänzen. Wie von meinen Schilderungen verzaubert, setzte sie sich in den Kissen auf und verschlang jedes meiner Worte.

So hatte mir noch kein Mensch zugehört. Ich hielt diese Anteilnahme für Interesse an meiner Person und meinem Vorhaben. Daher fühlte ich mich ermuntert, ihr meine botanischen Forschungsaufgaben in den leidenschaftlichsten Farben zu malen. Auch das Erlebnis der Einsamkeit, das auf mich zukäme, da es dort oben kaum menschliche Ansiedlungen gäbe, strich ich gebührend heraus. (Die Mission im Auftrag Seiner Majestät erwähnte ich selbstverständlich mit keiner Silbe.)

Alles, was ich von Professor Ursinus gehört hatte (meinem Mentor und Förderer, der selbst vor Jahren ein Stück in den Norden vorgedrungen war), breitete ich vor Hermynia Dannhauer aus. Sie besaß jenen Instinkt, den man bei seelenvollen Frauen oft findet, der sie anleitet, ohne jede Berechnung genau das zu sagen, was dem Gesprächspartner gefallen könnte: Ausrufe der Bewunderung, faszinierte Zwischenbemerkungen, die den Sprecher verführen, die Fabuliererei endlos auszuspinnen, und ihm ein Gefühl geben, das nicht weit von Größenwahn entfernt ist.

Ich ließ also für Hermynia Dannhauer Moore entstehen, tausende von Hektar groß, beflockt mit weißen Wollgrasbüscheln, Schwärme von Zugvögeln ließ ich über ihr kreisen, Wildwasser tosen und Berghänge unter Teppichen blühender Alpenrosen leuchten. Und ich hielt für sie die Sonne an, die während der Sommerwochen das Untergehen vergessen und noch in tiefster Mitternacht über dem Horizont stehen würde – karfunkelrot.

Ergriffen reichte sie mir die Hand herüber. Jedenfalls nahm ich es für Ergriffenheit und fand nichts dabei, die Hand der armen Kranken freundlich zu drücken. Sogleich fasste sie mit der anderen zu und sagte, indem sie meine Hand mit ihren beiden Händen krampfhaft umklammerte: »Oh, bitte, Herr Zettervall, nehmen Sie meine Stemma mit!«

Da der Vorschlag zu absurd war, um ernst genommen zu werden, machte ich einen Scherz daraus und entgegnete, ich hätte vorläufig noch zu wenig Erfahrung mit kleinen Kindern.

»Ein andermal gern. Wenn das Fräulein ein paar Jahre älter ist, lasse ich mit mir reden.«

»Sie kann nicht warten. Die Häscher haben ihren Vater eingeholt, ich spüre es, ich weiß es, sonst wäre er längst bei uns. Seine Flucht ist vereitelt worden. Bald wird man auch uns aufgespürt haben. Lovis, das ist mein Mann, hat Stemma oft bei sich im Kabinett gehabt, wenn er seine alchimistischen Experimente durchführte. Es machte ihm Spaß, ihr dies und das zu zeigen und zu erklären. Deshalb wird man sie vielleicht als seine Komplizin anklagen. Er hat viel Geld von ... von einigen sehr hohen Herren bekommen. Aber das, was er für sie herstellen sollte, ist ihm nie gelungen.«

Ungläubig, fast flüsternd, fragte ich: »Gold ...?«

»Sie haben es erraten. Immer wieder Hinhalten, erneute Versprechungen und neue Summen. Sie zahlten, ohne zu feilschen. Aber das ist noch nicht alles.« Jetzt war sie es, die flüsterte, als fürchte sie, die alte Blombakker habe ihr Ohr an der Tür. »In unserem Haus haben zahlreiche Herren der diplomatischen Kreise verkehrt. Und Lovis hat im Dienst verschiedener Hofkanzleien gestanden. Sie ahnen, was ich andeuten will?«

»Wollen Sie damit ausdrücken, Herr Dannhauer habe Staatsgeheimnisse verkauft?«

»Bitte, bitte, nicht so laut. Sehen Sie, lieber Herr Zettervall, es gibt entsetzliche Strafen, schon für weit geringere Vergehen. Seit ich hinter die Sache gekommen bin, lebe ich in Alpträumen. Abschneiden von Ohren und Zunge, Ausstechen der Augen, Brandmarken, Abhauen einzelner Finger und der ganzen Hand, lebendig Verbrennen oder lebendig Begraben, Vierteilen, Rädern, Aufhängen ... Alles erlebe ich in meinen Träumen. Nicht um mich habe ich Angst, meine Tage sind ohnehin gezählt. Aber um Lovis und um Stemma. Nur in der Wildnis, die Sie mir so wundervoll beschrieben haben, könnte mein Kind all dem Schrecklichen entkommen. Sie ist übrigens nicht so klein, wie Sie denken. Sie ist vierzehn Jahre alt. Viele Mädchen aus guten Familien werden in diesem Alter verheiratet.«

Ich saß da wie auf den Kopf geschlagen. Meine innere Stimme, auf die ich mich seit jeher hatte verlassen können, schrillte gleich einer Alarmglocke: auf nichts einlassen, sofort aufstehen und verabschieden, herzlich, mitleidig, aber fest. Mit einem Wort: *unerbittlich*. Willst du die Alpträume der armen Mutter erben, indem du dir die Tochter aufhalst? Vergiss nicht, dass du seit heute Nachmittag Kundschafter bist und gefährlich leben wirst!

Erst einmal zog ich meine Hand aus der flehenden Umklammerung. »Tut mir Leid, aber diese Bitte kann ich Ihnen nicht erfüllen.« Gröber als beabsichtigt, fügte ich hinzu: »Ich habe sogar zwei meiner besten Studenten den Wunsch nach Teilnahme an der Expedition abgeschlagen, um mich nicht durch Begleiter geniert zu fühlen. Warum sollte ich mich da mit der Verantwortung für ein Kind belasten? Nein und abermals nein, daraus kann nichts werden.«

Ich machte mich auf ausbrechende Tränen gefasst und appellierte an ihre Alptraum-Phantasie, indem ich ihr vorwarf, auf solch eine lange, abenteuerliche und anstrengende Reise ins Ungewisse nehme man keine kleinen Mädchen mit. (Was hatte ich Esel die Einöde des Nordens auch ausschmücken müssen, als handle es sich um das Paradies!) Nicht gerechnet hatte ich mit der Hartnäckigkeit einer Mutter, die für ihr vermeintlich bedrohtes Kind eine Chance sieht davonzukommen.

»Wenn Sie das Geschlecht stört – Röcke sind kein Hinderungsgrund. Stemma könnte sich als Knabe verkleiden; sie ist noch nicht allzu sehr entwickelt.«

»Was, wenn sie die Pocken bekommt, mitten in der Tundra?«

»Das wird sie gewiss nicht; die hat sie bereits mit sechs Jahren gehabt.«

Hermynia Dannhauer kämpfte; all ihre noch verbliebenen Kräfte warf sie in diesen Kampf. Auf jedes meiner Argumente wusste sie ein Gegenargument, um das erstere zu entwaffnen.

»Ich habe nur wenig Gepäck, das ich im Notfall selbst tragen kann, und bin auf tagelange Fußmärsche eingerichtet. Speziell angefertigte Ausrüstung wie Mückenschutz und Regenkapuze – wie steht es damit? Außerdem ist das Geld der Sozietät der Wissenschaften nur für die Unkosten einer Person gedacht.«

»Sie wird ihr eigenes Gepäck tragen und natürlich auch für sich zahlen. Die Ausrüstung werden Doris und ich ihr nähen; ich könnte die Nacht sowieso kein Auge zutun.«

»Und selbst wenn Sie über Nacht ein Reitpferd für Ihre Tochter aus dem Boden stampfen – was ist, wenn es stürzt? Ich kann ihr kein neues kaufen, und meines kann keine zwei Leute aufnehmen, es sei denn, ich würde meine gesamte Ausrüstung in den Straßengraben werfen. Und was ist, wenn Ihre Tochter unterwegs abgeworfen wird? Wenn sie sich Arme, Beine oder gar das Genick bricht? Ich habe eine Aufgabe zu erfüllen, der ich mich ganz widmen will, ohne Ablenkung und ohne ständige Rücksichtnahme auf Fremde. Ich begebe mich schließlich nicht auf eine Vergnügungsreise! Es kann sein, dass ich tagelang ohne Verpflegung auskommen muss!«

»Stemma reitet, als wäre sie im Sattel geboren«, kam es unbeirrt vom Bett her. »Ein Pferd werden wir auftreiben, das soll Ihre Sorge nicht sein.«

»Es ist auch keineswegs meine Sorge«, gab ich hitzig zurück, »denn ich gedenke mich nicht auf diesen lächerlichen Streich einzulassen.«

Wie um mir durch die Macht ihrer Rede den Wind aus den Segeln zu nehmen, entwarf Hermynia Dannhauer, indem sie mir die Vorzüge ihrer Tochter aufzählte, das Idealbild einer Reisegefährtin. Stemma Dannhauer war, wenn man ihrer Mutter glauben durfte, kräftig und ausdauernd, sehr intelligent, eher schweigsam als gesprächig, frei von jeder Gehässigkeit, weder schreckhaft noch zimperlich und überraschend eintretende Wechselfälle im täglichen Leben seit längerem gewohnt.

»Sie sollten hören, wie gut sie sich schon in Ihrer Sprache auszudrücken versteht. Was gilt ein verstauchter Knöchel, was gelten ein paar Tage Hungern gegen die Aussicht, seine Jugend in einer Kerkerzelle verbringen zu müssen, bei fauligem Wasser, in der Gesellschaft von Ratten oder – schlimmer! – dem Auswurf der Menschheit? Das Schuldgefühl, ein Unrecht zugelassen zu haben, obwohl Sie es verhindern konnten, wird Sie nie mehr verlassen, Isak Zettervall. Für Ihr ganzes Leben werden Sie es mit sich herumschleppen.«

Ich hegte leise Zweifel, ob Mädchen von vierzehn Jahren schon strafmündig waren. Doch was wusste ich von den gerichtlichen Gepflogenheiten jenes Landes?

Ich war nahe daran, den hohen Gefährlichkeitsgrad meiner geheimen Mission herauszuschreien. Doch ausgerechnet von diesem einzigen Argument, das die besorgte Mutter vielleicht hätte umstimmen können, durfte ich kein Sterbenswörtchen verlauten lassen. Wie gelähmt erkannte ich, dass ich in der Falle saß. Gab es denn keine Rettung außer der einen: meine Verschwiegenheit dem König gegenüber zu brechen? Es gab keine. Zumindest fiel mir keine ein. Der Alptraum hatte schon begonnen.

Hermynia Dannhauer würde den dritten oder vierten Blutsturz nicht überleben, somit allem entfliehen und ihr hinterlassenes Balg würde mir mit seiner unerwünschten Gegenwart den letzten Rest von Freiheit vergällen. Wie einen angehexten Buckel würde ich es mit mir herumschleppen müssen, wohin ich auch kam. Das unzählige Male erträumte Gefühl, eine wunderbare Welt als Erster zu betreten, würde auf Schritt und Tritt getrübt sein durch die ständige Anwesenheit eines verwöhnten Fräuleins.

Weinen über jeden Mückenstich, Beschwerden über nasse Füße, über ermattete Beine, über fehlenden Proviant – ich sah es geradezu vor Augen, hörte es quengeln und jammern. Warum nur wurde ich so vom Pech verfolgt?

Die hereinschauende Doris wurde geschickt, die Tochter Dannhauer zu holen, die ja von ihrer beschlossenen Verschickung noch nichts ahnte.

»Sie müssen sich doch ein Bild machen können«, sagte ihre Mutter, die vor fieberhafter Hochspannung förmlich glühte. »Wenn Sie Stemma gesehen haben, werden Sie die Nacht ruhig schlafen. Dann werden Sie wissen, dass Sie morgen früh mit einer Kameradin auf die Reise gehen und nicht mit einem wehleidigen Püppchen, wie ich es in ihrem Alter war.«

Unablässig den Kopf schüttelnd, mit der Hand abwehrend, wollte ich rückwärts gehend das Zimmer verlassen, wahnwitzige Pläne im Sinn: meinen Kram zusammenraffen und, sobald es ganz finster wäre, ungesehen das Haus verlassen. Oder aus dem Fenster springen und mir das Bündel von Ellik an einen versteckten Ort nachbringen lassen.

Hastiges Getrappel brachte die Bodenstiege zum Erdonnern und im nächsten Augenblick – ich war schon bei der Tür angelangt – schleuderte mich ein Stoß zur Seite. Unsanft kam ich auf einer der Gewandtruhen zu sitzen. Die Person, die wie eine Feuerwerksrakete hereingeschossen kam, wurde erst am Bettpfosten in ihrem Tempo aufgehalten. Sie umfasste ihn mit beiden Händen, doch ließ sich der wilde Anlauf so schnell nicht bremsen, so dass sie von der eigenen Geschwindigkeit herumgeschwenkt wurde und auf dem Bett landete. »Geht es Ihnen wieder schlechter, arme Mama? Haben Sie einen Wunsch? Kann ich etwas für Sie tun?«

Anhand des Idealbildes, das Hermynia Dannhauer von ihrer Tochter entworfen hatte, hatte sich in meiner Vorstellung das Bild eines entzückenden Kindes festgesetzt. Vielleicht hatte ich auch nur gedacht, eine schöne Mutter müsse unweigerlich eine ebensolche Tochter haben. Ein Trugschluss, wie sich erwies.

Noch nie hatte ich bei einem weiblichen Wesen solche abstehenden Ohren gesehen. Vom aufgesteckten Haar gnadenlos preisgegeben, ragten sie wie zwei wächserne Ziergriffe rechtwinklig vom Kopf weg. Jemand musste Hermynia Dannhauer vor vierzehn Jahren einen Wechselbalg in die Wiege gelegt haben. Jedenfalls konnte ich nicht den kleinsten Zug von Familienähnlichkeit zwischen beiden Frauen entdecken.

»Darf ich Ihnen meine Tochter Stemma vorstellen … Stemma, das ist Herr Isak Zettervall, Forschungsreisender, Botaniker und Arzt, er wohnt nebenan.«

Strenge, kreisrunde Augen musterten mich. Vielleicht rührte der Ausdruck der Strenge auch bloß von den dichten Augenbrauen her, zwei schwarze Balken, die über der Nasenwurzel zusammenstießen. Die Nase war flach und erinnerte mich, zusammen mit der beutelartig über das vorspringende Gebiss gezogenen Oberlippe, an die Physiognomie eines Elchs.

Nicht der leiseste Anflug eines Begrüßungslächelns zeigte sich, als das Mädchen kurz zu mir hin nickte. Wachsam, gespannt blieb sie auf dem Bett ihrer Mutter sitzen, und es hätte mich kaum verwundert, das Knurren eines Hündchens gegenüber einem missliebigen Fremden zu hören.

Hermynia Dannhauer sprach jetzt ausschließlich zu ihrer Tochter. »Du bist hier nicht mehr sicher, mein liebes Herz. Ich habe schon vor Tagen an unseren Freund, Rat Ferber, geschrieben und ihm unseren Aufenthaltsort mitgeteilt. Verzeih mir, es war unklug, ich weiß, aber ich kann nicht mehr weiterleben, ohne Gewissheit zu haben, was mit deinem Vater geschehen ist. Ferber wird mir antworten, dessen bin ich gewiss. Ebenso gewiss ist, dass man seine Post durchschnüffeln wird, da jedermann weiß, dass er uns nahe stand. Man wird also an entsprechender Stelle bald informiert sein, wo wir uns befinden. Das Meer ist nicht groß genug, fürchte ich, und je eher du für eine Weile verreist, desto ruhiger werde ich sein. Herr Zettervall bricht morgen früh zu einer längeren Reise in den Norden auf, in eine Wildnis, wo die Sonne nie untergeht und die Menschen ihre Städte zu Füßen gewaltiger Eisberge errichtet haben. Dort wird dich niemand vermuten, und ich habe beschlossen, dass du mit Herrn Zettervall reist, Stemma. Ich werde indessen hier alles abwarten – Ferbers Antwort und deine Rückkehr. Eine Kranke wird niemand festnehmen.« Ihre Stimme versagte und sie legte sich in die Kissen zurück.

Umso steiler richtete sich ihre Tochter auf.

»Sie werden mich doch nicht einem Mann anvertrauen, der sich in Hemdsärmeln im Zimmer einer Dame herumflegelt, Mama! Außerdem brauchen Sie mich. Sie sind krank. Es wäre Papa nicht recht, dass Sie mich mit einem Wildfremden wegschicken. Ich glaube nicht, dass er ein Herr ist.«

Darauf, dass die Tochter die Möglichkeit einer Reise mit mir ebenso heftig ablehnen könnte wie ich eine Reise mit ihr, war ich gar nicht gekommen. Vielleicht gab es von dieser Seite her noch Hoffnung, dass die Sache sich zerschlug.

»Kindermund tut Wahrheit kund«, sagte ich im Ton eines Propheten. »Ich bin voll und ganz Ihrer Ansicht, mein Fräulein. Der Plan Ihrer Frau Mama ist, mit Verlaub gesagt, ein Hirngespinst. An seine Ausführung kann überhaupt nicht gedacht werden. Wie ich bereits betonte, ist mir jedwede Begleitung lästig, erst recht eine aufgezwungene. Eine Reise in den

Norden ist kein Sonntagsausflug. Ich kann Ihre Entscheidung, hier zu bleiben, nur klug nennen und bin Ihnen außerordentlich dankbar dafür.«

Das junge Mädchen hatte wohl nicht mit einer Unterstützung von meiner Seite gerechnet. Über die Schulter blickte sie zu mir hin. In den Augen unter den dicken Brauenbalken las ich nach wie vor Misstrauen, aber auch Erleichterung und gequälte Ratlosigkeit. So überstürzt hatte sie das Reich der Kindheit eingebüßt, die Instanz eines angebeteten Vaters wanken und fallen sehen, dass sie sich jetzt an den letzten Rest des ihr Gebliebenen, Vertrauten klammerte – ihre Mutter.

Plötzlich dauerte sie mich. Arme, hässliche Stemma Dannhauer! Wahrscheinlich hatte sie keine Ahnung, wie es um ihre Mutter stand. Robuste Geschöpfe von vierzehn Jahren haben keinen Platz für Todesgedanken in ihrer Vorstellungswelt. Wenn sie ihn noch nicht miterlebt haben, ist Tod für sie etwas, das Käfigvögeln und alten Hunden und allenfalls fremden Menschen zustößt; die eigene Familie ist immer ausgenommen davon. Als meine Mutter starb, war ich immerhin schon neunzehn gewesen und wohnte längst nicht mehr daheim. (Mein Vater, Hiram Zettervall, versieht, mittlerweile betagt, noch immer seinen Dienst als Pfarrer einer kleinen Landgemeinde im Süden.)

Hermynia Dannhauer sah ihr schönes Luftschloss in Trümmer gehen. Von Hustenanfällen hin und her geworfen, flüchtete sie sich ins Weinen. Enttäuschtes Schluchzen erschütterte ihren Körper; sie begann, nach Luft zu ringen. Stemma versuchte, ihre Mutter in eine aufrechte Haltung zu bringen, und schaffte es auch mit beinah übermenschlicher Kraftanstrengung.

»Habt Ihr nicht selbst letzte Nacht gesagt, heftige Gemütsbewegungen wären schädlich für sie?«, fuhr Doris mich an, die draußen vor der Tür Posten gefasst hatte. Sie eilte zum Bett, riss das Mädchen von der Kranken fort und nahm selbst deren Platz auf dem Bett ein. Geschickt stopfte sie die Kissen hinter den Rücken ihrer Herrin.

»Die Tropfen, Fräulein Stemma, die Tropfen! Zwanzig müssen es sein.«

Ohne Verabschiedung stahl ich mich davon, hinüber in mein Zimmer, und wünschte das ganze vermaledeite KARLS ZEPTER samt allen Bewohnern und Gästen zum Teufel. Doch die Wand war nicht besser als Papier. Ohne es verhindern zu können, wurde ich Ohrenzeuge, wie nebenan Doris, die Getreue, das junge Mädchen scharf zurechtwies. Durch ihren Ungehorsam, ihre Widersetzlichkeit verschlimmere sie die Krankheit ihrer Mutter und sei womöglich schuld, wenn es zu einem neuen Blutsturz käme.

Stemmas Entgegnungen waren undeutlich; klägliches Stottern. Gab sie etwa klein bei?

Offenbar hatte Hermynia Dannhauer sich wieder beruhigt, will sagen, sie verfolgte ihre lächerliche Idee weiter, denn etwas später vernahm ich eine Männerstimme, die ich als die des Wirtes erkannte, Melcher Blombakker. Es ging um ein Reitpferd, das er beschaffen sollte. Ja, man brauche es auf der Stelle, koste es, was es wolle.

Noch im Hinüberdämmern hörte ich die halblauten Stimmen der Frauen, doch nun nicht mehr aufgeregt, eher sachlich. Ausgetauschte Bemerkungen, deren Wortlaut ich nicht verstand. Sooft ich hochfuhr in dieser Nacht – aus begreiflichen Gründen war mein Schlaf nicht der eines satten Säuglings –, kam dieses Gemurmel von jenseits der Wand. Sie schienen sich gegenseitig mit Reden wach zu halten.

6. Kapitel

Eine Bande von Sperlingen hockte im Morgengrauen auf meinem Fensterbrett und spektakelte munter. Sie waren ausgeschlafen. Ich nicht. Wie von selbst fielen mir die Lider immer wieder zu.

Noch mehr Artgenossen kamen angeschwirrt, vom Lärm der ersten herbeigelockt. Allen zusammen gelang es schließlich, mich zu wecken. Sobald ich mich erhoben hatte und auf Strümpfen ging (um das verräterische Knarren der Dielen zu verhindern, der Nachbarn wegen), stob die Mehrzahl davon, dem Stallhof zu, um sich dort den frischen Pferdeäpfeln zu widmen. Drei jedoch rührten sich nicht von der Stelle. Wie von einem Theaterplatz aus verfolgten sie mein Hantieren: wie ich den Geldgürtel umschnallte, wie ich mich mit Gepäck und Sattel belud; die Flinte von Herrn Scavenius hatte ich quer über den Rücken gehängt. Zuletzt packte ich die Reitstiefel bei den Schlaufen, musste sie aber sogleich wieder absetzen, um leise, leise die Klinke niederzudrücken.

Vorsichtig witterte ich in den Hausflur: War die Luft rein?

Sie war es nicht. Auf der obersten Stufe, schlafend, zusammengesunken, saß die Getreue der Damen Dannhauer und blockierte die Treppe. Nie und nimmer konnte ich mit der sperrigen Last unbemerkt über sie hinwegsteigen. Und wirklich: Kaum hatte ich das Bein angewinkelt, schlug Doris die Augen auf.

»Ach, Herr Zettervall, guten Morgen … Stemma ist bereit. Sie wartet unten in den Ställen, um Euch nicht zu verpassen. Und Frau Dannhauer möchte Euch gern noch Adieu sagen.«

Da sie keine Miene machte, die Treppe freizugeben, legte ich meine Bagage nieder und fuhr in die Stiefel.

Im Zimmer meiner Nachbarin war die Luft schwer und abgestanden. Der Geruch von Kerzen, die die ganze Nacht gebrannt haben, hing im Raum. Hermynia Dannhauer schlief unter ihrer seidenen Steppdecke. Doch Flüchtlinge haben, wie die Katzen, nur einen oberflächlichen Schlaf. Ohne Übergang war sie wach und lächelte mich an, als hätten wir uns am Abend zuvor im besten Einvernehmen getrennt.

»Ist es so weit? Ich wollte nicht einschlafen, aber wir haben bis vor kurzem noch an Stemmas Ausrüstung genäht, die gute Doris und ich. Einen schönen Morgen wünsche ich Ihnen, lieber Herr Zettervall. Es ist doch wohl ein schöner Morgen?« Fragend drehte sie sich zum Fenster hin. »Sie ahnen ja nicht, welche Last mir von der Seele genommen ist, seit ich weiß, dass Stemma mit Ihnen reisen wird. Wir haben ihr aus den Spitzenvolants zweier Ärmel eine Verschleierung angefertigt, wie für einen Imker, ganz allerliebst. Sie hat ausreichend Geld von mir mitbekommen, ich habe nur meinen Schmuck behalten. Und der Wirt, denken Sie, hat uns ein Pferd abgetreten! Ich hoffe, es ist keine allzu schlimme Mähre. Ich konnte es leider nicht begutachten, aber Stemma meint, es sei ein braves Tier …«

Sie plapperte und plapperte, während meine Wut ihren Siedepunkt erreichte. Die Wut darüber, dass man mich so infam überrumpelte. Und dass ich mich so überrumpeln ließ.

»Wie kommen Sie darauf, ich würde Ihre Tochter mitnehmen? Sie glauben wohl, Sie hätten einen Ihrer einstigen Domestiken vor sich, der pariert, sobald Sie etwas anordnen?« Ich wollte nicht brüllen, aber es war stärker als ich. »Hatte ich gestern nicht deutlich genug ausgedrückt, dass dies keine Lustreise sein wird? Es können Gefahren auftreten, die nichts mit der Landschaft und dem Klima des Nordens zu tun haben. Mehr darüber mitzuteilen ist mir nicht gestattet. Verstehen Sie jetzt endlich, in was für ein unsicheres Abenteuer Sie Ihr einziges Kind schicken? Ist Ihre Tochter imstande, sich gegen Überfälle zu verteidigen? Kann sie mit einer Waffe umgehen? Jagdflinte, Pistole, Hirschfänger?«

Entgeistert schaute Hermynia Dannhauer zu mir auf. »Ich werde für Sie beide beten«, brachte sie kaum hörbar heraus. »Mehrmals täglich. Tief in meinem Innern weiß ich, dass Stemma an Ihrer Seite nichts zustoßen wird. Bliebe sie hier, hätte ich dagegen keine ruhige Stunde mehr. Bei jedem Schritt auf der Treppe schwebe ich in Ängsten, dass man uns gefunden hat.« Mit gefalteten Händen flehte sie: »Bitte, lassen Sie Ihr Herz rühren. Stehen Sie uns bei!«

Die Situation war für uns beide gleichermaßen erniedrigend.

Zähneknirschend, außer mir, stieß ich hervor: »Darf ich das werte Fräulein Tochter wenigstens bei den Ohren ziehen, wenn sie mir allzu lästig fallen sollte? Die Gestalt dieser elefantischen Auswüchse legt es ja geradezu darauf an, dass man sich ihrer auf diese Weise bedient.«

Das wachsbleiche Gesicht der Mutter färbte sich dunkelrot. Es war nicht zu übersehen, dass ihr eine scharfe Erwiderung auf der Zunge lag und sie den Beleidiger ihres Kindes nur zu gern hätte hinauswerfen lassen. Widerwillig musste ich ihre Beherrschung bewundern, die wohl eine Spezialität der feinen Erziehung ist. Ihre Stimme klang nach wie vor freundlich, als sie sagte: »Lieber Herr Zettervall, Sie sind noch jung. Lassen Sie sich versichern, dass eine kleine Abneigung einer Kameradschaft nur förderlich ist. Ein Mädchen, das auf Sie anziehend wirkte, würde Sie bei Ihrer Arbeit nur behindern und Ihre Sinne von Ihrer eigentlichen Aufgabe ablenken. Meine Tochter, das verspreche ich, wird Ihnen ein Freund sein. Sie werden ihretwegen nie in Verlegenheit geraten.«

Jetzt war es an mir, einen roten Kopf zu bekommen. Um die Rede auf etwas anderes zu bringen, fragte ich: »Haben Sie auch daran gedacht, Madame, dass wir für Monate fort sein werden? Was soll mit Ihrer Tochter geschehen, wenn sie Sie bei der Rückkehr nicht mehr vorfindet? Ich meine, wenn Ihre Krankheit fortschreitet … Noch so ein Blutsturz, und …«

Hermynia Dannhauer blieb die Antwort darauf schuldig. Ob sie noch an eine Genesung glaubte? Wahrscheinlicher war, dass gerade das Wissen um die Absehbarkeit ihrer Lebenszeit sie zu all ihren übereilten Handlungen veranlasste.

Ich bohrte weiter: »Sie berauben sich freiwillig der Nähe des liebsten Menschen. Ist das nicht grausam – sowohl für Sie selbst wie für Stemma? Wie viel tröstlicher wäre es für sie, bei ihrer schwer kranken Mutter bleiben zu dürfen bis … bis zuletzt. Solange sie lebt, wird Stemma sich Vorwürfe machen, dass sie Sie um der eigenen Sicherheit willen in der Stunde der Not verlassen hat.«

Aber auch das Auffahren solch starker Geschütze half nichts. Hermynia Dannhauer blieb fest. Ich hatte sie nun so weit gebracht, dass sie still weinte, aber nicht so weit, dass sie auf ihren Plan verzichtete.

»Dann adieu«, sagte ich. Drehte mich um und stapfte hinaus, nahm mein Gepäck wieder auf und ließ mir in der Küche einen Imbiss zurechtmachen. Schmierig und verschlafen erschien die alte Blombakker auf der Bildfläche. Sie deutete meine schlechte Laune auf ihre Weise. Anzüglich grinsend sagte sie: »Ja, ja … Abschied tut weh. Aber es wird schon noch andere Gelegenheiten geben, bei denen man sich wiedersieht. Man ist ja nicht aus der Welt, hihi!«

Ich hätte sie erschlagen können.

Stemma Dannhauer hockte rittlings auf einem Herrensattel am Boden, als ich in den Stall kam. Sie wirkte in ihr Schicksal ergeben wie ein ausgesetztes Kind. Die Männerkleider, die sie trug, saßen zu angegossen, als dass es sich um etwas Geliehenes, hastig Geändertes handeln konnte. Ihr Haar war nach Knabenart frisiert und im Nacken in ein schwarzes Beutelchen eingebunden.

»Ah, sieh an – das Fräulein Dannhauer«, bemerkte ich sarkastisch. »Wie können Sie sich nur dazu herablassen, mit einem Mann, der in Hemdsärmeln Besuche bei Damen macht, auf Reisen zu gehen? Gestern hatten Sie mehr Stolz. Sind Sie immer so leicht umzustimmen?«

Sie öffnete den Mund, wollte etwas erwidern, begnügte sich aber damit, eine pikierte Grimasse zu schneiden. Sie zog die Oberlippe über die vorspringenden Zähne, wodurch sie wieder einem Elch ähnelte.

»Die erste Bedingung, wenn ich Sie schon erdulden muss, mein Fräulein: Auf Fragen wird stets geantwortet. Ich kann Schmollen und Ziererei nicht ausstehen.«

Ihre Stimme klang dünn, aber nicht weinerlich: »Ich habe mich nicht umstimmen lassen. Ich denke noch genauso darüber wie gestern. Ich gehorche nur dem Wunsch meiner Mutter. Und die Gründe, warum ich das tue, können nicht mit einem Satz beantwortet werden.«

»Wo ist Ihr Gepäck?«

Sie deutete auf einen Mantelsack zu ihren Füßen.

»Können Sie ihn auch tragen? Nicht nur anheben, sondern über längere Strecken tragen?«

Wortlos nahm sie ihn auf und marschierte, mit dem Sack über der Schulter, zwischen den Boxen auf und ab.

»Zeigen Sie mir jetzt die Ausrüstung, ohne die Sie im Norden verloren sind und ohne die ich Sie nicht mitnehmen kann.«

Ihr Gesicht blieb unbewegt, als sie sich bückte, den Sack aufschnallte und ein Gebilde aus kostbarsten Spitzen hervorzerrte, das entfernte Ähnlichkeit mit meiner Florhaube gegen die Mücken aufwies. Der Regenumhang dagegen entpuppte sich als ein gewöhnlicher weiter Reitmantel mit Kapuze, nicht zu vergleichen mit meiner geflochtenen Spezialanfertigung.

»Keine wasserdichte Kopfbedeckung?«

Es war klar, dass sie keine hatte, trotzdem nörgelte und krittelte ich weiter und benutzte das arme Ding als Prellbock für meine üble Laune.

»Wie steht es mit dem Schuhwerk?«

Ihr Blick glitt abwärts und blieb an ihren Reitstiefelchen hängen, auch diese, wie der Knabenanzug, allerbeste Maßarbeit und zweifellos vom einstigen Zuhause mitgebracht.

»Mit denen können Sie keine Tageswanderungen unternehmen. Sie werden sich blutige Blasen an den Füßen holen. Hier – schauen Sie sich die an!«

Und ich ließ sie meine dritte selbst entworfene Spezialanfertigung bewundern – die weichen Stiefel ohne Absätze und ohne offene Nähte. Stemma Dannhauer verzog keine Miene, und es ärgerte mich, dass sie so ungerührt blieb. Was wollte ich eigentlich, da ich doch an den Tatsachen nichts mehr ändern konnte?

Nun ja, sie könnte sich wenigstens demütig zeigen, dachte ich etwas verworren. Irgendwie erwartete ich von ihr Verständnis für meine Lage. Ihr sollte bewusst sein, dass sie mir so unwillkommen war wie die Krätze, wie ein Furunkel oder ein fauliger Zahn. Die medizinischen Vergleiche brachten mich auf einen weiteren Punkt, der unvorhergesehene Schwierigkeiten bescheren konnte.

»Haben Sie schon Ihre *menstruatio*? Wenn ja, sind Sie während dieser Tage reisefähig?«

Sie begriff die Frage nicht, hatte das Wort wohl noch nie gehört und starrte mich, nichts Gutes vermutend, unter dem düsteren Balken ihrer Augenbrauen hervor an.

»Sind Sie schon eine Frau? Bluten Sie regelmäßig?«

Als sei da unten etwas Interessantes aufgetaucht, betrachtete sie den Stallboden und schüttelte kaum merklich den Kopf.

»Wenn es durch die Anstrengungen der Reise dazu kommen sollte – hat Ihre Frau Mama Ihnen gesagt, was Sie in dem Falle unternehmen müssen?«

Abermaliges Kopfschütteln.

Wahrhaft erfreuliche Wochen, denen ich entgegenging! Also nicht bloß Leibwächter und Gouvernante und Reisemarschall, sondern auch noch Mutter und Zofe und Was-weiß-ich-alles obendrein.

Na, wenigstens machte der Apfelschimmel, für den Blombakker sicherlich eine viel zu hohe Summe gefordert (und erhalten) hatte, einen anständigen Eindruck.

Ich blickte mich mehrmals nach Stemma Dannhauer um, nachdem wir losgeritten waren, beständig in Sorge, ihr Sattel könne vielleicht rutschen, da zu locker befestigt (ich hatte mich absichtlich nicht darum geschert). Oder der Abschied von ihrer Mutter habe ein jähes Übelsein hervorgerufen. Oder der Schimmel könne scheuen, solange wir uns noch in Rökstuna befanden, zwischen rumpelnden Bauernwagen und kläffenden Kötern. Aber jedes Mal fand ich sie dicht hinter mir. Weder in Tränen schwimmend noch erhitzt vom Kampf mit aufgetretenen Unbequemlichkeiten. Ihr Gesichtsausdruck war zu verschlossen, um daraus etwas ablesen zu können.

Nachdem wir ungefähr eine drei viertel Meile hinter uns gebracht hatten, vorbei an zwei Dörfern, später durch heideartiges Gelände mit mehreren Ahnenhügeln, näherten wir uns dem Bygle. Ein Fluss, den ich ein Stück entlangzureiten gedachte, um den in den Karten angegebenen Wasserfall zu besichtigen. Ich hielt den Fuchs an und machte mir einige Notizen über die hier vorkommenden Pflanzen, die Baumbestände am Fuße des

Steilufers und über die Art, wie das Erdreich vom rasch fließenden Wasser abgefressen war.

»Da wäre noch eine Sache, die für uns von größter Wichtigkeit ist«, sagte ich dann.

Sie rechnete offensichtlich mit einer weiteren Maßregelung, denn sie sah auf recht hochmütige, abwehrende Weise über die Schulter. »Ich höre.«

»Sollten Sie in den nächsten Stunden, Tagen oder Wochen einen kleinen Mann bemerken, auffällig durch eine Nase, die ihresgleichen sucht, ein Kerlchen, das, als der liebe Gott die Nasen verteilte, mehr mitbekommen hat, als ihm zustand, so melden Sie es mir unverzüglich.«

Die frische Morgenluft hatte die Ohren der kleinen Dannhauer kräftig durchblutet; es sah aus, als trügen zwei feuerrote Konsolen das dreispitzige aufgeschlagene Hütchen. Meine Beschreibung von Sivert Snekkers überdimensionaler Zierde passte haargenau auf die Ohren meiner Begleiterin, und es musste wohl verräterisch um meine Mundwinkel gezuckt haben, denn Stemma Dannhauer warf mir einen fast hasserfüllten Blick zu. Wie ihre Mutter gesagt hatte, war sie nicht dumm. Doch genau wie ihre Mutter verstand sie sich auf die Selbstbeherrschung der feinen Leute.

»Suchen wir ihn oder müssen wir ihm ausweichen?«, fragte sie kalt.

»Je weniger wir von ihm sehen, desto besser für uns. Unangenehm kann es dagegen werden, wenn wir ihn zwar nicht sehen, er sich aber dennoch in unserer Nähe herumtreibt.«

»Ich werde aufpassen.«

Fragen stellte sie keine.

Ich hätte gern gewusst, ob ihr der Grund für die Vorsichtsmaßnahme gleichgültig war oder ob sie ganz von selbst ihre Schlüsse gezogen hatte. Seit der Flucht durch mehrere deutsche

Herzogtümer war sie sicherlich darin geübt, auf verdächtige Subjekte Acht zu geben.

Man hörte das Tosen des Byglefalls, lange bevor man heran war, und man sah auch nicht gleich das fallende Wasser, sondern zuerst die weiße Dunstwolke, die darüber stand. Zu meinem Bedauern war es nicht möglich, die steilen Felsen hinunterzuklettern, um den Fall aus der Nähe zu untersuchen. Besonders die Stelle, wo der Wasserrauch aufstieg und weiße Gischt brodelte gleich kochender Milch, hätte mich interessiert.

Ein Stück flussabwärts, wo die Strömung sich nicht mehr so wild aufführte und ein Lachsgatter aufgebaut war, saß ich ab. Es gab viel Unerwartetes zu entdecken und zu notieren, denn obgleich noch lange nicht im Norden angekommen, war ich doch in dieser Gegend des Landes noch nie gewesen.

Wie kamen die Eichen auf die Felsen, wovon ernährten sie sich? Zwischen den Uferklippen sammelte ich einige Schnecken mit merkwürdig spitzen Gehäusen. Ein äußerst seltenes, schwefelgrünes Moos ließ ich nur unter Skrupeln stehen. Doch mein Verstand sagte mir, wenn ich mich gleich am ersten Tag mit »Beute« beladen würde, stünde ich später unweigerlich vor der Entscheidung, entweder alle Taschen erbarmungslos zu leeren oder aber auf das Bergen der wirklichen Trophäen zu verzichten.

Stemma hatte sich während meiner Erkundungsgänge in ein Gehölz verzogen und nach Mädchenart einen Strauß gepflückt.

»Zeigen Sie her! Ist das nicht …?!« Erstaunt entriss ich ihr das Bukett. Mitten zwischen Leberblümchen, Anemonen und Wintergrün entdeckte ich zwei Exemplare der *Pulsatilla* vulgo Küchenschelle, die ich noch nie so weit nördlich beobachtet hatte.

Als ich ihr die Blumen zurückgeben wollte, meinte sie, ich

dürfe sie behalten. Mit so frostiger Miene waren mir noch niemals von einem Fräulein Blumen angeboten worden.

»Jetzt hören Sie mir zu, bestes Fräulein Dannhauer!« Zwischen den Steinen packte ich den Proviant aus der Küche des Karls Zepter aus, nahm mir, was mir gefiel, und überließ es ihr, ob sie etwas davon abhaben wollte oder nicht. »Wenn Sie etwas verschenken, dann sollten Sie die Gabe auch mit der entsprechenden Freundlichkeit veredeln.« Und ich ahmte ihren Tonfall und Gesichtsausdruck nach, indem ich ihr eine Scheibe Rauchfleisch in den Schoß warf: »Da – das dürfen Sie behalten! Diese charmante Art haben Sie wohl kaum bei Ihrer Frau Mama gelernt.«

Stemmas ganze Reaktion bestand darin, die Oberlippe à la »beleidigter Elch« über ihre großen Zähne zu ziehen. Warum reizte sie mich nur so, dass ich sie nicht in Ruhe lassen konnte? Es kann eben niemand aus seiner Haut; ich schlug auf den Sack ein und meinte den Esel.

»Wie lautete meine Bedingung Nummer eins für Reisebegleiter? Schon vergessen? Schmollen, Übelnehmen und …«

»Ich schmolle nicht«, bequemte sie sich jetzt zu erwidern. »Ich hatte gar nicht vor, Ihnen die Blumen zu schenken. Ich hatte sie für mich gepflückt. Sie hätten mich darum bitten müssen, wie es sich gehört. Nachdem Sie mir den Strauß so rüpelhaft weggerissen hatten, wollte ich ihn nicht mehr. Das ist alles.«

»Gut, dann bittet der ›Rüpel‹ um Verzeihung«, sagte ich mit übertriebener Devotion. »Ich habe nie damit hinterm Berge gehalten, dass ich vom Umgang mit empfindsamen Kindern Ihres Alters nicht das Geringste verstehe. Wie ist denn Ihr Vater mit Ihnen umgegangen? ›Hättest du wohl die Gewogenheit, mich einen Blick auf das reizende Sträußchen werfen zu lassen?‹«

Zu spät fiel mir ein, dass dies ein heikles Thema war, das ich besser nicht berührte. Ich hatte ja keine Ahnung, wie viel sie von den Umtrieben des vielseitigen Herrn Dannhauer wusste. Ich wurde denn auch keiner Antwort gewürdigt.

Während ich die Reste der Mahlzeit verwahrte, zu den Pferden ging, mit ihnen redete und sie aufmunternd tätschelte, blieb Stemma Dannhauer auf den Steinen hocken.

»Heda, aufsitzen! Wir haben noch ein paar Viertelmeilen vor uns!«

Langsam stand sie auf, ging wie blind zu ihrem Schimmel und verfehlte beim Aufsteigen zweimal den Steigbügel. Da ich am Morgen Zeuge der Selbstverständlichkeit gewesen war, mit der sie sich hinaufgeschwungen hatte, und auch ihre sonstige Art, sich zu bewegen und zu gehen, etwas von der überschüssigen Kraft und Gelenkigkeit eines weit jüngeren Kindes hatte, wunderte mich dieses ermattete Gebaren. Ich wendete den Fuchs, um zu sehen, woran ich mit ihr war. Trotz? Wut? Oder ein plötzlicher Kräfteverfall?

Auf Stemmas Gesicht glitzerten nasse Streifen; die runden Augen hatten rote Ränder. Sie weinte völlig lautlos, als wolle sie niemanden mit ihrem Kummer belästigen. Oder als sei er ein kostbares Eigentum, das kein Mitteilen vertrug. Bei der Erwähnung ihrer Mutter, kurz davor, hatte sie keine Träne vergossen.

Später, im Wald, hörten wir den ersten Kuckuck. Ich griff Stemma in die Zügel, und wir hielten eine Weile, um dem Lachen des Sommers zu lauschen.

7. Kapitel

In den Tagen, ehe wir Aettersbron erreichten, übernachteten wir einige Male in Gasthäusern. Wenig besser als Spelunken, da weitab von größeren Städten gelegen, verfügten sie nicht über separate Kammern, sondern es wurden für durchkommende Fremde Strohschütten in den Gastraum geworfen. Man legte den Kopf vorsorglich auf sein Gepäck und deckte sich mit dem Mantel zu.

Beim ersten Mal stand meiner Begleiterin das bare Entsetzen im Gesicht geschrieben. Sie stieß sich nicht so sehr am blanken Stroh als an der wenig Vertrauen erweckenden Nachbarschaft, die miteinander fraternisierte und Flaschen kreisen ließ. Nicht gewillt, sich damit abzufinden, blieb sie an der Tür stehen.

Flüsternd befragte sie mich, wo denn der Raum für die Damen sei.

Ich klärte sie auf, dass auf dieser Strecke keine Damen reisten. Damen, wenn sie nicht über einen eigenen Wagen verfügten, führen gewöhnlich mit der Postkutsche. Und die Post beehre solche Absteigen nicht, sondern habe eigene Stationen entlang der Landstraße.

An ihrem Blick konnte ich erkennen, dass sie mir nicht glaubte. Umgehend suchte sie den Wirt und verlangte mit befehlsgewohnter Festigkeit eine einzelne Kammer. Ich mischte mich nicht ein; sollte sie ihre Erfahrungen selbst machen.

Das Gespräch fand im Durchgang statt, dessen Widerhall zwar nicht den genauen Wortlaut, aber den Tonfall verstärkte. Stemmas helle, herrische Stimme forderte, wollte argumentieren, überzeugen; der Wirt der Halben Kartaune antwortete barsch, eindeutig abschlägig und machte sich über das »Herrchen« lustig, indem er ein grobes Gelächter anschlug.

Fast tat sie mir Leid, als sie puterrot zurückkam und schweigend ihren Mantelsack auf das Stroh fallen ließ. Ich rechnete es ihr hoch an, dass sie weder lamentierte noch schimpfte. Gute Verlierer sind selten. Jedes andere Mädchen wäre in Tränen ausgebrochen. Stemma Dannhauer sparte sich ihre Tränen für tiefere Verletzungen auf.

Als wir um ein Abendessen baten und einen Napf mit lauwarmem Inhalt hingestellt bekamen, begann sie erneut, mit dem Wirt zu handeln. Radebrechend verlangte sie etwas Gebratenes oder Schinken oder wenigstens Käse zum Brot und zeigte ihren Abscheu vor den Kutteln in der grauen Brühe auf eine Weise, die selbst einen gutwilligen Wirt erbost hätte. Der Wirt der Halben Kartaune war keineswegs gutwillig. Er fühlte sich in der Ehre seiner Spelunke gekränkt.

Wenn Stemma auch zum Glück den unverschämten Inhalt seines Gebrülls nicht verstand (er schlug ihr vor, doch ihre Ohren braten zu lassen), kamen Groll und Hohn doch deutlich genug bei ihr an.

Mit hoch erhobenem Kopf und der mir schon vertrauten eigensinnigen »Elch«-Grimasse nahm sie stumm nur eine Scheibe Brot und einen Becher Bier an sich und stolzierte damit zu den Strohschütten hinüber.

Weibliche Diplomatie, darin ihre Mutter Meisterin war, schien ihr völlig abzugehen. Da das Mädchen, wie Hermynia Dannhauer erwähnt hatte, viel Zeit mit ihrem Vater verbracht hatte, schrieb ich die hochfahrende Art ihres Wesens der Erziehung dieses zweifelhaften »Ehrenmannes« zu. Lovis Dannhauer, der Adept und Landesverräter, musste seiner Tochter diese widersprüchliche Mischung von auftrumpfendem Selbstbewusstsein einerseits und vernünftiger Einsicht in Niederlagen andererseits beigebracht oder vorgelebt haben. So etwas konnte unmöglich angeboren sein.

Scheinbar unberührt vom allgemeinen Gelächter auf ihre Kosten, knusperte Stemma ihr trockenes Brot und schluckte das dünne Bier dazu. Der Schein der Laternen fiel kaum bis in die Ecke, wo unsere Bündel lagen. Gelegentlich sah ich mich nach ihr um; mich auf ihre Seite zu stellen, sah ich keinen Grund.

Wenig später bemühte sie sich, ihre Stiefel auszuziehen; es gelang ihr nicht, so ließ sie es sein.

Dann beschäftigte sie sich mit ihrem Mantelsack. Sie hielt etwas in der Hand, schien es zu streicheln, legte es kurz an die Wange, tat es weg und nahm etwas anderes; ich meinte, ein leises Klirren zu hören. Falls sie weinte, so tat sie es auf ihre eigene, lautlose Art.

Ich lauschte den Gesprächen der Leute, wie es meine Gewohnheit war, und antwortete auf Befragen nach Woher und Wohin, ich sei nach Aettersbron unterwegs, was ja immerhin die halbe Wahrheit war. Mit meinen Erkundigungen nach den seltsamen Stämmen, die angeblich im Norden herumzögen, hatte ich wenig Glück.

»Oh, die …!« Ein zahnloser Alter, reisender Scherenschleifer, machte sich wichtig mit allerlei bizarren Warnungen. Es sei nicht ratsam, denen in die Quere zu kommen; sie hätten die Eigenart, Pelzmasken zu tragen, so dass man sie für Luchsmenschen halten könne, und wie die Luchse würden sie jeden, der sie zufällig aufspüre, aus dem Hinterhalt anspringen und ihm mit krummen Messern die Kehle durchschneiden. »Sie hängen sich die Eingeweide ihrer Opfer um den Hals, und wer die meisten erbeutet hat, wird König.«

Ob er denn mit seinem Schleifstein so weit in die Schneewüsten hinaufgedrungen sei? Etwa gar, um den Barbaren seine

Dienste anzubieten?, wurde gespottet. Er musste zugeben, dass er nur weitererzählte, was er gehört hatte.

Die Meinungen über Existenz oder Nichtexistenz der Fremdlinge gingen auseinander. Fast wäre daraus ein Streit entstanden. Die zerlumpteren unter den Nachtgästen der HALBEN KARTAUNE fühlten sich offenbar von der unbewiesenen Gefahr bedrohter als die solideren. Ohne je einen Sbiten oder Rubutschen gesehen zu haben, ja ohne noch die Namen der Stämme zu kennen, plädierten sie lautstark für eine Ausweisung, am besten mit Gewalt, während die Besonneneren das alles als Spinnstubenmärchen abtaten. Wahrscheinlich gehe die ganze Sache auf die Wahnvorstellung eines vom Schnaps benebelten Pelzjägers zurück, meinten sie. Es sei ja altbekannt, dass ein Gerücht umso eifriger verbreitet würde, je unglaubwürdiger und absurder es sei.

Eine Einigung wurde nicht erzielt, so trollten sie sich nach und nach auf ihr Stroh, ich auch.

Schlief Stemma? Ihre Atemzüge waren kaum zu vernehmen. Behutsam tastete ich nach ihrem Absatz. Sofort setzte sie sich auf, abwehrbereit, hellwach.

Ich klemmte ihren einen Stiefelfuß zwischen meine Knie und wies sie an, sich mit dem anderen Fuß kräftig gegen mein Hinterteil zu stemmen. »Wenn Sie die anbehalten, haben Sie morgen geschwollene Füße. Legen Sie sie unter ihr Bündel, dort sind sie beinah so sicher wie am Bein.«

Sie bedankte sich nicht, nicht mit Worten jedenfalls. Aber sie stand eilfertig auf, um mir denselben Dienst zu leisten.

Grunzen und Gehüstel und Knistern der Strohhalme, wenn sich jemand herumwälzte, dauerten an; bald gesellte sich Schnarchen dazu.

»Gute Nacht, Isak«, kam es fast unhörbar aus dem Dunkel.

Sieh an, das stolze Fräulein Dannhauer ließ sich herab, meinen Vornamen zu benutzen! Es hatte kläglich geklungen und sollte vielleicht so etwas bedeuten wie eine herübergereichte Hand. Ich rief mir ins Gedächtnis, dass sie nur ein vierzehnjähriges Kind war, das aus Trotz fast hungrig vom Tisch weggegangen war. Und das sich nun vor Verlassenheit recht jämmerlich vorkam.

»Gute Nacht, Stemma«, sagte ich in väterlichem Ton. Und nach einer Weile: »Was ist das eigentlich für ein Name? Hat er etwas Bestimmtes zu bedeuten? Wo kommt er her?«

Ich konnte hören, wie sie sich nebenan auf den Ellbogen hochrappelte, dankbar für die Teilnahme. »Ach, das ist eine ganze Geschichte. Soll ich sie Ihnen erzählen?«

»Nur zu«, sagte ich und unterdrückte ein Gähnen. Zwar hätte ich lieber geschlafen, aber meine innere Stimme wusste es wieder mal besser. Sie war unbedingt dafür, dieses erste Anzeichen von Vertrauen nicht zurückzuweisen.

Tuschelnd, raunend berichtete jetzt das junge Mädchen (das am hellen Tag kaum ein Dutzend Worte an mich gerichtet hatte) von einer eleganten Chaise mit vier dicken Isabellpferden davor, die vor vierzehn Jahren, Ende August, auf dem Heimweg nach Dresden gewesen sei. Drinnen saßen die hochschwangere siebzehnjährige Hermynia Dannhauer und ihr Gatte, Lovis Dannhauer, Doris auf dem Rücksitz und auf dem Bock der Kutscher Hansko und noch ein Lakai namens Alfons. Durch das Gerumpel auf der steinigen Landstraße hatten die Wehen um eine Woche zu früh eingesetzt; an ein Weiterfahren unter diesen Umständen war nicht zu denken.

»Papa hat Mama an den Feldrain getragen. Sie haben ihr Kissen untergelegt und Papa hat sich hinter Mamas Rücken gesetzt – wie ein Sessel mit Lehne und Armstützen. Einmal hat er es mir vorgemacht. Doris hat die Flasche mit dem Riechsalz bereitgehalten, immer, wenn die Schmerzen kamen.

Es hat fast acht Stunden gedauert; zum Glück war es lange hell. Als ich dann geboren war, haben sie mich mit Wein aus dem Proviantkorb gewaschen und in eine Serviette gewickelt und auf Papas Rock gelegt – mitten ins Korn. Sie hatten noch eine Weile mit Mama zu tun, und als sie wieder nach mir gesehen haben, sagte Papa, hatte ich mit der Faust den Stiel einer rosaroten Blume umklammert. Papa sagt, ich hätte sie nicht losgelassen, als Doris mich aufnehmen wollte. Und so hat er vorsichtig den Stängel abgerissen, damit ich die Blume behalten konnte. Er hat sie später getrocknet und trägt sie immer bei sich. In einem goldenen Medaillon, auf der Brust, zusammen mit einem ganz kleinen Bild von Mama. ›Nach dem ersten, was du auf dieser Welt haben wolltest, wurdest du genannt‹, hat er gesagt.«

»Agrostemma«, murmelte ich; die Geschichte gefiel mir ungemein. »Kornrade; ein Getreideunkraut. Sehr hübsch, sehr poetisch.«

Es schien dem Herrn Goldmacher und Landesverräter nichts ausgemacht zu haben, dass seine Tochter dem blumengleichen Namen später so wenig gerecht wurde. Hätte er das Andenken sonst so sorgsam aufbewahrt?

»Ich hoffe, Sie haben noch mehr solche Geschichten auf Lager, denn wir werden noch viele Nächte zusammen einschlafen. Gute Nacht, Unkräutchen.«

Doch Stemma, die sich offenbar munter geredet hatte, wollte das Gespräch fortspinnen. »Horch ... hören Sie? Es regnet.«

Ich gab keine Antwort. Das weiche Rauschen, das draußen niederging auf das junge Laub, die staubigen Wege und das Schindeldach der HALBEN KARTAUNE, war mir im Moment keinen Gedanken wert.

Am Morgen regnete es nicht mehr, aber es hing noch genug Nässe in der Luft und der Tag blieb verhangen und grau bis gegen den Nachmittag hin. Ich gedachte am Abend Byglehamn zu erreichen.

Wir setzten mit einer Fähre über den Byglefluss und durchmaßen über zwei Meilen Moorgebiet. Es fehlte gänzlich an Bäumen, dafür wuchsen Massen von Gagelsträuchern, so weit man schauen konnte, und entlang des Wegs, ihn markierend, krüpplige Zwergbirken, nicht besser als Buschwerk. In den Brüchen waren zahlreiche Heerschnepfen in der Balz begriffen. Ihr helles Gemecker, das ihnen auch den Namen »Himmelsziegen« eingetragen hat, begleitete uns den ganzen Tag.

Ich merkte, dass Stemma immer wieder lauschte und gern eine Erklärung für das merkwürdige Geräusch gehabt hätte. Doch nach dem kurzen Anfall von Vertraulichkeit letzte Nacht war sie wieder in ihre vorherige Einsilbigkeit zurückgefallen. Immerhin nahm sie das Perspektiv (durch das ich das Getue und Gehabe der Vögel beobachtet hatte), als ich es ihr hinreichte, gnädig an.

Ich beschrieb ihr, was ich wusste: wie beim Balzen die schnellen Schwingungen der Schwanzfedern des Schnepfenhahns den Ton erzeugen, der durch das Zucken der Flügel die meckernde Modulation erhält.

Zum ersten Mal, seit ich sie kannte, zeigte Stemmas ernsthaftes Gesicht so etwas wie ein Lächeln. Zwar tat der borstige Brauenbalken alles, um den Eindruck zu verwischen, doch die Mundwinkel zogen sich immer breiter. Bis sie schließlich selbst in eine Nachahmung des Gemeckers verfiel, zuerst noch schüchtern, dann zunehmend und mit Hingabe.

»Weißt du was … wissen Sie was, Isak? Das soll unser Zeichen sein.«

Ich begriff nicht. »Zeichen? Was für ein Zeichen?«

»Na, falls wir dem Nasenmann begegnen. Oder wenn wir uns verständigen müssen und nicht reden dürfen. Als Warnruf. Es ist immer gut, ein Geheimzeichen zu haben.«

»Schön, Unkräutchen. Ganz wie Sie wünschen. Nur: Kerle wie dieser Sivert Snekker werden sich totlachen, wenn plötzlich an einem Ort, den jede anständige Schnepfe tunlichst meidet, das Gemecker einer Himmelsziege aufschlägt. Wäre Bärengebrumm nicht unverfänglicher?«

Die kindliche Heiterkeit verschwand aus Stemmas Gesicht und es verfinsterte sich wieder. »Sie nehmen mich nicht ernst.«

»Wo käme ich hin, wenn ich jedes kleine Mädchen ernst nehmen würde«, sagte ich; gutmütig, wie ich meinte. Dass ich sie damit tief getroffen hatte – Stemma Dannhauer, die von ihrem Vater stets wie eine Erwachsene behandelt und respektiert worden war –, erkannte ich damals noch nicht.

Die Durchquerung des Moorgebiets dauerte länger, als ich angenommen hatte. Ein Wald nahm uns auf, und ich begrub die Hoffnung, bis zum Dunkelwerden Byglehamn zu erreichen. Ohne die Verantwortung für meine Begleiterin hätte mir der Gedanke an ein Übernachten im Walde die geringste Sorge bedeutet. Doch mein ärztliches Wissen verursachte gewisse Bedenken. Eventuell lauerte der Keim von Hermynia Dannhauers Schwindsucht schon in der Tochter und wartete nur auf eine heftige Erkältung, um hervorzubrechen.

Auch die Möglichkeit, einen leichten Galopp anzuschlagen, kam nicht in Frage, da der Weg keine einzige Gerade aufwies, sondern sich in seltsamen Windungen bald hierhin, bald dorthin schlängelte, so dass man nie weiter als einen Steinwurf vorausblicken konnte. Noch ungewöhnlicher waren die niedrigen Wälle aus aufeinander geworfenen Feldsteinen, die den Weg einfassten. Sie sahen aus, als wären sie mit Blut übergossen. Doch als ich ein wenig daran kratzte, fand ich, dass es sich um eine Algenart handelte, auch Veilchenstein genannt, die den abstoßenden Anblick hervorrief.

Die Helligkeit schwand zusehends. Aufatmend nahm ich das Lichterwerden der Bäume zur Kenntnis. Fast zugleich riefen Stemma und ich: »Ruhig! Ruhig!« Denn der Grauschimmel und der Fuchs scheuten davor weiterzugehen. Sie verdrehten die Augen und wieherten und gebärdeten sich höchst unerklärlich. Immer wieder versuchten sie, seitwärts auszubrechen, woran die Mäuerchen beiderseits des Wegs und das dichte Unterholz sie hinderten.

Nicht lange darauf öffnete sich der Wald vollends, auch der Weg endete hier. Als sei er in all seiner Auffälligkeit eigens von den Bewohnern des kleinen Hauses vor uns angelegt worden, um jeden, der heil durch das Moor gelangt war, wenigstens im Wald abzufangen und bis ans Haus zu locken.

Insgeheim lachte ich über mich selbst, dass meine Phantasie solche überreizten Blüten trieb. Das Hüttchen lag so friedlich da mit seinem krausen Efeufell bis über das Dach. Aus dem Schornstein stieg ein bläulicher Rauchfaden und das Ziergärtchen vorm Eingang quoll von Blumen förmlich über. Ich saß ab und ging neugierig darauf zu, beugte mich über den Zaun, um die bunte Flora zu bewundern, bevor ich anklopfte.

Als mein Schweigen Stemma zu lange dauerte, rief sie ungeduldig: »Meinen Sie, wir könnten hier ein Nachtlager bekommen? Wir sind schließlich keine Bettler, sondern bezahlen dafür. Die Leute werden sich freuen, wenn sie was verdienen.« Als ich nichts erwiderte, fragte sie noch einmal: »Meinen Sie nicht?«

»Mir gefallen die Gewächse in dem Garten nicht«, hörte ich mich zu meiner eigenen Verwunderung sagen. Teufelsklaue, Taumelkerbel, Wasserschierling; *Juniperus*, bei dem an jedem Zweigende unnatürlich fette Knospen saßen, in denen, als ich sie mit dem Daumennagel aufritzte, sich gelbe Würmer neben weißlichen Puppen ringelten; Tollkraut mit hängenden Purpurglocken, Wolfsmilch …

Obendrein stank irgendetwas bestialisch und bald hatte ich die Ursache gefunden: In der Nähe der Haustür, auf der Schwelle fast, lag ein halb verwester Tierkadaver, der einst ein Dachs gewesen war.

In der Luft war mit einem Mal das Knattern von Flügeln zu hören. Unwillkürlich schauten wir auf, suchten nach großen Vögeln und fanden nichts. Als wir unsere Blicke wieder dem Hüttchen zuwendeten, fehlte der Rauchfaden über dem Schornstein. Das Dach zeigte erstaunliche Lücken, als hätte das Haus gerade ein Erdbeben überstanden und die Hälfte seiner Schindeln abgeworfen. Und statt der Fensterscheiben, die zwei Atemzüge zuvor noch unversehrt geblinkt hatten, steckten jetzt nurmehr zerbrochene Reste, scharfzähnige Scherben, in den Rahmen.

Das Haus hatte sich in die Aura des Zerfalls zurückgezogen, ähnlich gewissen Käfern oder Spinnen, die sich tot stellen, um das Interesse des Betrachters nicht länger zu erregen.

»Es hat nicht geklirrt«, stellte Stemma halblaut fest. Sie wiederholte fassungslos: »Es hat überhaupt nicht geklirrt. Es hätte aber klirren müssen. Jedes Glas klirrt, wenn es zerbricht. Ich will weg von hier.«

Ohne auf mich zu warten, schlug sie dem schnaubenden Pferd die Absätze in die Seiten. Ich tat es ihr nach.

8. Kapitel

Im freien Gelände gerieten wir in wandernde Nebelwände. Wildenten flogen über unsere Köpfe hinweg, ziemlich tief; obwohl durch den Nebel unsichtbar, verriet sie der wimmernde Flügelschlag und bald darauf hörten wir es platschen. Wir mussten uns ganz in der Nähe eines Sees befinden. Die Annahme bestätigte sich, als klagende Schreie aus dem Nebel drangen: Prachttaucher, deren Brutzeit eingesetzt hatte.

Für kurze Zeit wich der Nebel und gab den Blick auf den See frei – eine schwarz schillernde Fläche – und auf ein großes Herrenhaus mit hell erleuchteten Fenstern am jenseitigen Ufer.

Eine Beratung brachte Uneinigkeit. Ich war dafür weiterzureiten, denn nun konnte Byglehamn nicht mehr allzu weit sein.

Stemma wies darauf hin, dass ich diese Zuversicht schon seit Stunden geäußert hatte, und schlug vor, lieber um den See herumzureiten. Große Steinhäuser in einsamen Gegenden ließen auf wohlhabende Besitzer schließen, deren Gastfreundschaft in jedem Fall annehmbarer sei als …

Taktvoll verschluckte sie das Ende des Satzes. Es war klar, dass sie auf die Kuttelflecke und die Strohschütten der Halben Kartaune anspielte.

Verärgert erinnerte ich sie daran, dass dies meine Reise sei und ich sie, das Fräulein Dannhauer, zu meinen Bedingungen mitgenommen hätte. »Ich habe von Anfang an auf die Beschwernisse und Härten hingewiesen, denen wir ausgesetzt sein würden. Noch sind wir nicht allzu weit von Rökstuna entfernt; wenn Sie sich in dem Haus da drüben einen Knecht mitgeben lassen, können Sie in zwei Tagen wieder bei Ihrer Mutter im Karls Zepter sein.«

Stemma schwieg; ob beleidigt oder mein Angebot überdenkend, ahnte ich nicht.

Zögernd setzten wir uns schließlich in Bewegung, folgten der Biegung des Sees. Die Dunkelheit und der Nebel hatten uns die Entscheidung abgenommen.

Wir waren schon bei der Mauer des Grundstücks angekommen und die Hunde hatten uns bereits gewittert und bellten pflichtschuldig, als Stemma sich zu Wort meldete. Offenbar gehorchte sie der väterlichen Erziehung zur Logik, denn sie sagte: »Ich bin ja bereit, mich mit allem abzufinden. Jedenfalls will ich es versuchen, wenn es keine bessere Möglichkeit zum Übernachten gibt. Aber können Sie mir sagen, warum wir das Schlechtere, Unbequemere wählen sollen, wenn sich etwas Besseres, Bequemeres anbietet? Noch dazu viel näher, während das andere irgendwo weit weg in der Nacht liegt? Was haben Sie gegen dieses Haus hier? Nennen Sie mir einen triftigen Grund und ich will ihn akzeptieren.«

Die Antwort darauf wäre mir schwer gefallen. Vielleicht hätte ich anführen können, dass Stemmas bisheriges Leben, zumindest ihr Leben vor der Flucht, sich in ähnlichen von oben bis unten erleuchteten herrschaftlichen Häusern abgespielt hatte. Ich dagegen hatte sie immer nur betreten, wenn man mich rufen ließ. Um den Herren der Sozietät vorgestellt zu werden oder wenn man meinen Rat hinsichtlich eines verwilderten Parks einholen wollte.

Fast war ich erleichtert, dass das Hundegebell die Bewohner alarmiert hatte und ich um eine Stellungnahme herumkam. Denn schon wurde die Haustür aufgestoßen. Beide Flügel flogen auf, und drei livrierte Diener, brennende Leuchter hoch erhoben, stürzten heraus.

»Wo ist der Graf? Ist sein Wagen umgeworfen worden?«, hieß es verdutzt. »Gehören Sie zu seiner Entourage?«

Noch bevor ich etwas sagen oder tun konnte, war meine Reisegefährtin vom Pferd herunter und hielt dem zunächst stehenden Lakaien die Zügel hin. Mit Dannhauer'scher Selbstsicherheit erkundigte sie sich, bei wem wir hier wären.

Das Haus gehörte Frau von Gyldenhammar, erfuhren wir.

Nämlich so und so – wir hätten uns im Nebel verirrt, die Straße nach Byglehamn verfehlt und würden für die Nacht Unterkunft erbitten. Stemma sprach ruhig und fast fehlerfrei, viel besser als gestern mit dem Wirt der HALBEN KARTAUNE. Als fühle sie sich, nach zwei Tagen des Entwurzeltseins, wieder im vertrauten Element. Sie nannte unsere Namen und fügte dem »Zettervall« meine Berufsbezeichnung bei, angereichert mit einigen schmeichelhaften Adjektiva wie »bekannt« und »verdienstvoll«.

Wir wurden hineingebeten. Ich wollte vorher meine Habseligkeiten abladen, wurde aber von einem der Diener daran gehindert. Keine Sorge, ich würde alles später wiederfinden. In der Tat ein nobles Haus.

In der Gesindestube, einem großen Raum im Erdgeschoss, bewirtete man uns reichlich und freundlich. Stemma spielte sich auf, indem sie mir diese oder jene Speise empfahl, nachdem sie gekostet hatte. »Das hier ist ausgezeichnet, das müssen Sie essen!« Als wollte sie damit zu verstehen geben, dass sie das beurteilen könne, ich aber nicht.

Nebenan, in der Küche, ging es hoch her: Geklapper, Zischen von Fett, aufgeregtes Gezeter und Befehle des Kochs ließen darauf schließen, dass heute Abend noch Größeres bevorstand als das Sattmachen zweier hereingeschneiter Fremdlinge.

Erneutes Hundegekläff: Diesmal war es der richtige Gast, der eintraf. Durch offen stehende Türen hörten wir entfernte

Rufe: »Der Graf! Der Graf ist gekommen, sagt es der gnädigen Frau!«

Eine mütterliche Haushälterin trat zu uns an den Tisch. Die Gästezimmer seien leider für diese Nacht alle vergeben. Ob es uns etwas ausmachen würde, mit den Schlafbänken in der Gesindekammer vorlieb zu nehmen?

Diesmal war ich es, der antwortete und dankbar annahm. Wir seien sehr müde und würden uns, wenn es niemanden störe, am liebsten gleich niederlegen.

Stemma blieb stumm; bestimmt hatte sie auf ein richtiges Bett mit Daunenkissen gehofft.

Unsere Mantelsäcke lagen säuberlich auf den Truhen, auch warmes Wasser wurde gebracht, ohne dass wir es angefordert hatten. Stemma streckte mir den rechten Stiefel hin, damit ich ihr helfen solle, wie gestern. Dicke Schaffelle lagen auf den Bänken; der Anblick allein ließ mir ganz wohlig und schläfrig zumute werden. Meine Gefährtin zögerte noch mit dem Ausziehen und warf bedenkliche Blicke auf die anderen Schlafplätze.

»Bis die alle kommen, schlafen wir längst«, beruhigte ich sie. »Bei denen dauert es heute sicher bis in den Morgen.« Und ich äffte den Ruf nach: »Der Graf ist gekommen!«

»Würden Sie sich bitte zur Wand drehen?«

Ich begriff nicht sofort; ach so – sie wollte sich waschen. Ich lauschte also dem Geplätscher und Gepritschel, das Stemma veranstaltete, dann ächzte die Schlafbank.

Auch ich ächzte und reckte mich und gähnte. Das erschöpfte und zufriedene Recken und Gähnen eines Menschen, der endlich ausruhen darf.

»Kann ich jetzt die Kerze ausblasen, Unkräutchen? Die Geschichten heben wir uns für ein anderes Mal auf, einverstanden?«

Sie brummelte nur, bereits halb von Morpheus, dem Gott des Schlafs, entführt.

Als jemand behutsam meine Schulter berührte, konnte ich höchstens eine oder zwei Stunden geschlafen haben. Die mütterliche Frau stand vor meinem Lager und schirmte die Kerze mit der Hand ab, als ich mich ihr unwillig zudrehte.

»Ich bitte den Herrn vielmals um Verzeihung, aber Frau von Gyldenhammar bestand darauf, dass ich Euch wecken sollte. Zwei der erwarteten Gäste sind leider ausgeblieben – der Nebel. Sie benötigt für den Kreis aber unbedingt zwölf Hände. Wenn Ihr so gütig wärt, Euch zur Verfügung zu stellen? Das Fräulein auch.«

Sie ging zur anderen Wand, wo nur ein zerzaustes Haarbüschel über den Rand der Decke hinauslugte, und weckte auch Stemma mit sanftem Handauflegen.

»Hier sind Kleider, ich hoffe, sie passen einigermaßen.«

»Was für Kleider?«, fragte Stemma verwirrt. Ihre Ohren glühten vom Schlaf unter dem Schafspelz. »Ist es denn schon wieder Morgen? Warum dürfen wir unsere eigenen Sachen nicht anziehen? Was ist damit geschehen?«

Bemüht, uns nicht zu kränken, versuchte die Frau zu erklären, dass es sich um eine Gesellschaft handle und unsere Reiseanzüge da nicht ganz passend wären.

»Frau von Gyldenhammar ist … nun ja, sie hat eine besondere Gabe. Viele Damen und Herren von Stand kommen zu ihr, um sich Antworten auf Zukunftsfragen zu holen. Sechs Personen legen ihre Hände auf einen runden Tisch und dann spricht der Geist des Tisches zu Frau von Gyldenhammar.« Sie selbst habe eine solche Sitzung noch nie mitgemacht, denn alle, die nicht zum »Kreis« gehörten, müssten vorher den Raum verlassen.

»Und Graf Stenbassen ist ein besonders guter Freund des

Hauses. Er kommt wenigstens alle zwei Monate einmal hierher. Deshalb wäre es Frau von Gyldenhammar sehr unangenehm, ihn wieder wegschicken zu müssen. Ihr versteht? – Soll ich dem Fräulein beim Ankleiden und Frisieren behilflich sein? Ich habe einen Spiegel mitgebracht.«

Wie betäubt hantierte ich beim Kerzenschein mit den fremden Kleidern. Ein seidenes Hemd mit sehr viel Spitzen an Brust und Manschetten; ein karmesinroter Atlasrock und ebensolche Beinkleider; eine silbergraue lange Weste mit Knöpfen, deren violettes Gleißen mir in die Augen stach, sicher Edelsteine, Amethyste. Dazu weiße Strümpfe, weiße Handschuhe und drei Paar Schnallenschuhe zum Aussuchen.

Hatte ich nicht vom ersten Sehen an eine Abneigung gefühlt, mich diesem Haus zu nähern? Es war ja meine eigene Schuld, dass ich jetzt in der Bredouille saß, gewissermaßen in den Armen von Graf Stenbassen gelandet. Was musste ich mich auch von Stemma beschwatzen lassen, hier um Quartier nachzusuchen!

Selbst wenn das Haupt der Adelspartei mich persönlich nicht kannte – Sivert Snekker, das Frettchen, würde mich auch in diesen Prachtgewändern identifizieren.

Wahnwitzige Ideen schossen mir durch den Kopf: Unkenntlichmachen durch eine schwarze Augenklappe? Verunstalten der Mundpartie durch eine Warze aus Fensterkitt? Ein Kopfverband statt der Perücke?

Inzwischen war eine jüngere Magd hereingekommen, die behauptete, sie sei im Barbieren ausgebildet. Mit Seifenschaum und Schermesser machte sie sich über mein Kinn und meine Wangen her.

Stemma, nachdem sie sich ermuntert hatte, nahm die Aussicht auf die Teilnahme an einer Geisterbeschwörung gelassen hin. Sie wirkte eher geschmeichelt als verängstigt. Währenddessen zermarterte ich mir das Hirn, wie ich ihr beibringen konnte, dass wir in Gefahr schwebten.

Ich meckerte wie eine Himmelsziege.

Die beiden Frauen wechselten besorgte Blicke und ich konnte unschwer ihre Gedanken erraten.

Stemma, der gerade eine künstliche Blume im Haar befestigt wurde, stutzte. Dann hob sie den Kopf und meckerte ebenfalls. Wollte mir wohl zu verstehen geben, dass sie im Bilde war.

Die Frauen lächelten jetzt erleichtert. Sie hielten unser Gemecker offenbar für ein Spiel und waren durch ihre Herrin an Absonderlichkeiten gewöhnt.

Stemma scharf fixierend, bis unsere Augen sich trafen, zupfte ich auffällig an meiner Nase herum, als wollte ich sie vergrößern. Sie nickte. Kluges Fräulein Dannhauer.

Die Mägde lächelten immer noch.

Ein Lakai holte uns ab und führte uns in den oberen Stock, wo in jedem Raum, ob Saal oder Kabinett, brennende Leuchter standen.

Frau von Gyldenhammar saß in einem grausamtenen Sessel wie auf einem Wolkenthron. Sie war schwarz gekleidet, wie in Trauer, und schon etwas verblüht. Während ich auf sie zuschritt – sie war die einzige anwesende Dame –, warf ich schnelle Seitenblicke nach den übrigen Personen, drei Herren.

Einer saß; das musste Graf Stenbassen sein. Selbst im Sitzen hatte er etwas von einer Reiterstatue, stehend mochte er an die sieben Fuß messen. Sein Teint wirkte dunkel, als sei er ein Südländer, ein Eindruck, den die schwarze soldatische Halsbinde noch verstärkte.

Alle drei Herren trugen schwarztaftene Haarbeutel; ich war der Einzige mit kurzer Pudelperücke. Und außer mir prangte auch nur einer der Herren in solch stutzermäßig schreienden Farben – ein Puppenjüngling, weiß und rosa geschminkt, eine wahre Apfelblüte, graziös an Frau von Gyldenhammars Stuhllehne geschmiegt. Stammten meine Kleider etwa von ihm? War er ein Sohn des Hauses?

Der dritte Herr bediente sich gerade aus einem Tabakstopf und schnaufte gewaltig dabei. Seine Statur erinnerte mich an ein Zitat von Plutarch, Cäsar in den Mund gelegt: »Vor wohlbeleibten Herrn mit üppigem Haar ist mir nicht bange, eher vor mageren, blassen.« Das Doppelkinngesicht und der genussvoll geschwungene Mund machten aus ihm ein Bollwerk an Gemütlichkeit, wenn man es mit dem stechenden, abschätzenden Blick Stenbassens verglich. Ich war daher bereit, den Fettwanst im olivgrünen Samtrock auf der Stelle zu mögen.

Frau von Gyldenhammar ließ sich von Stemma und mir die Hand küssen. Mit elegischer Stimme sagte sie, es könne unmöglich ein Zufall sein, dass der Nebel uns ausgerechnet heute Nacht in ihr Haus geführt habe. »Um dem Kreis Ihre Kräfte zu leihen«, wie sie sich ausdrückte.

»Beginnen wir, die Uhren werden gleich schlagen. Signor Braganza, reichen Sie mir Ihren Arm?« Sogleich erhob sich der Riese im Sessel neben ihr zu voller Kirchturmhöhe. Braganza? Aber wer war dann ...?

Entgeistert starrte ich von dem Puppenjüngling zu meinem »Bollwerk der Gemütlichkeit«. Letzterer hielt die gestopfte Tonpfeife jetzt zwischen den Lippen und ließ sich von jemandem mit einem Fidibus Feuer geben. Dieser Jemand war Sivert Snekker. Snekker, der Schatten, Snekker mit dem Geierschnabel zwischen Mund und Augen. Eben war er noch nicht im Zimmer gewesen, das konnte ich beeiden. Oder doch? Versteckt, wie es seiner Art entsprach?

Behaglich schmauchend wälzte sich der »neue« Graf Stenbassen (wenn er es denn wirklich war) über das Parkett heran und hielt Stemma den Arm hin. »Mein Fräulein, darf ich die Ehre haben, mich mit Ihrer Jugend zu schmücken?«

Unbefangen hängte sie sich bei ihm ein.

Der Puppenjüngling umschlang ebenso unbefangen meine Schultern. Im Gehen wisperte er vertraulich in mein Ohr: »Möchte wetten, dass Sie viel lieber weitergeschlafen hätten, als mitzuhelfen, einen armen Geist in ein Rosenholztischchen hineinzuzwingen. Womit ich nichts gegen das Tischchen sagen will; es ist ein ganz entzückendes Möbelstück. Ach so – mein Name ist Ejnar Hasselquist. Es beglückt mich, dass mein Anzug Ihnen zugesagt hat. Ich war nicht ganz schlüssig, ob ich nicht lieber den quittegoldenen herauslegen sollte, aber dieses Fuchsiarot ist genau richtig. Es gibt Ihnen solch herrlich feurigen Aplomb. Sagen Sie mir, wie Sie heißen, mein Freund? Aber bitte leise. Sie wollte eigentlich nicht, dass Namen bekannt werden, denn der dicke Herr dort ist ein bisschen eigen; er hat seine Gründe. Auch Braganza heißt natürlich nicht wirklich Braganza und ich vielleicht nicht Hasselquist. Betrachten Sie es als einen Spaß.«

Ich sagte ihm meinen Namen; es wäre lächerlich gewesen, mir einen anderen auszudenken. Er war bei unserer Ankunft den Dienern genannt worden und durch sie wusste ihn auch Frau Gyldenhammar. Jetzt, im Nachhinein, fiel es mir auf: Wir waren nicht vorgestellt worden, Stemma und ich. Und auch uns hatte niemand mit den anderen der Runde bekannt gemacht. Stenbassen wollte wohl inkognito bleiben, wenn er den Tisch auf heikle Fragen antworten ließ.

In dem Zimmer, das wir jetzt betraten, befand sich nichts außer einem wabenförmigen Tischchen mit eingeritztem sechseckigem Stern, sechs Stühlen und zwei bodenlangen Standleuchtern.

Dic Tür wurde hinter uns geschlossen. Sivert Snekker, augenscheinlich nicht würdig, »dem Kreis seine Kraft zu leihen«, blieb jenseits der Tür zurück. Er hatte so getan, als hätte er mich nie im Leben gesehen. Wie auf Kommando zückten die Herren ihre Uhren und ließen sie repetieren; dreifaches silbriges Mitternachtsgeklingel setzte ein.

Ich rückte Stemma den Stuhl zurecht, dabei flüsternd: »Was hat der Dicke mit Ihnen geredet?«

Ohne die Lippen zu bewegen, zischte Stemma: »Er wollte wissen, wo ich herkomme. Und ob ich Französisch spreche oder sonst eine fremde Sprache.«

Wir mussten nun die Hände auf die Tischplatte legen und die Finger spreizen, bis die kleinen Finger die kleinen Finger der nächsten Nachbarn berührten.

»Kraft unseres Fluidums rufen wir dich, Geist, in das Quadrat des Raumes, in den Kreis der Hände, in das Siegel Salomons in der Mitte des Kreises«, sagte Frau von Gyldenhammar bedeutsam. »Klopfe einmal für Ja und zweimal für Nein, ob du bereit bist, uns zu antworten.«

Ein dumpfes »Tock« kam aus dem Tisch.

»Bist du Espen?«

Abermaliges »Tock«.

»Wir heißen dich willkommen, Espen. Du warst uns schon oft gefällig, so sei es auch dieses Mal. Verstehst du die italienische Sprache, Espen?«

»Tock.«

»Dann werde ich die Fragen heute in dieser Sprache stellen.« Frau von Gyldenhammar begann langsam, fast singend, mit dem Formulieren des ersten Satzes. Sie wollte wohl sichergehen, dass ich oder Stemma nichts vom Inhalt der Fragen verstanden.

Bei mir hatte sich niemand erkundigt, welcher Sprachen ich mächtig sei. Sie nahmen wohl an, außer Latein sei bei einem armen Botaniker nichts zu erwarten. Mein Deutsch und Holländisch nützten mir hier auch nichts.

»Tock, tock.« Das erste Nein von Espen. Danach kamen drei rasche Ja-Klopfer. Dann wieder ein Nein.

Ich beobachtete die ganze Zeit über Graf Stenbassens hochrotes Gesicht. Ihm quollen vor Aufmerksamkeit schier die Augen aus dem Kopf, der dicklippige Mund war verzogen wie der eines verdrießlichen Kindes. Sein schweres Atmen war das einzige Geräusch, wenn man von dem italienischen Parlando Frau von Gyldenhammars und Espens monotonen Antworten absah.

Ich glaubte zu wissen, welcher Art die Fragen waren, an deren Beantwortung dem fettwanstigen Grafen so viel lag. Nicht im Detail selbstverständlich; aber nach den Eröffnungen durch König Olvart Märtus konnte es über den abscheulichen Charakter der Bestrebungen Stenbassens keinen Zweifel geben.

Die Pausen zwischen den Fragen und Espens »Tock« oder »Tock, tock« wurden immer länger. Er schien sich entziehen zu wollen. Mir kam der ketzerische Gedanke, ob Frau von Gyldenhammar das Klopfen nicht am Ende selbst erzeugte. Oder der hübsche junge Stutzer Ejnar Hasselquist steckte mit ihr unter einer Decke, da das Rascheln der Röcke auch die verstohlenste Fuß- oder Kniebewegung ihrerseits sofort offenbart hätte.

»Ich glaube, wir müssen unseren Geist für heute entlassen«, sagte Frau von Gyldenhammar schließlich. »Das Fluidum war zwar stark genug, ihn herbeizurufen, doch scheint das Kraftfeld mehr und mehr zu erlöschen.«

Schweigsam erhoben wir uns und trennten uns von dem Tischchen, über das Frau von Gyldenhammar eine seidene Decke warf.

Stenbassen wirkte erleichtert, schien geradezu aufzuatmen,

Ejnar Hasselquist dagegen sah grüblerisch aus, beinah missmutig. Doch im anderen Zimmer angekommen, gewann sein jungenhaftes, witzelnd-vergnügtes Naturell wieder die Oberhand.

»Na, haben Sie etwas von dem Kauderwelsch verstanden?«, wollte er wissen, als er mir und sich aus einer Kristallkaraffe Wein eingoss.

Ich bedauerte.

»Machen Sie sich nichts daraus, mein Freund. Sie sind sogar zu beglückwünschen. Mit anzuhören, wie unsere Pythia in der Sprache Dantes herumstümpert, bereitet geradezu körperliche Qualen. Und wie muss erst der gute Espen gelitten haben! Ich kann es ihm nicht verdenken, dass er so bald wieder in sein Geisterreich entfloh.« Er kicherte und stieß mich an, als teilten wir ein unendlich komisches Geheimnis miteinander.

Stemma saß brav und sehr gerade auf einem Taburett zwischen Frau von Gyldenhammar und Stenbassen. Wie es aussah, stand sie ihnen bereitwillig Rede und Antwort. Was zum Teufel mochte sie ihnen nur erzählen? Ich fühlte mich mehr und mehr unbehaglich, wusste nichts zu reden und wusste aber auch nicht, wie ich uns wieder loseisen konnte, ohne von unserer Gastgeberin in aller Form entlassen worden zu sein.

Sivert Snekker blieb unsichtbar. Mein einziger Trost war der muntere Ejnar; er wich nicht von meiner Seite.

Braganza, die Reiterstatue, thronte wieder neben Frau von Gyldenhammar, stumm und grimmig, warf jedoch ständig wachsame Blicke in meine und Hasselquists Richtung, als sei von uns ein Attentat zu gewärtigen.

Ein Gähnen unterdrückend, fragte ich: »Sagen Sie, Hasselquist, kennen Sie die nähere Umgebung hier?«

»Wie meine Westentasche. Ich bin schon als Knabe oft in diesem Haus zu Besuch gewesen. Frau von Gyldenhammar ist eine Verwandte von mir. Womit kann ich Ihnen dienlich sein, mein Bester? Wollen Sie Enten schießen?«

»Wir kamen vorhin durch einen Wald«, begann ich, »es war schon gegen Abend, und ein obskurer Weg, von blutigen Mauern eingefasst, brachte uns an ein Hüttchen. Es war kurz bevor der Wald endete. Danach gerieten wir in den Nebel und gelangten später an den See …«

»Ja …?« Er ließ die lächelnde Miene fallen und sah mich gespannt an. »Ja, und weiter? Erzählen Sie. Ich kenne das Hüttchen.«

Mein Bericht über unsere Wahrnehmung – der erste Eindruck, das Haus sei bewohnt, dann die Ablenkung durch das Flügelschlagen in der Luft, worauf wir uns einem verfallenen Bauwerk gegenübergesehen hatten – schien ihn stark zu erregen. Fast schleifte er mich zur Sitzgruppe der anderen hinüber.

Seine Stimme kippte um, als er die Unterhaltung mit der Rücksichtslosigkeit eines Kindes unterbrach: »Sie sind durch Asas Grund gekommen, und denken Sie sich – das Haus hat sich ihnen in beiderlei Gestalt gezeigt! Es hat sich vor ihren Augen verwandelt! Was halten Sie davon, Tante?«

Ich drang darauf, erst mehr zu erfahren, ehe ich das Erlebnis ein zweites Mal schilderte. Auch unsere Gastgeberin befand sich in deutlichem Erregungszustand. Die Hütte sei bis vor etwa zehn Jahren von einer alten Frau bewohnt gewesen, teilte sie mit, Asa-im-Grund genannt, einerseits von den Landleuten gemieden, andererseits ihrer Künste und Heilmittel wegen heimlich aufgesucht. Irgendwann sei jemand mit der Kunde zurückgekommen, Asa-im-Grund müsse der Teufel geholt haben, ihre Hütte sehe aus, als sei eine Windhose mitten hindurchgegangen. Seitdem fehlte von der Alten jede Spur. Von diesem Zeitpunkt an aber datierte ein seltsames Phänomen: Wer nicht darum herumkam, an Asas Grund vorbeizumüssen – Beerensammler, Holzleser, Hausierer, Vagabunden und ahnungslose Reisende –, dem bot sich entweder der Anblick eines einladenden Häuschens mit rauchendem Schlot und blitzenden Fensterscheiben oder er fand sich einer von Sturm und Regen mitgenommenen Ruine gegenüber. Einig waren sich die Berichterstatter nur darin, dass Asas Kräutergarten nach wie vor gedeihe, als werde er auch weiterhin bestellt. Ortsunkundige, die sich verleitet fanden anzuklopfen, um nach dem Weg oder einer Mahlzeit zu fragen, waren jedes Mal durch den infernalischen Gestank eines Kadavers auf der Schwelle abgeschreckt worden.

»Doch habe ich noch nie gehört, dass jemand sowohl das eine wie das andere zu sehen bekommen hat«, sagte Frau von Gyldenhammar. Sie musterte Stemma und mich mit der Anteilnahme einer Sammlerin, die soeben zwei höchst interessante Fundstücke entdeckt hat. »Ich gäbe viel darum zu wissen, um welcher Eigenschaften willen Sie beide solcherart begünstigt wurden. Mit welchen Kräften Sie begabt sind, ohne sie zu kennen.«

»Vielleicht eine okkulte Form von innerer Verschworenheit?«, schlug Stenbassen vor. Er ließ seine vorquellenden Augen zwischen Stemma und mir hin- und herrollen. »Zum Beispiel die Einigkeit, die ein gemeinsam verfolgtes Ziel verleiht. Die Energie gleich gearteter Schwingungen, die Macht paralleler Gefühle – was wissen wir schon von ihnen? Oder eine bestimmte unbewusste Stärke, wie sie den besonders Lauteren und den Kindern angeblich zu Eigen ist. Man nennt sie auch Unschuld.«

Hasselquist lachte grell. »Es sollte mich doch sehr wundern, wenn Asas Geist, der, wie es scheint, vom alten Ort nicht lassen kann, dem einstigen Herrn und Meister so abgeschworen hätte, dass er sich plötzlich der Unschuld anbiedert! Mir sagte sie einmal – da war ich zwölf und hatte mich zu ihr gewagt, um meinem Fechtmeister etwas anzutun, der mich fortgesetzt demütigte –, ich würde es im Leben weit bringen. ›In dir herrscht die Schlange, junger Herr‹, sagte sie, ›und die Schlange kennt weder Erbarmen noch Güte. Deshalb wirst du auch all deine Ziele erreichen.‹ Das war Asa!«

Nach seinem Ausbruch breitete sich verlegene Stille aus.

Frau von Gyldenhammar fasste sich als Erste wieder. Sie nahm Stemmas Hände in ihre und sagte: »Sie sollten für immer bei mir bleiben, liebes Kind. Ich fühle es, Sie besitzen Gaben, die geweckt werden müssen. Ich kann Stimmen hören, ich bin eine ›Lauschende‹, wenn man es so nennen will. Aber mir wurde jemand verheißen, der auch ›sehen‹ könne. Ich glaube, ich habe die längste Zeit gewartet. Sie sind es, mein Kind, und mit Ihnen an meiner Seite wird die Zukunft vor uns liegen wie ein offenes Buch.«

Lächelnd vor Unbehagen, suchte Stemma ihre Hände aus den von Ringen strotzenden Fingerkrallen zu befreien.

»Sie sind sehr liebenswürdig, gnädige Frau. Ich fühle mich außerordentlich geehrt. Doch zuerst muss ich die Bitte meiner Mutter erfüllen und ihre Verwandten ausfindig machen«, wandte sie ein. »Ich sagte Ihnen bereits, sie ist sehr krank, und es ist ihr Wunsch, in ihre Familie zurückzukehren. Möglicherweise lässt sich auf dem Rückweg ein etwas längerer Besuch einrichten.«

Diese Geschichte also hatte sie ihnen aufgetischt. Hermynia Dannhauer hatte wirklich nicht übertrieben, als sie rühmte, ihre Tochter wisse sich den Wechselfällen des Lebens anzupassen.

Stemmas Ohren hatten ihre lebhafte Farbe eingebüßt und wiesen jetzt eine geradezu wächserne Blässe auf – ein Zeichen der Übermüdung. Auch hatten sich unter ihren Augen Höfe gebildet, die an Dunkelheit mit den Brauen wetteiferten. Sie gehörte schleunigst ins Bett, auch wenn dieses unter einem Dach mit dem Bett von Graf Stenbassen stand.

Für mich selbst hätte ich nicht die Dreistigkeit aufgebracht, um Entlassung aus der Gesellschaft zu bitten. Umso froher war ich, einen glaubwürdigen Grund anführen zu können. Mir kam es vor, als ob man unserem Ansuchen nur zu gern nachgab, um endlich wieder unter sich zu sein.

Beim Durchqueren der Zimmerfluchten in anderer Richtung trafen wir wieder auf Sivert Snekker. Er spielte im Vorderzimmer mit einem der Lakaien Karten. In dem Blick, den er uns zuwarf, während er die Karten zusammenschlug und fingerfertig mischte, flackerte hämisches Vergnügen. Doch vielleicht übertrieb mein Argwohn und seine gute Laune ging lediglich auf ein gewonnenes Spiel zurück.

Etliche Schläfer lagen schon auf den Bänken, als wir in die Gesindestube kamen. Die mütterliche Frau war noch auf und half Stemma beim Ablegen der kostbaren Robe.

Halb im Schlaf drangen ihre Stimmen an mein Ohr. Die von Stemma, welche empört und keineswegs gedämpft sagte, sie sei sicher, jemand habe ihr Gepäck durchsucht, und das besänftigende Gemurmel der Frau, die versicherte, das sei ganz gewiss nicht geschehen, dafür lege sie ihre Hand ins Feuer.

»Vermissen Sie denn etwas, Fräulein?«

Das war wohl nicht der Fall, denn die Stimmen wurden nun leiser, und niemand forderte mich auf, einen Diebstahl zu bezeugen.

9. Kapitel

Der Tag kam trübe, es wollte nicht hell werden. Wolken schleiften bis zum Boden, Regen sprühte, dünnfädiger, fast unsichtbarer Regen, und Stemma hatte ihren schwarzen Kapuzenmantel umgetan.

Die Herrschaften schliefen noch. Mir war das nur recht. Jede Viertelmeile, die wir zwischen uns und das Haus der Frau von Gyldenhammar legten, hätte ich am liebsten verzehnfacht. Ich ertappte mich dabei, dass ich mich des Öfteren umsah, ob uns jemand folgte.

Erst als Byglehamn vor uns auftauchte, ließen wir die Pferde in Schritt fallen. Noch war die Stadt nicht sehr belebt, nur eine Schar Essenkehrerjungen tobte vor uns her, auf dem Weg zu ihren täglichen Kletterpartien durch die Schornsteine.

»Bei uns zu Hause sagt man, einen Essenkehrer zu sehen bedeute Glück«, brach Stemma das Schweigen.

»Hoffentlich gilt das auch für diesseits des Meeres«, bemerkte ich skeptisch. »Gestern jedenfalls hat sie uns im Stich gelassen, die falsche Göttin Fortuna. Statt uns weiterreiten zu lassen, stellte sie uns das unglückselige Haus am See in die Quere. Nur noch drei viertel Meilen hätten wir durchhalten müssen, um in einer dieser entgegenkommenden Herbergen Quartier zu finden.« Ich deutete auf Wirtshausschilder, die vor Nässe glitzerten. »Goldene Sonne … Schäferei … Rose und Krone … Was war eigentlich mit Ihrem Gepäck los?«

Sie sei ganz sicher, jemand habe sich daran zu schaffen gemacht, behauptete Stemma. Nein, gestohlen worden sei nichts, das Geld, sogar ihr silberner Becher, ein Taufgeschenk, waren nicht angetastet worden. Aber gewisse Gegenstände seien auf eine Art im Sack verstaut gewesen, die nicht ihrer eigenen Art entsprach.

»Wenn es der Nasenmann war – was hat er nur bei mir gesucht?«

»Hinweise«, sagte ich lakonisch. »Hinweise darauf, dass unsere Reise nicht allein botanischen Zwecken zuliebe unternommen wird. Einen Empfehlungsbrief mit einer ganz bestimmten Unterschrift beispielsweise. Eine Unterschrift, die jeden, dem sie präsentiert wird, dazu verpflichtet, mich zu unterstützen, was immer ich tue.«

»Aber sie haben diesen Brief nicht gefunden?«

»Es gibt keinen. Aber Gründe, einen solchen Brief bei mir zu vermuten, gibt es schon.«

Ich kam wohl nicht darum herum, Stemma Dannhauer reinen Wein einzuschenken. Da sie gestern Nacht bewiesen hatte, dass sie ihr eigenes Geheimnis sehr geschickt zu bewahren verstand, ging ich hoffentlich kein Risiko ein, wenn ich sie auch in meines einweihte. Denn betraf es sie als meine Reisegefährtin nicht gleichermaßen? Wer immer mir Knüppel zwischen die Beine werfen wollte, würde auch sie nicht ungeschoren lassen.

Ich begann mit dem Brief, der mich am Vorabend meines Reiseantritts erreichte. Dann (während wir durch einen nahezu ausgestorbenen Stadtteil ritten – verlassene Budengassen mit nackten Verkaufsständen, eigens erbaut für die weithin berühmten Byglehamner Märkte) ließ ich Stemma an der geheimen Zusammenkunft im Schloss von Rökstuna teilnehmen und vergaß auch meine Erlebnisse mit Sivert Snekker nicht zu erwähnen.

Stemma – auch hier hatte ihre Mutter nicht zu viel versprochen – gehörte nicht zu den Mädchen, die einen fortgesetzt durch allerlei Fragen unterbrechen, weil diese oder jene Einzelheit sie mehr interessiert als das, worauf es dem Erzähler ankommt. Erst als ich geendet hatte, wandte sie sich mir zu und aus der Tiefe der Kapuzenhöhle glühten ihre besorgt blickenden Augen zu mir herüber.

»Meinen Sie, dieser Graf Stenbassen glaubt das Gerücht, das die Wirtin des Gasthofes ausgestreut hat? Dass die Königin und Sie …? Oder meinen Sie, Snekker hat herausgefunden, dass dies keineswegs ein Rendezvous war, sondern ein konspiratives Treffen? Meinen Sie, Graf Stenbassen lässt Sie und mich von jetzt an verfolgen, um sicherzugehen, dass wir nichts tun, was ihm ungelegen kommt?«

»Ich weiß es nicht«, sagte ich schlicht.

Wir tauschten unsere Eindrücke über den Dickwanst aus. Ich gestand, dass ich anfangs »Braganza« (oder wie immer er heißen mochte) im Verdacht gehabt hätte, Graf Stenbassen zu sein.

Stemma, die sich längere Zeit mit dem Dicken unterhalten hatte, wollte aus seinem wohlwollenden, väterlichen Interesse nichts Verfängliches herausgehört haben. Sie nannte ihn ein »altes Kind« und behauptete, diesen Typus gut zu kennen; bei ihnen zu Hause hätten zwei zum engeren Freundeskreis gehört. Sie reihte ihn unter jene reichen Sonderlinge ein, die nie heiraten und nie richtig erwachsen werden und die ihre Neigungen auf alle möglichen abwegigen Dinge werfen, in diesem Fall auf das Beschwören von Geistern.

»Im Allgemeinen kann ich Menschen sehr gut beurteilen«, sagte sie. »Augen und Stimme sind wie die Schrift in einem Buch. Es wäre das erste Mal, dass ich mich täuschen würde, glauben Sie mir, Isak.« Es klang, als sei sie die Erfahrenere von uns beiden und müsse mich vor einem folgenschweren Irrtum bewahren.

»Nehmen wir einmal an, sie haben nur ihre Namen untereinander getauscht und Ihr erster Eindruck war doch der richtige?«

Auf diese Möglichkeit hatte Ejnar Hasselquist mich bereits hingewiesen. Hatte er mir einen Fingerzeig geben wollen, aus Spaß daran, das ausgeklügelte Verwirrspiel der anderen zu durchkreuzen?

»Dieser junge Herr war mir sehr unsympathisch«, sagte Stemma, als hätte sie meine Gedanken gelesen.

Aber ich wollte auf den munteren Ejnar nichts kommen lassen, der sich als Einziger mit mir abgegeben hatte, und das ohne Herablassung. Der mir seine Kleider geliehen hatte.

»Nur weil er so geckenhaft aufgeputzt war und über alles gern ein bisschen witzelt und vergessen hat, Ihnen den Hof zu machen, entziehen Sie ihm gleich die Sympathie. Finden Sie das nicht ein wenig oberflächlich geurteilt?«

»Ich bin nicht oberflächlich«, widersprach Stemma heftig. »Und ich erwarte keineswegs, dass man mir den Hof macht. Ich weiß, dass ich nicht hübsch bin. Aber seine Geckenhaftigkeit war ... sie war nicht echt. Alles war nur gespielt – das Gekicher, das übertriebene Getue. Nur einmal hat er sich gezeigt, wie er wirklich ist: als er von seinem Besuch bei Asa-im-Grund erzählte. War er nicht geradezu stolz darauf, weder Erbarmen noch Güte zu kennen?«

»Larifari«, sagte ich, »damals war er zwölf Jahre alt. In diesem Alter kann man keine Feinfühligkeit erwarten.«

Meine Begleiterin zuckte mit den Schultern, als gebe sie es auf, mich eines Besseren belehren zu wollen. Sicher schnitt sie im Schutz ihrer Kapuze wieder die »Beleidigter Elch«-Grimasse. Doppelt beleidigt, da meine Verallgemeinerung sie, die nur zwei Jahre über zwölf zählte, in die angebliche Gefühlsarmut von Halbwüchsigen mit einschloss.

Die Rufe der Milchfrauen erschallten in den Gassen, Bäckerjungen eilten mit ihrer Ware von Tür zu Tür; der Ort erwachte, indes wir ihn verließen. Immerhin konnte ich behaupten, einmal in Byglehamn gewesen zu sein.

Ich meinte die Nähe des Meeres zu riechen. Zwischen den kargen Steinhügeln gab es schon Blutnelken, auch beobachtete ich größere Bestände einer vorzugsweise in Küstenregionen auftretenden Brombeerart. Ab morgen ging es dann scharf landeinwärts, und übermorgen Abend, mit etwas Glück, konnten wir Aettersbron erreichen.

Wie würden die Ulfeldts auf mein Anhängsel reagieren? Ob es wohl anging, Stemma bei ihnen zu lassen? Schließlich hatte ich Hermynia Dannhauer kein Versprechen gegeben, sondern mich nur, mangels besserer Argumente, in das scheinbar Unvermeidliche geschickt.

Wind blies uns jetzt entgegen, hier und da riss die Wolkendecke auf, und strahlendes Sonnenlicht umfing minutenlang ganze Partien, erlosch dann, um an anderer Stelle wieder hervorzubrechen.

Ich ahmte das Meckern einer Himmelsziege nach und rief: »Vespern!«

Stemma hatte etwas auf der Zunge, das sah man, nur ihr Eigensinn hieß sie schweigen. Erst als wir wieder aufsitzen wollten, entschloss sie sich zu reden.

»Ein Notzeichen sollte ein Zeichen für die Not bleiben und nicht im Scherz gebraucht werden. Wir hatten auch eins, mein Vater und ich. Es war ein Pfiff, der Anfang eines Musikstücks, das er liebte. Er benutzte es zum Beispiel im Kabinett, wenn aus einem Kolben stechende Dämpfe quollen und er der Meinung war, ich stünde zu nahe dabei und könnte sie einatmen. Und ich pfiff, wenn Besucher bei meiner Mutter waren, von denen ich wusste, dass er ihnen nicht gern begegnete.

Als die Gardisten kamen, um ihn festzunehmen, stieß er es auch aus, unser Zeichen. Er pfiff dreimal und ich versteckte mich hinter dem Vorhang des Laboratoriums. Ich glaubte, ich dürfte wieder hervorkommen, wenn die Leute fortgegangen wären. Aber als sie gingen, nahmen sie ihn mit. Vorher fesselten sie ihm die Hände auf den Rücken. Und die ganze Zeit flötete mein Vater unser Notzeichen.«

Ihre Stimme fing an zu zittern. Zwei Atemstöße, rau und stöhnend, dann hatte sie sich wieder in der Gewalt. Sie wandte das Gesicht ab und wischte mit dem Ärmel, wie ungehalten über sich selbst, die Tränen weg.

Verlegen sagte ich: »Ich werde mich danach richten.«

Am Nachmittag passierten wir eine Poststation, wo ich mich nach dem Namen des Berges erkundigte, der in einiger Entfernung aufragte.

Es war der Möönsberg.

Ungeachtet der Tatsache, dass ich in den nächsten Wochen und Monaten noch reichlich andere Berge, und zwar beträchtlich höhere, zu sehen bekommen würde, wollte ich unbedingt auf diesen hinauf. Wie man mir sagte, hatte man von seinem Gipfel aus eine meilenweite Sicht über das umliegende Land, sogar bis zum Meer.

Also verließen wir die Poststraße und folgten einem Weg, der uns bis zum Fuß des Berges brachte, nach und nach immer steiler anstieg und bei einer Bohlenhütte mit Gras auf dem Dach endete. Die Hütte war von einem alten Mann und seinem Sohn bewohnt; Letzterer schien mir ein Kretin zu sein. Beide rührten abwechselnd das Essen in einem Kessel über der Feuerstelle um und hoben, auch abwechselnd, den Löffel heraus, um ihn kostend abzuschlecken.

Der alte Mann behauptete, die Besteigung sei nicht ungefährlich. Er bestand darauf, ich müsse morgen seinen Sohn als Führer mitnehmen, denn obwohl der Gipfel nahe scheine, dauere es mehrere Stunden, bis wir oben wären.

Meine Reisegefährtin, den Mantelsack über der Schulter, musterte den Sohn, der von dem Alten Klein-Hane gerufen wurde, mit unverhohlener Abneigung. Hingegen hatte ihr Erscheinen bei Klein-Hane offensichtlich entgegengesetzte Gefühle ausgelöst, denn er ließ plötzlich Löffel und Kessel im Stich und näherte sich Stemma. Ein vorstehender Ast hatte ihr unterwegs die Schleife des Haarbeutels aufgezogen, und sie hatte diesen während des Reitens in die Rocktasche gestopft, so dass ihr die Haare nun offen ums Gesicht hingen. Was er sah, gefiel Klein-Hane augenscheinlich, denn er legte seine Pratze auf Stemmas Rücken, schob sie zu einer Bettbank voller Hasenfelle, deutete entgegenkommend darauf, sodann auf sich und Stemma.

»Und Ihr könnt bei mir schlafen«, ergänzte der Alte vom Kessel her und wies auf die zweite Lade an der anderen Wand.

»Eher setze ich mich auf die Schwelle und warte, bis es hell wird«, sagte Stemma. Sie sagte es auf Deutsch.

Ich versuchte sie gütlich umzustimmen. »Aber sie erweisen uns eine Ehre, indem sie ihre Betthälften anbieten. So etwas lehnt man nicht ab.« Ich hatte angenommen, dass nach der Nacht in der Halben Kartaune mit Zimperlichkeiten solcher Art ein für alle Mal Schluss wäre.

Als Stemma einsah, dass ich keinerlei Anstrengungen machen würde, mich für eine Änderung der Schlafplatzverteilung einzusetzen, nahm sie die Sache selbst in die Hand. Ohne Klein-Hane, der sie mit Blicken verschlang, einer Ansprache zu würdigen, wandte sie sich direkt an den Alten. Herrisch, fast befehlend (ich hatte sie noch nie um etwas bitten gehört), gab sie zu verstehen, Vater und Sohn sollten ein Bett teilen, sie und ich (»mein Bruder und ich«, sagte sie) nähmen das andere.

Ihm sei es egal, meinte der Alte, aber Klein-Hane würde das sicher übel vermerken. Allein der bullige Sohn grinste ohne Unterlass; seine Freude war nicht zu trüben. Ich schätzte ihn auf ungefähr zwanzig Jahre, doch sein Gesicht war feist und rosig wie die Haut eines Ferkels, auch zeigte sich außer ein wenig gelbem Flaum in der Kinngegend keinerlei Spur von Bartwuchs.

Da Vater und Sohn ihr gewissenhaftes Umrühren fortsetzten, vertraten Stemma und ich uns die Beine vorm Haus. Unser Schweigen hatte etwas Unzufriedenes. Als würfe jeder dem anderen etwas vor.

Weit unten in der Ebene sah man ein fernes Licht – wohl die Poststation. Wo der Wind die Wolken fortgeblasen hatte, funkelten einige Sterne. Es war kalt hier oben. Ganz aus der Nähe, über uns, kam der Ruf einer Bergeule. Neben dem Unterstand, wo die Pferde angebunden waren, floss ein Bach die Felsen herunter und füllte einen ausgehöhlten Baumstamm, der unten ein Loch hatte, so dass der Trog nie überlief; eine sinnreiche Einrichtung. Stemma schöpfte sich das Wasser mit beiden Händen ins Gesicht und schnaubte vor der eisigen Frische.

Das Essen schmeckte überraschend gut – eine Art Hasenpfeffer – und ich stiftete unser Brot aus der Gyldenhammar'schen Küche dazu. Auf die unvermeidlichen Fragen nach dem Woher und Wohin erzählte ich, wie schon einmal, wir reisten zu Verwandten nach Aettersbron. Und weil der Alte nur mit einem kümmerlichen »So, so …« darauf einging, meinte ich, ausführlicher werden zu müssen, und sagte, ich wolle dort meine Braut besuchen.

»Sieh an, ein Bräutchen habt Ihr! Das hättet Ihr besser nicht vor Klein-Hane erwähnen sollen. Am Ende will er mit Euch gehen, um sich auch eine Braut aus Aettersbron zu holen. Hier herum gibt es kein Mädchen für ihn, obwohl Klein-Hane durchaus nicht wählerisch ist. Er ist ganz wild darauf, eine Braut zu bekommen. Stimmt's, Klein-Hane?«

Der Sohn nickte grinsend und ließ kein Auge von Stemma, die seinem Starren beharrlich auswich.

»Kann er nicht sprechen?«, fragte ich.

»Nicht so schnell wie Ihr und auch nicht so wohlgesetzte Worte. Für uns hier reicht es. Aber« – hierbei sah der Alte Stemma an – »er ist stark wie ein Ochse. Und ich habe ihm Kochen beigebracht. Er hat auch den Hasen gefangen, den wir gerade gegessen haben. Er fängt so viele Hasen, dass seine Braut sich im Winter von oben bis unten in Hasenfelle wickeln könnte wie eine Königin. Und was den Berg angeht, da nimmt es keiner mit ihm auf. Er kennt jeden lockeren Stein, jeden Raubvogelhorst, jedes Mauseloch, möchte ich sagen. Hab ich Recht, Klein-Hane?«

Wieder nickte der Sohn, selbstgefällig diesmal, zum Zeichen, dass das Lob durchaus berechtigt sei. Mir stieg der Verdacht auf, dass die Aufzählung von Klein-Hanes Vorzügen eine Brautwerbung darstellte, dazu gedacht, ein widerborstiges, finster blickendes Mädchen von vierzehn Jahren in Knabenkleidern und mit Ohren wie ein Elefant zu beeindrucken. Na, da würden sie sich die Zähne ausbeißen!

Ungefähr ein Jahr sei es her, berichtete der Alte weiter und reichte eine Branntweinkruke herum, als Dag Sparre, der Falkenjäger, hier aufgekreuzt sei. Der habe die halbe Nacht von schönen fremden Mädchen erzählt, die er oben im Norden, in der Wildnis, angetroffen hätte. Auch Männer, Frauen und Kinder, ein ganzes Volk, das in einer unverständlichen Sprache redete.

Mit dem Geschwafel von diesen Mädchen, ihren armdicken Zöpfen und den gläsernen Perlen, die von spitzen Mützchen herabbaumelten, ihren weißen Kleidern, weiß wie die der Engel, habe dieser Dag Sparre Klein-Hane ganz verrückt gemacht. So verrückt, dass Klein-Hane losgezogen sei, sich ein solches Mädchen als Braut auf den Möönsberg zu holen. Zu Fuß, denn ein Pferd besäßen sie ja nicht.

»Ich glaubte zuerst, er wäre irgendwo auf dem Berg, und dachte mir nichts dabei. Am dritten Abend entdeckte ich, dass er alle seine Steine mitgenommen hatte. Er nannte sie immer seinen ›Schatz‹, weil sie in der Sonne wie Gold und Silber und Kupfer glitzerten. Da wusste ich, was er vorhatte, denn Dag Sparre hatte was von einem ›Brautpreis‹ erzählt, den man der Familie geben muss, damit sie einem das Mädchen überlassen. Unser Klein-Hane wollte sich eine Braut kaufen.«

Der Sohn musste an diese Reise ungute Erinnerungen haben, denn sein Grinsen war verschwunden. Er schnaufte bös blickend vor sich hin, nicht unähnlich einem Stier, der eines roten Rocks gewahr wird. Doch ich konnte einfach nicht an mich halten und bestürmte ihn, ob er denn diese fremden Leute wahrhaftig gefunden habe. Alles, was ich zur Antwort bekam, war ein tückisches Schielen in meine Richtung, begleitet von Knurren. »Als der Nordwind einsetzte, war er eines Tages wieder da«, spann der Alte seinen Bericht weiter. »Ohne seine Steine. Und ohne ein Bräutchen. Ich denke mir, er ist nicht über das Unglücksmoor hinausgelangt. Jetzt hat er eingesehen, dass man den Weibern nicht nachlaufen darf. Irgendwann kommt dir eine ins Haus, sage ich immer. Hab ich Recht behalten, Klein-Hane?«

Der Sohn nickte, wieder grinsend, wieder zufrieden mit allem, wie es gekommen war. Ich überhörte, was in den letzten Sätzen des Alten enthalten war; an diesem Abend hatte ich nur Ohren für das andere.

»Und jener Falkenjäger – was hat er sonst noch über diese Leute zu sagen gewusst?«

»Dag Sparre? Ach, der erzählt viel, wenn die Nacht lang genug ist. Ihr fallt doch nicht auf den Unsinn von wegen ›fremdes Volk‹ herein? Wenn Ihr noch eine Weile bleibt, sagen wir bis zum nächsten Vollmond, lernt Ihr ihn vielleicht selber kennen. Er lässt sich immer um diese Zeit hier sehen. Allerdings kann es auch sein, dass er uns diesmal nicht aufsucht. Das Falkenpärchen, das Jahr um Jahr auf dem Möönsberg zu nisten und zu brüten pflegte, ist schon im letzten Jahr ausgeblieben.«

Etwas Schweres drückte gegen meine Schulter; Stemma war im Sitzen eingeschlafen und gegen mich gesunken. Bevor ich mich aufrappeln konnte, hatte Klein-Hane sie geschnappt, hochgehoben, als wiege sie nicht mehr als ein Kätzchen, und machte Miene, sie in sein Bett zu tragen.

Stemma erwachte mit einem Schrei. Sie kreischte gellend und strampelte mit den Beinen, als sie merkte, in wessen Armen sie sich befand. Wortlos deutete der Alte mit seinem knotigen Zeigefinger nach dem anderen Lager hin und Klein-Hane gehorchte.

Ich schob Stemma an die Wand. Ihr Herz hämmerte; ich spürte es an meinem Rücken, als ich mich neben sie an die Außenkante legte.

»Auf welcher Seite pflegst du einzuschlafen, Unkräutchen? Wir müssen uns einigen, denn für große Umdrehereien ist kein Platz.« Im Bemühen, ihren Schrecken durch den scherzhaften Ton meiner Frage wieder gutzumachen, war ich unversehens ins vertrauliche Du gefallen. Ich erwartete Protest, doch es kam nur ein Gemurmel, gedämpft und undeutlich, da ihr Gesicht zu dicht an meinem Rücken lag.

10. Kapitel

Es gab keinen Pfad. Wir mussten klettern, uns von Stein zu Stein ziehen und an Sträuchern und vorspringenden Felsnasen Halt suchen. Ich war ganz und gar auf Klein-Hane, meinen Führer, angewiesen. Mehrmals rief ich ihm hinterher, nicht gar so rasch zu steigen, denn er sprang wie eine Ziege und drohte meinen Augen zu entschwinden. Es mochte kaum eine Stunde vergangen sein, da zitterten mir schon die Knie und die Luft wurde mir knapp, so steil ging es hinauf. Unter mich zu blicken, hütete ich mich wohlweislich.

Ein Stück unter dem Gipfel wandte Klein-Hane sich rückwärts, um mir die Hand hinzustrecken. Ich konnte seine ungeheure Kraft spüren und dachte, dass ich nicht gerne mit ihm kämpfen würde. Er lag auf dem Bauch; dort schien ein Absatz zu sein. Meine Vermutung stimmte: Zwischen den Felsen war ein Plateau ausgespart, nach drei Seiten vor dem scharfen Wind geschützt, aber offen nach Süden hin. Grashalme wehten und zappelten, Hasenlosung fand sich in Mengen, eine Fülle bunter Feldstiefmütterchen, so vielfarbig, wie ich sie noch nie auf einem Fleck gesehen hatte, durchwucherte das Gras. Und von den Felsen gleißte es im Sonnenlicht, dass es einem die Augen blendete – Katzensilber und Muskovit und noch andere Arten von Glimmergestein.

Völlig erschöpft wollte ich, nachdem ich über den Rand hinweg war, eine Weile sitzen bleiben, aber Klein-Hane packte mich einfach unter den Schultern und schleifte mich mit sich. Offenbar beabsichtigte er mir etwas zu zeigen, denn er tat geheimnisvoll und eifrig zugleich.

Eine struppige Birke verbarg den Eingang zu einer Höhle. Seine ganz private Höhle, denn auch hier lag, wie in der Hütte unten, ein Stapel Hasenfelldecken, und verbrannte Baumstrünke zeugten von nächtlichen Feuern.

Großspuriger konnte sich kein Fürst beim Vorführen seines Palastes benehmen als Klein-Hane. Mein Staunen quittierte er mit rauem, freudigem Gelächter. Dann setzte er zum Sprechen an. Seinen Worten – mehr unverständliche als verständliche – entnahm ich folgende Anordnung: Für Klein-Hane galt es nunmehr als abgemacht, dass ich allein weiterreisen würde, zu meiner Braut nach Aettersbron. Meine »Schwester« jedoch wollte er dabehalten und sie zu seiner Frau machen. Zur Herrin des Möönsberges, eingeschlossen zahllose Hasen und die Höhle unter dem Gipfel.

Ich hielt es für klüger, vorerst nicht darauf einzugehen; immerhin hatten wir noch das letzte Stück vor uns, vom Abstieg gar nicht zu reden. Ohne Klein-Hanes Führung würde ich weder das eine noch das andere schaffen. So begnügte ich mich damit, lächelnd den Kopf zu wiegen, als sei ich zwar überrascht, aber durchaus erfreut. Da müsse er das Mädchen schon selbst fragen, sagte ich nur.

Doch Klein-Hane verlangte Klarheit, und zwar auf der Stelle. Er wollte die Angelegenheit allein unter uns Männern regeln. In seiner Vorstellung schienen Mädchen Objekte des Besitzes zu sein, ähnlich Pferden oder Kühen, die aus der Hand eines Vaters oder Bruders in die des Bräutigams übergingen. Ihnen das Recht persönlicher Wahl zuzugestehen kam ihm nicht in den Sinn.

Ich wiederholte einmal ums andere, sehr herzlich, ich könne nicht über Stemma verfügen, sie habe ihren eigenen freien Willen. Sage sie Nein zu dem Angebot, könne ich auch nichts ausrichten.

Jetzt wurde Klein-Hane böse. Es war kein Zweifel möglich, dass er mir meine Weigerung als Ablehnung seiner Person auslegte und übel nahm.

Das Letzte, was ich von ihm sah, ehe er aufsprang und über die Felsen emporklomm, waren seine zu Schlitzen zusammengekniffenen Augen.

Bedrückt und meine Lust, auf Berge zu steigen, verwünschend, begann ich hinter ihm herzuklettern. Es war eine einzige Plage, vor allem, da weiter oben noch Schnee lag. Er lag eine Viertelelle hoch und jeder Schritt ließ mich bis über die Knöchel einsinken.

Zum Glück war es nun nicht mehr so steil wie vorher, und als ich Klein-Hane aufgepflanzt stehen sah, mit ausgebreiteten Armen rudernd, einer Windmühle gleich, in welcher Haltung er dem heftig daherstürmenden Wind Trotz bot, atmete ich auf. Die Aussicht vom Gipfel des Möönsberges entschädigte mich für die Stunden der Schinderei.

Das Meer lief als hellblaues Band den östlichen Horizont entlang, dazwischen fügten sich Felder und Moore, Dörfer und Seen zu einem hübschen Muster. Sogar die Türmchen von Byglehamn meinte ich zu erkennen. Gegen Norden und Westen hin ragte Gipfel an Gipfel, doch alle niedriger als der Berg, auf dem ich mich befand, mit tiefen Taleinschnitten, aus denen es dampfte und rauchte.

Nach Süden und Südwesten gab sich die Landschaft sanfter, die Erhebungen waren eher Hügel zu nennen und wechselten mit dunklen Flecken von Wäldern ab. Weit hinten, an der Grenze des Blicks, glaubte ich Aettersbron auszumachen und zeigte es Klein-Hane, um ihn zu versöhnen. Seine Reaktion bestand darin, dass er den Unterkiefer vorreckte und damit ins Leere biss, eine Grimasse, die ebenso viel Verzweiflung wie Angriffslust enthielt. Wahrscheinlich hatte ich nur seinen Neid geschürt. Neid auf mich, der in der gezeigten Stadt eine Braut besaß.

Sein Blick wich mir aus, glitt unstet hierhin und dahin. Hinter seiner niedrigen Stirn, das war nicht zu übersehen, wurden Gedanken gewälzt. Meine innere Stimme, deren Rat bisher immer zu meinem Besten diente, empfahl mir, das Ergebnis von Klein-Hanes Denkprozess nicht abzuwarten. In gewisser Weise glich er Adam vor dem Sündenfall: Es war ihm nicht gegeben zu wissen, was gut und was böse war. Oder anders ausgedrückt: Ihm fehlte das den meisten Menschen eingefleischte moralische Tabu, welches Hass- und Rachegefühle daran hindert, Taten zu werden.

So begann ich unverzüglich den Rückweg anzutreten – eine beschönigende Bezeichnung für das halsbrecherische Unternehmen. Da ich nicht noch einmal bei der Höhle vorbeikommen wollte, wählte ich die Westseite, um abzusteigen. Schwitzend setzte ich Fuß unter Fuß, tastete mich in winzigen Schritten hinunter, bis ich die Schneeregion hinter mir hatte und mich auf steinigem Gebiet sicherer glaubte.

Von Klein-Hane hörte und sah ich nichts. Einerseits war es mir ganz lieb so, andererseits aber hätte ich ihn mit seinem Wissen um die gefährlichen Stellen doch gern als Vorkletterer gehabt. Angesichts einer weiten Geröllhalde blieb mir nichts übrig, als in hockender Stellung abwärts zu rutschen, halblaute Stoßgebete murmelnd. Dann kamen zum Glück wieder Felsnasen, an denen ich mich festklammerte.

Plötzlich krachte und prasselte es über mir, wurde zum Donnern und ein gewaltiger Felsblock sprang in einer Staubwolke auf mich zu, sprang über meinen Kopf hinweg und weiter in Richtung Tal.

Obwohl mir die Kräfte vor Schreck zu versagen drohten, arbeitete ich mich instinktiv seitwärts. Gleich darauf fuhr ein zweiter Brocken nieder, der genau an der Stelle aufschlug, wo ich mich eben noch befunden hatte. An die Wand gepresst, verharrte ich regungslos. Da ein vorstehender Stein mich deckte, konnte ich zwar nicht sehen, doch hören, wie Klein-Hane seinen Geschossen folgte. Geleitet von seiner Erfahrung, turnte und stieg er mit staunenswerter Flinkheit bergab. Er sah mich nicht und verschwendete auch keine Zeit aufs Umherschauen. So sicher war er, den »Eigentümer« der ersehnten Braut beiseite geschafft zu haben.

Ich begann, mir Sorgen um Stemma zu machen, und hatte doch weiß Gott genug Sorgen um mich selbst am Hals. Als Klein-Hanes Tritte verhallt waren, stieg ich weiter ab. Dass Angst kein guter Kletterführer ist, lernte ich während der nächsten Stunden. Schweißgebadet und mit Knien, die zuletzt unter mir nachzugeben drohten, legte ich immer längere Pausen ein, eng an den Berg geschmiegt, als wollte ich festwachsen am Fels.

Da ich einen anderen Abstieg gewählt hatte, wusste ich auch nicht, auf welcher Höhe ich die Hütte zu suchen hatte. Womöglich war ich längst darüber hinaus und schon auf dem Weg ins Tal. Ich versuchte mich zu erinnern, wo heute Morgen die Sonne gestanden hatte, und kam zu dem Schluss, dass ich mich nach links hin um den Berg herum zu bewegen hätte.

Der Wind pfiff an meinen Ohren vorbei und machte mich beinah taub für alle anderen Geräusche. Als ich schließlich ein Pferdewiehern zu hören glaubte, war ich nicht sicher, ob es nicht bloß das Wimmern und Sausen des Windes gewesen war. Doch es wiederholte sich; kein Engelschor hätte mir in diesem Augenblick lieblicher klingen können. Es war von links gekommen, aber von oberhalb der Stelle, wo ich mich befand. Also wieder hinauf.

Mit ausgedörrter Kehle, an Armen und Beinen schlotternd,

erreichte ich endlich einen Steig und erkannte, dass es sich um denjenigen handelte, den wir gestern Nachmittag entlanggetrabt waren. Ich warf mich in den Staub und blieb eine Weile so liegen.

Mit den Kräften kehrte auch die Wut zurück, die ich empfand, wenn ich an Hermynia Dannhauer dachte, die mir das alles eingebrockt hatte. Ohne sie und ihren Verfolgungswahn säße ich jetzt einträchtig mit dem Alten und Klein-Hane beim Feuer und ließe mir das Schmorfleisch schmecken, um mich sodann auf der Bank mit den Hasenfellen auszustrecken – geehrter Gast, der ich war –, vom wohlgesinnten Geschwätz des Alten unterhalten, bis der Schlaf mich sanft hinübergleiten ließ. Stattdessen …

Da ich nicht voraussehen konnte, wie man mich, den vermeintlich »Abgestürzten«, empfangen würde, pirschte ich mich an die Hütte heran. Am Wassertrog trank ich aus den hohlen Händen, begrüßte die Pferde am Unterstand und sattelte sie hastig, immer gewärtig, einen der beiden Männer hinter der Hausecke auftauchen zu sehen.

Wie gestern stand auch heute die Hüttentür weit offen, um den Rauch abziehen zu lassen, da der Wind auf den Schornstein drückte. Auch der Fensterladen war noch nicht geschlossen; ich blieb stehen, um zu lauschen. Was taten sie gerade?

Ich traute meinen Ohren nicht: Sie sangen. Nicht etwa eine Melodie mit unterlegten Worten; der Alte und sein Sohn begnügten sich damit, eine Folge von vier oder fünf Tönen willkürlich zu variieren, raue, zufriedene Laute, die dennoch auf seltsame Weise miteinander in Harmonie blieben. Stemmas Stimme beteiligte sich nicht am Gesang, was mich unter den gegebenen Umständen nicht weiter wunderte.

Mit einem Satz war ich die Bohlenstufen hinauf und blieb im Türrahmen stehen. Sie saßen alle drei am Tisch, vor sich die

Holznäpfe mit dem Geschmorten, die beiden Männer mit Bechern in der hoch erhobenen Hand, als vollzögen sie eine feierliche Zeremonie. Klein-Hane trug eine Blumenkrone auf dem Kopf. Auch Stemma war mit einem dicken Kranz aus wilden Stiefmütterchen geschmückt, der ihre abstehenden Ohren verbarg. Ihr Gesicht war in einer Fratze des Entsetzens erstarrt.

Als sie mich sah, öffnete sie den Mund zum Schrei, brachte aber nur ein Röcheln hervor. An ihren verzweifelten Ansätzen zu rufen, zu sprechen, las ich die Hilferufe und Schreie ab, die sie ihren Stimmbändern während der letzten Stunden abverlangt haben musste.

Ebenso vergeblich waren ihre Bemühungen aufzuspringen; man hatte sie am Stuhl festgebunden. Nur der rechte Arm war frei, wohl damit sie sich am »Hochzeitsmahl« beteiligen konnte, das im Napf vor sich hin dampfte.

Der Alte tauschte einen Blick mit seinem Sohn, in dem sich Ärger, Verachtung und Mitleid mischten. Da hattest du einmal eine Chance, Klein-Hane, sagte dieser Blick, und wie hast du sie genutzt? Dir misslingt aber auch alles!

Beherzter, als mir zumute war (was, wenn Klein-Hane mit seinen Bärenkräften sich auf einen Zweikampf mit mir einließ?), ging ich um den Tisch herum und zertrennte mit meinem Hirschfänger die Lederriemen, mit denen die »Braut« an den Stuhl gefesselt war.

»Das war sehr unklug«, sagte ich betont ruhig. »Unten, auf der Poststation, wissen sie, dass wir zu Euch geritten sind. Und wenn ich innerhalb der nächsten drei Tage nicht in Aettersbron ankomme, werden meine Auftraggeber Nachforschungen über meinen Verbleib anstellen.«

Nichts davon stimmte; doch hoffte ich, dem Alten damit einen Schrecken einzujagen und ihn zur Annahme von Vernunft zu bekehren. Klein-Hane würde sich – willig oder unwillig –

der väterlichen Autorität beugen, wie es am Abend zuvor schon einmal geschehen war.

Im Moment lief die Angelegenheit noch nicht nach meinen Vorstellungen, denn Klein-Hane verstellte mit seiner bulligen Gestalt die Tür. Er ließ die Dreschflegelarme vor- und zurückschwingen, bleckte die Zähne, und der flachshaarige Schädel mit der Blumenkrone war drohend nach vorn gesenkt, bereit, jeden umzustoßen.

Dumpf stieß er hervor: »Meine! Meine Braut! Meine!«

Stemma war inzwischen nicht müßig gewesen. Als habe sie sich die Handgriffe in den vergangenen Stunden des Öfteren zurechtgelegt, raffte sie aus den Ecken und Winkeln der Hütte unsere Habe zusammen. Ich fühlte die glatte Kälte der Jagdflinte in den Händen, als sie sie mir hineindrückte. Sie selbst schleifte unsere Mantelsäcke, als zerre sie zwei widerspenstige Doggen am Halsband mit sich.

Der Alte hatte die wenigen Minuten offenbar zum Überlegen genutzt und war zu einem Entschluss gekommen. In falscher Bestürzung breitete er jetzt die Hände aus.

»Aber, aber, lieber, bester Herr, was ist bloß in Euch gefahren? Wir haben nur das getan, von dem wir dachten, es sei das Beste für alle Beteiligten. Ihr selbst wolltet unbedingt auf den Berg hinauf. Hab ich Euch gestern nicht gewarnt, es sei nicht ungefährlich? Und als Klein-Hane mit der Nachricht kam, Ihr wärt abgestürzt, beschlossen wir, Eure Schwester, das arme Ding, in unsere Familie aufzunehmen. Sie hätte es gut gehabt, dafür verbürge ich mich. Klein-Hane hätte sie gehalten wie eine Königin …«

»Spart Euch Eure Worte«, unterbrach ich ihn grob. »Euer Sohn hat versucht, mich umzubringen. Felsblöcke von solcher Größe lösen sich nicht von allein. Ihr könnt froh sein, wenn ich Euch nicht die Gendarmen auf den Hals hetze.«

»Ihr habt keine Beweise.« Lauernd ließ er die Augen zwischen Klein-Hane und mir hin- und hergehen.

»Ich will Gnade vor Recht ergehen lassen«, sagte ich, »aus Dank für die Gastfreundschaft, so kurz sie auch dauerte. Und jetzt gebt die Tür frei. Mir sind die Hände zerschunden vom Klettern, und ich kann die Finger nicht länger ruhig am Abzug halten, ohne dass vielleicht ein Malheur passiert.«

Hinter mir hörte ich Stemma keuchen. In einem der Mantelsäcke klirrte und schepperte es, so sehr zitterte sie.

»Aufs Bett, Klein-Hane!«, rief der Alte nun. »Hörst du? Setz dich aufs Bett. Es gibt keine Hochzeit. Ach, Klein-Hane, Klein-Hane, du hast nun mal kein Glück auf der Welt.«

Diesmal gehorchte ihm der Sohn nicht. Er rannte täppischflink wie ein großes Tier in die Dämmerung hinaus. Ich eilte ihm hinterher mit dem Verdacht, er könnte die Pferde losbinden und scheu machen, dass sie ins Tal hinuntergaloppierten und wir hier festsäßen für eine weitere Nacht.

Erleichtert sah ich, dass er den Tieren nicht die geringste Aufmerksamkeit schenkte. Er lief talwärts, in die Dunkelheit und den Abendnebel hinein, die unsere höher gelegene Region noch nicht erreicht hatten.

Der Alte wollte wohl die Geschehnisse der letzten Stunden wieder gutmachen, denn er drängte sich Hilfe leistend auf und winkte zuletzt freundlich, als sei nicht das Mindeste vorgefallen.

Beim Licht der zu drei Vierteln gefüllten Mondscheibe, die sowohl die Bergwand als auch die Ebene versilberte und nur den Abgrund zur Rechten im Schatten ließ, fanden die Pferde gut vorwärts.

Wir näherten uns einem Geräusch, das mit jeder Biegung abwärts deutlicher wurde, Wolfsgeheul und herzzerreißende Klage in einem. Wir zügelten die Pferde. Falls sie erschraken, hätten sie uns beim Aufbäumen unweigerlich in den Abgrund geworfen.

Auf einer Felsplatte oberhalb des Weges, weithin sichtbar im Mondschein, kniete die massige Gestalt Klein-Hanes. Die zottige Silhouette seines Kopfes verriet, dass er noch immer seinen Bräutigamskranz trug. Als er das Klappern der Hufe hörte, richtete Klein-Hane sich kniend auf und hob beide Hände wie flehend in die Höhe. Er lallte und weinte zum Gotterbarmen. Eine übermächtige Verzweiflung ließ seinen Körper beben und kreisen, warf ihn vor und zurück. Indes tat er nichts, um uns aufzuhalten, ganz und gar nur von seinem Kummer eingenommen, der jegliche Wut und Hassgefühle verdrängt hatte.

Es wurde Mitternacht, bis wir die Poststation erreichten und die Frau des Posthalters herausklopften. Draußen, in der mondhellen Maiennacht, schrien die Nachtschwalben und Käuzchen; drinnen, im dumpfwarmen Gastraum, schnarchten etliche Schläfer im Stroh, und wir legten uns dazu, zerbrochen vor Müdigkeit.

Stemma hatte zuvor noch flüsternd, hauchend um Wasser gebeten, das sie in langen Zügen hinunterschüttete, um ihre wunden Stimmbänder zu kühlen.

Ich musste plötzlich an die beiden Brautkränze aus wilden Stiefmütterchen denken. Wer mochte all die ungezählten dünnen Stänglein so kunstvoll miteinander verflochten haben? Der Alte mit seinen knotigen Gichtfingern? Oder Klein-Hane mit seinen Pratzen?

11. Kapitel

Auf dem Weg nach Aettersbron durchquerten wir einen Ausläufer jenes Berglandes, das ich vom Gipfel des Möönsberges aus gesehen hatte. Düsterer Wald füllte die Schluchten und bedeckte auch die Steilwände bis weit hinauf. Von einem Tag auf den anderen verschwanden die Frühlingsblumen. Schneekrusten, oft eine Viertelelle tief, überzogen große Flächen des Geländes. Die Birken, die im Moor zwischen Rökstuna und Byglehamn längst Blättchen angesetzt hatten, waren hier noch so kahl wie Besen.

Auch am zweiten Tag, nach Verlassen der Bergwälder, war außer einigen sprossenden Gerstenfeldern nicht viel Blühendes zu sehen. Sie mussten einen harten Winter gehabt haben hier, denn das Fladenbrot in den Herbergen war aus Mehl gebacken, das zu drei Vierteln aus Spreu bestand.

Wir übernachteten zweimal. Die Wirtschaften glichen an Reinlichkeit und Komfort der HALBEN KARTAUNE, und meine Reisegefährtin war in der Kunst, stumme Missbilligung und Ekel auszudrücken, mittlerweile beredter, als wenn sie sie laut geäußert hätte.

Denn Stemma hatte ihre Stimme noch immer nicht völlig wiedererlangt.

So hingen auch die Geschehnisse auf dem Möönsberg unbesprochen zwischen uns, was ich begrüßte. Ich fand, das Darüberschweigen war dem Darüberreden bei weitem vorzuziehen. Was hätten Vorhaltungen und Schilderungen erlittener Einzelheiten jetzt noch genützt? Das gemeinsame Schweigen hingegen schuf – so empfand ich es – eine Art Band zwischen mir und dem stummen Mädchen mit den finsteren Brauen und dem mürrischen Mund.

Durch die Wortlosigkeit gaben wir dem Ausgestandenen Raum, noch einmal Wellen zu schlagen, in der Phantasie, bis es sich von selbst beruhigte und sich in Vergangenheit verwandelte, auf die man später, irgendwann, zurückkommen konnte, dankbar, dass man alles so heil überstanden hatte.

»Heute Abend sind wir in Aettersbron«, bemerkte ich am dritten Tag nach Aufbruch von der Poststation. »Sehen Sie – schon hat der Frühling uns wieder eingeholt!« Und ich deutete auf hier und da schüchtern sprießende Schattenblümchen und Waldsauerklee. »Als ich im letzten Jahr dort war, blühten gerade die Apfelbäume. Wussten Sie, dass hinter Aettersbron keine Äpfel mehr wachsen? Dann erst beginnt der Norden wirklich.«

Unter den Apfelbäumen im Garten der Ulfeldts hatte ich mich mit Hjördis verlobt. An ihr Gesicht konnte ich mich nicht mehr genau erinnern, wohl aber an das duftende, weißrosa Dach der Zweige über uns.

Die Erwähnung der Stadt, deren Name nun schon so oft gefallen war, und mein freudiger, erwartungsvoller Ton bewogen Stemma zu einer Erkundigung. Je mehr der Möönsberg an Schrecken verlor, zurückblieb, verblasste, umso mehr mussten sich ihre Gedanken mit dem vor uns Liegenden beschäftigt haben. Denn mit krächzender, eingerosteter Stimme fragte sie: »Das war doch nur eine Ausrede? Dass Sie eine Braut dort haben und sie besuchen wollen?«

Nein, nein, sagte ich und musste lachen, es verhalte sich in der Tat so. Überhaupt wurde ich immer heiterer und aufgeräumter, je mehr wir uns dem Ort näherten, an dem ich ein Vierteljahr gelebt hatte und auf gesegnete Weise sorglos und glücklich gewesen war. Mir das Reisegeld für Holland zu beschaffen und als frisch gebackener Doktor der Medizin wieder vorzusprechen, um Hjördis Ulfeldt ehelichen zu können, war mir seinerzeit als leicht einzulösende Bedingung erschienen. Nun war ein Jahr vergangen und ich hatte sie noch immer nicht erfüllt. Aber ich glaubte, auch in meiner gegenwärtigen Rolle als Beauftragter der Sozietät der Wissenschaften nicht gerade eine schlechte Figur zu machen. Wie ich den alten Movitz Ulfeldt einschätzte, war er für derlei Ehrungen nicht unempfänglich. Vielleicht konnte ich auch das persönliche Gespräch mit König Olvart Märtus irgendwie einflechten, ohne die wahren Hintergründe zu verraten. Frau Ulfeldt war ein härterer Bissen. Sie hatte die Annäherung zwischen ihrer Tochter und mir schon damals nicht gern gesehen; für sie kam ein Schwiegersohn ohne Titel und ohne feste Anstellung nicht in Frage.

»Und wer ist sie? Wie heißt sie? Und wie alt ist sie?« Stemmas plötzliche Neugier, in krächzendem Ton hervorgestoßen, erheiterte mich noch mehr. Bereitwillig gab ich ihr Auskunft.

»Doppelt so alt wie ich?!«, wiederholte Stemma. »Aber dann ist sie ja älter als Sie, der Bräutigam!« Wie sie es aussprach, klang das, als sei Hjördis Ulfeldt damit jenseits der Grenze angelangt, wo Frauen noch Anrecht auf einen Bräutigam haben.

»Beschreiben Sie sie mir, Isak. Sicher ist sie sehr schön?«

Ich versuchte, Wesen und Äußeres von Hjördis zu schildern, da ich ihr in Kürze gegenüberstehen würde und ein wenig innerliche Vorbereitung nur von Nutzen sein konnte. Ich pries ihre stets gleich bleibende Freundlichkeit und ihre liebenswürdige Art, ihr Geschick in hauswirtschaftlichen Dingen und strich besonders ihre Tätigkeit am Webstuhl heraus.

»Ja, aber wie sieht sie aus?«

»Angenehm und sympathisch«, sagte ich, da ich weder mit Augen- noch mit Haarfarbe aufwarten konnte. Von Letzterer wusste ich nur, dass sie eher fahl gewesen war. Im Stillen fügte ich hinzu: Und sie hat weder abstehende Ohren noch vorstehende Zähne, auch keine Pockennarben, weder auf der Stirn noch auf den Wangen oder gar auf der Nase.

Meine Begleiterin fiel wieder in ihr altes Schweigen zurück. Ihr Gesicht drückte nicht das Mindeste aus.

Die weiten Feuchtwiesen, die Aettersbron umziehen, waren letztes Jahr mit Unmengen von *Caltha palustris* überwuchert gewesen. Und als wir das Erlenwäldchen hinter uns hatten und sie unvermittelt vor uns ausgebreitet lagen, mit ebendemselben Dotterblumengelb gesprenkelt, hatte ich den Eindruck, die Zeit sei stehen geblieben und habe auf mich gewartet. Auf dem gleichen Weg, den wir jetzt langsam dahintrotteten, war ich einige Male mit Hjördis spazieren gegangen, Arm in Arm, doch hatte ihre würdig-distanzierte Haltung nicht zum Stehenbleiben, um sich zu küssen, ermuntert. O ja, Hjördis wusste, was sich gehört.

Ich zog am Zügel und brachte den Fuchs zum Halten. Vor uns auf dem Weg, unweit einer Zwergbirke, saß ein junger Kuckuck und wurde gerade von seiner Ziehmutter, einer viel kleineren Bachstelze, mit Futter gestopft. Wir sahen eine Weile zu. Bis Stemma sich räusperte und heiser fragte: »Was werden Sie ihr über mich erzählen? Wird sie … Ihre Braut, meine ich … wird sie nicht eifersüchtig sein, dass ich mit Ihnen reise?«

Ich lachte schallend. »Auf dich?! Pardon, ich wollte sagen: auf Sie? Hjördis Ulfeldt auf meinen kleinen Reise-Kuckuck?«

Sie lief blutrot an. Und als wir weitertrabten, saß sie so steif, als hätte sie einen Ladestock verschluckt. Fast tat sie mir Leid mitsamt ihrem verletzten Fräulein-Dannhauer-Stolz. Doch der Gedanke, ein Mädchen von ihrem Aussehen könnte die Eifersucht von Hjördis Ulfeldt erregen, war gar zu lächerlich.

»Im Übrigen«, sagte ich, »habe ich vor, Sie der Obhut der Ulfeldts zu empfehlen und meinen Weg allein fortzusetzen. Es wird also gar keinen Grund geben, sich über die sittliche Anfechtbarkeit unseres Miteinander-Reisens den Kopf zu zerbrechen.«

Ohne mich anzusehen, erwiderte Stemma mit ausdrucksloser Flüsterstimme: »Das war nicht ausgemacht. Das wäre meiner Mutter sicher nicht recht.«

»Mich hat auch keiner gefragt, was mir recht wäre! Von ›ausgemacht‹ kann keine Rede sein, das wissen Sie am besten, schließlich waren Sie ja selbst bei der Szene anwesend. Ich habe mich zu nichts verpflichtet, zu gar nichts! Und jetzt seien Sie nicht kindischer, als es Ihrem Alter zusteht; die Ulfeldts sind eine honette Familie. Man wird Sie auf Ausflüge und Hausbälle mitnehmen, Hjördis wird Sie wie eine Schwester behandeln, und zur Not können Sie sich vorübergehend einen anderen Namen zulegen, um inkognito zu bleiben.«

In Wirklichkeit war ich durchaus nicht so zuversichtlich, wie ich tat. Das Einzige, wofür ich mich verbürgen konnte, war die Tatsache, dass es im Doktorhaus ausreichend Platz für Gäste gab und genug zu essen, dass auch noch eine weitere Person satt würde.

Von Stemma kam kein Einwand mehr, und ich segnete die Erziehung Lovis Dannhauers, der seine Tochter die Einsicht in die Notwendigkeiten des Lebens gelehrt hatte.

Mittlerweile war die Stadt erreicht, zuerst die Gassen des äußeren Ringes mit ihren brandroten, weißen und blau gestrichenen Holzhäuschen, dann begann der Boden in buckliges Steinpflaster überzugehen. Die Häuser wurden stattlicher, scharten sich um Kirchen oder spielten sich inmitten von Gärten als Villen auf, mit Lauben, Obstspalier an der Südwand und Rasenparterre.

Eine solche Villa bewohnten die Ulfeldts, leuchtend weiß, Fensterrahmen und Türen sowie die Giebelschnitzereien in Zichorienblau. Ich hatte meinen Besuch für Ende Mai durch einen Brief angekündigt, sie wussten also Bescheid.

Malla, die umfangreiche alte Malla mit der Warze auf dem einen Augenlid, öffnete nach dem Anschlagen des Türklopfers und schrie ins Hausinnere: »Fräulein Hjördis, Fräulein Hjördis, Herr Zettervall ist gekommen!«

Dann wurde sie Stemma gewahr und erkundigte sich geschäftsmäßig: »Du willst gewiss den Herrn Doktor sprechen, Jungchen? Geh einstweilen in den Hausflur, ich sage ihm Bescheid. Für wen ist es denn?«

»Nein, nein, Malla« erklärte ich etwas verlegen, »das ist Fräulein Stemma Dannhauer und ich habe sie mitgebracht.«

»So? Ach was ...« Malla, der normalerweise ein Auge genügte, um alles zu sehen, was sie zu sehen wünschte, hob die Hand, um das von der Warze heruntergezogene Lid zu lupfen und das andere Auge ebenfalls teilhaben zu lassen an der gründlichen Musterung des »Fräuleins« in Knabenkleidern.

»Isak ... o Isak, bist du das wirklich?« Hjördis, mit Häubchen und weißer Vorsteckschürze, eilte herzu, gefolgt von Frau Ulfeldt, die jedoch in der Tür stehen blieb, unverbindlich lächelnd, wie es ihrer Art entsprach. Hjördis dagegen strahlte und war so nett und liebenswürdig anzuschauen wie eh und je. Sie streckte mir die Hände entgegen. Und ich nahm sie, alle beide, so dass wir uns letztlich weiter voneinander entfernt hielten als bei einer gewöhnlichen Händeschüttelei.

Hatte ich mir unterwegs, beim Ausmalen der Begrüßung (nach immerhin einem Jahr!), vorgestellt, sie könnte mir vielleicht an den Hals fliegen, mir im Überschwang der Wiedersehensfreude gar einen Kuss gönnen, kamen mir jetzt diese Tagträume unpassend vor; unter den wachsamen Augen meiner zukünftigen Schwiegermutter unterwarf ich mich dem von Hjördis für schicklich befundenen Abstand.

Ich hielt es für das Beste, die Umstände, die mich gezwungen hatten, eine Vierzehnjährige mit mir herumzuschleppen, so bald wie möglich aufzuklären. Mit Movitz Ulfeldt machte ich den Anfang, da er mich umgehend in den Garten entführte. Beim letzten Licht des Tages zeigte er mir den Stand der Gemüsepflanzen auf seinen Beeten, deren Bestellung er allein bestimmte, während seiner Gattin und Hjördis die Blumen und das Federvieh überlassen blieben. Wir wandelten also zwischen den grünenden Sprösslingen und er deutete mit dem Krückstock auf Salat und Ritterkohl, auf Portulak, Spinat und Gurkenpflänzchen, Schnittlauch, Kresse und Meerrettich, auf Radieschen und Erbsenranken.

»Was sagen Sie dazu, Zettervall? Üppig, üppig, dieses Jahr, was? Hat mich viel Sorgfalt gekostet, viel Schweiß. Zu schade, dass die Kartoffeln hier oben nicht größer als Mohnkapseln werden; ein wahrer Jammer, wo ich sie doch so gern esse.«

Ich spendete das erwartete Lob, geizte nicht mit Anerkennung. Erst als wir zu den Holunder- und Berberitzensträuchern gelangten, hinter denen das Reich der Blumen lag und ein kleiner Hofplatz, fand ich Gelegenheit, von mir zu erzählen. Ich berichtete vom Auftrag der Königlichen Sozietät der Wissenschaften, schmückte meine Rolle mit etwas mehr Glorie aus und kam dann, mit vertraulich gesenkter Stimme, auf die Audienz beim König zu sprechen.

»Denken Sie sich, Doktor Ulfeldt – ich soll für Ihre Majestät, die Königin, ein Herbarium spezifischer Nordlandpflanzen anlegen. Beide interessieren sich sehr für meine Mission und haben mich aufgefordert, sie nach meiner Rückkehr unbedingt wieder zu besuchen.«

Ich legte eine Pause ein, um ihm Zeit zu lassen, die unerhörte Bevorzugung meiner Person zu verdauen, und nun meinerseits Lob und Anerkennung von ihm einzuheimsen.

»Potztausend! Sie haben vor ihnen gestanden und mit ihnen gesprochen? Mit dem König und der Königin, unseren beiden Majestäten? Dass dich der und jener!« Wie angewurzelt blieb der alte Ulfeldt zwischen seinen Komposthaufen stehen. »Alle Achtung, lieber Zettervall, alle Achtung! Nun sei aber nicht dumm und mache was draus, ich meine, was deine Zukunft angeht, mein Junge. Meine Frau setzt der armen Hjördis beständig zu, ihre besten Jahre nicht zu vertrödeln und diesen Stubenhocker Froeding zu nehmen, Teilhaber einer Anwaltskanzlei. Entschuldige, dass ich dich duze, aber die Freude über diese Ehre macht mich ganz närrisch. Wenn du es geschickt anstellst, Isak, mein Lieber, greift der König am Ende gar in seine eigene Tasche und bezahlt dir die Reise nach Holland. Und es sollte doch mit dem Teufel zugehen, wenn wir dann nicht übers Jahr hier eine Hochzeit feiern.«

Er war ganz aus dem Häuschen und stampfte triumphierend mit seinem Stock auf die Erde. Auch als ich nun auf meine unglückselige Bekanntschaft mit Hermynia Dannhauer und ihre verzweifelte Lage zu sprechen kam, wich das Lächeln nicht aus seinem Gesicht.

»Landesverrat, sagst du? Festungshaft … ei, ei – auch noch Fluchtversuch. Hört sich böse an, was?« Selbstverständlich könne ich das Kind hier lassen, keine Frage. Es auf die Exkursion in den Norden mitzunehmen sei ja der reine Wahnwitz. Natürlich müsse man erst noch mit Frau Ulfeldt Rücksprache nehmen, aber die dürfte gegen einen kleinen Gast für drei Monate kaum ernste Einwände erheben.

»Woher kam sie gleich? Sachsen, ah ja – Sachsen. Ziemlich weite Reise gewesen bis hierher, wie?«

»Sie ist für ihr Alter sehr verständig«, sagte ich, »und außerordentlich gut erzogen.«

Ehe er ins Haus zurückstiefelte, klopfte Movitz Ulfeldt mir

noch mehrmals wohlwollend auf die Schulter. »Weiter so, weiter so ... bist schon ein braver Junge.«

Ich trat, als er fort war, ein Stück auf die Berberitzenhecke zu. Hinter ihr hörte ich Hjördis' helle, sanfte Stimme. Sie war in Begleitung von Stemma und führte ihr offensichtlich das Federvieh vor oder die Blumen oder beides. Alle Ulfeldts liebten ihr Haus, ihre Einrichtung, ihren Garten, ihr Getier und was sie sonst besaßen und genossen es, dies alles mit bescheidenem Stolz jedem Besucher zu zeigen; ich hatte das letztes Jahr des Öfteren miterlebt.

»... und die beiden Weißen da sind meine Königinnen«, sagte Hjördis gerade. »Putt, putt, putt, kommt her, ihr Schönen, und macht einen Kratzfuß vor Fräulein Dannhauer. Die anderen sitzen drinnen auf ihren Nestern und brüten; das sind unsere Mutterglucken, die Kinderfrauen. Möchten Sie auch etwas Futter streuen? Oder möchten Sie lieber die Täubchen sehen? Ich fürchte nur, sie sind jetzt schon alle im Schlag.«

»Ich bin kein kleines Kind mehr«, kam es in heiserem, hochfahrendem Ton von Stemma. »Und für Hühner habe ich mich noch nie interessiert. Ich habe meinem Vater bei seinen alchemistischen Experimenten geholfen. Er hatte ein Laboratorium, wenn Sie wissen, was das ist.«

»Oh, ich bitte um Verzeihung ...« Hjördis lachte. »Wenn man etwas sehr gern hat, denkt man immer, alle Welt müsste diese Neigung teilen. Ich wollte Sie keineswegs als kleines Kind behandeln, ganz gewiss nicht.«

»Schon gut.«

Wie herablassend das klang! Stemma sprach zu Hjördis, der doppelt so Alten, wie eine Hofdame, die einem Stubenmädchen eine Ungeschicklichkeit verzeiht. War das eine Seite von ihr, die ich noch nicht kannte, oder redete sie mit Absicht so, aus irgendeiner kindischen Unart heraus? Das passte einfach nicht zu ihr. Falls sie beabsichtigt hatte, Hjördis zu ärgern, hatte sie die Rechnung ohne deren Langmut und nie versagende Höflichkeit gemacht.

»Ich stelle mir das sehr aufregend vor, diese Versuche mit all den rauchenden und fauchenden Dingen – Säuren und Pulver und Essenzen, schmelzende Metalle und platzende Retorten. Wie eine Art Hexenküche, nicht? Sie müssen mir unbedingt ausführlich darüber berichten, was Sie so hergestellt haben. Ein paar Heiltränke sind mir selbst auch schon geglückt, die verteile ich hin und wieder an unsere Patienten.«

»Mit solchen Lappalien haben wir uns nicht beschäftigt«, schnitt Stemma ihr das Wort ab. »Wir waren dem *Magisterium* auf der Spur. Dem *Großen Elixier*. Dem *Roten Löwen*.«

»Ach …?«, sagte Hjördis ratlos. »Und – haben Sie es gefunden?«

»Es ist nicht mehr dazu gekommen.«

»Wie schade. Aber Ihr Herr Vater gibt sicher die Suche nicht auf. Er ist doch wohl noch am Leben?«

»Sicher ist er das!!« Aus Stemmas Kehle drang ein sonderbarer Eselsschrei, der sie zum Husten zwang. »Wie kommen Sie darauf, er könnte nicht mehr leben?«

»Aber liebes Fräulein Dannhauer, ich verstehe gar nicht, was Sie so erregt? Es war doch nur eine ganz harmlose Frage. Ich wollte nicht neugierig sein oder aufdringlich …«

Offenbar hatte die gute Hjördis versucht, das junge Mädchen, um es zu beruhigen, in die Arme zu schließen, denn ich hörte, wie Stemma sie schroff anfuhr: »Lassen Sie das, fassen Sie mich nicht an! Ich verabscheue dieses sentimentale Getue und außerdem kennen wir uns ja kaum.«

Was war bloß in Stemma gefahren? In jenes stille, zurückhaltende, erst nach reiflicher Überlegung sprechende Mädchen, das eine ganze Woche mit mir gereist war? Ich hob die Perücke an, um mich am geschorenen Kopf zu kratzen. Dieses Jucken war meistens ein Zeichen aufziehender Nervosität. (Es trat zwar auch in überhitzten Räumen auf, aber davon konnte im abendkühlen Garten der Ulfeldts keine Rede sein.)

12. Kapitel

Frau Ulfeldt fing mich ab, als ich aus meinem Zimmer herunterkam, wo ich mich vom Reisestaub gereinigt hatte.

»Hören Sie, lieber Zettervall, Movitz hat mir die traurige Geschichte Ihres Schützlings erzählt. Entweder ist die Kleine noch immer verstört oder bloß linkisch – kurz und gut, sie weigert sich, diese albernen, unpassenden Knabenkleider abzulegen und stattdessen Rock und Mieder von Hjördis anzuziehen. Eigene weibliche Gewandstücke konnte ich in ihrem Bündel nicht entdecken. Auch benahm sie sich recht eigentümlich, als ich es auspacken wollte, riss es mir regelrecht aus den Händen. Anders ausgedrückt: Dieses Kind fertigte mich ab wie einen ungerufenen Dienstboten. In meinem eigenen Hause!

Für heute Abend will ich noch mal ein Auge zudrücken, aber bitte machen Sie ihr klar, dass sie ab morgen geziemend bekleidet bei Tisch zu erscheinen hat. Und jetzt wollen wir essen, sonst wird alles kalt.«

Wenn ungute, gehässige Gedanken, die wir gegen einen Menschen hegen, fähig wären, Schmerzen hervorzurufen, hätte Hermynia Dannhauer jetzt allerhand zu leiden gehabt. Wie hatte sie doch großartig verkündet: »Meine Tochter, das verspreche ich, wird Ihnen immer ein Freund sein. Sie werden ihretwegen nie in Verlegenheit geraten.« Und wie nennen Sie das, worin ich jetzt stecke, Madame?, hätte ich sie gern gefragt.

Das Tischgespräch drehte sich zum Glück ausschließlich um meine Audienz bei den Majestäten Olvart Märtus und Sophie Ulrika. Movitz Ulfeldt und seine Frau erkundigten sich nach immer neuen Details. Meine Antworten aber waren in erster

Linie für Hjördis bestimmt, die mir gegenübersaß. Ich sonnte mich in ihrem bewundernden Lächeln, das sich einem stärker einprägte als ihre Haar- und Augenfarbe. Die Frauen des Hauses Ulfeldt hatten eigentlich immer lächelnde Mienen. Aber während es bei der Mutter oft nur mit Hilfe der Mundwinkel zustande gebracht wurde, kam es bei Hjördis aus einem heiteren und zufriedenen Gemüt. Mundwinkel können täuschen, Augen nicht. Ich muss gestehen, dass ich größte Mühe hatte, mich bei meinem Bericht nicht zu verplappern und etwas über den doppelten Charakter meiner Reise durchsickern zu lassen.

Stemma hielt den Mund und stocherte in den Speisen herum. Dabei war es das beste und reichlichste Essen, das wir seit dem Nachtmahl bei Frau von Gyldenhammar vorgesetzt bekamen. Ihre Mäkelei war direkt auffällig. Und doch hätte ich meine Hand dafür ins Feuer gelegt, dass Stemmas Hunger nicht weniger groß war als mein eigener. Hjördis sah ab und an zu Stemma hinüber, mit einem Blick, in dem ich Mitleid zu lesen meinte.

Als die alte Malla Kompott, Käse und Kaffee auftrug und die Fragelust von Movitz Ulfeldt und seiner Frau vorerst pausierte, überreichte ich Hjördis mein Mitbringsel aus Rökstuna. Jetzt, da es zu spät war, bedauerte ich lebhaft, dass ich nicht dem Rat des erfahrenen Apothekers gehorcht und auch noch das Ungarwasser gekauft hatte.

»Not- und Hilfsbuch«, las Hjördis, »oh, Isak, wie aufmerksam von dir!« Sie blätterte es auf und wollte wohl fortfahren, daraus vorzulesen, begnügte sich dann aber damit, die Seiten zu überfliegen.

»Weidenrinde gegen Warzen und Hühneraugen«, las Frau Ulfeldt statt ihrer vor, über die Schulter der Tochter gebeugt. »Da haben Sie etwas Ausgezeichnetes gefunden, lieber Zettervall. Endlich einmal ein junger Mann, der sein Geld nicht für

Unnützes vergeudet, für Tand und Spielereien. Nicht wahr, Hjördis?«

Meine Braut nickte und lächelte und legte ihr Geschenk neben den Teller. »Ich bin so glücklich, Isak, dass du an mich gedacht hast.«

Bei der abfälligen Erwähnung von »Tand und Spielereien« kam mir eine Idee. Es schien mir ein kluger Schachzug, Stemma ebenfalls ein Geschenk zu überreichen, auch wenn sie eher ein paar Ohrfeigen verdient hätte als eine Belohnung für ihren Hochmut vorhin im Garten. Ich meinte sie dadurch weicher und versöhnlicher zu stimmen, wenn nicht durch den Nutzwert der Gabe, dann wenigstens durch die Geste.

Ich griff in meine Brusttasche und holte das gelbseidene Schnupftuch von Stinus Nissen hervor.

»Auch für Sie etwas, liebe Stemma. Gewissermaßen als Abschiedsgeschenk, da ich übermorgen schon wieder über alle Berge bin und möchte, dass Sie mich in gutem Andenken behalten.«

Die Überraschung war geglückt; Stemma wurde dunkelrot. Vor Freude? Oder vor Enttäuschung, dass ich nach wie vor entschlossen war, sie hier zu lassen? Unter unseren freundlichen Blicken schlug sie die Zipfel des Tuches auseinander und nahm die »Spielereien« in die Hand, die ich am ersten Abend in Rökstuna vom Wagen des Hausierers erstanden hatte.

Es handelte sich um eine ausgehöhlte Muskatnuss mit einer beinernen Knospe als Verschluss, und darin ein winziges beinern gedrechseltes Kegelspiel sowie ein Riechfläschchen, das sich in einer vergoldeten Walnuss befand.

»Schauen Sie nur«, begeisterte sich Hjördis, »ganz richtig neun Kegel, und keiner größer als Fenchelsamen. Wie entzückend das ist! Und das Riechfläschchen …« Sie bettelte fast: »Wollen Sie es denn nicht aufmachen?«

Stemma schnupperte kurz und gab den Flakon, der die Form einer gläsernen Biene hatte, an Hjördis weiter. »Rosenöl«, sagte sie kennerisch. Und: »Ich danke Ihnen sehr, Isak. Aber ich hätte kein Geschenk haben müssen, um Ihnen ein Andenken zu bewahren. Ich vergesse niemanden.«

Es klang wie ein Vorwurf. Konnte sie sich nicht einfach nur freuen? Ihren Spaß daran haben? Glaubte sie am Ende, ich wollte sie mit den Kuriositäten abspeisen? Dafür hatten sie zu viel gekostet.

Ich betrachtete Hjördis, auf deren Handteller Muskatnuss und gläserne Biene jetzt lagen, beobachtete ihr Gesicht, das kleine Wehmutslächeln, und wurde den Verdacht nicht los, dass meine Braut, die frauliche und gesetzte Hjördis Ulfeldt, ihr Herz an die beiden unnützen Kinkerlitzchen verloren hatte. Das »Not- und Hilfsbuch« war wohl doch nicht ganz das Richtige gewesen.

»Sie haben kaum etwas gegessen, mein Kind«, wandte sich Frau Ulfeldt an Stemma, während Movitz Ulfeldt hinter der vorgehaltenen Hand sich mit einem Zahnstocher im Mund herumgrub.

»Man sollte annehmen, Sie hätten nach der beschwerlichen Reise und der Herbergskost etwas mehr Appetit entwickeln dürfen. Zudem sind Sie noch im Wachstum – vierzehn, nicht wahr? –, da ist Essen, reichlich und regelmäßig, eine Notwendigkeit. Oder«, fügte sie mehr im Scherz hinzu, »hat es Ihnen bei uns etwa nicht geschmeckt?«

Stemma straffte sich und holte tief Luft. »Wenn Sie mich so fragen, muss ich antworten, dass die Fleischbrühe nur fettiges Wasser war, das Rindfleisch erinnerte an den Körper des armen Lazarus, das Gemüse war zu Brei zerkocht, der Hammelbraten schwitzte, die Backpflaumen waren hart wie Holz und lagen zu alledem in reinster Arzneitunke, die roten Rüben hatten einen schalen Blutgeruch, der Käse eiterte bereits und der Kaffee hatte die Wassersucht.«

Betretene Stille war eingekehrt; Hjördis sah erschrocken von Stemma zu ihrer Mutter, holte sich mit den Augen Rat bei mir, der auch keinen zu bieten hatte, und ließ sie dann zu ihrem Vater hinüberfliegen, dem die Zornesader an der Schläfe geschwollen war.

Ein Stuhl wurde zurückgeschoben, fiel polternd nach hintenüber. Es war Stemmas Stuhl. Den Kopf gesenkt, die Augen niedergeschlagen, wie um niemanden ansehen zu müssen, floh sie aus dem Zimmer; man hörte ihre Reitstiefel auf den Stufen nach oben trampeln und dann eine Tür klappen.

»Hatten Sie sie nicht vorhin im Garten als ›sehr verständig‹ und ›außerordentlich gut erzogen‹ hingestellt?«, sagte Movitz Ulfeldt sarkastisch. »Mir war so, als hätte ich etwas Derartiges gehört. Wollten Sie uns absichtlich täuschen, Zettervall, oder sind Sie selbst getäuscht worden? In meinem ganzen Leben ist mir eine solche Frechheit noch nicht vorgekommen.«

Ich registrierte betrübt, dass er vom vertraulichen Du wieder zum förmlichen Sie übergegangen war.

»Das Benehmen des Mädchens hat mir von Anfang an nicht gefallen«, giftete Frau Ulfeldt. »Schon diese undurchsichtigen Verhältnisse, die sie hierher verschlagen haben … Wir besitzen schließlich nur Ihr Wort, Zettervall, dass die Mutter angeblich eine Dame ist und aus guter Familie. Woher wollen Sie wissen, dass sie Ihnen nicht etwas vorgemacht hat? Eine Ausländerin – das sagt doch wohl alles. Der beste Beweis ist die Erziehung oder vielmehr Nicht-Erziehung der Tochter. Wenn ich ein stärkeres Wort wüsste als ›flegelhaft‹ oder ›unverschämt‹, träfe das genau den Kern. Ich muss bekennen, es ist mir lieber, dass das Mädchen sich so bald entpuppt hat und nicht erst nach einigen Tagen oder Wochen, wo man sie dann unabwendbar auf dem

Hals gehabt hätte. Ich fürchte, Zettervall, Sie müssen sich nach einem anderen Logis für Ihren Schützling umsehen.«

Hjördis sah gequält aus; die liebe Hjördis – sie litt mit mir. Sie war die Einzige, die ein Wort zu Stemmas Verteidigung vorzubringen wagte. »Vielleicht ist sie unglücklich?«

»Jeder wäre unglücklich, wenn sein Vater ins Gefängnis käme und er selbst bei Nacht und Nebel seine gewohnte Umgebung, ja sein Land verlassen müsste«, dozierte ihr Vater selbstgerecht. »Doch das rechtfertigt nicht das schlechte Benehmen dieses ... dieses ›Fräuleins‹. Wer seine Gastgeber so gröblich beleidigt, keine Ahnung hat von Anstand und Sitte, hat das Recht verscherzt, unter meinem Dach wohnen zu dürfen. Damit ist der Fall erledigt.«

Ich verspürte das Bedürfnis, mit dem Kopf gegen die Wand anzurennen und so lange dagegen zu schlagen, bis der Schmerz mich von der Wut erlöst hätte, die mir den Schädel zu sprengen drohte.

»Es tut mir so Leid, Isak«, flüsterte Hjördis am Fuße der Treppe, als wir uns, jeder mit seiner Kerze, Gute Nacht sagten. »Wenn sie jünger wäre, sagen wir fünf oder sechs, würde ich mir zutrauen, sie zu erziehen. Ich liebe Kinder und verstehe ihre kleinen Unarten und Vorlieben oft besser als die eigenen Eltern, deren Blick von allen möglichen Sorgen und Pflichten getrübt ist. Ich bin nach wie vor der Ansicht, dass irgendein schrecklicher Kummer an ihr nagt und dass sie nur deshalb so ... na ja, eben so ist. War sie auch so, als sie mit dir reiste?«

»Nein«, musste ich widerwillig zugeben, »war sie nicht. Glaubst du, ich hätte sonst deinen Eltern zugemutet, sie aufzunehmen?«

»Sie muss doch auch gute Seiten haben«, sann Hjördis weiter, »jeder Mensch hat die.«

Wieder musste ich ihr beistimmen. Aber nach dem, was eben

vorgefallen war, fühlte ich mich nicht dazu aufgelegt, Stemma Dannhauers gute Eigenschaften zu preisen.

Plaudernd versuchte Hjördis hinter den Grund für Stemmas Unflätigkeit zu kommen. Konnte es sein, dass sie das Gewisper im düsteren Treppenflur, beim Geflacker der zwei Kerzen, ausdehnen wollte? Voriges Jahr, dessen entsann ich mich genau, hatte es solche heimlichen Gespräche vorm Zubettgehen nicht gegeben.

»Und was wirst du nun machen, Isak?« Ich spürte eine warme Hand, die meine Wange streichelte, eine ebenso unverhoffte wie tröstliche Liebkosung. Ohne nachzudenken drehte ich das Gesicht zu dieser Hand hin und küsste ihre Innenfläche. »Ach, Hjördis … ich weiß es nicht. Ich werde meinen Kuckuck wohl oder übel mitschleppen müssen. Ich wünschte … ich wünschte … ach, lassen wir das. Es gibt keine Hilfe.«

Gerade als ich mich vorneigte, entschlossen, nach der Hand endlich auch einmal Hjördis' Mund zu küssen, ging die Stubentür auf und der alte Ulfeldt schlurfte über den Korridor.

»Was veranstaltet ihr hier für einen nächtlichen Stehkonvent? Besprecht das gefälligst morgen bei Tageslicht … Kerzenverschwendung …«

Muffelnd begab er sich in sein eheliches Schlafzimmer. Da auch Frau Ulfeldt jeden Moment auftauchen konnte, war der Zauber vorbei. Hjördis hatte wieder ihre alte Reserviertheit angenommen. Also kein Kuss.

13. Kapitel

Auch am folgenden Morgen brachte ich es noch nicht fertig, mit Stemma zu sprechen. Ich ließ ihr durch Malla ausrichten, es sei die letzte Gelegenheit, etwas waschen zu lassen.

»Und noch was, Malla: Sag ihr, sie soll auf der Stelle herunterkommen! Wir müssen einen Schuster finden, der ihr ein Paar Schnürstiefel macht, in denen sie laufen kann.«

Ein ungeschickt gerolltes weißes Bündel unterm Arm, aus dem Hemdsärmel und Strümpfe herausbaumelten, kam Stemma umgehend die Treppe herab. Sie hatte eine rote Nase und Schatten unter den Augen, als ob sie geweint und nicht geschlafen hätte. Ansonsten ließ sie sich nichts anmerken. Sie gesellte sich vor der Haustür zu Hjördis und mir, ließ einen kaum verständlichen Gruß fallen und übergab der wartenden Waschfrau ihr Paket.

Ich reichte Hjördis den Arm. Sie wollte mich begleiten und, wie sie sagte, meine Gegenwart genießen, solange ich da war. Als sich hinter uns nichts in Bewegung setzte, rief ich barsch über die Schulter: »Na, mitkommen, mitkommen, was ist denn? Schließlich geht es um *dein* Schuhwerk, Mädchen; ich bin versorgt.«

Hjördis rügte mich leise: »Isak, bitte, du kannst sie doch nicht anreden wie ein Häuslerskind.«

Umso lauter antwortete ich, damit es auch an die richtige Adresse gelangte: »Sie kann nicht erwarten, dass ich sie nach gestern Abend noch wie ein Fräulein behandle. Wie man in den Wald hineinruft, so schallt's heraus.«

Stemma folgte uns jetzt, hielt aber drei Schritte Abstand; ihr

Blick war ins Leere gerichtet. Ihre Miene verriet keinerlei Gefühlsregung, weder Trotz noch Niedergeschlagenheit. Nicht einmal Zerknirschung.

Eine weiß gefleckte Katze sprang von einem Torpfosten und schloss sich uns an, mit hoch erhobenem Schwanz, verließ uns allerdings hastig, als ein schweifwedelnder Hühnerhund sich an meine Fersen heftete.

Hjördis lachte. »Ziehst du noch immer alle Tiere an dich, wie letzten Sommer?«

»Und ob!« Ich berichtete, dass meine Bettdecke heute Morgen voller Marienkäfer gewesen sei.

»O ja, die überwintern jedes Jahr im Haus, in sämtlichen Ritzen, und bis jetzt war es ihnen wohl noch zu frisch, um auszufliegen.«

Anmutig klapperte Hjördis auf ihren Pantoffelschuhen neben mir her. Vor einem Putzmacherladen gab es einen kleinen Streit zwischen uns. Ich wollte sie überreden, sich eine ebensolche seidene Halsrüsche anfertigen zu lassen wie die der Königin. »Teerosengelb müsste dir gut stehen.«

»Ach, Isak, wann sollte ich die wohl tragen? Du hast selbst gesagt, sie wirkt nur über einem großen Dekolleté. Das passt nicht hierher. Die Aettersbroner würden glauben, ich wäre plötzlich übergeschnappt. Das heißt, falls meine Mutter mich so halb nackt überhaupt in Gesellschaft gehen ließe.«

»Die Aettersbroner, die Aettersbroner«, spöttelte ich, über ihren provinziellen Starrsinn verärgert. »Und wenn wir gar nicht hier wohnen bleiben? Vielleicht will mich die Königin ja bei sich am Hofe haben, wenn ich die Mission … wenn ich alles zu ihrer Zufriedenheit erledige.«

Ihr Lächeln erlosch. Bittend sagte Hjördis: »Isak, Liebster, ich könnte mir nicht vorstellen, jemals anderswo zu leben als in Aettersbron, das weißt du sehr gut. Dass du die Praxis meines

Vaters übernehmen kannst, sobald du Doktor bist, weißt du auch. Sag selbst – wo könnten wir es schöner und bequemer haben als in unserem Haus? Es ist geräumig genug, wir würden im ersten Stock wohnen, die Kinder können im Garten spielen, Papa und Mama hätten ihre Freude an ihnen …«

Hjördis beugte sich vor, um in mein Gesicht zu schauen. Als sie dort die erhoffte Begeisterung über das ausgemalte Bild unserer Zukunft nicht fand, beeilte sie sich, es mit allerlei auszuschmücken, von dem sie annahm, es müsse verlockend für mich sein.

»Selbstverständlich würden wir all die gelehrten Herren, mit denen du korrespondierst, zu uns nach Aettersbron einladen. Sie könnten bleiben, so lange sie wollten.«

Schäkernd flüsterte ich ihr ins Ohr: »Und wenn ihnen die Backpflaumen zu hart sind? Wenn sie finden, dass der Käse eitert und der Hammelbraten schwitzt? Werden sie dann auch verstoßen?«

Meine liebe Braut hat viele vortreffliche Eigenschaften, nur Humor gehört nicht dazu. Verletzt wandte sie sich ab, ohne allerdings meinen Arm loszulassen. Glaubte sie wirklich, die ausländischen Wissenschaftler, die per Schiff im Hafen von Västhedanger eintrafen und dort jeden Fußbreit Weg in einer Mietkutsche zurücklegten, die sich den Annehmlichkeiten der Hauptstadt hingaben und von einem Salon in den anderen gereicht wurden, würden sich die Mühe machen, in das entlegene Aettersbron zu reisen? Nur, um sich von dem unbekannten Doktor Isak Zettervall, Verfasser zweier ebenfalls weitgehend unbekannter Schriften, über Fauna und Flora des hohen Nordens belehren zu lassen?

Hinter uns ahmte Stemma das Meckern der Himmelsziegen nach; wohl ein Anbahnungsversuch, wenn sie es schon nicht fertig brachte, sich zu entschuldigen. Ich drehte mich nicht um, aber Hjördis. Leicht verstört wollte sie wissen: »Was soll das bedeuten, Isak?«

»Überhaupt nichts. Sie spielt gern die Närrische«, sagte ich vernehmlich, so dass es hinten gehört werden konnte. »So, da wäre der Schuster.«

Der Meister, zwergenhaft klein, wie zusammengestaucht, doch mit mächtigen Schultern, das Gesicht beinah so schwarz wie die Hände und das Schurzfell, begutachtete meinen einen Stiefel, den ich als Muster mitgenommen hatte.

»Keinerlei Schnallen also? Keine Absätze? Auch keine drei bis vier Lagen Leder auf den Sohlen? Und die Nähte durch die Schnürung verdeckt. Noch nie gesehen, so was. Aber bis morgen früh?« Kopfschüttelnd nahm er an Stemmas Fuß Maß.

»Und wenn Ihr die Nacht durcharbeitet, Meister! Dafür kann es kosten, was es will. Sie zahlt alles«, ich wies auf die sitzende Stemma, »denn es könnte sein, dass ihr Leben davon abhängt. Sie hat sich zwar in den Kopf gesetzt, unbedingt mit Reitstiefeln im erstbesten Moor zu versinken, und ich hätte ja auch nichts dagegen, wenn ich nicht derjenige wäre, der dabei zusehen muss.«

Ich spürte, wie ich unversehens wieder in Zorn geriet, und trat deshalb vor die Werkstatt, auf die Gasse hinaus. Hjördis harrte trotz des Pechgestanks in der Schusterhöhle aus wie eine treue große Schwester.

Später, beim Promenieren durch die Aettersbroner Straßen, zogen wir zahlreiche neugierige Blicke auf uns. Hjördis musste nach allen Seiten grüßen und Grüße erwidern. Sie lächelte dabei glücklich und verlegen zugleich wie eine Frischvermählte.

»… danke der Nachfrage, Herr Froeding, mir geht es gut. Ich hoffe, Ihnen ebenso?«

Der so Gegrüßte, ein Herr in mittleren Jahren mit stark gekräuselter Perücke, machte Anstalten, uns den Weg zu vertreten, und hatte den Mund schon geöffnet, um aus dem Gruß ein längeres Gespräch werden zu lassen. Doch freundlich nickend zog Hjördis mich an ihm vorbei.

Froeding? Den Namen hatte ich doch schon gehört. »War das etwa dieser Anwalt, mit dem deine Mutter dich verheiraten will?«

»Nicht nur sie will – er will es auch«, sagte Hjördis. Es sollte kapriziös klingen, aber kapriziös zu sein war Hjördis nicht gegeben. »Er hat bereits zweimal um mich angehalten.«

»Aber du willst *ihn* hoffentlich nicht!« Ich fühlte eine gelinde Eifersucht sich regen. »Sein Name würde auch gar nicht zu deinem Vornamen passen. Hjördis Froeding – geradezu lächerlich hört sich das an. Nimm dagegen Hjördis Zettervall – regelrecht deklamieren kann man das.«

Sie gab mir Recht. Nicht mit Worten zwar (über einen seriösen Bewerber zu spötteln, war sie zu gut erzogen), sie drückte nur meinen Arm fester an sich, und wir lachten gemeinsam darüber, dass jemand glaubte, es gäbe Mädchen, die sich bereit fänden, Hjördis Froeding zu heißen.

Mitten in unser Geturtel hinein meckerte wieder die Himmelsziege.

»Nicht beachten«, sagte ich. »Das sind nur Narreteien, um Aufmerksamkeit zu erregen.«

»Aber sie sieht eher besorgt aus«, sagte Hjördis, die sich umgedreht hatte. »Als ob sie in Nöten wäre.«

Abrupt blieb ich stehen, so dass Stemma um ein Haar mit uns zusammengestoßen wäre. »Was ist los?«

Sie sah recht auffällig von mir zu Hjördis, so als wolle sie in deren Gegenwart nicht mit der Sprache heraus. Taktvoll bemerkte diese, sie müsse sowieso in das Gewölbe des Fischhändlers, eine Bestellung ihrer Mutter ausrichten.

»Nun?«, fragte ich unfreundlich.

»Sie hatten mir aufgetragen, ich solle die Augen offen halten, falls wir *ihm* begegnen würden. *Ihm* –«, und sie formte mit der Hand über ihrer Nase eine zweite, wesentlich größere. »Er ist hier, ich habe ihn ganz deutlich gesehen. Vorhin, ehe wir zu dem Schuster kamen, und jetzt noch einmal. Er stand hinten auf einer Kutsche, wie ein Lakai.«

»Hast du sehen können, wer *in* der Kutsche saß?«

Sie schüttelte den Kopf.

Stumm und betroffen starrten wir einander an, bis Hjördis aus dem Gewölbe trat. Sie wurde von einem Laufburschen begleitet, der ein Paket trug, aus dem ein Fischschwanz heraushing, groß genug, um einer Dame als Fächer zu dienen.

»Ihr macht so finstere Mienen. Jetzt hört endlich auf, einander böse zu sein. Was nützt das? Es ist ein so schöner Tag und ich bin so glücklich. Morgen, wenn ihr weiterreist in den Norden und ich allein zurückbleibe, haben wir Zeit genug, unserer Betrübnis nachzuhängen.«

»Haben Sie den Namen Stenbassen schon einmal gehört?«, erkundigte ich mich bei Movitz Ulfeldt, als wir beim Mittagessen zusammentrafen. Stemma war nicht erschienen, was auch niemand erwartet hatte. Ob sie mit der alten Malla zusammen in der Küche aß? Na, mir konnte es gleichgültig sein; sie hatte es sich selbst eingebrockt. Wäre ich an Stelle der Hausfrau gewesen, hätte ich ihr nicht einmal mehr eine Brotkruste angeboten.

Movitz Ulfeldt wiegte nachdenklich den Kopf. »Ein altes Geschlecht. Führt das große Wort in der Adelspartei, wie man hört. Angeblich sehr einflussreich. Hast du ihn etwa auch kennen gelernt?«

Erleichtert stellte ich fest, dass er wieder zum Du übergegangen war. »Nur flüchtig. Wir waren beide Gäste bei einer Gesellschaft.«

»Verkehrst du jetzt in Adelskreisen?« In der Stimme meiner Braut klang Unbehagen mit; sicher sah sie im Geist die trauliche Vorstellung unseres gemeinsamen Nestes hier in Aettersbron wanken.

Meine Versicherung, es habe sich um einen einmaligen und außergewöhnlichen Fall gehandelt, beruhigte sie, doch schien ein Stachel zurückgeblieben zu sein. Ihre Fröhlichkeit blieb getrübt.

Die Abschiedsstunde, vor Tagesanbruch, noch Teil der frostigen Nacht, fand unausgeschlafene Mienen. Weiß stand uns der Hauch vorm Mund bei jedem Wort, das gesprochen wurde. Als Hjördis mir den in kariertes Leinen eingeknoteten Proviant überreichte, schwammen ihre Augen, und als ich die Arme ausbreitete, warf sie sich hinein und schluchzte gar. Vor einem Jahr hatte sie nicht geweint und auch nicht an meiner Brust gelegen.

Frau Ulfeldt, im tiefsten Negligé, lehnte aus dem Fenster. Movitz Ulfeldt, in Schlafrock und Nachtmütze, stand neben seiner Tochter auf der Straße und hielt die Laterne hoch.

»Komm gesund wieder, Isak, mein Junge, komm gesund wieder. Und dann tummle dich – du weißt schon!« Er setzte sich einen unsichtbaren Doktorhut auf. Er überwand sich so weit, auch Stemma die Hand zu reichen, Stemma, die als Einzige einen frohgemuten Eindruck machte und ihren Mantelsack mit Schwung über die Kruppe des Grauschimmels warf. Sie nahm die hingestreckte Hand.

»Es tut mir Leid«, sagte sie leise.

»Das will ich hoffen«, dröhnte Movitz Ulfeldt. Und zu mir, nachdem Stemma sich in den Sattel geschwungen hatte: »Reiten wenigstens scheint sie zu können. Ein Rat zur Güte, mein Sohn: Die Kandare straffer anziehen! Vielleicht lernt sie noch zu parieren.«

»Bei einem eingefleischten Krippensetzer nützt das auch nichts mehr«, entgegnete ich grimmig. »Bei dem kann man nur zusehen, dass man ihn wieder loswird. Wo nur der Schuster bleibt? Ich hatte vier Uhr in der Frühe gesagt.«

»Ich glaube, da kommt wer.« Movitz Ulfeldt hatte richtig gehört: Durch die stillen, verlassenen Straßen näherte sich das Tapptapp von Schritten oder vielmehr Schrittchen. Der Schusterzwerg lieferte seine Ware höchstpersönlich ab. Irgendetwas gerade Erlebtes hatte ihn unwirsch gemacht. Die Nachtarbeit an den Stiefeln konnte nicht daran schuld sein, denn er schimpfte mehr in sich hinein und nicht auf uns hin.

»Die Rechnung macht fünf Taler, billiger kann ich es nicht ablassen. Will das Fräulein sie noch einmal ausprobieren?«

»Dazu ist keine Zeit mehr«, rief ich und saß auf. »Gib dem Meister das Geld, Mädchen, und bedanke dich.«

Während Stemma in ihrer Börse kramte, entlockte Movitz Ulfeldt dem Schuster die Ursache seiner Verärgerung. Eine fremde herrschaftliche Kutsche war aus einer Seitenstraße gekommen, in halsbrecherischem Tempo, die Räder hatten Funken gesprüht, wenn sie die Steinkegel vor den Häusern streiften. Vor lauter Schreck und um nicht überfahren zu werden, hatte der Schuster sich durch einen Sprung in die Gosse gerettet und war in einem Unrathaufen gelandet.

»Und der Kerl, der hintenauf stand, grinste noch impertinent dazu. Sollte mal besser über sich selbst grinsen, so wie der aussah! Ein Gesicht wie die Schnabelmasken, die sich die Leute zur Pestzeit vorbanden, um nicht angesteckt zu werden.«

Mein Blick traf sich mit dem von Stemma Dannhauer.

»Konntet Ihr die Insassen sehen, Meister?«

Ja, einen Hut mit weißer Plumage hatte er erkannt und eine Schulter in einem goldfarbenen Rock. Doch das half uns auch nicht weiter.

Am Ende der Straße wendete ich mich ein letztes Mal um. Hjördis winkte immer noch, das Tüchlein flatterte im Morgenwind. Ich schwenkte meinen Hut. Stemma tat es mir nach. Als wolle sie der zurückbleibenden Hjördis damit zu verstehen geben, dass wir – sie und ich – nun wieder zusammengehörten.

14. Kapitel

Wieder in die Nähe des Meeres zu kommen war mein Plan, dann am Meer entlangzureisen und von Zeit zu Zeit längere Abstecher ins wilde Landesinnere zu unternehmen, soweit die Hochwasser es zuließen. Zwei sehr alte Siedlungen, Städte inzwischen, gedachte ich zu berühren: Skuule und Kongismora, beide am Meer gelegen. Ansonsten hoffte ich, wenn mit Gasthöfen schon nicht mehr gerechnet werden durfte, hier und da auf Hütten so genannter »Neusiedler« zu treffen, auch auf jene Unterstände, in denen Fischer zu mehreren während der Laichzeit der Hechte zu hausen pflegten.

Ungefähr eine Meile hinter Aettersbron wurde die Straße immer widriger; alle zwei Schritte strauchelten die Pferde auf dem Geröll, so dass wir absteigen und sie führen mussten. Auch unsere Mahlzeit mussten wir inmitten dieser Steinwüste abhalten, denn davon abgesehen gab es nur morastige gelbe Pfützen, in denen langblättriger Wasserstern wucherte.

Dass hier eine Kutsche fahren könnte, ohne umzukippen oder einen Achsenbruch zu erleiden, war so gut wie ausgeschlossen. Die Kutsche jedenfalls, die ich im Sinn hatte, musste ohne Zweifel eine gänzlich andere Route eingeschlagen haben und entfernte sich hoffentlich mit jeder Stunde ein Stück mehr. Dickwanst Stenbassen hatte wohl eingesehen, dass es keinen Sinn hatte, mich weiter beobachten zu lassen.

»Ich wage nicht, der Gourmetzunge des Fräulein Dannhauer von den unzulänglichen Speisen der Ulfeldt'schen Küche anzubieten«, äußerte ich anzüglich und öffnete das karierte Tuch. Zwei gebratene Hühner lagen darin, hübsch in Kohlblätter verpackt, Brot und Käse und geräucherter Fisch und Schinken sowie ein großes, safranduftendes Stück Kuchen mit Weinbeeren.

Stemma senkte den Kopf. Ich hätte wetten mögen, dass ihr das Wasser im Munde zusammenlief.

»Ich habe Ihren Spott verdient«, sagte sie kaum vernehmbar. »Und ich schäme mich. Ich schämte mich schon, während ich die Worte über die Lippen brachte. Wie sehr, können Sie sich nicht vorstellen. Die Strafe, sich so entsetzlich schämen zu müssen, war hundertmal schlimmer als das anschließende Hungern. Aber mir fiel nichts Besseres ein, um die Ulfeldts davon zu überzeugen, dass sie jemanden wie mich nicht in ihrem Haus behalten konnten.«

Trotzig fügte sie hinzu: »Ich bitte Sie um Verzeihung, Isak. Ich bitte um Verzeihung, ich schäme mich, aber es tut mir nicht Leid. Säßen wir noch einmal dort am Tisch – ich würde es wieder sagen.«

»Nur weil du nicht bei ihnen bleiben wolltest, hast du die Ulfeldts so ungeheuerlich beleidigt? Unsere Gastgeber?« Ich wollte es nicht fassen. »Denkst du eigentlich immer nur an das Wollen und Nichtwollen des gnädigen Fräulein Dannhauer? Niemals daran, dass du die Pläne anderer Menschen durch dein Wollen empfindlich störst? Zu schweigen davon, dass es Gesetze der Höflichkeit gibt, die man nicht missachten darf, ganz gleich was ... ganz gleich was ...« Vor Empörung geriet ich ins Stottern.

»Irgendeiner muss ja an mich denken«, kam es störrisch von meinem Gegenüber. »Da meine Eltern nicht da sind – wer sollte es übernehmen, meine Interessen zu wahren, wenn nicht ich selbst?«

»Die Logik aller Egoisten«, bemerkte ich lakonisch.

Ich ertappte sie dabei, wie sie auf das Tuch mit den Esswaren schielte und krampfhafte Schluckbewegungen ihre Kehle würgten. »Hast du etwa seit vorgestern Abend nichts mehr gegessen?«

Es war tatsächlich so. Malla habe ihr zweimal einen Becher heiße Milch gebracht und die habe sie auch getrunken. Um mehr hatte sie nicht bitten wollen.

Ich riss das eine Huhn auseinander und reichte ihr die Hälfte hinüber. Und auch einen Batzen vom Brot. »Langsam essen, nicht schlingen. Sonst gibst du es gleich wieder von dir.«

»Danke, Isak.«

Nach und nach nahm ihr Gesicht wieder Farbe an. Und um den Mund herum bildete sich eine fettige Aureole aus Hühnerschmalz.

»Sie hat ihre beiden weißen Königinnen für Sie geschlachtet«, sagte Stemma, als ich aufstand, um die Beschaffenheit der Pfützen zu untersuchen.

»Wen meinst du? Was für Königinnen?«

»Sie hat sie so genannt: meine beiden Königinnen. Alle anderen Hühner der Ulfeldts sitzen nämlich zurzeit auf Eiern und brüten, nur die weißen waren davon befreit. Sie hat sehr an ihnen gehangen. Trotzdem hat sie sie mit Futter gelockt und Malla befohlen, dass sie ihnen den Hals umdreht. Für Sie. Ich habe alles mit angesehen, denn mein Fenster ging auf den Garten hinaus.«

Ich entsann mich wieder der Szene zwischen Hjördis und Stemma am Abend unserer Ankunft, als ich hinter der Hecke gelauscht hatte.

Hjördis hatte die beiden Hühnchen aufgefordert, vor Stemma einen Kratzfuß zu machen, wie eine Mutter ihre Kinder auffordert, dem Gast die Hand zu geben. Fast kam ich mir jetzt wie ein Kannibale vor.

»Hjördis, du bist zu gut für mich!«, rief ich laut und inbrünstig in den bedeckten Himmel hinauf. Um stumm im Innern fortzufahren: Und ich habe nicht einmal meinen Unwillen, mich für den Rest meines Lebens als Stadtphysikus in Aettersbron niederzulassen, vor ihr verborgen. Was bin ich doch für ein gefühlloser Mensch!

Als ich mich zu den Pfützen bückte, kauerte Stemma sich vor eine benachbarte Lache. Und als ich die Hand hineintauchte, machte sie es mir nach. Hatte sie sich in den Tagen, ehe wir nach Aettersbron kamen, durchaus für sich gehalten, wenn wir rasteten, schien sie jetzt geneigt, sich an meinen Interessen zu beteiligen.

»Ocker«, stellte ich fest, als wir unsere eingetauchten Hände, wie mit silberner Haut umkleidet, aus dem Pfützenwasser zogen. »Ein Zeichen für Eisenerz.« In der Nähe von Aettersbron gab es in der Tat eine Grube, in der gefördert wurde.

Während ich meine versilberte Hand an den Blättern des Wassersterns abwischte, betrachtete meine Begleiterin die ihre noch immer versonnen.

»Mein Vater hat einmal ein blechernes Vogelpfeifchen für mich versilbert. Und als ich wissen wollte, wie das geht, hat er es mir vorgeführt. Ich weiß es noch heute. Die Mischung muss aus einem Teil Silberpulver, einem Teil Chlorsilber und zwei Teilen Borax bestehen. Der Gegenstand wird vorher mit einer Kochsalzlösung befeuchtet, sodann mit der Mischung bestreut, rot glühend gemacht und zuletzt in Weinsteinlösung abgelöscht.«

»Eine hübsche Kunstfertigkeit und sicher außerordentlich einträglich«, sagte ich und heuchelte Anerkennung. »Du kannst dich glücklich schätzen, bei einem so vortrefflichen Adepten in die Lehre gegangen zu sein.«

Obwohl ich wusste, dass sie auf alles, was ihren Vater betraf, empfindlich reagierte, reizte es mich, diesen gewissenlosen Menschen, der Frau und Kind ins Unglück gestürzt hatte, von dem Götterthron herunterzustoßen, auf den ihn seine Tochter gehoben hatte.

»Er hat mir auch gesagt, wie man Griechisches Feuer herstellt«, fuhr Stemma fort. Halb zutraulich, halb prahlerisch zählte sie auf: »Es besteht aus einer Emulsion von Kohle, Schwefel, Petroleum, Pech, Harz und … Leider habe ich den Rest vergessen. Man hat es früher bei Seeschlachten verwendet, wussten Sie das? Denn es brennt auf Wasser. So konnten die feindlichen Schiffe nicht in den belagerten Hafen hinein.«

»Wunderbar! Für unsere nächste Seeschlacht gegen Graf Stenbassen werde ich ein Fass voll bei dir bestellen. Hat der große Alchimist dir vielleicht auch beigebracht, wie man vom Geld anderer Leute lebt? Das konnte er nämlich meisterhaft. Und wie man die Geheimnisse eines Landes am nutzbringendsten an ein anderes verkauft?«

Augenblicklich verschloss sich ihr Gesicht und war wieder wie in den ersten Tagen. Nur unter dem Balken der dichten Brauen hervor wurden hasserfüllte Blicke auf mich abgeschossen. Ich musste an das Gewächs *Noli me tangere* denken, das bei Berührung sofort seine Fiederblätter zusammenlegt und, bei fortgesetztem Reiz, sich zuletzt mitsamt dem Stängel herabsinken lässt.

Ich hatte nicht das Geringste bewirkt; Lovis Dannhauer, der »Goldmacher« und Vaterlandsverräter, saß fester auf seinem Thron denn je. Er wurde geliebt, was auch immer er getan hatte.

Der Weg machte keine Anstalten, besser zu werden – im Gegenteil. Wir und die armen Pferde stolperten in einem unendlichen Steinhaufen herum. Außerdem war der Boden überall von Baumwurzeln durchflochten und mit Wasserlöchern durchsetzt, woran zur Hälfte der Regen vergangener Tage schuld sein mochte, zum anderen der Bodenfrost, der langsam aus der Erde wich. Entwurzelte Kiefern lagen quer über dem Weg.

Immer mehr Bäche traten auf, die recht tief waren; ich prüfte sie mit meinem Stock, ohne auf Grund zu stoßen, und nur selten gab es einen morschen Steg.

Die Wildnis, vor der man mich gewarnt hatte – nun war ich mitten darin und musste erfahren, dass mir schon jetzt die Geduld auszugehen drohte.

Um mir die Laune vollends zu verderben, fing es an zu regnen, auf eine kalte, unangenehme Art. Von meiner Kapuze aus Basthanf rollten die Tropfen wie Murmeln. Mehr und mehr ging die Gegend in Wald über: Tannen und Birken, sämtlich von Bartflechten überzogen wie von Schimmel, Kiefern, Wacholder, dazwischen Heideplateaus mit hohen, sandigen Steilwänden wie bei Dünen.

An einem der rasch fließenden Gewässer scheuten die Pferde, als direkt vor unserer Nase ein Baum – eine Espe – in voller Länge niederrauschte wie eine Fallbrücke und mit der Krone an der jenseitigen Uferböschung hängen blieb. Ein rattenähnliches Tier glitt ins Wasser, und jetzt sah ich auch die Stelle, an der es den Espenstamm durchgenagt hatte. Die Anhäufung von Stämmen im Wasser stellte wohl eine Biberburg dar; gesehen hatte ich bis dahin noch keine.

Entferntes Hundegebell ließ mich aufatmen: Dort, wo es herkam, würden wir zweifelsohne übernachten können und die Kleider trocknen. Allerdings mussten wir zuvor über den reißenden Bach gelangen. Die beste Möglichkeit schien mir, auf dem frisch gefällten Espenstamm zu balancieren, während die Pferde, am Zügel mitgezogen, nebenherschwimmen mussten.

Ich erläuterte es Stemma in kurzen Worten. »Präge dir ein, wie ich es mache, und mach es mir dann nach.«

Sie nickte; entweder wollte oder konnte sie nicht sprechen.

Ihr schwerer Mantel hatte sich in den letzten Stunden mit Nässe voll gesogen.

»Zieh den Mantel aus«, befahl ich deshalb, als ich mich schon mit einem Fuß auf der schmalen »Brücke« befand. »Leg ihn über den Sattel. Besser, du wirst noch nasser, als dass er dich daran hindert, das Gleichgewicht zu halten.« Und als sie nicht sofort gehorchte, sondern mich apathisch ansah, schrie ich sie an: »Ausziehen! Den Mantel! Denk nicht, dass ich deinetwegen ins Wasser springe, wenn du abrutschst.«

Wie ich hinübergelangt war, konnte ich hinterher nicht sagen, da ich das Gefühl hatte, vor Müdigkeit neben meinem Körper geschwebt zu haben. Zu spät fiel mir ein, dass wir besser daran getan hätten, die Reitstiefel mit den »Spezialanfertigungen« zu vertauschen.

Der Fuchswallach glitschte auf den Ufersteinen aus und wäre um ein Haar mit dem rechten Vorderbein umgeknickt. An seinem Sattel hatte ich die Zügel von Stemmas Grauschimmel befestigt, der seinem Gefährten ohne Beschwernis folgte. Mit hängenden Köpfen und triefenden Mähnen standen sie da, die Flanken zitterten vor Anstrengung. Ich sprach gütlich auf sie ein und beobachtete zwischendurch Stemma, ihre unsicheren, tastenden Schritte, die mit verwegenen Sätzen abwechselten, und wie sie mit ausgebreiteten Armen in der Luft ruderte. Sie war vor Kälte blau im Gesicht, und die Krempe ihres dreispitzigen Hütchens hing voll gesogen herab, die ganze Erscheinung ein Bild des Jammers.

Mitleid überwallte mich, ohne dass es jedoch den Unmut verdrängte, den ich nach wie vor über ihre lästige Gegenwart und meine Verantwortung empfand. Das Tosen des Wassers übertönend, schrie ich aufmunternde Worte zu ihr hinüber, setzte die Zahl der noch zu bewältigenden Schritte absichtlich herab und applaudierte schließlich, als sie sich ungeschickt durch die Espenkrone arbeitete.

Weiter ging's unter tropfenden Zweigen hindurch und über Barrieren aus kreuz und quer gefallenen Baumstämmen hinweg, bis das Haus vor uns lag, oberhalb einer Flusskrümmung. Hinter den Regenschleiern hätte es sich kaum bemerkbar gemacht, wären nicht heller Glutschein und Rauch aus dem offenen Türloch gekommen. Einen Schornstein schien es nicht zu geben, Fenster ebenso wenig, dafür einen Hohlraum unterm Fußboden, von wo die Hunde hervorkläfften. Die armen Pferde mussten sich mit dem Rand des vorspringenden Daches begnügen.

Wir traten grüßend über die Schwelle. Im Innern der Hütte herrschte eine wahrhaft infernalische Badstubenhitze. Rechts und links der Feuerstelle lagen mehrere Leute auf Holzrosten, die mit Rentierfellen bedeckt waren. Sie hatten sich sämtlicher Kleider entledigt, was, so dicht bei den prasselnden Flammen, nur verständlich war. Weder Mann noch Frau genierten sich, nackt, wie sie waren, aufzuspringen und den direkt vorm Eingang aufgetürmten Haufen aus Fischgedärm und Fettklumpen beiseite zu schieben, damit wir eintreten konnten. Ein paar der Kinder mussten zueinander krabbeln, damit eine Bank für uns frei würde.

Mann und Frau halfen uns beim Ablegen der klebenden Kleidungsstücke. Die Frau reichte sie einer verhutzelten Greisin auf dem oberen Rost hinauf, damit sie sie an irgendwelchen Haken unterm Dach anbringen solle, wo auch ihre eigenen Kleider hingen, in allernächster Nachbarschaft ebenfalls zum Trocknen aufgehängter Fische.

Stemma bestand beinah hysterisch darauf, ihr Hemd anzubehalten. Der Wunsch, das klatschnasse Wäschestück auszuziehen, wurde von ihrer Bestürzung über die entblößten, von

Rauch und Ruß schwarzbraun gebeizten Leiber und Gesichter übertroffen. Wenn ich bedachte, wie empört sie darüber gewesen war, dass ich in Hemdsärmeln bei ihrer Mutter Visite gemacht hatte, konnte ich mir das Ausmaß ihres Entsetzens ungefähr vorstellen.

Die Frau, deren Name Isel war, und ein etwa elfjähriges Mädchen kämpften im Spaß darum, Stemma das Hemd doch noch abzunehmen, ließen aber davon ab, als die Großmutter, ledrig und braun wie mit Krötenhaut überzogen, es ihnen verwies. Aber alle lachten aus voller Kehle und begriffen die Weigerung nicht.

Lini, so hieß der Mann, nahm einen großen Holzlöffel und säuberte ihn, indem er aus einem Wasserfässchen einen Mund voll nahm, das Wasser auf den Löffel spie und diesen mit dem Handballen abrieb, ehe er ihn in den Kessel tunkte und sodann mir reichte. Sie ernährten sich, so erfuhr ich auf mein neugieriges Fragen, ausschließlich von Fisch – zu Brei zerkochtem und getrocknetem. Das seltsame Brot, das Isel aus einer Ecke hervorzauberte, schmeckte ebenfalls nach Fisch und war aus einer Mischung von getrocknetem Fischrogen und gemahlener Kiefernrinde hergestellt.

Interessiert trug ich alles in mein Notizbuch ein, auch, dass die Familie aus Granör war, einem Dorf, etwa acht Meilen entfernt, schon seit über sechs Wochen hier hauste und noch weitere zwei Wochen zu bleiben gedachte, solange der Hecht laichte. Zu trinken hatten sie nichts als Wasser. Bei der Fischsuppe fehlte das Salz; das war ihnen ausgegangen.

Nachdem ich genug gegessen hatte, wiederholte Lini die Spuck-Reinigungsprozedur sorgfältig und winkte Stemma, nun sei sie dran.

Sie hatte inzwischen ihren Haarbeutel aufgebunden, die nassen Haare auf den Schultern ausgebreitet und sich hinter meinem Rücken verkrochen wie eine Katze. Ohne diesen Platz aufzugeben, fuhrwerkte sie, zum Fußboden heruntergebückt, in ihrem Mantelsack herum. Es klirrte und sie brachte einen silbernen Löffel zum Vorschein, mit fein graviertem D auf dem Griff.

»Ich möchte dieses Mal wirklich nicht unhöflich sein …« Sie sagte es auf Deutsch, obendrein flüsterte sie. »Aber ich kann nicht von diesem Löffel dort essen, nachdem der Mann … Erzählen Sie ihm, was Sie wollen, damit er nicht gekränkt ist.«

Ich verbarg meine Genugtuung über den Fortschritt, denn es war in der Tat ein Fortschritt, wenn man bedachte, wie ungehemmt sie in der HALBEN KARTAUNE und den anderen Wirtschaften über das Essen räsonniert hatte.

»Etwas fehlt noch«, sagte ich.

Sie verstand nicht.

»›Bitte, Isak.‹ Es wird Zeit, dass du lernst, um etwas zu bitten, Unkräutchen.«

»Ich bitte Sie, Isak Zettervall. Was ist das überhaupt? Das in dem Kessel?«

»Zerkochter Fisch«, gab ich Auskunft. »Beschwere dich nicht darüber, dass zu wenig Salz an der Suppe ist. Sie haben keins mehr.«

Lini grinste und wedelte einladend mit der gefüllten Schöpfkelle. Die ganze Familie kicherte über seine Faxen, selbst die alte Großmutter amüsierte sich.

Noch immer hockte Stemma hinter meinem Rücken auf der Bank.

»Was ist los? Ist es dir unangenehm, dass er nichts anhat?«, erkundigte ich mich.

Sie nickte.

»Ist es das erste Mal, dass du einen nackten Mann siehst?«

Wiederum Nicken.

»Da die ganze Nacht einer neben dir liegen wird, ist es wohl das Beste, wenn du dich so bald als möglich daran gewöhnst«, sagte ich und rückte beiseite, so dass sie nicht anders konnte, als über den verschmierten Boden zum Feuer hin zu tappen, ihren Silberlöffel fest in der Hand, als hielte sie ein Kruzifix, um einen bösen Geist zu bannen.

Bald tränten uns die Augen von dem Qualm, der nur schwer zur Tür hinausfand. Nach und nach ließ die Aufmerksamkeit von uns ab; ein Kopf nach dem anderen legte sich zurück. Ich ergriff das von der Bank herunterhängende Ende der Felldecke und zog es über mich und Stemma, die an die Wand gedrückt dalag.

Ich hielt es für das Klügste, nicht weiter auf die Situation einzugehen; Scham und tief verwurzelte Vorurteile, an denen Erziehung schuld ist, legt man nicht durch bloßes Zureden ab, allenfalls durch Gewohnheit. Ich, auf dem Lande groß geworden, hatte schon als Knabe mit unserem Gesinde zusammen im See gebadet.

Das Kichern der Kinder war verstummt. Nur das Feuer knisterte noch und die Glut waberte.

Ich war zu müde, um sogleich einschlafen zu können. Stemma erging es wohl ähnlich, denn sie gähnte mehrmals verstohlen und bewegte unruhig die noch immer kalten Füße.

»Schieb sie zwischen meine Waden«, bot ich ihr an.

Sie zögerte erst, tat es aber dann doch auf steife, scheue Weise. Nach einer Weile fragte sie: »Müssen wir für dieses Quartier hier etwa auch bezahlen?«

»Nicht bezahlen – wir werden ihnen etwas schenken«, berichtigte ich. Um sie aufzuziehen, schlug ich vor, sie könne ja Isel den Löffel aus dem Dannhauer'schen Familiensilber verehren.

Der Protest lief durch sie hindurch wie ein Ruck, dennoch

äußerte sie sich nicht zu dem Ansinnen. Unvermutet platzte sie heraus: »Was ist ein Krippensetzer?«

»Ein Gaul, der Luft schluckt. Maul öffnen, Hals vorstrecken, Maul auf einen festen Gegenstand aufsetzen, meistens die Krippe oder die Deichsel, rülpsen und Atem anhalten. Eine ärgerliche Untugend. Nicht mehr abzugewöhnen, wenn sie einmal auftritt. Oft stecken sie auch Stallgenossen damit an. Es macht einen hässlichen Eindruck und führt zu Windkoliken.«

»Und warum hast du … warum haben Sie mich mit einem verglichen?«

»Das war auf deinen Hochmut gemünzt, Unkräutchen. Der macht den Menschen genauso abstoßend für jeden Umgang, wie die Luftschluckerei ein Pferd zu allem untauglich macht. Und beides ist unverbesserlich.«

Es blieb still neben mir; ich konnte nur hoffen, dass sie darüber nachdachte. Meine eigenen Gedanken waren im Flug nach Aettersbron zurückgekehrt und kreisten um Hjördis. Ich malte mir aus, dass statt Stemma Dannhauer Hjördis Ulfeldt neben mir auf dem Holzrost läge. Es gelang mir nicht, mir Hjördis im Hemd vorzustellen. Sie lag neben mir, jedoch mit Schnürmieder, weißer Vorsteckschürze und einem weißen Florhäubchen.

Nun, dann wollte ich wenigstens mit jemandem von ihr sprechen.

»Schläfst du?«, fragte ich leise.

Stemma schüttelte den Kopf.

Ich flüsterte: »Was hältst du von Hjördis Ulfeldt?«

»Wollen Sie hören, was Sie gerne hören möchten, oder meine wirkliche Meinung?«

»Sei nicht albern, Mädchen. Nur frei heraus damit, offen und ehrlich. Ist Hjördis nicht ein wahrer Schatz?«

Dicht an meinem Ohr hörte ich als Antwort: »Sie ist keine Frau für harte Zeiten, Isak Zettervall.«

Empört zischte ich: »Wie kommst du dazu, dir so ein Urteil anzumaßen? Du kennst sie gerade einen Tag und einen Abend.«

»Sie haben mich gefragt und ich habe geantwortet.«

»Aber warum? Warum denkst du so über sie? Hast du gewusst, dass Hjördis die Einzige war, die ein Wort der Verteidigung für dich gefunden hat an jenem Abend?«

»Ihre Hjördis Ulfeldt würde niemals Ihnen zuliebe über den halben Erdball reisen. Wenn Sie fliehen müssten, aus welchen Gründen auch immer, würde sie nie ihr geliebtes Aettersbron aufgeben, um mit Ihnen zu gehen. Noch viel weniger würde sie allein fliehen und in irgendeinem ausländischen Gasthof geduldig auf Sie warten, so wie meine Mutter auf meinen Vater wartet. Sie opferte zwar ihre Hühner, was ihr sicher nicht leicht fiel, aber niemals würde sie Ihretwegen das hübsche weiße Holzhaus mit den blauen Türen opfern, ihre Eltern, ihre Aettersbroner Gassen, wo jeder, der ihr begegnet, sie kennt und grüßt. Niemals.«

So hart das klang, besonders aus dem Mund eines vierzehnjährigen Mädchens, so betroffen machte mich der Kern der unerbittlichen Wahrheit, der in Stemmas Rede enthalten war.

»Du meinst demnach, ihre Liebe zu mir wäre nicht stark genug?«

Stemma schwieg lange. Dann machte sie den Mund auf. »Und Sie, Isak Zettervall? Wären Sie denn bereit, Hjördis Ulfeldt zuliebe auf immer in Aettersbron zu bleiben?« Es hörte sich fast triumphierend an. Als sei sie nicht davon überzeugt und darüber sehr zufrieden.

Immerhin: eine berechtigte Frage, über die ich noch nicht ausreichend nachgedacht hatte. Um der Antwort auszuweichen, lenkte ich ab.

»Wenn ich dich richtig verstanden habe, sollten zwei Menschen so füreinander empfinden wie deine Eltern. Hingabe, Entsagung, Verzicht – alles muss selbstverständlich sein, andernfalls sollte man gar nicht erst heiraten. Ist es so?«

Stemma schien zu überlegen. Sie räusperte sich und sagte dann: »Mein Vater hält große Stücke auf meine Mutter. Er verehrt sie, ist stolz auf ihre Schönheit, schenkt ihr ständig Schmuck und Stoffe, lässt Blumen kommen, aber ich glaube, er liebt sie nicht. Nicht richtig. Ich weiß nicht, wie es früher war, als sie heirateten. Ich kann nur sagen, wie es jetzt ist und die letzten Jahre war.«

Arme Hermynia Dannhauer.

»Und wie steht sie zu ihm?«

»Bei Mama ist es umgekehrt. Sie liebt Papa wie eine Sklavin ihren Herrn und Gebieter. Sie würde alles tun, was er verlangt, und wäre es das ungereimteste Zeug. Wenn er sie ans Ende der Welt bestellte, würde sie dorthin fahren und auf ihn warten. Doch ihr Vertrauen besitzt er nicht. Glaube ich. Sonst wäre sie nicht fortwährend so in Sorge über alles, was er tut oder zu tun ankündigt.«

»Und wer von beiden, meinst du, ist besser dran?«

»Wie kann ich das wissen? Dazu müsste ich erst selbst verheiratet sein«, belehrte sie mich, als hätte sie es mit einem jüngeren Bruder zu tun, der vorwitzige Fragen stellt über das Wetter des nächsten Jahres.

Jäh überfiel mich der Schlaf, tief und traumlos, bis das Gelärme der Kinder mich weckte und meinen noch verwirrten Blicken sich das umgekehrte Schauspiel des gestrigen Abends bot. Hatte da das Innere der Hütte wie eine Laterne in der Düsternis des Regens geleuchtet, befand ich mich jetzt im Innern eines verdunkelten Kastens, und die einzige helle Stelle war das Türloch, durch das verheißungsvoll glänzendes Licht hereinströmte.

Neben mir reckte sich Stemma. Sie setzte sich auf, wobei ihre Ohren aus dem zerzausten Haar ragten wie die eines kleinen Fauns, und sagte erfreut: »Die Sonne scheint wieder.«

15. Kapitel

Die Sonne strahlte die ganzen nächsten Tage: eine wohlwollende Königinmutter, die nur für wenige Minuten abberufen wurde, ehe sie sich uns wieder zuwandte. Straußenfederleichte Wolken ließen sich vom Wind zerzupfen und neu zusammenfügen. Es wurde ordentlich warm und der im Boden steckende Frost wich aus der Erde. Wir bekamen das durch Zunehmen des Morasts zu spüren und durch das Auftauchen erster Stechmücken.

Von Tag zu Tag standen die Birken prächtiger im Laub, mit ein wenig Geduld hätte man zusehen können, wie sie ausschlugen. Das gute Wetter war unsere Rettung, da wir für die Nächte keinerlei Obdach hatten. Die wenigen lebenden Seelen, die man einer Ansprache für würdig hätte finden können, waren einige Kraniche in der Nähe eines Wasserlaufs und einmal eine Ansammlung weißer Schwäne, die schrien und einander bissen.

Wir hatten kaum noch etwas vom Ulfeldt'schen Proviant übrig, deshalb wollte ich uns eine Abendmahlzeit besorgen. Ich schoss mit der Büchse von Herrn Scavenius auf etliche Sandregenpfeifer und Wasserläufer, die sich am Ufer des erwähnten Flüsschens tummelten. Meine Begleiterin hatte ich angewiesen, währenddessen mit Hilfe von Zunder, Feuerstein und kräftigem Geblase das zusammengetragene Holz zum Brennen zu bringen.

Der »Bärentöter« leistete ganze Arbeit; der Vogel war so zerschossen und zerrissen, dass man bestenfalls einen Flügel und einen Schenkel verwenden konnte. Etwas beschämt traf ich mit meiner Jagdausbeute beim Feuer ein, vor dem das Fräulein

Dannhauer auf dem Bauch lag, aus Leibeskräften pustend und mit ihrem Dreispitz fuchtelnd, um dem zarten Rauchfähnchen und den noch zarteren Flämmchen zu etwas stattlicherem Format zu verhelfen.

Mit offenem Mund staunte ich das Stillleben an, das, wie vom Himmel gefallen, auf einem glatten Stein lag: ein Stück Stoff von persischem Muster in Weiß, Kirschrot, Türkis und Tiefblau, darauf ein Tablett aus Porzellan, nicht größer als meine Fußsohle, mit einem winzigen Tässchen, einer kaum umfangreicheren Kanne und beide in Gesellschaft ebenso zierlicher Gefäße, vermutlich für Zucker oder Konfitüre bestimmt. Dicht daneben ein zur Hälfte aufgeklapptes Schachbrett und ein Pack Spielkarten in rotem Saffianlederetui.

Das war es also gewesen, was in ihrem Mantelsack immer so verräterisch geklirrt hatte! Mein erster Impuls war, sie anzufahren. Was sie sich dabei gedacht habe, sich auf einer Reise, für die man nur das Notwendigste mitnahm, mit einem solchen Haufen unnützen Hausrats zu belasten, wollte ich sie fragen.

Doch ich ließ mich von meiner inneren Stimme beschwichtigen, die mir riet, lieber erst die Gründe des törichten Mädchens anzuhören. Zeit, sie auszuschimpfen, gebe es auch hinterher noch.

Während ich die mehr schlecht als recht gerupften Teile des Vogels auf angespitzte Hölzer steckte und über das Feuer hielt, ging Stemma mit dem Puppenkännchen Wasser holen. Sie füllte damit ihren Silberbecher und das Tässchen, verteilte auch mit einem flüchtigen »Sie erlauben doch?« die Reste von Brot, Käse und Schinken auf dem Tuch von Hjördis in einer dem Auge wohlgefälligen, mehrmals korrigierten Anordnung. Wieder erlebte ich meinen Kuckuck von einer neuen Seite.

Ihr so offensichtliches Bestreben, sich nützlich zu machen, rührte mich gegen meinen Willen, und der Verweis beschränkte sich auf die herablassende Erkundigung, wozu um alles in der Welt sie diese Habseligkeiten mitschleppe.

»Ich wette, der Kasten mit dem Schachspiel wiegt so viel wie mein Perspektiv, die Bücher und die Pistole zusammen. Bis jetzt hat es ja der Schimmel getragen, aber wart's nur ab! Hinter Skuule, wenn es den Scaevolafluss hinaufgeht, und zwar in Booten, und später im Hochgebirge, sobald es nur mehr bergan geht – zu Fuß wohlgemerkt! –, wirst du den Ballast verfluchen, glaube mir, und an irgendeiner Wegstelle zurücklassen.«

»Niemals«, sagte Stemma gelassen. Sie sagte es ohne große Betonung, weshalb es glaubwürdig klang. »Und ich pflege auch nicht zu fluchen, das sollten Sie wissen, Isak.«

Wahrscheinlich begriff sie, dass sie mir eine Erklärung schuldig war. »Was Sie da sehen, ist alles, was ich aus meinem früheren Leben gerettet habe. Das kleine Schokoladenservice hat mir mein Vater aus Paris mitgebracht, als ich sieben war. Es sind Heckenrosen darauf gemalt, sehen Sie?« Sie hielt das Tässchen hoch, damit ich es bewundern konnte.

»Der persische Überwurf lag immer auf Papas Diwan. Mit den Karten haben wir oft gespielt, wenn es Wartezeiten im Laboratorium gab. Kennen Sie Schnipp-Schnapp-Schnurr-Burr-Basilorum? Wenn Sie wollen, bringe ich es Ihnen bei. Und das Schachspiel bekam ich als Belohnung dafür, dass ich nicht an den Pocken gestorben war. Es ist ungeheuer wertvoll, sagt mein Vater. Schauen Sie nur!«

Behutsam stellte sie es mir auf die Knie. Das Spielbrett, von der Mitte her aufklappbar in zwei Teile, bestand aus kostbarer Intarsienarbeit; die Felder zeigten abwechselnd Blumen und Früchte. Die Figuren in den beiden Abteilungen des Kasteninnern aber waren aus Bernstein und schwarzem Gagat geschnitten.

Ich verstand, dass das Auspacken und Aufstellen der Dinge,

die die Wechselfälle des Familienschicksals überdauert hatten, einen Vertrauensbeweis darstellte. Sie erinnerten Stemma an ihr verlorenes Zuhause und verkörperten nun ihren Begriff von »Heimat«. Dadurch, dass sie mich damit bekannt machte, gab sie mir ihre verletzlichste Seite preis und machte es mir zugleich unmöglich, sie wegen dieser kindischen Geste zu schelten.

»Schach musst du mir auch erst noch beibringen, Unkräutchen«, sagte ich und wog den Kasten in der Hand, ehe ich ihn auf das Tuch zurücksetzte. Was ich vorher über die Schätzung seines Gewichts gesagt hatte, traf zu. »Nanu, was haben wir denn hier?«

Mit dem Messer grub ich vorsichtig eine Pflanze aus, die zwischen den herabhängenden Fransen des persischen Schals hervorlugte. Schmetterlingsförmige Blüten von blassem Gelb, noch nicht völlig entfaltet, angeordnet in einer Traube; gefiederte Blätter … Ich wusste zuverlässig, dass diese Pflanze bisher noch nie hierzulande beobachtet worden war. Und ebenso sicher war ich, ein *Astrolagus* vor mir zu haben, eine Legominosenart vulgo Tragant. Ich schnitt einige der Blüten und vorjährigen vertrockneten Hülsen auf und holte mein Buch, um den Fund einzutragen.

Weiche Helligkeit war am Himmel geblieben, obschon es längst Abend war und die Sonne fehlte. Eine Rotdrossel sang noch immer und konnte sich nicht entschließen, das Lied zu beenden, irregeführt von dem falschen Tag.

»So«, sagte ich, steckte das Heft mit dem gepressten *Astrolagus* fort und zugleich mit ihm auch meine durch den Regen arg zugerichtete Perücke. »Die bleibt jetzt da drin, bis wir in Skuule sind und wieder respektabel aussehen müssen. So lange mache ich es mir bequem. Was ist?«

Stemma enthielt sich jeder Kritik, doch ihr Anstarren meines kurz geschorenen Schädels ließ keinen Zweifel an ihrer Missbilligung. Meine Nacktheit in der Hütte bei Isel und Lini hatte ihr Befangenheit eingeflößt, lähmende Scheu, aber sie war von ihr mit Notwendigkeit entschuldigt worden. Das Zurschaustellen des unbedeckten Hauptes jedoch mit gestutztem Haar nach Art römischer Cäsaren war in ihren Augen nicht bloß eine schockierende Intimität, sondern offenbar ein grober Verstoß gegen die guten Sitten.

»Ich gefalle dir nicht so. Hab ich Recht? Zu meinem Bedauern kann ich noch nicht mal mit einer Nachtmütze aufwarten, um dir den Anblick zu ersparen, wertestes Fräulein Dannhauer.«

Schweigen.

»Willst du mir nicht sagen, was du denkst?«

»Ich denke, dass Sie abscheulich aussehen. So … vulgär!«

Mein schallendes Gelächter ließ sie einsam werden. Zur Versöhnung bot ich ihr eine Prise Schnupftabak an, aber sie lehnte ab. Isel und Lini, besonders die krötenhäutige Großmutter hatten sich mit überschwänglichen Dankesbezeugungen ein Häufchen abfüllen lassen, als wir von ihnen Abschied nahmen.

Stemma hatte übrigens meinen Scherz ernst genommen und sich für das Nachtquartier mit einem silbernen Dessertlöffelchen revanchiert, das zu ihrem Besteck gehört hatte. Isel hatte Stemma daraufhin umhalst und geküsst und sich nicht darum gekümmert, dass die Umarmung keinesfalls erwidert wurde. Und ich hatte Stemma mit dem spöttischen Trost versehen: »Macht gar nichts; es riecht sowieso alles an uns nach Fisch!«

Der Tau begann zu fallen, Kühle stieg aus dem Boden, ausgestoßener Atem kräuselte sich weiß. Alles Zeichen, dass die Nacht begonnen hatte, dennoch wurde es nicht viel dunkler. An große Steinbrocken gelehnt, in Mäntel und Satteldecken gehüllt, gähnten wir einmal ums andere, ohne die geringste Lust, uns auf dem kalten, harten Boden auszustrecken. Für eine Unterhaltung waren wir zu müde. Nicht einmal die Pferde hatten wir angebunden; sie fanden ohnehin wenig genug, was ihnen zusagte.

Entferntes verräterisches Knacken und Brechen von Zweigen, das sich deutlich von vereinzelten Vogelstimmen abhob, riss mich aus dem Dösen. Stemma hatte es auch gehört. Augenblicklich sprangen wir auf; ich tastete nach der Flinte von Herrn Scavenius.

Für einen Bären war indes die Gegend noch nicht nördlich genug, beruhigte ich mich. Am Ende ein Vielfraß? Ich reichte Stemma meinen Stock hinüber, aus dem sich im Notfall ein dünner, doch scharfer Degen ziehen ließ, und fragte leise: »Angst?«

»Wovor? Bis hierher reicht Graf Stenbassens Arm nicht.«

Ob sie wirklich so kaltblütig war oder nur so tat – wichtig war mir vor allem, dass sie nicht aufschrie oder unsinnige Fluchtversuche anstellte.

»Ist es erlaubt, näher zu treten?«

Seinen Gaul am Zügel führend, trat jetzt aus dem Schatten der Bäume ein Mann – mindestens sechs Fuß hoch, eher noch länger und ganz und gar in Leder und Renfelle gekleidet. Sein Gang war leicht und behände, auch sein Pferd machte keineswegs einen überanstrengten Eindruck.

»Ich habe das Feuer gerochen und bei mir gedacht, das erspart dir die Mühe, selbst eins anzufachen, Dag, mein Alter. Mein Name ist Dag Sparre. Und mit wem habe ich das Vergnügen?«

Ich sah keine Notwendigkeit, unsere Identität zu verheimlichen, so erregt war ich über die Eröffnung.

»Was denn – etwa *der* Dag Sparre? Jener Falkenjäger, der die Höfe Europas beliefert?«

Er wollte wissen, wo wir von ihm gehört hätten.

»So, so, auf dem Möönsberg wart ihr. Kocht Klein-Hane noch immer so guten Hasenpfeffer?«

Schmunzelnd nahm er seinem Pferd das Sattelzeug ab, musterte uns mit wasserhellen Augen, besonders Stemma, und brachte aus seinem Mantelsack ein wenig appetitlich aussehendes Stück Fleisch zum Vorschein. Er säbelte einen Fetzen davon ab und bot es uns auf der Messerspitze an.

»Auerhahnbrust; vorigen Herbst geschossen, ein paar Tage lang gesalzen, dann gebraten und langsam an der Luft getrocknet. Hält sich an die drei Jahre. Äußerst delikat.«

Ich nahm die Kostprobe entgegen, bereit, sie unauffällig hinter mich ins Kraut zu spucken, doch zu meiner Überraschung schmeckte es gar nicht so übel. Stemma wollte nicht und brachte das Feuer wieder zum Lodern. Während der späte Gast kaute und sich gemütlich zwischen uns niederließ, während er neugierig nach dem Stillleben auf dem Stein schielte, während er sich den Silberbecher lieh und ihn aus einem Lederschlauch mit Branntwein füllte, trank, auf die Erde, in die Luft und ins Feuer spuckte und ihn sodann an mich weiterreichte, ließen wir kein Auge von der sonderbaren Erscheinung.

Dag Sparres Haar – ob weißblond oder vom Alter gebleicht – war auf einen Knebel gewickelt und oben auf dem Scheitel befestigt. Auch das zerklüftete Gesicht gab keinen Aufschluss über sein mögliches Alter. In den Gruben und Schrunden, wahrscheinlich Pockennarben, musste sich beträchtlicher Schmutz angesammelt haben. Anders war es nicht zu verstehen, als dass der Wind ihm Samen zugetragen hatte, der in den Pockengruben aufgegangen war und nun als grüner Bart Dag Sparre das Aussehen eines Brunnengottes verlieh.

Nach Beendigung seiner Mahlzeit interessierte er sich für Stemmas Sachen. »Hübsches Spielzeug, hübsch und teuer. Aufgebaut wie ein Altar. Macht einen originellen Effekt hier in der

Einöde. Fast, als sollte es gemalt werden. Kenne Leute jenseits des Meeres, die malen solche Dinge und bekommen viel Geld dafür. Sind das Spielkarten? Hm, hm, keine gewöhnlichen. Stammen aus Italien, würde ich sagen.«

Er blätterte sie durch, dass es knatterte, ließ sie als Band durch die Luft gleiten und fing sie wieder ein, ohne dass eine einzige Karte herausfiel. »Aber lassen wir das jetzt. Wir sollten uns lieber um Matratzen kümmern. Ich sage immer: Warum auf der nackten Erde liegen und frieren, wenn die Natur selbst uns das beste Bettzeug anbietet, hab ich Recht?«

Unsere Mienen belustigten ihn. »Ahnungslos wie Neugeborene, ich sehe es schon. Dankt der Vorsehung, dass ihr Dag Sparre begegnet seid, und merkt euch gut, was ich euch zeige.«

Er hieß Stemma einen brennenden Zweig mitnehmen und führte uns ein Stück in den sumpfigen Wald hinein, wobei er beim Fackelschein den Boden absuchte.

»Wie nennt ihr das, ihr Botaniker?« Er deutete auf reichliche Kolonien von saftig grünem *Polytrichum maximum.* »Ich für meine Person nenne es Bürstenmoos.«

Es war nicht zu übersehen, dass er mich aufzog. Mit einem langen Dolchmesser stach er ungefähr die Fläche einer Matratze aus und wies mich an, sie auf der Unterseite abzuschneiden, während er bereits das nächste Bett abmaß. Zu meiner Verblüffung ließ sich das Ganze unerwartet leicht von der Erde abheben. Das Wurzelgeflecht, so dicht miteinander verwachsen, dass nichts zusammenfiel, bildete eine weiche, federnde Matratze. Zuletzt hatten wir sechs solcher Moosbetten zugerichtet, die sich mühelos forttragen ließen. Die drei überzähligen sollten als Oberbetten dienen. So lernten wir es von Dag Sparre.

Wie umsichtig er gedacht hatte, erkannte ich, als wir mit unserer Last zum Feuer zurückkehrten. Die große Wasserlache zwischen uns und dem Flusslauf war mit einem Mal weiß und matt, das heißt mit einer zarten Eishaut überzogen. Unwillkürlich stellte ich Vergleiche an: Dort, von wo ich aufgebrochen war, machte sich jetzt die Natur bereit, den Sommer auf die Bühne des Jahres zu lassen, Pfingstrosen, Bartnelken, blühende Kirschbäume … Hier, einige Tagesritte weiter gegen Norden hin, hatte der Frühling sich mit Ach und Krach ein paar Stunden täglich erkämpft. Die Nächte gehörten noch immer dem Winter.

Übrigens war es jetzt finster geworden oder doch beinah, auch wenn es sicher nicht lange so bleiben würde.

»Besser, das Fräulein packt ihr Spielzeug ein«, sagte Dag Sparre, »Nachtfrost und Feuchtigkeit tun so feinen Dingen nicht gut. Wünsche allseits wohl zu ruhen!«

Ohne lange Fisimatenten schlüpften wir in unsere Moosbetten. Eigentlich hatte ich Dag Sparre noch nach den Nomaden ausfragen wollen, denn er war der einzige Mensch, von dem ich wusste, dass er mit ihnen in Berührung gekommen war. Doch ich war nicht mehr imstande, einen klaren Gedanken zu fassen. Morgen früh würde ich alles nachholen.

In den Momenten, bevor ich die Augen aufschlug, wähnte ich, noch halb im Traum befangen, in den Kissengebirgen meiner Kinderstube zu liegen. Ich meinte zu hören, wie mich meine Mutter beim Namen rief, um mich zu wecken, meinte das Plätschern des Wassers zu vernehmen, weil jemand an der Pumpe einen Eimer füllte, und spürte, wie ein Sonnenstrahl vom Fenster her kitzelnd unter meine Lider drang. Aber dann erwachte ich inmitten dicker Moospolster und unter freiem Himmel, Brachvögel kreischten, der kleine Fluss strudelte und gluckste. Und dicht neben meinem Kopf saß Dag Sparre und schnitzte mit seinem Dolchmesser an einem Stöckchen.

»Für einen, der sich mit Fremden in der Wildnis zum Schlafen legt, seid Ihr zu vertrauensselig«, kam es ruhig aus seinem grünen Bartgesicht. »Das ist gefährlich. Ich hätte Euch und dem Mädchen etwas antun können, wenn ich es gewollt hätte.«

»Ich dachte, Ihr seid nur auf Falken aus … Warum sprecht Ihr auf einmal so sonderbar?« Hastig fühlte ich nach den Talern unter meiner Weste. Sie waren nicht angetastet worden. »Und überhaupt – Ihr seht nicht aus wie jemand, der andere im Schlaf umbringt.«

»Genau das aber war mein Auftrag.«

Sein Blick wich dem meinen nicht aus, schien ihn im Gegenteil zu suchen. Das Herz hämmerte mir dumpf gegen die Rippen, Schrecken rann eisig den Rücken hinab.

»Ja, aber warum?«, fragte ich wie ein trotziges Kind und ahnte doch die Antwort. »Wer hätte einen Vorteil von meinem Tod? Ich bin ein reisender Botaniker und Arzt, erkunde die Fauna und Flora des Nordens für die Gesellschaft der Wissenschaften.«

»Keine anderen Aufgaben sonst? Ihr *seid* doch Isak Zettervall? Nach der Beschreibung, die ich erhielt, müsst Ihr es sein. Auch das Mädchen wurde erwähnt, obgleich man nicht mit Bestimmtheit sagen konnte, dass sie auch hinter Aettersbron noch bei Euch wäre. Jemand, der über viel Macht verfügt, hat etwas dagegen, dass Ihr über Skuule hinausgelangt.«

»Graf Stenbassen«, sagte Stemma laut und klar von ihrem Mooslager her. Sie saß steil aufrecht.

»Nun, dann wisst ihr also doch Bescheid. Der noble Herr hat bei mir nicht nur ein Falkenpärchen bestellt, sondern verlangt, dass ich einen Umweg mache, um euch zwischen Aettersbron und Skuule abzufangen.«

»Ihr solltet Euch schämen, einen solchen Auftrag anzunehmen!« Stemma sprach schneidend, wie ein Richter zu einem Delinquenten.

Dag Sparre sah zu ihr hinüber. Er lächelte nachsichtig.

»Das Fräulein sollte froh sein, dass ich es getan habe. Hätte ich nämlich abgelehnt, hätte der Graf einen anderen gefunden. Gesindel gibt es genug, das für Geld alles tut. Ich habe angenommen, um euch zu warnen. Stenbassen ist mit seinem Vierergespann von Aettersbron aus in Richtung Küste gejagt. Er will auf der Poststraße stracks nach Skuule hinauf. Möglicherweise ist er morgen schon dort. Wenn ihr einen Rat von mir annehmen wollt: In Kürze werdet ihr auf einen Weg stoßen; den meidet besser. Könnte sein, der Graf lässt vor Skuule einen Hinterhalt legen. Für den Fall, dass ich euch verfehlt hätte. Schlagt euch stattdessen ins Unglücksmoor. Das dauert zwar länger und ist beschwerlich, aber dort wird euch niemand vermuten. Dann kommt ihr nördlich von Skuule heraus. Und wenn ihr schließlich die Stadt erreicht, ist Stenbassen wahrscheinlich schon wieder auf und davon. Er ist ein ungeduldiger Mensch.«

»Dieses fette alte Ungeheuer!«, tobte ich.

»Ein Ungeheuer ist er wohl, aber weder fett noch alt«, sagte Dag Sparre. »Ich dachte, ihr kennt ihn, da er euch auch kennt?«

»Ich wusste es, ich wusste es«, rief Stemma triumphierend. »Hab ich es Ihnen nicht gleich gesagt, Isak? Der alte Herr konnte es einfach nicht sein, so wunderlich und zerstreut, wie er war.«

»Also dann doch Braganza, den hatte ich auch zuerst im Verdacht.«

»Von wem redet ihr?« Verständnislos guckte Dag Sparre von mir zu Stemma.

»Ach so, das könnt Ihr nicht wissen. Ist Euer Graf Stenbassen mindestens so hoch gewachsen wie Ihr, eine wahre Reiterstatue? Hat er einen olivbraunen Teint, einen durchbohrenden Blick, ist wortkarg und von düsterer Miene?«

»Bedaure. Denjenigen, den Ihr mir da schildert, kenne ich

nicht. Hab ihn nie gesehen. Graf Stenbassen ist ein junger Mann. Sehr jung noch. Beinah zu jung für das, was er im Sinn hat, wenn das stimmt, was ich gehört habe. Seine Gesichtshaut ist rosig, er schminkt sich übermäßig, hat ein lebhaftes Mienenspiel und ist alles andere als wortkarg. Aber ich habe bereits genug Zeit verloren. Es ist noch ein weiter Weg zu den Falken. Nun, da ihr Bescheid wisst, seht euch vor. Ach ja – eure Pferde werde ich mit mir nehmen und sie einstweilen in Skuule unterstellen. Habt ihr eine Adresse? Bei wem gedachtet ihr unterzukommen?«

»Bei Herrn Pfarrer Avigdor«, sagte ich zögernd; den hatte mir ein Bekannter von Herrn Scavenius empfohlen. »Aber zu Fuß … seid Ihr sicher, Dag Sparre, dass wir sie entbehren müssen?«

»So sicher wie der Tatsache, dass ich schlafen und essen muss«, war die feste Antwort. »Das Unglücksmoor hat seinen Namen nicht von ungefähr. Ihr würdet beide Pferde einbüßen. Außerdem brauche ich sie als Beweis gegenüber Graf Stenbassen. Ich werde sie ihm vorweisen, als sei es eure Lunge und eure Leber. Wie steht es mit schweren Gegenständen, die ihr erst später wieder benötigt? Die räumt am besten in den einen Sack und steckt das Notwendigste in den anderen.«

»Kommt gar nicht in Frage!« Einig wie selten protestierten wir, Stemma und ich.

»Ihr werdet es noch bereuen.« Dag Sparre zuckte die Achseln und knüpfte die Halfter von Fuchs und Grauschimmel an seinem Sattel fest. »Ich an eurer Stelle würde die Matratzen mitnehmen. Nur ein wenig befeuchten, schon erhalten sie ihre Elastizität zurück.« Grüßend schwenkte er die Hand und schnalzte, worauf sich sein Gaul, der Jesper hieß, in Bewegung setzte.

Ich stürzte ihm hinterher. »Wartet, wartet … Ich wollte Euch noch so viel fragen! Seid Ihr tatsächlich auf diese Nomaden gestoßen, wie Ihr dem Alten auf dem Möönsberg erzählt habt? Ich interessiere mich sehr dafür. Ich muss unbedingt Näheres erfahren.«

»Ich dachte es mir schon.« Er grinste vom Sattel herab und die winzigen Blättchen und Fiederchen in seinem Gesicht, grün wie Brunnenkresse, pressten sich in groteske Falten. »Stenbassen mag sie gar nicht. Er hasst sie geradezu, obwohl sie ihm für das, was er vorhat, sehr gelegen kommen. Nämlich: Je weniger von ihnen bekannt wird, umso mehr kann er sie verteufeln. Aber er wird sie nicht finden. Wenigstens hoffe ich das.«

Ich brüllte: »Und wie soll ich sie dann finden?«

Dag Sparre, der Falkenjäger, drehte sich noch einmal um. »Indem Ihr sie nicht sucht.«

Verzweifelt starrte ich ihm nach. Wollte er mich foppen?

16. Kapitel

Mit geschulterter Last und schief gelegtem Kopf – so zogen wir jetzt weiter. Über uns trieben weiße Wolkengebilde dahin, die alle nasenlang ihre Konturen veränderten, wie um uns durch solche Darbietungen aufzuheitern.

»War das klug?« Mehr bemerkte Stemma nicht zu der Tatsache, dass wir nun ohne Pferde dastanden und allein auf unsere Beine und die Kraft unserer Arme und Schultern angewiesen waren.

»Das wird sich herausstellen«, entgegnete ich ebenso kurz angebunden.

Nach einer halben Meile begann tatsächlich etwas, das wie ein ausgetretener Pfad aussah. Den hatte Dag Sparre offenbar gemeint, als er uns warnte – der Weg, auf dem er selbst mit unseren Pferden entlangtrabte, um heute Abend in Skuule einzutreffen und sie Graf Stenbassen vorzuweisen als Zeichen, dass der Auftrag ausgeführt sei. »Lunge und Leber«. Stumm ließen wir ihn zur Rechten liegen und stapften keuchend und schwitzend querfeldein. Nur, dass von »Feld« keine Rede sein konnte.

Wir trugen die leichten und – wie ich hoffte – wasserdichten Stiefel, was leider unser Gepäck noch um das Gewicht der Reitstiefel vermehrte. Ich bereute bereits, dass ich Dag Sparre nicht wenigstens die Büchse mitgegeben hatte. Außerdem schleifte jeder von uns eine zusammengerollte Moosmatratze hinter sich her.

Wie auf Verabredung vermieden wir es, das Gespräch auf die nunmehr enttarnte Persönlichkeit Stenbassens zu bringen. Der

Gedanke, dass sich hinter dem geckenhaft herausgeputzten Zierbengel, der mir den Arm um die Schulter gelegt und mir Malicen ins Ohr geflüstert hatte und der im Alter genau zwischen mir und Stemma liegen mochte, unser erbitterter Feind verbarg, hatte etwas Makabres.

Makaber deshalb, da ich weder sein Äußeres noch seine Art, sich zu geben, mit dem in Verbindung bringen konnte, was mir von dem berüchtigten Grafen Stenbassen erzählt worden war.

Stemmas Gesicht war puterrot und vor Anstrengung verzogen. Ich wünschte, ich hätte ihrer Mutter dieses Bild zeigen können, als diese meine Einwände so leichthin beiseite wischte.

Die Hindernisse hatten gewechselt. War das Fortkommen in den beiden letzten Tagen vor allem durch Geröll, Felsblöcke und liegende Baumstämme erschwert worden, so versperrte jetzt mehr und mehr ein Gewirr von Vegetation den Weg: ein schier undurchdringliches Dickicht von Erlen und Weiden, die so eng beieinander standen, dass sie eine Art Dschungel bildeten. Der Boden wurde mit jedem Schritt feuchter, bis wir uns mitten im Morast befanden. Farne und Moose verdeckten übel riechende schwarze Tümpel. Jeder Fußbreit vorwärts erforderte behutsames Auftreten. In solchen Schwingmooren kann man leicht zur Moorleiche werden, die erst nach tausend Jahren wieder ans Licht kommt – wohl erhalten, durch Mangel an Sauerstoff konserviert, um der staunenden Nachwelt als Anschauungsobjekt zu dienen.

Im Schatten der Erlen war es dämpfig warm und, wenn wir anhielten und verschnauften und unsere patschenden Schritte verstummten, unheimlich still. Die Bäume, denen es an festem Boden fehlte, der ihren Wurzeln und Stämmen Halt gegeben hätte, wuchsen in den bizarrsten Formen. Oder sie wucherten am Boden entlang, wo halb versunkene Wurzeln und Zweige nach unseren tastenden Füßen griffen. Kein Gedanke daran, zu rasten oder gar in Ruhe etwas zu essen. Nicht dass wir noch viel gehabt hätten, aber selbst das Wenige konnte ich nicht aus dem Sack holen, ohne ihn irgendwo abzulegen. Nur wohin? Etwa in den Morast?

Stemma fiel zurück. Wie ich sie inzwischen kannte, hätte sie sich eher die Zunge abgebissen als um Rücksichtnahme gebeten.

Vorstellungen quälten mich: Einer von uns könnte fehltreten und einsinken, während der andere, um ihm zu Hilfe zu kommen, sich vergeblich mühte, Zweige abzureißen, die sich als so zäh wie Darmsaiten erwiesen.

Totenstille. Wo waren all dic Moorvögel? Nur Patschen, das jeden, auch den vorsichtigsten Schritt begleitete. Niedriges Gestrüpp; Fußangeln. Und die Aussicht, noch unabsehbare weitere Stunden Totenstille und Patschen und Fußangeln und Gestrüpp ertragen zu müssen. Meine Wut steigerte sich zur Raserei, bis ich den Hirschfänger zog und auf die Zweige loshackte, die uns den Weg versperrten. Zu meinem Entsetzen begann der verletzte Stamm zu bluten. Es half nichts, dass ich mir sagte, es handle sich bei der hellen, orangen Flüssigkeit, die langsam aus der klaffenden Wunde hervorquoll, nur um Saft. Mir erschien sie wie Blut.

»Wir sollten vielleicht die Schleierkapuzen hervorholen«, schlug Stemma matt vor, als sie mich eingeholt hatte. »Diese Mücken werden immer zudringlicher. Sie setzen sich sogar auf die Augenlider.«

Wir hatten es mit einer besonders grausamen Spezies von Beißgnitzen zu tun, kleiner als gewöhnliche Mücken. Ihr Biss hinterließ einen schwarzen Fleck wie ein Flohstich. Stemmas Stirn, Wangen und Handrücken waren bereits damit gesprenkelt und ich sah wohl nicht viel besser aus. Bald würden die Bisse anfangen, scheußlich zu jucken.

Ich warf meine Moosmatratze über das nächstliegende kriechende Strauchwerk. Als dieses trug, legte ich, schön nacheinander, die Gepäckstücke darauf, wie man kleine und immer kleinere Gewichte auf eine Waagschale setzt, um sie in der Schwebe zu halten und die Zünglein aufeinander abzustimmen. Unendlich erleichtert reckte und dehnte ich mich, ehe ich Stemma half, mit ihrer Bürde ebenso zu verfahren.

Weiß vermummten Schamanen oder Pestärzten gleich blieben wir noch eine Zeit lang ruhig stehen, bis unser Atem wieder normal ging. Schon ohne Last stehen zu dürfen war eine Vergünstigung; wie viel erst hätte es uns bedeutet, uns hinzusetzen!

Hinter Hermynia Dannhauers kostbar gewirkten Spitzen hervor tadelte Stemma: »Diese neuen Stiefel ... sie sind nicht wasserdicht.«

Ich musste ihr Recht geben, verteidigte jedoch meine Konstruktion, indem ich klarstellte, dass die Behauptung auch mehr für gelegentliches Laufen im Wasser gegolten habe und nicht für stundenlanges Waten. »Sobald wir in Skuule sind, lasse ich uns welche aus Entengefieder anfertigen.«

Würden wir überhaupt je dort ankommen?

Stehend verzehrten wir, was von dem Schinken, dem Brot und dem Käse noch übrig war, doch hatten wir nichts, um den immer stärker werdenden Durst zu stillen. Bis zu den Knöcheln im fauligen Wasser, aber keinen Tropfen zu trinken.

Gewohnheitsmäßig notierte mein Blick Wollgräser und Sonnentau, Moorreitergras, Fieberklee und Sumpfblutauge; Buch und Bleistift hervorzukramen, fehlte mir die Energie. Das Wiederaufnehmen des Reisegepäcks war schwieriger als das Ablegen; meine Begleiterin taumelte beim Verlagern des Körpergewichts und stieß einen erschreckten Schrei aus. Der kurze grelle Laut machte die uns umgebende Stille noch schauriger.

Als geniere sie sich dafür, begann Stemma urplötzlich zu plaudern. Nach Art von Kindern, die sich ihre Furcht hinwegreden wollen, sagte sie in gespielter Munterkeit: »Wenn wir in Skuule sind … wenn wir das Moor hinter uns haben … weißt du, wissen Sie, Isak, was wir dann tun?«

»Na, was?«

»Wir lassen uns jeder einen ganzen Krug Beerenmost und einen Krug Wasser bringen und schneiden Zitronen hinein. Papa machte das oft; er nannte es ›Limonade‹.«

»Wenn es in Skuule Zitronen gäbe, was ich bezweifle, müsste man die sicher mit purem Gold aufwiegen«, machte ich ihr Luftschloss zunichte und fing wieder an, Fuß vor Fuß zu setzen. Ich hatte keine Lust, ihr auf die Nase zu binden, dass ich noch nie Zitronen gekostet hatte.

Die Sonne, durch ausgebreitete Wolkentücher gefiltert, wärmte nicht mehr. Kalt klebten die vom Schweiß durchnässten Kleider am Körper. Und aus dem Sumpf stieg der Grabeshauch von noch immer gefrorenen Bodenschichten. Wir kamen noch langsamer voran als zuvor, und die Intervalle, in denen wir keuchend anhielten, wurden kürzer und kürzer.

Der Himmel glich gegen Abend einer riesigen Bettstatt voller blauer und rosa Gänsedaunen, hinter denen es hell blieb. Reif machte die vom Atem durchfeuchteten Mückenschleier steif.

Ich wiederholte das Manöver mit dem Auswerfen der Moosmatratze. Schaukelnd blieb sie auf dem Gestrüpp aus Krüppelbirken hängen.

Als ich mich daranmachte, den Mantelsack folgen zu lassen, rutschte sie jedoch mit einem satten Plumps seitwärts in den Morast, wo sie sich augenblicklich voll Schwere sog. Aussichtslos, sie von dem schwankenden Standpunkt aus herausfischen zu wollen, ohne selbst auszurutschen.

Betrübt drehte ich mich um. »Jetzt haben wir nur noch eine … Nanu, was hast du mit deiner Matratze gemacht?«

Die Beine mehr nachziehend als stapfend, arbeitete Stemma sich heran. »Weggeworfen. Schon vor einer ganzen Weile. Ich konnte sie nicht mehr tragen«, kam es mit dünner Stimme unter den Spitzen hervor.

Sie auszuschelten hatte ich nicht das Recht. Mir wurde klar, dass ich ihre Körperstärke überschätzt hatte, indem ich sie an der meinigen maß, die inzwischen ebenfalls an ihrer Grenze angelangt war. Aber ihre törichte Mutter hatte diese Bedenken ja nicht gelten lassen wollen.

Wir wankten bis zu einer Weide und ich warf mit letzter Anstrengung Mantelsäcke, Büchse und die paarweise zusammengeknoteten Reitstiefel auf den dicken schwieligen Kopf voller grüner Triebe.

Dreimal gesegnete Weide, einziges barmherziges Wesen inmitten des Unglücksmoores! Sie hielt alles getreulich fest, was wir ihr anvertrauten. Und wir umarmten sie, nahmen sie in die Mitte, dass unsere Hände sich trafen, und hielten uns auf diese Art aufrecht, denn wir fanden nirgends ein Fleckchen, wo man sich hätte hinlegen können. So, dicht an die mütterliche Weide gepresst, die Wangen an ihre Rindenwange geschmiegt, verblieben wir etliche Stunden.

Ich wurde ständig zwischen Halbschlaf und Halbwachen hin- und hergerissen, in den minutenlangen Schlafperioden von Träumen heimgesucht, in denen es kein Entkommen gab aus dem Moor. Nur Stapfen und Patschen, das abwechselte mit Schlafen im Stehen – Verdammnisqualen, denen des Tantalus und des Sisyphus durchaus ebenbürtig.

Patschen war es auch, das mich aus der Erschöpfungsstarre aufrüttelte.

»Warte … geh nicht fort, Unkräutchen«, murmelte ich. Die

vor Durst pelzige Zunge bewegte sich seltsam schwer im Munde.

»Ich bin doch hier, Isak«, antwortete es schwach hinter dem Weidenstamm.

Da wurde mir bewusst, dass das, was meine Hände wie mit Fesseln umklammerte, Stemmas Hände waren, die, von der Nachtkälte steif, sich nicht von meinen Händen lösen wollten.

»Hörst du auch, was ich höre?«, wollte ich wissen.

»Ja, ich höre es auch. Ob Dag Sparre uns verraten hat? Haben sie uns aufgespürt?«

»Nein, wozu hätte er uns dann ins Moor geschickt? Das hätte er einfacher haben können.«

Das Patschen näherte sich stetig, aber wir machten keine Anstalten, uns zu verbergen. Wir vertrauten der Weide. Vielleicht, wenn wir uns nicht rührten, hielt man uns für Auswüchse ihres Stammes und die weißen Schleierkapuzen für Flechten.

»Iiisak Zettervaaall!« Eine klingende Frauenstimme sang meinen Namen. Es war, als sänge der Dunst, mit dem das Moor der aufsteigenden Sonne entgegendampfte. Zwischen den wehenden Schwaden schwamm jetzt eine aufrecht stehende Gestalt, glitt langsam vorbei wie eine Erscheinung. Mein Gehirn begann wieder zu arbeiten, und ich erkannte, dass die Frau in einem flachen Kahn stehen musste. Und das Patschen wurde vom Eintauchen einer Stake verursacht.

»Iiisak Zettervaaall! Ich bin Silpa und suche dich! Mich schickt Dag Sparre! Daag Spaarreee!«

»Hier! Hier sind wir!« Unsere vertrockneten Kehlen krächzten doppelte Antwort.

»Könnt ihr hierher waten? Denn komme ich noch näher, bleibt der Kahn im Gestrüpp stecken.«

Später wunderte ich mich, dass uns nicht einen Augenblick lang der Gedanke kam, dies könne ein Hinterhalt sein. Mich jedenfalls erfüllten nur dankbare und beglückte Empfindungen. So musste den Passagieren der Arche zumute gewesen sein, als sie den Ölzweig im Schnabel der Taube entdeckten. Wie neu belebt, torkelten wir auf unseren vom langen Stehen in der Nachtkälte eingeschlafenen Beinen, die Bündel über der Schulter, dahin, von wo der Ruf erklungen war. Ein Wunder, dass wir nicht in irgendwelche Moorlöcher gerieten, so blindlings strebten wir in die Richtung, aus der uns Rettung verheißen wurde.

Es erforderte größte Umsicht, den flachen Kahn zu besteigen, ohne ihn zum Kentern zu bringen. Die Frau wahrte das Gleichgewicht, indem sie die Stake bald rechts, bald links in den Modder stieß. Sie war von einem braunen, härenen Mantel nach Art der Mönchskutten umhüllt und sehr schön. Nicht hübsch im landläufigen Sinn, sondern von jener Schönheit, von der es bis zur Hässlichkeit nur ein winziger Schritt ist.

Die Wangenknochen eine Spur ausgeprägter, die Nase einen Deut schmaler oder länger, der Mund um ein weniges schärfer, die Stirn einen Fingerbreit höher, die Augenhöhlen etwas tiefer – und die Schönheit wäre zerstört gewesen. Silpa war schön wie Königinnen in alten Legenden, wie die Bilder von griechischen Statuen, wie die weiblichen Mythenwesen vorgeschichtlicher Göttersagen, und es war schwer, den Blick von ihrem Gesicht abzuwenden.

Mit gemächlichen Bewegungen stieß sie den Kahn vorwärts und ebenso gemächlich schob er sich zwischen Zweigen und im Wasser schwimmenden Grasinseln voller blühender Haarsimsen hindurch.

»Gut, dass ihr die schlimmste Strecke schon überwunden hattet«, unterbrach Silpa das Schweigen. »Viel weiter hätte ich euch nicht entgegenkommen können.«

Wir nickten schläfrig; lange Berichte abzugeben war weder

die Zeit noch der Ort. Als habe sie dies eingesehen, richtete Silpa keine weiteren Bemerkungen an uns noch stellte sie Fragen.

So vergingen einige Stunden in tiefster Stille. Anstrengung und fehlender Schlaf hatten mich in einen merkwürdigen Zustand versetzt: Bisweilen meinte ich, mich aus meinem krumm dahockenden Körper zu lösen, das schlaffe Gefüge aus Muskeln, Knochen und Haut zu verlassen und dem ruckweise gleitenden Kahn auf leichten, gleichsam ätherischen Füßen vorauszulaufen, ohne den Boden zu berühren. Als Silpa die Stake ins Boot legte und es vertäute, tat es mir fast Leid.

Ermunternd winkte sie von einer Wiesenböschung aus, wir sollten ihr die Gepäckstücke zureichen. »So, dem Unglücksmoor seid ihr entronnen. Nur noch eine Stunde, dann könnt ihr Skuule liegen sehen.«

Wie selbstverständlich belud sie sich mit Stemmas Mantelsack und nahm auch die Büchse von Herrn Scavenius noch dazu.

Das Gefühl, an einer Traumhandlung teilzunehmen, dauerte an. Im Hintergrund des Bewusstseins lauerte zwar die Gewissheit, irgendwann zu erwachen, sie war jedoch vorläufig nicht drohend genug, um etwas anderes hervorzurufen als Dankbarkeit. Dankbarkeit, davongekommen zu sein, und die Bereitwilligkeit, Silpa zu folgen, wohin immer sie gehen mochte.

Wind blies uns entgegen, je weiter wir uns vom Moor entfernten. Ich bildete mir ein, er schmecke bereits salzig. Fernes Glockengeläut brachte das verlorene Zeitgefühl zurück; es musste Mittag sein. Das metallene Gongen und Klingen schien mir aus der Tiefe zu kommen, als handle es sich bei Skuule um eine versunkene Stadt.

Der Pfad beschrieb eine Krümmung, verlief nun oberhalb eines Steilhanges, und als Silpa stehen blieb und stumm hinunterzeigte, sahen wir das Meer gegen die Küste anrollen und etwa eine halbe Meile weiter südlich, zu beiden Seiten der Scaevolabucht, die Dächer von Skuule.

Solange das Läuten andauerte, starrten wir hinüber. Glocken, heißt es, sind die Stimmen einer Stadt. Ich versuchte aus dem Klang herauszulesen, ob sie uns warnten oder sagen wollten, dass keine Gefahr mehr vorhanden sei.

Zufällig fiel mein Blick auf Stemma, die in die Knie gesunken war, die Ohren vom scharfen Seewind gerötet. Ihre Miene drückte Entsetzen aus und Angst, es schüttelte sie regelrecht.

»Was hast du? Wovor fürchtest du dich?«

Außerstande zu reden, zeigte sie nach unten, dann begann sie zu würgen. Ich beugte mich über den Rand. Was ich zu sehen bekam, war ein Galgen, desgleichen mehrere Räder, der Galgen leer, doch auf die Räder zwei Körper geflochten, denen die Köpfe fehlten. Und auf dem dritten Rad die Reste eines Gevierteilten.

Dass Hermynia Dannhauer Stemma von ihren Alpträumen erzählt hatte, in denen sie ihren Mann verurteilt sah, konnte ich mir nicht denken. Es musste der abscheuliche Anblick sein, der das arme Mädchen dazu brachte, bittere Galle zu erbrechen. Silpa hatte sich zu ihr gesetzt und wiegte sie in den Armen. Ihre Schönheit wirkte plötzlich wie in Stein gehauen.

»Zwei waren Wegelagerer; sie haben Reisende ermordet, um sie zu berauben. Der Dritte … der Dritte ist … er war mein Vater.«

Ich wartete.

Schließlich sprach sie weiter. »Mein Vater war ein Freund von Dag Sparre, ein Pelzjäger. Viele Wochen im Jahr war er fort. Oben im Norden stieß er auf fremde Menschen, die dort in den Wüsteneien herumzogen, und er berichtete auch anderen davon. Er begann Dinge auf seine Reisen mitzunehmen, die sie benötigten, Saatkorn und Werkzeuge. Er sprach gut von ihnen und das gefiel einigen im Lande nicht. Besonders einem gefiel es nicht. Er ließ meinen Vater als Landesverräter hinrichten. Dag Sparre hat sich für ihn verwendet, damit er wenigstens zum Strick oder zum Schwert begnadigt würde, nicht bei lebendigem Leibe gerädert. Aber es nützte nichts. Mein Vater wurde dazu ausersehen, als abschreckendes Beispiel zu dienen.«

17. Kapitel

Durch Silpa hatte ich erfahren, dass Pastor Avigdor, dessen Name ich Dag Sparre genannt hatte, schon seit zwei Jahren tot war. Als Pferdebewahrer kamen daher nur zwei andere Geistliche in Betracht: einer namens Tiliander und ein Pastor, der zugleich als Schulmeister fungierte und Henningsen hieß.

Nachdem ich einen halben Tag und eine ganze Nacht nur geschlafen hatte, ließ ich Stemma bei der schönen Silpa zurück und machte mich nach der Stadt auf. Silpa hatte mir den Rock gebürstet, und ich hatte meine vernachlässigte Perücke wieder hervorgekramt, vertrat ich doch nicht allein meinen Berufsstand, sondern war auch Abgesandter der Königlichen Sozietät der Wissenschaften. Als solcher erhoffte ich Ratschläge und Hilfe zu erhalten, was das Mieten eines Bootes betraf, um mich damit den Scaevolafluss hinaufbringen zu lassen, so weit es nur angehen mochte.

Ich war heilfroh, dass ich nicht noch einmal an der Galgenstätte vorbeimusste, aber das raue Geschrei von Rabenvögeln, das der Wind mir zutrug, reichte aus, um die widerwärtigsten Bilder in der Phantasie zu wecken.

Die Stadt Skuule lebt vom Meer und durch das Meer, hat sie doch als Hinterland nichts als Moor und Wildnis. Unwillkürlich verglich ich sie mit anderen Städten und fand sie wenig ansprechend.

Zwar sah ich etliche Häuser, die auch einen zweiten Blick wert waren, doch fehlte das Flair des Gediegenen, Wohlhabenden, das zum Beispiel Rökstuna auszeichnet, oder das Großzügige, Gastliche der Jahrmarktsstadt Byglehamn. Selbst

Aettersbron wirkte gegen Skuule wie ein Puppenhaus neben einer Hundehütte.

Da ich wenig auffallen wollte, lief ich nicht groß herum, sondern orientierte mich an den Kirchtürmen, um die bezeichneten Geistlichen zu finden. Zuerst kam ich zum Haus von Herrn Tiliander und das war nun gerade die falsche Adresse. Doch war Tiliander bereits von seinem Amtsbruder über die herrenlosen Gäule ins Bild gesetzt worden und begleitete mich selbst zu Herrn Henningsen, in dessen Stall der Fuchswallach und der Grauschimmel Quartier gefunden hatten.

In der Studierstube von Pastor Henningsen wurde ich als Erstes hochnotpeinlich von beiden Herren verhört. Sie lasen das Empfehlungsschreiben der Sozietät, und so lange, wie sie dazu brauchten, hätten sie es ebenso gut auswendig lernen können. Noch nicht genug, musste ich anhand meines Passes nachweisen, dass ich wirklich derjenige war, auf den sich das Schreiben bezog.

Beide Herren wunderten sich, wie die Königliche Sozietät der Wissenschaften einen unreifen Burschen ohne jegliche Verdienste und Erfahrungen ausschicken könne. Als ob es nicht genug fähige Männer im Lande gäbe, die diese Aufgabe gerne übernommen hätten (womit sie sich selbst meinten).

Sie taten sehr herablassend und versuchten sogleich, mich mit ihrem Wissen zu blenden, indem sie mir allerlei dumme Schulmeisterfragen über Meteorologie und Botanik stellten. Meine Antworten widerlegten sie mit Argumenten, die an Albernheit und Ignoranz nichts zu wünschen übrig ließen. Jetzt war mir klar, weshalb sie so weitab von aller Zivilisation gelandet waren.

Dessen ungeachtet stritten sie sich fast darum, wer von ihnen mich beherbergen dürfe. Vielleicht versprachen sie sich von meiner vermeintlichen Naivität eine ihnen schmeichelnde Aufwertung der eigenen jämmerlichen Geistesblitze. Auch beim Mieten des Bootes wollten sie mir behilflich sein. (»Den Scaevolafluss hinauf? Ach was! Und welche Überraschungen hofft man dort zu finden? Lächerlich!«) Womit sie wieder beim Ausgangspunkt waren – ihren unverhohlenen Zweifeln an der Kompetenz der Sozietät, einen kaum Ausstudierten mit solch verantwortungsvoller Exkursion zu betrauen.

Ich rückte damit heraus, dass ich einen Jungen bei mir hätte, der ebenfalls eine Schlafstelle benötige, was gnädig zugestanden wurde. Da ich aus den Äußerungen der Herren ihre engstirnige Gesinnung entnehmen konnte, wollte ich ihnen nicht unnötig zu Gerede Anlass geben, indem ich ihnen Stemmas Geschichte und ihr wahres Geschlecht verriet. Sie hätten Erstere ohnehin nicht geglaubt. Dagegen konnte ich mir gut vorstellen, dass sie ein gemeinsames Schreiben an die Königliche Sozietät von Västhedanger aufsetzten, um diese über meine zweifelhaften moralischen Praktiken zu informieren: »… der Betreffende reist mit einem halbwüchsigen Mädchen ausländischer Abstammung, das weder mit ihm verwandt ist noch sonst eine Notwendigkeit, an der Exkursion teilzunehmen, nachweisen kann …«

Leider konnte ich meine Reisegenossin nicht bei Silpa lassen, was die beste Lösung gewesen wäre. Nach der schrecklichen Hinrichtung ihres Vaters, des Nomadenfreundes, war Silpa vorübergehend von der Familie ihrer verstorbenen Mutter aufgenommen worden, und da in der Nacht drauf aufgehetztes Gesindel das Haus ihres Vaters in Brand gesteckt hatte, besaß sie nun kein eigenes Heim mehr. Sie hatte uns heimlich im Badehäuschen schlafen lassen, damit ihre misstrauischen Verwandten nichts von uns erführen.

Das Wichtigste aber, was sie uns mitgeteilt hatte, war: Stenbassen weilte noch immer in der Stadt. »Er ist, wie alle Personen von Stand, beim Landeshauptmann abgestiegen. Der hat ein schönes großes Haus, etwas oberhalb der Flussmündung gelegen. Also meidet besser den Hafen.«

Das konnte ich nicht versprechen, wollte ich doch von dort aus zu meiner Flussfahrt aufbrechen, sobald es sich einrichten ließ.

Ich bekam von Henningsen einen Hausburschen mit, um das Gepäck tragen zu helfen, und verhedderte mich diesem gegenüber in die wunderlichsten Ausflüchte, warum er an der Stadtmauer zurückbleiben solle und dort warten. Sowohl in unserem wie in Silpas Interesse wollte ich vermeiden, dass jemand unserer Spur bis zur Tochter des unlängst aufs Rad geflochtenen »Landesverräters« nachgehen konnte.

Silpa umarmte uns zum Abschied und bat uns, um Himmels willen nicht aufzufallen und so wenig wie möglich auszugehen, um nicht Graf Stenbassen in die Arme zu laufen.

»Auf Dag Sparre könnt ihr euch verlassen«, sagte sie ernst, »aber da Graf Stenbassen jeden verraten und verkaufen würde, wenn es ihm von Nutzen dünkt, nimmt er Gleiches auch von anderen Leuten an und traut niemandem. Vielleicht glaubt er Dag Sparre, dass ihr nicht mehr am Leben seid, vielleicht auch nicht.«

An der Abendtafel bei Pastor Henningsen fungierten Stemma und ich als Ehrengäste; auch Kaplan Tiliander und seine Ehefrau waren geladen. Stemma hatte sich übrigens mit dem Namen ihres Vaters, Lovis Dannhauer, vorgestellt – als mein Neffe und Adlatus.

Hatten die beiden geistlichen Herren sich schon über meine Unzulänglichkeit in überheblichen Bemerkungen ergangen, hielten sie sich erst recht an der Jugend meines »Neffen« schadlos. Wozu mir solch ein Grünschnabel, dem noch nicht einmal Haar am Kinn wachse, in den unwegsamen Gebieten um den oberen Scaevolalauf von Nutzen sein könne? Und sie lachten auf abfällige Weise über das ganze in ihren Augen sinnlose Unternehmen.

Um sich selbst zu bestätigen und das Licht ihres Geistes recht hell leuchten zu lassen, examinierten sie mich erneut auf die dümmlichste Weise, als hätten sie einen ihrer bedauernswerten Schüler vor sich. Ob ich auch wüsste, dass Wolken feste Körper seien? Und dass sie, besonders die Wolken des Nordens, speziell die über dem Hochgebirge, imstande wären, nicht nur lose Felsbrocken, sondern auch weidendes Vieh und fest verwurzelte Bäume mit sich fortzuführen? Das sollten wir uns gut einprägen, um uns rechtzeitig zu verschanzen, falls wir jemals solchen tief schleifenden, gewalttätigen Wolken begegnen würden.

Auf meine Entgegnung, dass sie offenbar irrtümlich die Kraft des Sturms den Wolken zuschrieben, lachten sie mich aus. Ich könne da schlecht mitreden, da ich noch niemals im Hochgebirge gewesen sei.

Das sei auch gar nicht nötig, widersprach ich hitzig, hätte ich doch genügend Nebelwetter erlebt. Und im Nebel zu wandeln sei das Gleiche, wie sich in Wolken zu befinden. Nebel aber bestehe aus feinsten Wassertröpfchen. Feste Körper – ha!

Jetzt gerieten die beiden in hohnvollen Zorn und behaupteten, dass zu viel Studieren mir wohl das Gehirn verstört hätte. Sie würden mir auf das Dringlichste raten, diesen Unsinn nicht etwa weiterzuverbreiten, sondern mich auf das Wissen verständiger Leute zu verlassen (womit sie wiederum sich meinten).

Zu meinem Erstaunen ergriff Stemma plötzlich das Wort. Sie hatte ein um Verzeihung bittendes Lächeln aufgesetzt und verlangte von den Herren Tiliander und Henningsen Nachsicht, was mich angehe. Ganz sicher würde die Erfahrung der Realität mich eines Besseren belehren und zur Ansicht unserer verehrten Gastgeber bekehren, meinte sie.

»Ich jedenfalls glaube Ihnen aufs Wort und werde Herrn Zettervall daran erinnern, wenn wir erst im Gebirge sind und mit den bösartigen Wolken zusammenstoßen. Darf ich mich für Ihre höchst interessanten und lehrreichen Ausführungen mit einer witzigen kleinen Anekdote revanchieren, für deren Wahrheit ich mich verbürge?«

So verdutzt die beiden selbstgefälligen »Gelehrten« waren, dass das vermeintliche Jüngelchen überhaupt bei Tisch das Wort ergriff, lauschten sie dennoch bereitwillig. Es schien wenig Unterhaltung in Skuule zu geben.

Der französische König Karl, der Neunte seines Namens, habe im Jahre 1564 eine Verordnung erlassen. Nach der durfte das Neujahrsfest nicht mehr wie bisher am ersten April gefeiert werden, sondern wurde auf den ersten Januar verlegt. So habe es sich eingebürgert, die an Neujahrsgeschenke gewöhnten Personen am ersten Januar auf den April zu vertrösten und am ersten April auf den Januar zurückzuverweisen. Daher komme die Sitte, jemanden »in den April zu schicken«.

Mir war nicht ganz klar, ob sie das alles eben erst frei erfunden hatte oder ob es Teil des konfusen, nutzlosen Wissens war, das ihr Vater in ihrem Kopf angehäuft hatte. Wichtig war, dass die Ehepaare Henningsen und Tiliander das Histörchen erheitert aufnahmen und dass mein »Gefährte« durch seine muntere Art das mütterliche Wohlwollen der Damen gewann. Diese klatschten in die Hände und fragten, ob er wohl noch mehr dergleichen wüsste?

Anders als halbwüchsige Knaben, die, wenn man ihnen Beifall zollt, gern dazu neigen, über die Stränge zu schlagen und des Guten zu viel zu tun, blieb Stemma bescheiden. Sie ließ sich nicht nötigen und tischte ihrer Zuhörerschaft noch mehr Anekdoten auf, alle aus der gleichen Epoche der französischen Geschichte – der Zeit der Valois-Könige.

Herr Tiliander machte mir Komplimente über das helle Köpfchen meines »Neffen« und räumte ein, dass der junge Lovis vielleicht nicht viel ausrichten könne, wenn zum Beispiel ein Boot an den Stromschnellen vorbeizutragen sei, dass er aber ein höchst seltenes Talent habe, die Leute zu amüsieren.

»Was meinen Sie, Henningsen – sollte man nicht unsere beiden Forschungsreisenden dem Herrn Landeshauptmann vorstellen? Wäre das nicht geradezu unsere Pflicht? Ich könnte mir denken, dass er sich freut, besonders, da er doch gerade einen wichtigen Gast beherbergt: den Grafen Stenbassen höchstpersönlich, das Haupt der Adelspartei.«

Heiß schoss mir der Schreck zum Herzen und eine Blutwelle färbte mich dunkelrot, ich spürte das. Zu spät bedauerte ich, dass ich Stemma nicht als taubstummen Knaben vorgestellt hatte. Wie wollte sie uns aus dieser Zwickmühle wieder herauslavieren, wenn die beiden Pfaffen sich darauf versteiften, im angesehensten Haus der Stadt mit ihren Gästen zu prahlen?

Wieder staunte ich, wie sie auch diese Situation meisterte. Ganz erschrockenes Kind, umklammerte sie den Arm der ihr zunächst sitzenden Frau Henningsen und flehte und stotterte, ihr das um Himmels willen nicht anzutun. So wohl sie sich hier, in diesem kleinen Kreis fühle, so ängstlich werde ihr, sobald sie mit hohen Herrschaften zusammenkomme. Ganz und gar auf den Mund gefallen sei sie dann und nicht imstande, auch nur ein einziges gescheites Wort hervorzubringen. Ich könne das bestätigen (hier nickte ich heftig). Sie sei auch schon einmal regelrecht krank geworden, nur weil sie einem Herrn der Königlichen Sozietät hätte Rede und Antwort stehen sollen.

»Keine Sorge, mein Bübchen«, sagte Frau Henningsen beruhigend und tätschelte Stemmas Wange. Und zu ihrem Mann und Tiliander gewandt: »Ihr seht doch, wie ihr das Kind ängstigt! Also schlagt euch die Idee aus dem Kopf, es vorführen zu wollen wie eine von diesen dressierten Ziegen, die angeblich rechnen können. Bisher hat uns der Herr Landeshauptmann nie öfter als einmal im Jahr an seinen Tisch geladen – zum Geburtstag Seiner Majestät König Olvart Märtus, zusammen mit den anderen Honoratioren. Was würde das für einen Eindruck machen, wenn wir uns jetzt aufdrängen, damit er unsere Gäste kennen lernt! Die Blamage, wenn er bedauert, nicht empfangen zu können, würde ich dir nie verzeihen, Henningsen!«

Die besonnene Rede verfehlte ihre Wirkung nicht. Doch konnte ich an Tilianders Gesichtsausdruck ablesen, dass er sich vorbehielt, auf eigene Faust zu handeln. Das gefiel mir ganz und gar nicht.

Um ihn auf andere Gedanken zu bringen und auch, weil ich hoffte, etwas zu erfahren, begab ich mich, was das Gespräch anging, in die Höhle des Löwen. Ich neigte mich über den Tisch und tat vertraulich. »Ich bin heute Morgen an der Hinrichtungsstätte vorbeigekommen. Jemand berichtete mir, bei dem einen Subjekt handle es sich um einen Pelzjäger, der mit irgendwelchen herumziehenden fremden Stämmen der nördlichen Einöde Kontakt gepflegt hätte. Könnten mir die Herren wohl Näheres über diese Stämme mitteilen? Ich wäre gern gewarnt. Einer Gefahr gegenüberzustehen, auf die ich vorbereitet bin, ist mir lieber. Selbst wenn die Aussicht, ihren Weg zu kreuzen, hoffentlich gering ist. Ich muss gestehen, dass im Süden des Landes bisher noch nichts davon bekannt geworden ist, sonst hätten meine Auftraggeber mich mit Sicherheit darüber unterrichtet.«

Vor Wichtigkeit, mir schon wieder etwas vorauszuhaben, blähten sich beide Herren auf wie die Ochsenfrösche. Sie schauten sich verschwörerisch im Esszimmer um, ehe sie mich noch näher heraufwinkten und selbst mit halbem Leib über den Tisch krochen. (Ihre Ehefrauen sahen sie wohl als taub an.)

Um es kurz zu machen: Sie wussten nicht das Geringste über die Nomaden. Noch nicht einmal deren Namen waren ihnen bekannt, und ich hütete mich, sie aufzuklären. Was Henningsen und Tiliander mir zuraunten, war nicht mehr und nicht weniger als der volksaufwiegelnde Unsinn, den Graf Stenbassen verbreiten ließ und den ich bereits aus dem Mund Seiner Majestät König Olvart Märtus kannte. Was Silpas Vater auch von seinen Zusammentreffen an Wahrem berichtet haben mochte – bis hierher war es nicht gedrungen. Und sein Freund Dag Sparre hatte nur dort davon geplaudert, wo er gewiss war, man würde alles für Schnurren und Märchen halten, wie etwa auf dem Möönsberg.

»Hast du's gehört, Unkräutchen – morgen will Frau Henningsen das Schwitzbad anheizen lassen«, sagte ich, als wir im Gästezimmer unterm Dach in den reinlichen weißen Leinentüchern lagen. Die Pastorsleute hatten meinem »Neffen« und mir eine gemeinsame Kammer gegeben, der beste Beweis, dass sie nichts gemerkt hatten. »Ich weiß nicht, ob du weißt, dass man hierzulande zusammen da hineingeht, Männlein und Weiblein. Also: Entweder wird dein Inkognito gelüftet oder du lässt dir eine glaubwürdige Ausrede einfallen. Ich für meine Person nehme die Gelegenheit wahr, nachdem wir tagelang nicht aus den Kleidern gekommen sind.«

Stemma sah mich entgeistert an. »Wie? Zusammen? Was für eine Schamlosigkeit!«

Dann überlegte sie. »Krankheit oder Unwohlsein vorzuschützen wäre auch kein Ausweg. Dann käme Frau Henningsen zu mir herauf, um mir Blutegel anzusetzen oder heiße Steine auf den Bauch zu legen. Und wenn sie mich im Hemd sieht oder es mir sogar ausziehen will, wüsste sie sofort Bescheid. Morgen früh, wenn ich ausgeschlafen habe, werde ich schon etwas finden.«

»Apropos einfallen«, sagte ich und drückte den Docht der Kerze zwischen den Fingern aus, »wo hast du diesen uralten Pariser Hofklatsch her? Alles aus den Fingern gesogen?«

Stemma gähnte und im Dunkel der Bodenkammer zeichnete sich das trotz der Mitternachtsstunde helle Fenster ab, hell wie an einem Schlechtwettertag ohne Sonne.

»Mein Vater hatte ein Buch, ›Das Leben der galanten Damen‹, geschrieben von einem gewissen Seigneur de Brantôme. Er achtete immer darauf, dass ich es nicht in die Hände bekam, und je neugieriger ich darauf wurde, umso mehr lachte er über mich. Aber manchmal, wenn er sehr guter Laune war, ließ er sich überreden und las mir dies oder jenes daraus vor, wobei er beständig stockte, ganze Absätze überschlug und an anderer Stelle weiterlas.«

Flüsternd, so dass es kaum zu vernehmen war, sagte Stemma: »Armer Papa ... wie mag es ihm jetzt ergehen? Diese zerstückelten Menschenteile gestern auf den Rädern ... o Isak, glauben Sie, dass mein Papa noch am Leben ist?«

Was antwortet man auf eine solche Frage?

So überzeugend ich konnte, beteuerte ich, dass man ihn entweder gefasst habe, in welchem Fall er wahrscheinlich wieder auf dem Königstein saß und seine Gerichtsverhandlung erwartete.

Oder er hatte fliehen können wie angekündigt, war aber dabei verletzt worden und hielt sich verborgen.

»Es gibt kompliziertere Beinbrüche, Unkräutchen, deren Heilung dauert ein Jahr oder länger, und hinterher hinken die Betroffenen für den Rest ihres Lebens. Oder Wundbrand ist hineingekommen, bei dem das Bein unter Umständen amputiert werden muss. Ich weiß, wovon ich spreche, ich bin schließlich auch Arzt. Du kannst dir aussuchen, was von allem dir lieber wäre.«

Dass auf Hoch- und Landesverrat das Todesurteil stand, vom betrügerischen Goldmachen ganz zu schweigen, behielt ich für mich.

Mit entschlossener Stimme sagte Stemma: »Wenn wir wieder zurück sind, in Rökstuna, und wenn Mama noch immer keine Nachricht von Rat Ferber hat, werde ich mich aufmachen und nach Papa suchen. So lange, bis ich ihn gefunden habe. Es ist mir egal, ob ich selbst auch in Gefahr bin, wie Mama glaubt. Und wenn es so ist, wie Sie gesagt haben, werde ich Papa eine Krücke besorgen. Oder ein Holzbein. Er bleibt in seinem Versteck und ich sorge für ihn.«

»Das tu«, entgegnete ich. »Ich werde an euch denken, wenn ich in Holland bin. Einstweilen gute Nacht, brave Tochter eines geliebten Vaters.«

»Gute Nacht, Isak. Sind Sie immer noch böse mit mir, weil ich nicht in Aettersbron bei den Ulfeldts bleiben wollte?«

»Was würde das nützen, da es mir offenbar beschieden ist, dich für die Dauer der Reise auf dem Hals zu haben?«, sagte ich ehrlich.

Trotz Silpas Warnung, den Hafen zu meiden, trieb ich mich anderntags in Sichtweite der blinkenden Landeshauptmanns-Fenster herum und fragte nach zwei Männern, deren Namen Herr Tiliander mir genannt hatte, beides Fischer.

Der eine lehnte das Ansinnen, ihn und sein Boot für einige Zeit zu mieten, rundheraus ab. Er fürchtete das Frühjahrshochwasser, das nicht mehr lange auf sich warten lassen würde, da es in der letzten Zeit recht warm gewesen sei. Es komme immer um die Mittsommerzeit. Ich wisse nicht, worauf ich mich einlassen wolle, meinte er, und ich konnte sehen, dass er mich für einen kompletten Narren hielt.

Trotzdem ergänzte ich in der Stadt meine Vorräte, kaufte Ballen von Tabak und ebenso Schnupfpulver, denn mit beidem ist man bei Siedlern in der Wildnis ein willkommener Gast. Das hatte ich bei Isel und Lini erfahren. Und ich hoffte, bei den Nomaden, sollte ich auf sie stoßen, mit meinen Gaben ebenso willkommen zu sein.

Den zweiten Fischer traf ich zu Hause an, in Gegenwart seiner Frau, und ich war so klug, die anfänglich von mir gedachte Summe gleich von vornherein zu verdoppeln. Das würde zwar ein beträchtliches Loch in meine Reisekasse reißen, auch musste ich noch das Futter für die Pferde bezahlen, die bis zu unserer Rückkehr bei Herrn Henningsen bleiben sollten. Und der Weg nach Kongismora sowie Abstecher ins Hochgebirge lagen auch noch vor mir, gar nicht zu reden von der Schiffsreise zurück nach Västhedanger.

Aber ich hatte mir den Scaevolafluss und sein Hinterland nun mal in den Kopf gesetzt. Außerdem konnte ich von Stemma wohl einen Teil der Unkosten einfordern, da sie so entschlossen war, mich zu begleiten.

Wo war sie überhaupt? Als ich den Tabak auswählte, war sie noch dabei gewesen. Na, verloren gehen konnte man in Skuule kaum.

Ich verfolgte den leise geführten Disput zwischen dem Bootsbesitzer und seiner Ehefrau und wusste, dass das in Aussicht gestellte Geld stärker sein würde als die Bedenken vor dem ebenfalls in Aussicht stehenden Hochwasser. So war es auch.

Als der Mann mich zum Hafen begleitete, damit ich das Boot begutachten könne, fand ich es recht klein für drei Personen mit Gepäck. Er fragte missmutig, ob wir denn unbedingt eine dritte Person dabeihaben müssten. Was mich wiederum argwöhnisch werden ließ. Aber ob ich ihm nun vertraute oder nicht – es gab sonst niemanden, der bereit gewesen wäre, am nächsten Morgen in aller Frühe zu einer Flussfahrt mit Passagieren aufzubrechen.

18. Kapitel

In frühester Morgenstunde waren wir schon auf dem Wasser und erlebten den Sonnenaufgang wie einen lohnenden Brand über den Baumwipfeln. Der Scaevolafluss mochte hier etwa acht Büchsenschüsse breit sein, und sobald wir die Mündung hinter uns gelassen hatten, wurde er wunderbar still. Nichts beeinträchtigte die ruhige Fahrt. Auch keine Najadazeen, deren Stängel und Blattwerk, tückisch unter der Wasseroberfläche verborgen, sonst so gern die Passage auf Flüssen behindern.

Zu beiden Seiten wuchs Birkenwald, mit Kiefern vermischt, an den Ufern. Und da die Böschung steil abfiel, meinte man im Wasser ein Land liegen zu sehen, das sich in der Tiefe verlor – dunkel, geheimnisvoll und unauslotbar. Auf der Nordseite leuchtete hier und da sogar noch das Weiß von Eisschollen am Ufer. Zwergtaucher und Enten suchten sich im Wasser ihr Frühstück zusammen.

Kaare, der Fischer, hatte ein Schleppnetz ausgelegt, um Hechte zu fangen. Da er sich in der Bootsmitte etabliert hatte, saßen Stemma und ich an den beiden Enden, also etwa zehn Fuß weit auseinander, so dass vertrauliche Gespräche nicht geführt werden konnten. Das schien im Moment auch nicht nötig, da wir von den kurzen Nachtstunden die Hälfte zum Reden benutzt hatten.

Mein »Neffe« war dabei, sich nützlich zu machen; er hatte unsere Spezialstiefel vorgenommen und fischte aus einem Sack einen Strang trockenes, weich geklopftes Gras nach dem anderen, rollte es eng um zwei Finger und stopfte es sodann in den Fußteil der Stiefel. Nach dieser Methode musste sich, wie ich ausrechnete, inzwischen in jedem Stiefel genug Gras befinden, um den Tagesbedarf einer Kuh zu decken. Silpa hatte ihr das gestern mitgegeben, kannte sie doch den Zustand unseres Schuhwerks, seit sie uns aus dem Unglücksmoor gerettet hatte.

Stemma war den ganzen gestrigen Tag verschwunden geblieben, auch nicht zum Mittagessen erschienen, und als das Schwitzbad so weit war, fehlte sie noch immer. Ich hatte ihre Abwesenheit vor den Henningsens mit der Unternehmungslust aller halbwüchsigen Knaben entschuldigt.

»Jede fremde Stadt übt nun mal auf solche jungen Bengel eine unwiderstehliche Anziehungskraft aus. Lassen wir ihm den Spaß, ein wenig herumzustreunen, morgen ist die Gelegenheit dazu ohnehin vorbei.« Wenn Frau Henningsen in ihrer Güte eine Kanne heißes Wasser und einen kleinen Bottich hinaufbringen lassen wollte, so würde ich schon dafür sorgen, dass mein Neffe sich nicht ungewaschen niederlegte, sagte ich und tat sehr onkelhaft.

Herr Tiliander war noch einmal vorbeigekommen, um sich nach der Stunde unserer Abfahrt zu erkundigen. Er wiederholte sie mehrmals, wie um sicherzugehen, sich nicht verhört zu haben. Er schien irgendeine Überraschung im Schilde zu führen, wirkte aufgeregt und euphorisch, und als Frau Henningsen einmal hinausgegangen war, sprach er mit gedämpfter Stimme auf seinen Amtsbruder ein. Sosehr ich die Ohren spitzte, konnte ich doch nur einzelne Worte aufschnappen. Die jedoch genügten mir: »Landeshauptmann«, »großes Interesse« und »unbedingt kennen lernen«.

Als Stemma endlich eintrudelte, einen Sack getrocknetes Gras über der Schulter, herrschte bereits jene Dämmerung, die an die Stelle der Nacht getreten war, und auf dem abgeräumten Tisch war nur mehr eine Schale mit kleinen Gewürzküchlein zurückgeblieben.

Sie musste sich wegen ihres Hangs zur Herumtreiberei ein wenig schelten und aufziehen lassen, spielte den Beschämten und bat drollig zerknirscht um Verzeihung. Wir verabschiedeten uns bald von den Henningsens, die wir nun erst nach einigen Wochen wiedersehen würden, wenn wir kamen, um die Pferde abzuholen.

»Du riechst wie ein Dachs«, sagte ich naserümpfend zu Stemma, nachdem ich mich auf ihre verlegene Bitte hin zur Wand gedreht hatte, damit sie sich waschen konnte.

Sie war beleidigt. Aber hatte sie sich früher in ihr Schweigen verkrochen, wenn sie gekränkt war, gab sie es mir jetzt auf Heller und Pfennig zurück.

»Hatten Sie nicht selbst gesagt, es dürfe nicht herauskommen, dass Sie mit einem Mädchen herumziehen, weil das für eine wissenschaftliche Exkursion unstatthaft sei? Bin ich dafür verantwortlich zu machen, dass die Schwitzbäder in diesem Land unter so heidnischen Umständen stattfinden? Ich glaube nicht, dass mein Vater meine Mutter jemals nackt gesehen hat«, schloss sie. Sie plätscherte ziemlich lange; der Vergleich mit dem Dachs hatte sie wohl tief getroffen.

Das Gesicht zur Wand gekehrt, berichtete ich inzwischen von den aufgeschnappten Worten zwischen Tiliander und Henningsen.

»Wir werden lieber eine Stunde früher aufbrechen«, sagte ich sorgenvoll. »Also nicht erst um vier. Wir verlassen das Haus, wenn Henningsens Kirchturm drei schlägt. Ich werde das dumpfe Gefühl nicht los, dass um vier eine große Verabschiedung am Hafen stattfinden soll. Freund Tiliander hat offenbar den vernünftigen Rat von Frau Henningsen in den Wind geschlagen. Er muss sich an Skuules höchster Stelle mit dem ›Abgesandten der Königlichen Sozietät der Wissenschaften‹ gebrüstet haben. Und was der Landeshauptmann weiß, weiß dann womöglich auch Graf Stenbassen. Wenn der merkt, dass Dag Sparre ihn angeführt hat … Nun, wir werden jedenfalls um drei aufbrechen und ihm keine Gelegenheit geben, uns am Hafen aufzulauern. – Wo bist du eigentlich den ganzen Tag über gewesen, du Musterexemplar eines Unkrauts?«

»Bei Silpa. Ich bin mit ihr am Meer entlanggegangen. Und ich habe mir von ihr alles erzählen lassen, was sie von ihrem Vater über die Nomaden gehört hat. O Isak, ich wünsche mir so sehr, dass wir sie treffen! Denken Sie sich, sie leben in tragbaren Häusern aus Stangenholz, die Wände bestehen aus Fellen. Und sie können singen, dass einem das Herz entweder bricht oder vor Freude überströmt. Das sind die Sbiten.

Von den Rubutschen wusste Silpa nichts; vielleicht gibt es sie gar nicht. Jetzt hören Sie zu: Später bin ich noch einmal am Hafen gewesen, da wurde gerade ein großes Schiff aufgetakelt und eine Schaluppe brachte Passagiere hinüber. Die See war wie geschmolzenes Silber und der Himmel taghell, obwohl doch Abend war. Man sollte in solcher Zeit überhaupt nicht schlafen, sondern nur wach und unterwegs sein. Und dann habe ich ihn gesehen, Isak. *Ihn!* Er hatte einen fuchspelzgefütterten Mantel über den Schultern hängen, aus leuchtend roter Seide, und eine Goldkette hielt die Kragenenden, damit ihm der Mantel nicht von den Schultern rutschen konnte. Denn trotz des hellen Abends war es doch recht kalt, ich habe gefroren, aber ich stand wie gebannt. Hätte ich nicht gewusst, wen ich da in die Schaluppe steigen sah, hätte ich ihn für euren König gehalten.«

»Warum bist du nicht hingegangen und hast ihn mit Majestät angeredet?«, knurrte ich sarkastisch. »Eine größere Freude hättest du ihm nicht machen können. Die zweitgrößte Freude wäre dann die gewesen, dir zu entlocken, wo ich mich aufhalte. – He, holla, Unkräutchen – willst du damit andeuten, Stenbassen hat die Stadt verlassen?«

Wie von der Tarantel gestochen, fuhr ich herum, worauf Stemma einen wütend-schamvollen Schrei ausstieß und sich das Kopfkissen als Schild vorhielt. Ganz so unentwickelt, wie ihre Mutter mir weisgemacht hatte, war sie nicht, aber doch noch immer weit davon entfernt, für eine Frau zu gelten. »Und was ist mit seinem Schnüffler, Sivert Snekker?«

»Ich konnte nicht so nahe herangehen, musste ich mich doch immer hinter Leuten verstecken. Zwar haben sie mich bei Frau von Gyldenhammar nur in dem Festkleid gesehen und wären sicher nicht darauf gekommen, mich in Knabenkleidern zu vermuten, aber ich wollte nichts riskieren. Mit in der Schaluppe, die zum Schiff fuhr, war er jedenfalls nicht.«

»Dann hat Stenbassen ihn zurückgelassen«, schlussfolgerte ich. »Wahrscheinlich soll er die Kutsche eskortieren, während sein Herr das Schiff nahm, mit dem man schneller reist. Stenbassen kann ja seine adligen Herren Verschwörer nicht so lange ohne Aufsicht und Zuspruch lassen. Hast du gehört, wohin das Schiff segelte?«

Doch das hatte sie nicht.

Nach kurzem unruhigem Schlaf, beständig hochschreckend, um die Schläge der Turmuhr zu zählen, fuhren wir in die Kleider und schlichen uns aus dem Haus. Niemand sah uns, weder Knecht noch Magd. Und schon gar nicht der Hausherr, Pastor Henningsen, der in seiner Bettlade davon träumte, sich eine Stunde später gemeinsam mit seinem Amtsbruder Tiliander vor dem Herrn Landeshauptmann wichtig zu tun.

Bei den Pferden waren wir am Abend noch einmal gewesen; ihnen würde es in Skuule an nichts fehlen, auch wenn das Futter hier teurer war als anderswo auf der Welt.

Kaare, der schon am Boot werkelte, staunte über unser verfrühtes Auftauchen und maß Stemma mit abschätzigen Blicken. In seinem Gesicht glaubte ich etwas Hinterhältiges, Unzuverlässiges zu erkennen und musste an die beiden Geköpften an der Galgenstätte denken, die Reisende umgebracht und ausgeraubt hatten. Auch sie waren Leute aus Skuule gewesen.

Nach etlichen Meilen, die sich als gut schiffbar erwiesen hatten, brauchte Kaare alle Kraft und Geschicklichkeit, um uns durch einige kleinere Stromschnellen hindurchzumanövrieren. Urplötzlich steuerte er an Land, hieß uns aussteigen und reichte uns das Gepäck. Es kämen jetzt drei große Stromschnellen, verkündete er, die entgegen der Strömung zu befahren unmöglich sei. Als ich sah, dass auch er selbst ausstieg und seinen Proviantsack auf den Rücken hängte, war ich beruhigt.

Kaare klemmte die Ruder im Boot fest, wendete es mit einem Ruck und stülpte es sich über Kopf und Schultern. Es war ein wunderlicher, zum Lachen reizender Anblick, das Lederboot auf Kaares kurzen Säbelbeinen so hurtig hinauf und hinab durch Kraut und Sumpf laufen zu sehen.

Diese Prozedur wiederholte sich noch zweimal, wie er vorausgesagt hatte. Dazwischen aber lag eine Nacht, in der es sehr kalt wurde. Ich ging landeinwärts, in der Hoffnung, das unvergleichliche Bürstenmoos zu finden, fand aber nur große Flächen voll mit blühenden Beerensträuchern: Moltebeeren, Preisel- und Heidelbeeren. Die Mücken waren wieder sehr arg. Bis Kaare eine Art getrocknete Pilze aus seinem Rucksack holte, sie ins Feuer warf und der davon aufsteigende Rauch die Plagegeister in Entfernung hielt. Wie sich das Zeug nannte, wusste er nicht, nur, dass es ein altes Mittel sei.

In der zweiten Nacht rüttelte Kaare uns in aller Frühe aus dem Halbschlaf. Er hatte schon den ganzen Tag immer wieder mit einer Stange die Flusstiefe geprüft und seine Miene war von Mal zu Mal finsterer geworden.

»Wir müssen sehen, wie weit wir kommen«, brummte er unwirsch. »Hatte ich Euch nicht vor dem Hochwasser gewarnt?

Es tritt dieses Jahr eher als sonst ein. Aber ich bin genauso ein verdammter Narr wie Ihr, dass ich mich überhaupt darauf einließ. Wenn ich nur wüsste, was Ihr hier wollt!«

Unter fortgesetztem Grummeln und Schimpfen stieg er in seinen birkenrindenen Überstiefeln in den Fluss und zog jetzt das Boot samt Ladung und Passagieren hinter sich her. Beinah eine halbe Meile ging das so. In der Flussmitte brauste die Strömung in der Tat viel stärker als an den vorherigen Tagen.

Die aufgehende Sonne wärmte unsere vor Kälte steifen Glieder, und ich notierte die verschiedenen Entenspezies, die ich in den Ufergebieten beobachtet hatte: die schwarz-weißen Reiherenten, die Schellenten mit ihren dreieckigen Köpfen, Spießenten, Stock-, Berg- und Krickenten und Zwergsäger. Auch an Pflanzen hatte ich einiges nachzutragen. Mir kam es vor, als entfalteten sich von einer Stunde zur anderen mehr und noch mehr, vom Sonnenschein hervorgezaubert: Sumpfporst und Siebenstern, Hartriegel, Trollblumen, Wintergrün.

Der mangelnde Schlaf allerdings machte sich bemerkbar, so dass wir mehr oder weniger schweigsam blieben und uns der Stille um uns herum gleichsam anpassten. Weder Wind noch das Geräusch des Wassers konnten dieser eindringlichen Stille etwas anhaben und die gelegentlichen Vogellaute vertieften sie nur noch.

Die Brotfladen von Frau Henningsen, überlegte ich, würden nicht mehr lange reichen. Was dann sein würde, stellte ich der Vorsehung anheim, die sicherlich nicht wollte, dass ich und meine Gefährtin allein auf Pökelfleisch (womit wir uns reichlich eingedeckt hatten) und Kaares ungesalzenen Fisch angewiesen waren. Sobald ich an einen saftigen Käse dachte, rann mir der Speichel im Munde zusammen; der gekaufte war beinah verzehrt. Dass die Büchse von Herrn Scavenius nicht auf Enten spezialisiert war, hatte ich ja schon feststellen müssen, auch hätte Kaare uns mit seiner Antreiberei gar nicht die Zeit für ein geruhsames Rupfen und Braten gelassen.

Bald sollte die Stelle kommen, wo der Scaevolafluss sich in zwei Arme teilte; weiter als bis hierher war Kaare noch nie gelangt. So sagte er wenigstens. Wir wählten schließlich, nach fruchtlosem Diskutieren, den linken Arm, da wir uns ohnehin in der Nähe des linken Ufers hielten. Kalter Nordwind pfiff uns um die Ohren und ließ die Hände blau anlaufen. Stemma besaß zwar ein paar hübsche gelblederne Reithandschuhe, in denen ihr die Finger aber erst recht abstarben, so dass sie lieber darauf verzichtete.

Wenn er sich recht erinnere, habe damals eine verlassene Hütte hier in der Nähe gestanden, sagte Kaare missgelaunt. Genau das Richtige, um sich vor dem Unwetter in Sicherheit zu bringen, das in Kürze losbrechen würde.

Die Sonne war schon längst hinter schlierigen, grauen Wolkenstreifen unsichtbar geworden und es braute sich allerlei zusammen. Schlammfarbene Wolken, von unterschiedlichen Windstärken getrieben, brodelten durcheinander. Kaare zog sein Boot weit hinauf und vertäute es zusätzlich an einem Baumstamm, was er an den vorhergegangenen Abenden nicht für nötig befunden hatte.

Auf der Suche nach der legendären Hütte stapften wir landeinwärts, durch einen wahren Preiselbeer- und Krähenbeerdschungel. Noch nie zuvor hatte ich diese Gewächse in solch unermesslichen Vorkommen kennen gelernt. Gestoßen und geschoben vom starken Rückenwind, war ich schon an einem Zwergbirkengestrüpp vorüber, da rief Stemma: »Isak, schauen Sie, hier ist was, das sieht aus, als sei es mal ein Haus gewesen!«

Und richtig – verborgen unter den Birken, die dicht besetzt waren mit Hexenbesen, fanden sich Reste von roh zusammengefügten, niedrigen Wänden mit teilweise auseinander gerutschtem Dach. Wer auch immer die Behausung einst gezimmert hatte, er konnte nicht sehr groß gewesen sein, denn weder ich noch Kaare vermochten aufrecht darin zu stehen.

Kaare gab zu, dass dies die gesuchte Schutzhütte sein konnte, und fügte hinzu, es solle hier vor Jahren einer einen anderen erschlagen haben und dann selber vom Blitz getroffen worden sein. Jedenfalls habe der eine einen gespaltenen Schädel gehabt und der andere sei völlig verkohlt gewesen. Wie als Echo auf die grausige Mitteilung schwoll der Wind an und wurde zum Sturm. Er peitschte den Regen vom Fluss her und es begann an verschiedenen Stellen durch das Dach zu tröpfeln.

An Feuermachen war nicht zu denken.

Kaare holte seinen rohen Fisch hervor, mit dem ihn sein Netz stets ausreichend versorgte, und aß ihn schmatzend und gierig, einem Neck oder Wassermann ähnlich. Nachdem wir bisher immer abgelehnt hatten, da die meisten Fische Maden aufwiesen, bot er uns nicht mehr davon an.

An den anderen Abenden hatten wir zwar auch gemeinsam um das Feuer herumgesessen, doch noch nie so dicht aufeinander wie hier. Um das Gepäck mit unters Dach nehmen zu können, mussten wir uns aneinander quetschen, dass unsere Schultern sich berührten und einer den Atem des anderen hörte.

Etwas an der Art, wie Stemma mit Brot und Pökelfleisch hantierte, wie sie kleine Bissen nahm und diese mit geschlossenem Mund kaute, schien Kaare zu reizen. Den Fischschwanz in der einen Hand, mit der anderen ein herausgepolktes Fischauge in den Mund schiebend, fragte er mich in höhnischem Ton: »Wozu soll Euch das Muttersöhnchen eigentlich von Nutzen sein? Kennt das Moor nicht, kann weder Fährten lesen noch ein Boot steuern, mümmelt wie ein Dämchen und hat kaum so viel Kraft wie ein gerade entwöhntes Geißböckchen. Er taugt allenfalls als Geiß. Habt Ihr ihn deshalb mitgenommen?«

»Halt dein ungewaschenes Maul«, fuhr ich ihn an.

Kaare ließ ein Lachen hören. Seine Meinung über Stemmas Anwesenheit stand nunmehr fest, wie denn fast alle Menschen nur von sich auf andere zu schließen imstande sind. Im Besonderen die gemeinen Subjekte lassen kein anständiges Motiv gelten, solange sich ein niedriges finden lässt.

Ich war froh, dass Stemma den hässlichen Hintersinn der Unterstellung nicht verstand. Sie begriff nicht, weshalb ich so aufgebracht reagiert hatte, spürte aber, dass etwas in der Luft lag, das nichts mit dem üblen Wetter und nichts mit der Exkursion zu tun hatte. Mit dem Bemühen eines Kindes, das hofft, streitende Erwachsene durch Nebensächlichkeiten abzulenken, wollte sie wissen, was das für krause Gewächse seien, da draußen auf der Birke, deren Zweige unser Obdach zusammenhielten.

Es handle sich um »Hexenbesen«, erläuterte ich, um abnorme Astwucherungen, verursacht wohl von einem Rostpilz.

Der Begriff führte uns zu ähnlichen Wortverbindungen, und wir wetteiferten darin, immer neue zu finden und ihre Bedeutung zu untersuchen. »Hexenei« etwa, ein Ei ohne Dotter, »Hexenknoten« – zusammengerollte Blätter des Rosenstrauchs, die Insektenlarven sich zur Wohnung erkoren haben, oder jene »Hexenkessel« genannten ausgehöhlten Opfersteine heidnischer Zeiten.

Ich stellte fest, dass Kaare unser Gespräch nicht gern zu hören schien. Schon gar nicht, während um uns herum Heulen und Toben herrschte, Kiefern fürchterlich ächzten und der Regen wie Wotans wildes Heer über Heideland und Moor dahinfuhr. Wenigstens wusste ich nun, wie ich ihn davon abhalten konnte, uns zu nahe zu treten. Nach und nach jedoch gingen uns die magischen Worte aus. Stemma lehnte sich zurück an die feuchten Balken, die Augen fielen ihr zu.

Kaare schien ganz ohne Schlaf auszukommen. Zumindest hatte ich ihn noch nie schlafen gesehen. Ich erwachte wie gerädert, da ich mit angezogenen Beinen an einer Balkenwand lehnte. Es regnete und stürmte nach wie vor. Der einzige Unterschied war, dass Kaare nicht mehr dort saß, wo ich ihn zuletzt gesehen hatte. Dafür hätte es mancherlei Erklärungen gegeben: nach dem Boot sehen, ein Bedürfnis verrichten, der Versuch, etwas zu fischen. Doch das Fehlen seines Rucksacks ließ nur eine einzige Deutung zu: Kaare hatte sich davongemacht.

Ich zog meine Regenkapuze über und den noch immer feuchten Reisemantel und kämpfte mich gegen den Regen zum Fluss hinunter. Meine Befürchtungen fanden sich bestätigt. Die Stelle, wo das Boot gelegen hatte, war leer. Nur den Käscher hatte er uns dagelassen, aufgepflanzt wie eine Standarte. Ich zog ihn heraus und kehrte in tiefster Niedergeschlagenheit zum Unterstand zurück.

Immerhin hatte er mir weder den Geldgürtel abgeschnitten noch das Pökelfleisch mitgehen lassen. In Skuule hatte ich ihm nur die Hälfte des vereinbarten Betrags ausbezahlt; die andere Hälfte sollte er nach der Rückkehr erhalten. In Anbetracht der hohen Summe, die er schon bekommen hatte, war es ihm offenbar leicht gefallen, auf den Rest zu verzichten und seinen Auftraggeber im Stich zu lassen. Er hatte es vorgezogen, die eigene Haut zu retten, ehe das Hochwasser eine Flussfahrt vollends unmöglich machte. War ihm doch unser Unternehmen von Anfang an verrückt vorgekommen.

Schmutzig und vom Schlaf verquollen, starrte mir Stemmas Gesicht entgegen.

»Ja, Unkräutchen, nun sind wir ganz allein auf uns gestellt«, sagte ich. »Ich fürchte, wir müssen uns den Gedanken, die Reise zu Wasser fortzusetzen, aus dem Kopf schlagen. Jetzt ist das eingetreten, was ich deiner Mama so eingehend vorgehalten hatte, damit sie von ihrer wahnsinnigen Idee ablassen sollte, dich in den Norden zu schicken.«

Sie schluckte und schien unsere Situation zu bedenken. Tapfer schlug sie vor: »Wir könnten ein Floß bauen.«

»Dafür braucht man eine Axt. Wahrscheinlich auch Seile oder Ketten, um das Ganze zusammenzuhalten; ich habe noch nie eins gebaut. Oder hat dir dein vielseitiger Vater zur Abwechslung mal etwas Nutzbringendes beigebracht? Zum Beispiel, wie man Flöße mit bloßen Händen baut?«

Sie zog eine schmerzliche Grimasse – den »beleidigten Elch«, den ich inzwischen so gut kannte. Aber war zu Anfang unserer Reise nach derartigen Ausfällen meinerseits stundenlang kein Wort mehr von ihr gekommen, sagte sie jetzt: »Sie sind ungerecht, weil Sie verzweifelt sind. Ich vergebe Ihnen. Von mir aus tun Sie, was Sie in einem solchen Fall getan hätten, wenn ich nicht dabei wäre. Ich an Ihrer Stelle wüsste jedenfalls, was ich täte.«

»Und was tätest du an meiner Stelle, du neunmalkluges Unkraut?«

»Mich mit meiner Begleiterin beraten«, sagte Stemma mit Würde. In ihrer Stimme zitterte Gekränktheit.

Zu meinem Erstaunen gab meine innere Stimme ihr Recht. Tief innen, dort, wo besagte Stimme ihren Sitz hat, regte sich etwas wie Erleichterung darüber, in einer derart ausweglos scheinenden Lage einen Partner zur Verfügung zu haben, an den man seine Worte richten und dem gegenüber man seine trüben Gedanken aussprechen konnte. Selbst wenn es sich nur um ein vierzehnjähriges Mädchen ohne jede Lebenserfahrung handelte.

Also berieten wir. Wir zählten unsere Vorräte: etwas Pökelfleisch, einen Brotfladen; Kaares Käscher würde uns Fische liefern; Wasser gab es mehr, als uns lieb war, von oben und von unten. Wasser würde für lange – wie lange? – unser einziges Getränk sein.

Als Nächstes erwogen wir die einzuschlagende Richtung. Die Vernunft hätte geboten, unsere Nasen nach Skuule hin zu drehen, selbst auf die Gefahr hin, nicht mehr als eine halbe Meile am Tag zu schaffen (hatten wir doch keinerlei Ahnung, was diese Wildnis an Schwingmooren und undurchdringlichen Wällen aus entwurzelten Baumstämmen für uns bereithalten würde, von Luchsen und Vielfraßen ganz zu schweigen. Kaare hatte darauf hingewiesen, dass nicht einmal Pelzjäger diesen Urwald je beträten).

Seltsamerweise stellte sich jedoch Einigkeit heraus, lieber noch für einige Zeit den ursprünglichen Plan weiterzuverfolgen. Also in Flussnähe zu bleiben und sein Hinterland in Abstechern zu erkunden. Das durch nichts gerechtfertigte Gefühl, nahe am Ziel zu sein, bewog mich zu dem leichtsinnigen Vorschlag, Kräfte und Proviant in einem sinnlos erscheinenden Unternehmen zu vergeuden. Denn längst war der Auftrag König Olvart Märtus' zu meinem eigenen Wunsch geworden.

Stemma stimmte sogleich zu, beinah fröhlich, obwohl die Elemente noch immer gegen uns waren und alles taten, um uns das Fortkommen sauer zu machen. Ohne dass wir das Thema berührten, wusste ich, dass sie ebenso wie ich die unsinnige Hoffnung hegte, »gefunden« zu werden. Wie hatte Dag Sparre auf mein »Wie soll ich sie dann finden?« geantwortet?

»Indem Ihr sie nicht sucht.«

19. Kapitel

Heidekraut und kniehohe Krähenbeersträucher verstrickten sich um die Füße. Immer wieder mussten wir über liegende Baumstämme klettern, von denen viele bereits verwittert waren, von Moos, Flechten und Schwämmchen überkrustet. Wie sehr hatte ich mir seinerzeit gewünscht, als erster Mensch Gegenden zu betreten, in denen vor mir noch keiner gewesen war! Dieser Wunsch hatte sich erfüllt.

Kamen sumpfige Stellen, galt es, nicht auf das täuschende Torfmoos zu treten. Wir wanderten und wanderten, ohne zu wissen, wohin.

Am dritten Tag gelangten wir an eine Bucht, die vom Scaevolafluss hereinging. Das Ende dieser Bucht mochte sich sonst wo befinden, deshalb entschlossen wir uns, sie zu durchwaten. Ich übernahm die Vorhut und stieß vor jedem zögernden Schritt die sieben Fuß lange Stange des Käschers ins Wasser. Mir reichten die Fluten bis zum Gürtel, Stemma sogar bis an die Brust. Vorsichtig drehte ich mich halb herum, um nach ihr zu sehen.

Ihr Mund stand vor Angst offen, und ihre Zähne waren gefletscht wie bei einem Äffchen auf einer Drehorgel, das sich von frechen Kindern angegriffen sieht. Was würde ich tun, wenn Stemma fehltrat oder ihr die Gepäcklast von der Schulter rutschte? Was würde sie tun, wenn ich den Grund unter den Füßen verlor?

Als wir bis in die Mitte gekommen waren, tauchte ich die Stange ins Wasser, ohne Grund zu finden. Nur eine Rinne, vermutete ich. Hoffte ich. Tasten und Stochern ergab in der Tat, dass der Grund dahinter wieder anstieg. Für etwa ein halbes

Dutzend Schritte würde der Wasserspiegel mir über den Kopf reichen. Stemma maß ungefähr eine halbe Elle weniger als ich.

Wieder zurück? Und dann? Klein beigeben? Geschlagen die Nasen in Richtung Skuule drehen?

Stemma war dafür, den Käscher zu opfern, die Stange quer über die Rinne zu legen und darauf unter Wasser zu balancieren, bis die tiefe Stelle passiert wäre. Danach sollte ich den Grund mit der Büchse von Herrn Scavenius weiter sondieren. Als Kind hatte ich Ähnliches oft getan und großes Vergnügen dabei empfunden, doch waren unsere Balancierbalken damals bei weitem dicker gewesen, auch hatten wir mit ausgebreiteten Armen das Gleichgewicht wahren helfen. Jetzt mussten wir mit einer Hand die schwere Last auf der Schulter festhalten und der Widerstand des Wassers ließ keine Beschleunigung der Schritte zu.

»Kannst du schwimmen, Unkräutchen?«

Sie schüttelte den Kopf, schuldbewusst beinah.

Ich schickte ein Stoßgebet zum Himmel und betrat die Stange, die gottlob mein Gewicht aushielt.

Stemma, bis zur Brust im Wasser, setzte einen Fuß vor, nahm ihn wieder zurück, zauderte.

Für einen Augenblick löste ich die Hände von meinem Mantelsack und streckte sie Stemma entgegen. »Stell dir vor, hier steht dein Vater! Ich bin dein Vater, Stemma, und ich rufe dich. Er braucht dich! Ich brauche dich!«

Sie setzte sich in Bewegung mit einer Bereitwilligkeit, die mich rührte. Ich ließ nicht ab, sie zu locken, sprach zu ihr als Lovis Dannhauer, bis sie wieder auf Grund stand.

Wortlos lehnten wir, mitten im Wasser, sekundenlang unsere Stirnen aneinander.

»Das Wasser ist so entsetzlich kalt … Ich habe kaum noch Gefühl in den Beinen.«

»Ich weiß, Unkräutchen, ich weiß. Ich stehe ja auch drinnen. Nur noch zwei Büchsenschüsse weit. Sobald wir drüben sind, bei den Steinen da, wird ein Feuer gemacht.«

Die Steine, von denen ich gesprochen hatte, lose, bröcklige Schieferplatten, befanden sich auf einem Hügel. Wir schleppten uns bis an seinen Fuß. Ich bestimmte die dem Wind abgekehrte Seite zum Rastplatz für die Nacht, obwohl ich nicht hätte sagen können, ob es nicht vielleicht schon früher Morgen war. Da die Helligkeit des Himmels nur wenig wechselte und allenfalls unterschiedliche Grade der Eintrübung zu verzeichnen waren, begannen die Tageszeiten für mich zu verschwimmen. Gab es die Sonne überhaupt noch?

»Nicht hinsetzen!«, befahl ich. »Nicht, bevor wir genug Brennbares für das Feuer beisammenhaben.«

Mit ältlichen Falten zwischen Nase und Mund stierte Stemma mich aus müden Augen an. Alles an mir verlangte ebenfalls danach, sich fallen zu lassen. Doch ein Rest von Überlebenswillen kämpfte weiter und wusste nichts Klügeres, als die erschöpften Energien meiner Gefährtin durch Beleidigung anzustacheln.

»Willst du die Prinzessin spielen? Bin ich dein Diener? Du legst dich nicht eher hin, Mademoiselle Dannhauer, als bis das Feuer brennt, hast du mich verstanden?«

Wut ist ein belebendes Elixier: Farbe kehrte in Stemmas graublasses Gesicht zurück. »Woraus willst du denn ein Feuer machen, Isak Großmaul, wo doch alles ringsum vor Nässe nur so trieft?«

»Noch nie etwas davon gehört, dass Birke auch im nassen Zustand brennt, du schlaue Tochter eines schlauen Vaters? Komm mit! Komm schon, ich zeige dir, was du sammeln musst. Hier, nimm mein Messer!«

Abgestorbenes Heidekraut, Flechten, strohige Halme, Birkenrinde und dürre kleine Knackästchen – in ihrem Mantelzipfel gehortet, brachte sie, gelehrige Schülerin, die sie war, alles heran. Ihr Blick jedoch war so eisig wie ihre Hände und ging unversöhnlich an mir vorbei.

Ich riss indessen an den Birkenzweigen und wünschte aus bitterem Herzen, Kaare hätte auch seine kleine Axt zurückgelassen.

Mit klappernden Zähnen, schlotternd, knieten wir später um Stemmas Ausbeute herum. Und während sie auf mein Geheiß ihre Mantelschöße abschirmend um uns breitete, versuchte ich mit Feuerzeug und Zunderbüchse mein Glück.

»Sag ein Gebet, Unkräutchen.«

Stemma kniff den Mund zusammen.

»Bete, verdammt noch einmal!«, brüllte ich sie an. »Es soll ja nicht nur mein privates Zettervallfeuer werden, sondern auch das deine.«

Murmelnd, mürrisch begann sie etwas aufzusagen in ihrer Muttersprache; zu leise, als dass ich mehr davon verstehen konnte als das Senken der Stimme nach jedem Vers.

Ein Rauchfaden schwelte aus dem Zunder; ich blies ihn an, als ob unser Leben davon abhinge, womit ich wahrscheinlich nicht einmal sehr danebenlag. Mit zitternden Fingern bettete ich das Flämmchen, die winzige goldene Blüte, in ihr Nest – in die papiernen Streifen aus dem Innern der Birkenrinde.

»Pusten, Mädchen, pusten! Muss ich alles allein machen?«

»Was denn nun – soll ich pusten oder beten?«

»Das siehst du doch. Die Hilfe von oben hat gewirkt, jetzt sind wir wieder dran.«

Pyramidenartig schichtete ich erst die schmächtigeren, danach die stärkeren Birkenäste um das Herz unseres Feuers herum. Es begann zu züngeln, zu prasseln, zu knacken.

»Und jetzt alles ausziehen, sofort. Alles, habe ich gesagt!«

Wir kippten das Wasser der Bucht aus den Stiefeln; es rann in eiligen Bächen über die Steine. Sodann wrangen wir unsere Kleider aus. Hielten die bis ins Mark erstarrten Gliedmaßen dem immer lebhafter werdenden Feuer hin. Allerdings mussten wir uns beständig drehen und wenden, denn der Nordwind setzte der vom Feuer abgekehrten Seite empfindlich zu und biss die nackte Haut. Es blieb nichts anderes übrig, als sich wenigstens teilweise wieder mit den klammen Sachen zu bedecken. Auch die Mücken ließen uns spüren, dass sie sehr lebendig und sehr blutdurstig waren.

Aus überwachen Augen verfolgte ich das Hüpfen und Kriechen der Flammen und das Flackern der Glut. Hatten wir genug Holz, um die Glut für einige Stunden zu halten? Eine rhetorische Frage; nichts auf der Welt hätte mich noch einmal zum Aufstehen bewegen können.

Schläfrig brummte ich: »Hexenmehl ...«

Der Ausdruck war mir an dem Sturmabend nicht eingefallen. Hexenmehl – eine vortreffliche Art von Zunder aus Bärlappsporen. Ich rüttelte Stemma an der Schulter. »Komm näher, wir müssen uns dicht beisammenhalten, die feuchten Kleider sind gefährlich.«

Sie machte sich steif, doch ich packte sie unsanft am Arm und zwang sie an meine Seite. »Du störrisches dummes Ding, willst du eine Lungenentzündung bekommen? Galoppierende Schwindsucht? Soll ich dich nach vier Tagen mit Steinen bedecken müssen, damit dich schnüffelnde Tiere nicht wieder ausgraben?«

Aufsässig entgegnete Stemma: »Es ist noch nicht heraus, wer wen mit Steinen bedecken wird. Ich bin nicht wie meine Mutter. Ich bin wie mein Vater. Er ist nie im Leben krank gewesen und hat mir versprochen, dass er neunundneunzig Jahre alt wird.«

»Ein Grund mehr für dich, Sorge zu tragen, dass er dieses biblische Alter nicht ohne seine Tochter erreicht.«

Unvermittelt gab sie das Sträuben auf und nistete sich unter meiner Schulter ein wie ein Wärme suchendes Hündchen. Tonlos sagte sie: »Warum machen Sie sich die Mühe? Ich weiß, dass Sie mich hassen. Sie suchen es zwar zu verbergen, aber wenn Sie ungeduldig sind, zeigen Sie Ihre wahre Gesinnung. Sie hassen mich, weil ich Ihnen zur Last falle, Ihnen Verantwortung aufbürde und weil ich nicht in Aettersbron geblieben bin. Sie haben sich mit Kaare meinetwegen gestritten; er hatte auch etwas gegen mich. Wären Sie allein gewesen, hätte er Sie sicher nicht im Stich gelassen. In Rökstuna, in den Ställen, an unserem ersten Morgen, machten Sie keinen Hehl daraus, dass Sie mich am liebsten mit dem Flintenkolben zerstampft hätten wie eine Ratte. Manchmal dachte ich, es hätte sich etwas geändert. Aber immer wieder sehe ich, dass ich mich getäuscht habe.«

Erschüttert stotterte ich: »Unkräutchen ... ich versichere dir hoch und heilig, dass du dich irrst. Zugegeben, anfangs fand ich die fortwährende Gesellschaft eines Kindes ausgesprochen lästig, die dauernde Rücksichtnahme ... (wann, überlegte ich flüchtig, hatte ich ernstlich auf Stemma Rücksicht genommen?) ... aber noch nie, niemals habe ich einen Menschen gehasst. Es gibt mehrere, auf die ich nicht besonders gut zu sprechen bin, und zwei oder drei, die ich ohne Bedauern im Unglücksmoor aussetzen würde. Doch Hass ist mir fremd, das kann ich mit gutem Gewissen beschwören. Ich hasse noch nicht einmal unseren erbitterten Widersacher, Graf Stenbassen. Denke ich an ihn, empfinde ich Wut, Verachtung und – nun ja, auch Angst. Keinen Hass, Stemma. Und dann sollte ich dich hassen?«

Was sie am meisten getröstet hätte – das Eingeständnis, sie als willkommene Gefährtin zu sehen, deren Meinung mir inzwischen wichtig war bei allem, was es zu entscheiden galt –, brachte ich nicht über die Lippen. Nicht aus männlichem Hochmut oder weil ich ihre erstaunliche Zähigkeit und ihren gesunden Menschenverstand geleugnet hätte, sondern einzig und allein deshalb, weil ich todmüde war. Mein Gehirn wollte nicht mehr denken und mein Mund nicht mehr reden. Ich überließ mich dem Schlaf und dem heißen Atem, den das Feuer aushauchte.

Die folgenden Tage und Nächte voneinander zu sondern gelang mir nicht. Regen kam und ging und die Sonne hielt sich hinter einer gleichmäßigen Wolkendecke versteckt. Ich dachte an die Mittsommerzeit zu Hause und verwünschte meine Abenteuerlust.

Ohne Ziel irrten wir herum und verausgabten uns bis an die Grenze dessen, was ein gesunder Körper zu leisten vermag. Die ganze Reise kam mir mehr und mehr vor wie eine Strafe, von der ich nicht wusste, womit ich sie verdient hatte.

War uns ein Feuer gelungen, trocknete Stemma mit umständlicher Sorgfalt das nasse Heu aus unseren Fellschuhen und war in der Fertigkeit, es wieder aufzurollen und im Schuh anzuordnen, ohne dass es allzu sehr drückte, mittlerweile Meisterin geworden.

Die Gegend, die wir nach Durchquerung der Bucht durchzogen, war größtenteils Moorland. Oft ging das Wasser bis ans Knie, und erwischte man kein Grasbüschel, reichte es noch höher. Fand ich mit dem Lauf der Büchse keinen Grund, mussten wir oft weite Strecken zurückgehen. An manchen Stellen war der Boden noch gefroren und wir trugen das eisige Wasser in den Stiefeln Stunden um Stunden mit uns herum.

Die unausgesprochene Hoffnung, die uns am Morgen nach der Sturmnacht dazu verlockt hatte, aufs Geratewohl weiterzugehen, war ein reines Hirngespinst gewesen. Weder wurden wir »gefunden« noch entdeckten wir selbst die geringsten Spuren oder Anhaltspunkte für menschliche Nähe.

Es ging mir nicht gut. Zwar hatten wir stets ohne große Mühe einen Fisch an dem von mir in Skuule erstandenen Angelhaken und die Reste der Mahlzeit konnten als Köder weiterverwendet werden. Doch leider brachte ich den ungesalzenen Fisch, in dessen Fleisch oft Maden wimmelten, nicht herunter. Und bewog mich der Selbsterhaltungstrieb dazu, würgte mich alsbald der Ekel. Das Pökelfleisch allein, ohne Brot, wollte mein leerer Magen indes auch nicht haben. Behielt er es, ging es nahezu unverdaut durch mich hindurch. Das Einzige, was ich zu mir nehmen konnte, war Wasser. Ich fühlte mich krank und sorgte mich, wie es weitergehen mochte. Ich sehnte mich nach gekochtem Essen, nach Suppe und Grütze und Brot und Käse.

Dazu kamen die Strapazen. Denn da es keine Nacht mehr gab, wurden wir verleitet, den Tag über Gebühr auszudehnen. Wir wurden zu Umwegen gezwungen und mussten immer wieder die Nähe des Scaevolaflusses suchen, der uns mit den widerwärtigen Fischen versorgte.

Wunderbarerweise schien sich Stemma bei der unzulänglichen Kost durchaus wohl und gesund zu fühlen. Sie vertrug sowohl das Pökelfleisch als auch den unappetitlichen Fisch. Meine Beschwerden, die ich nicht vor ihr verbergen konnte, nahm sie taktvoll und schweigend zur Kenntnis, doch merkte ich an der Art, wie sie mich unablässig beobachtete, dass sie sich große Sorgen machte.

Einmal hörte ich das kudernde Lachen von Schneehühnern. Als sei dies eine Botschaft, wurde ich bei aller Schwäche von neuer Zuversicht durchströmt. Ich machte Stemma darauf aufmerksam und erzählte ihr, dass die Schneehühner zeitlebens zusammenbleiben, wenn sie sich einmal gepaart haben, wie die

Krähen. Wo das Männchen hinzieht, folgt ihm das Weibchen, über hunderte von Meilen.

Ich dachte an Hjördis Ulfeldt.

Nachdenklich bemerkte Stemma: »Mein Vater und meine Mutter hatten sich bisher auch nie getrennt, bevor er ... ehe das mit ihm passierte. Mama hat Papa überallhin begleitet, nach Paris, nach Venedig, nach Savoyen, nach Warschau. Ich möchte später ebenfalls so eine Schneehuhnehe führen. Als ich noch jünger war, wollte ich immer die Frau des Königs der Inseln werden.«

»Welcher Inseln?« Ich sah ihr zu, wie sie das Feuer mit harzigen Kiefernästen fütterte, die krachten und Funkenregen versprühten. »Der Inseln im Nordmeer? Oder in der Südsee? Im Atlantischen Ozean, im Tyrrhenischen oder im Mittelländischen Meer? Oder gar in der Karibischen See?«

»Das war mir gleichgültig. Nein, doch nicht! Ich weiß, dass auf den Inseln meines Gemahls herrliche Früchte wuchsen: Datteln, Granatäpfel, Ananas. Und Blumen mit Kelchen so groß wie Pantoffeln. Papa hat es mir oft beschreiben müssen, mein Inselreich; aber ich glaube, er kannte es auch bloß aus Büchern.«

Ihr abgemagertes Gesicht verzog sich zum Lächeln. Nur ein Kind brachte die Selbstvergessenheit auf, in unserer Lage zu lächeln.

Ich duselte ein wenig und wachte auf, von Übelkeit gepeinigt.

Kalter Schweiß brach mir am ganzen Körper aus. Stöhnend wälzte ich mich hoch und spürte den harten Herzschlag unterm Brustbein.

»Isak, was ist, was haben Sie?« Stemma rappelte sich aus dem Kraut auf, in dem wir lagerten. Sie blinzelte verschlafen. Sie stützte meinen Rücken. Sie roch nach feuchter Erde und

Harz. »Aber Sie haben doch gar nichts Verdorbenes gegessen. Sie haben überhaupt nichts gegessen.«

»Daran liegt es ja.« Ächzend, schwer atmend ließ ich mich wieder nach hinten sinken, nachdem Stemma mir ihren zusammengerollten Mantel zusätzlich zu meinem eigenen unter den Nacken geschoben hatte.

»Du bleibst heute hier und ruhst dich aus.« Ihre Stimme klang befehlend. Sie duzte mich, was sie sonst nur in seltenen Momenten und noch nie mit Absicht getan hatte. Mein Sorgenkind, zu dessen Sorgenkind ich nunmehr geworden war, umgab sich mit jener Aura von mütterlichem »Alles wird gut«, die offenbar allen weiblichen Wesen angeboren ist. Als sie sah, dass ich fror, obwohl zum ersten Mal seit Tagen die Sonne hervorgebrochen war, verkündete sie, sie wolle erst einmal Holz beschaffen.

»Wenn ich das Feuer wieder angezündet habe ... und dann noch die Sonne ... Sicher geht es dir dann bald wieder besser. Zu schade, dass wir keinen Kessel haben. Sonst könnten wir Tee kochen. Wo du alle Pflanzen kennst ...« (Unser Kessel war Eigentum von Kaare gewesen und vermutlich längst wieder in Skuule.)

Eifrig stapfte Stemma davon. Ich hörte ihr Vor-sich-hin-Reden noch eine ganze Weile in der kristallklaren, durchsichtigen Luft. Wieder lachten die Schneehühner, diesmal ganz nah. Vorsichtig richtete ich mich auf, stützte mich auf die Ellenbogen. Ich sah sie, sah die weißen Leiber, die braunen Hälse und dunkleren Schwanzfedern.

Und ich sah außerdem, dass wir uns inmitten blutroter Felder von Rosmarinheide befanden, das ganze Moorland brannte und glühte davon, an einigen Stellen war es hellrosafarben, dort waren die Blüten schon aufgegangen. Bei aller Schwäche klarer im Kopf als an den vorherigen Tagen, als ich nur vor meine stolpernden Füße geschaut hatte, lag ich und staunte und war glücklich und heiter.

»Wirf das Holz hin, Unkräutchen, und schau dir das an«, verlangte ich, als Stemma mit einem Bündel Zweigen auftauchte. Bereitwillig ließ sie alles fallen und hockte sich auf die Fersen neben mich, sichtlich froh, mich noch am Leben zu finden.

So saßen wir still beieinander, allein der gegenwärtigen Stunde hingegeben, und wären nicht die Mücken mit ihrer Anhänglichkeit gewesen, hätte ich die Zeit anhalten mögen wie im Fliederhof des Schlosses von Rökstuna. Verwirrt vom ewig gleichen Grau der vergangenen Tage und Nächte, waren uns Einteilungen wie Morgen, Mittag, Abend oder Nacht abhanden gekommen. Umso großartiger wurden wir wieder damit bekannt gemacht. Wir sahen zu, wie die bereits abendlich tief stehende Sonne sich dem Horizont näherte und dort verharrte, nicht unterging, einen Moorsee mit geschmolzenem Gold füllte und in der leichten, rauchfarbenen Dämmerung wie das Eingangstor zu einer wunderbaren anderen Welt erschien.

Wir kosteten das Geschenk, das uns zuteil wurde, aus, beglückt, zufrieden, ohne Hintergedanken und ohne Angst vor dem nächsten Tag.

»Hilf mir aufstehen, Unkräutchen«, bat ich sie, als die gleißende, goldene Nacht halb herum war. »Ich kann nicht hier liegen bleiben bis zum Jüngsten Tag. Wenn wir demnächst weiterziehen wollen, muss ich mich bewegen.«

Doch kaum stand ich auf den Füßen, wurde es mir schwarz vor Augen. Es trübte sich zuerst alles nur ein wenig ein, und ich schüttelte unwillig den Kopf, um es zu verscheuchen, doch stattdessen umfing mich eine weiche dunkle Wolke. Ich fand mich auf dem Boden wieder, war indes ganz gelöst gefallen und hatte mir nicht wehgetan.

»War ich lange so?« Das Sprechen ging mir seltsam mühselig von der Zunge.

»Nicht lange. Nur einen Augenblick.« Stemma hatte meinen Kopf auf ihre Knie gelegt und sah liebevoll bekümmert auf mich nieder. »O Isak, du wirst doch nicht sterben? Willst du es nicht doch noch einmal mit Fisch versuchen? Nur ein kleines Stück? Das Pökelfleisch ist leider aufgegessen.«

Schüchtern fuhr sie mir über das kurz geschorene Haar, dessen entblößtes Zur-Schau-Tragen sie vor noch nicht langer Zeit so abscheulich gefunden hatte. Dann legte sie die Hand auf meine Brust, wo sich das Hemd unter der Halsbinde geöffnet hatte.

»Warum schlägt dein Herz so wild? Ist es erschrocken?«

»Furchtbar erschrocken.«

Sie hatte eine rettende Idee: »Isak, meinst du nicht, ich könnte schon ein paar Beeren für dich finden? Wir haben so viel Heidelbeerkraut gesehen.«

»Gib dir keine Mühe, Unkräutchen. Das dauert noch Wochen, bis sie reif sind.«

Plötzlich erstarrte sie, ihre Finger krallten sich in meinen Rockaufschlag. In der Stille deutlich hörbar, unterschieden wir artikulierte Laute. Keine Vogelrufe, keine Sumpfrohrsänger, kein Birkwild.

Menschliche Stimmen. Unverkennbar menschliche Stimmen.

20. Kapitel

Als sich nichts weiter ereignete und die Stimmen sich verloren, wurde Stemma unruhig. »Soll ich ihnen nicht entgegenlaufen, Isak?«

»Wir wissen nicht, wer das ist«, wandte ich ein, »und ich möchte nicht, dass du Fremden allein gegenübertrittst. Wenn sie so wachsam sind, wie man es von heimlichen Einwanderern erwarten darf, müssen sie den Rauch unseres Feuers gerochen haben. Sie werden jemanden ausschicken, der uns beobachten soll.«

»Aber wie kann dieser Kundschafter wissen, dass wir Hilfe brauchen?« Stemma war unzufrieden. »Woher soll er erfahren, dass wir ihre Bekanntschaft wünschen? Nein, ich bin dafür, dass wir uns bemerkbar machen.«

Sie stellte sich aufrecht hin, legte die Hände um den Mund und begann laut zu rufen. »Hee-hoo! Hiiier-heer!«

Niemand antwortete. Stemma rief immer verzweifelter, bis sich ihre Stimme überschlug.

Ich versuchte, uns mit einer Erklärung zu trösten. »Es gibt zu wenig Deckung dort im Moor. Vielleicht trauen sie uns nicht. Ich könnte mir vorstellen, dass sie sich seitwärts schlagen, um sich im Schutz der Birken heranzuschleichen.«

Sogleich drehte Stemma den Kopf dahin, wo es Birken gab, und kniff vor Anstrengung, etwas zu erkennen, die Augen zusammen.

Ich kramte mein Perspektiv aus dem Mantelsack und zog es auseinander.

»Stemma …« Mit einer Hand tastete ich nach ihr, ohne das

Perspektiv abzusetzen, und bekam ihre Wade zu fassen, in die ich kräftig hineinzwickte.

»Au, du tust mir weh!«

»Stemma …«, wiederholte ich. Diesmal erfasste sie durch die Art, wie ich ihren Namen ausgesprochen hatte, was ich meinte. Im Nu hockte sie neben mir: »Wo?«

Ich reichte ihr das Instrument und dirigierte die messingne Röhre in eine bestimmte Richtung. »Hast du ihn?«

Sie nickte, zu erregt, um zu antworten.

Was ich gesehen hatte und was nunmehr Stemma sah: Stocksteif, ohne sich zu regen, stand eine weiße Gestalt inmitten der Birken, selbst einem Birkenstamm ähnlich. Eine Armbrust mit angelegtem Pfeil ruhte auf der Schulter. Auf dem Kopf trug die Gestalt eine spitze Mütze, die mit Birkenlaub bekränzt war.

Hastig gab Stemma mir das Perspektiv zurück, sprang auf und hob beide Arme in die Höhe, die Handflächen der Birke zugekehrt.

»Bist du närrisch, Mädchen! Willst du eine Zielscheibe bieten?«

»Ich will ihm zeigen, dass wir nichts Böses im Sinn haben. Hände ohne Waffe – verstehst du nicht? Er kommt, Isak! Er kommt auf uns zu!«

Ich spürte das Gefühl einer fremden Gegenwart und drehte mich um. Nur durch das Feuer von uns getrennt, stand da ein zweiter Mann, auch er weiß gekleidet. Ein weißer Kittel, in der Taille gegürtet, reichte ihm bis an die Kniekehlen. Die Beine waren bis zu den Knöcheln mit weißer Leinwand (oder welches Material es immer sein mochte) umwickelt und mit Riemen kreuzweise umschnürt. An den Füßen hatte er unförmige Fellstiefel und auf dem Kopf eine ebensolche spitze Mütze wie der Erste, nur dass auf dieser hier statt Birkengrün die Schwingen einer Schnee-Eule befestigt waren.

Stemma merkte, dass ich aufstehen wollte, und half mir. Auf sie gestützt, neigte ich grüßend den Kopf, klopfte mir auf die Brust und nannte meinen Namen.

Stemma tat es mir nach. Aus ihren Augen leuchtete sowohl Angst wie Begeisterung.

Jetzt berührte auch der Mann am Feuer seine Brust: »Ingul.« Seine Stimme war tief und klangvoll, als sei er es gewohnt, sich über weite Entfernungen zu verständigen.

Sein Gefährte, der mit dem Birkenkranz auf der Mütze, war mittlerweile ebenfalls herangekommen. Die Armbrust trug er nunmehr auf dem Rücken. Lockiges, dunkles Haar zottelte ihm unter der Mütze hervor. Er war um vieles jünger als der andere, eigentlich mehr ein Knabe.

Die Vorstellung wurde ein zweites Mal absolviert. Der Junge holte sich erst mit den Augen Rat bei dem Älteren, ehe er antwortete: »Ivalo.«

Leider überkam mich erneut ein Anflug von Ohnmacht. Ich begann zu taumeln und musste mich wieder hinlegen. Es hätte mir fatal sein sollen, in einer so bedeutsamen Situation – der ersten Begegnung mit den Sbiten – mich von einer so kläglichen Seite zu zeigen, doch fühlte ich nichts als Elend und Übelkeit und die traurige Ahnung, dass es mit mir wohl bald zu Ende gehe. Ich schloss die Augen.

Die beiden Männer entfernten sich, wobei sie sich gedämpft unterhielten. Die Sonne stieg höher, leichter Wind fächelte über den kalten Schweiß auf meiner Stirn. Stemma hatte meine Hand genommen und saß bei mir wie ein treuer Hütehund. Zuversichtlich sagte sie: »Sie kommen zurück, du wirst sehen. Ganz sicher kommen sie zurück.«

Nach einer Weile, von der ich nicht hätte sagen können, ob es Minuten oder Stunden waren, wurde ich von den beiden Männern auf ein hölzernes Traggestell gehoben, das sie mitgebracht hatten. Auch unser Gepäck fand darauf Platz. Schaukelnd (denn sie waren nicht gleich groß) beförderten sie mich über weite Moorflächen, mitten hinein in die Pracht der Rosmarinheide.

Hier setzten sie mich ab und machten sich an etwa einem Dutzend Bienenkörben zu schaffen, die sie offenbar auf der Trage hierher geschleppt hatten. Sie zogen Pfropfen aus den Fluglöchern, um die Bewohner der Körbe auf die Weide zu lassen. Das weckte mein Erstaunen; wussten sie nicht, dass der Norden kein Bienenland ist? Wie hatten sie die Bienen den langen Winter über am Leben erhalten, der hier oben ein Vierteljahr später zu Ende geht als in freundlicheren Gebieten? Fanden die kleinen Honigsammler in den kurzen Sommerwochen überhaupt genug, so durfte man ihnen nicht das geringste Quantum wegnehmen, wenn den Besitzern am Bestand der Bienenvölker gelegen war.

Ingul, der Ältere, redete mit großer Liebe und Zutraulichkeit mit den Bienen. Wie ein sorglicher Vater machte er die ausschwärmenden Tierchen auf die Blütenfülle aufmerksam. Ivalo, der Jüngere, lächelte dazu, wie alle Knaben über das gefühlsbetonte Gebaren von Erwachsenen lächeln.

Dann packten sie wieder die Griffe des Gestells, und es ging noch mindestens eine halbe Meile dahin, an kleineren Seen und Sumpftümpeln vorüber, durch sandiges Hügelland und Föhrenwäldchen, deren harzige Stämme unter der warmen Sonne dufteten.

Fernes Hundegekläff, Kindergeschrei mischte sich darein, näherte sich, wurde lauter und lauter.

Hier nun standen sie – die spitzen Fellhütten mit den Gerüsten aus Stangenholz, die Silpas Vater seiner Tochter geschildert hatte, in einer langen Gasse aufgereiht. Das Sommerlager der Sbiten! Wäre ich der Kunst, Gedanken zu übermitteln, mächtig gewesen, hätte ich König Olvart Märtus auf der Stelle eine Meldung zukommen lassen. Und natürlich auch Königin Sophie Ulrika, das verstand sich von selbst, deren rosa Schleife mich bis jetzt so gut beschützt hatte.

In einiger Entfernung, an der Grenze des Blicks, trieben sich Rentiere herum. Auch Schafe sah ich; sicherlich aus der verlassenen Heimat mitgebracht.

Ingul und Ivalo stützten mich in eine dieser Hütten hinein und ich wurde auf ein Lager aus Fellen und Reisig gelegt. Sogleich verdunkelte sich der Eingang, und eine hoch gewachsene Frau, gefolgt von zwei kleineren Männern, kam herein. Die Frau war genauso gekleidet wie die Männer, nur reichte ihr Kittel bis an die Waden. Aber auch bei ihr waren die Beine mit dem weißen Zeug und den kreuzweisen Riemen umwickelt. Die Fußbekleidung dagegen schien mir aus Birkenrinde oder Bast zu sein. Ihre Mütze zierte ein hübsches Muster aus bunten Fäden, besetzt obendrein mit goldenen Schnüren. Ihre Gesichtshaut wirkte dunkel wie die Haut von Menschen, die fortgesetzt einem blakenden Feuer ausgesetzt sind und bei denen sich Ruß und Asche gleich einer Patina in die Poren gesetzt haben.

Sie musste die Hausherrin dieser Fellhütte sein, denn sie stopfte an ihrem »Sofa« herum, auf dem ich lag, und fühlte mit holzharter Hand meine Stirn. Sie sprach etwas, das sich wie eine Anweisung anhörte, woraufhin einer der beiden Männer sich einen großen Rindentrog schnappte. Er grinste breit zu mir hin und schwenkte das Gefäß vielverheißend, ehe er damit verschwand.

Nun trat der zweite Mann herzu, der recht klapprig und alt war, aber auch sehr würdig. Seine spitze Mütze war mit Eichhörnchenschwänzen umwunden und weiße, schüttere Haarsträhnen standen darunter ab wie der Samen überreifer Disteln.

»Ich spreche Eure Sprache. Ein wenig«, sagte er mit hoher Greisenstimme. »Man nennt mich Fanasi. Ihr befindet Euch im Zuhause von Aglaia, das ist diese da.« Er deutete auf die große Frau, die mit den Händen auf sich wies und dann einen Kreis beschrieb, wie um uns willkommen zu heißen.

»Wir kennen bereits zwei Menschen aus eurem Volk«, redete das Väterchen weiter. »Den einen nennt man Dag Sparre, den anderen Tore Haugen. Sie sind gute Freunde der Sbiten.«

»Tore Haugen lebt nicht mehr«, sagte ich und verwünschte meine Gedankenlosigkeit, kaum dass der Satz aus dem Mund war. Wie sollte ich diesen Tod erklären? »Ich bin Isak Zettervall, Botaniker und Arzt.« Ob er diese Worte kannte? »Und das hier ist Stemma Dannhauer.«

Was mir fehle, wollte Väterchen Fanasi wissen. Ich entgegnete, mir fehle im Grunde nichts als vernünftiges Essen. Ich suchte ihm die Sache mit den Maden im Fisch klar zu machen und rieb mit entsprechend angewiderter Miene meinen Bauch. Er begriff es wohl halbwegs und blickte mitleidig zu Stemma hinüber, als erwarte er, auch sie jeden Augenblick vor Hunger umfallen zu sehen.

Seiner anschließenden Rede entnahm ich, dass sie ein Preislied auf Aglaia darstellen sollte, bei der wir in den besten Händen seien. Und ihr Mann, Raimo, sei schon losgelaufen, Zeug für einen Baumtee zu holen.

»Baumtee macht gut, sehr viel gut!«

Meine botanische Neugier erwachte umgehend und ich wollte den Namen des »viel guten« Baumes genannt haben. Doch hier stieß Väterchen Fanasi an die Grenzen seiner Übersetzerkunst und bot uns stattdessen eine Pantomime, die den Titel »Baumtee« trug.

Er zeigte auf den Kessel, der über dem Feuer unter dem Rauchabzug hing, stopfte den imaginären »Baum« hinein, imitierte langwieriges Umrühren – »ein Tag«, sagte er, wobei er zur Erläuterung den Daumen in die Höhe reckte –, hielt sich die Nase zu, um den üblen Geruch des »Baumtees« deutlich zu machen, und »trank« dann anschließend unter entsetzlichem Gesichterschneiden eine imaginäre Kanne aus. Sodann legte er sich flach auf den Boden, häufte einen Stapel gedachter Decken über sich und verkündete: »Große Hitze bricht aus!« Er fauchte und zischte und spielte zuletzt den selig Einschlafenden. Wieder »erwacht« blinzelte er zu uns hin, ob wir ihm auch aufmerksam zusahen.

»Anderer Morgen, ja? Nun passt auf – Isak, Stemma!« Mit jugendlicher Behändigkeit warf er die »Decken« von sich, sprang auf die Füße und fuchtelte mit den Armen, beklopfte sich die Muskeln, die eingefallene Altmännerbrust und hüpfte von einem Bein aufs andere, wobei er mit seiner Wichtelmannstimme »wilde Schreie« ausstieß. »Kraft von zehn Männern«, japste er, als er nicht mehr konnte und neben mich auf das Reisig-Fell-Sofa niederpurzelte.

»Ho, ho, ho!« Aglaia, die im Hintergrund in ihrem Hausrat gewühlt hatte, schüttelte sich vor Lachen. An ihrem Gürtel, der mit Zinn beschlagen war, tanzten die daran hängenden Beutel und die Messer in ihren ledernen Futteralen. Und an ihrem kurzen Mieder aus schwarzem Filz tanzten die roten Fransen.

Wieder verdunkelte sich der Eingang. Gekicher und Geflüster. Und hintereinander, sich bückend und wieder aufrichtend, anmutig wie Schwäne, traten drei junge, weiß gekleidete Mädchen in die Behausung. Jede von ihnen hielt ein Gefäß oder ein Brett in den Händen und prangte im Schmuck von sechs oder acht pechschwarzen, armdicken Zöpfen, mit roten Schnüren umwunden. Auch ihre Mieder waren leuchtend rot und unter den spitzen Mützchen hingen zu beiden Seiten der Wangen Büschel von Glasperlen wie Trauben herab. Niederkniend boten sie Käse an, ein fremdartig schmeckendes Fladenbrot und in einem Rindengefäß eine säuerliche, weißlich grüne Speise.

Alles kam mir vor wie Manna vom Himmel, und ich zwang mich zu kleinen Bissen, um meinen armen vernachlässigten Magen nicht durch ein Übermaß des Guten zu erschrecken.

Und Stemma? Sosehr sie zulangte, ließ sie sich doch keine Einzelheit vom Aussehen und Kostüm der fremden Mädchen entgehen. Immerfort wanderten ihre Augen von den unglaublichen Zöpfen zu den Glasperlen, die bei der leisesten Bewegung zart klingelten, maßen die scharlachroten Westchen und die rot umschnürten weißen Beinlinge.

Arme Stemma – sie wurde sich wahrscheinlich ihrer zerrissenen und beschmutzten, wenig attraktiven Knabenkleider bewusst. Nachdem sie die Konkurrenz von Hjördis Ulfeldt nicht mehr zu fürchten hatte, war für sie die Wichtigkeit eines angenehmen Gesichts in den Hintergrund getreten. Jetzt wurde sie gegenüber so viel weiß-roter Munterkeit (denn auch die Gesichter der Mädchen waren, wie ihre Kleidung, schön weiß und rot, und zwar ohne alle Schminke) wieder daran erinnert.

Ich kannte meine Gefährtin inzwischen gut genug, um die Anzeichen zu bemerken: Die lebhafte Zutraulichkeit, die Selbstsicherheit der letzten Wochen war wie weggeflogen und die gleichsam versteinerte Zurückhaltung der ersten Tage war zurückgekehrt.

Brot und Käse kauend, lächelte ich zu ihr hin. Sie lächelte zurück, aber das Lächeln erreichte ihre Augen nicht. Meine arme Stemma litt, und niemand konnte ihr helfen, solange Svala, Garanas und Guesa so nah waren.

Alle fünf schauten sie uns mit unbeschreiblicher Zufriedenheit beim Essen zu – Aglaia, Väterchen Fanasi und die drei Schönheiten. Gespeist zu werden, wenn man nahe am Verhungern ist, ist über alle Maßen köstlich. Gleich danach aber scheint die Freude zu kommen, Hungrige zu bewirten und mitzuerleben, wie es ihnen schmeckt. Als Junggeselle ohne eigenen Herd war mir bisher nur das erste Erlebnis zuteil geworden.

Aglaia wollte etwas für uns übersetzt haben, eine hausfrauliche Erklärung oder Entschuldigung, und der alte Fanasi gab sie an uns weiter: »Gute Zeit für Jumo, schlechte Zeit für Brot.«

Das wollte ich gern genauer wissen und brachte den Alten dadurch in Schwierigkeiten. So viel jedoch bekam ich heraus: Der Sbitenstamm hatte, als er sich im Sommerlager niederließ, ein paar Felder angelegt und, wie auch schon im letzten Jahr, etwas Gerste und etwas Roggen ausgesät. Die Gerste würde, falls die Götter von Sonne, Regen und Wind nichts dagegen hatten, in ungefähr vierzig Tagen reif sein zum Ernten, der Roggen erst später. Daher gab es vorläufig nur Brot aus – hier fehlte ihm das Wort – vermischt mit Mehl von zerriebener … zerriebener … Ja, was? Das war das Schlechte.

Das Gute war: Zum gleichen Zeitpunkt konnte man die Renmütter wieder melken, da die Jungen aus dem Gröbsten heraus waren. Also gab es wieder Jumo. Das sei das hier – und Väterchen Fanasi tippte, sich die Lippen leckend, an das Rindengefäß mit der Quarkspeise.

Ich wollte, nachdem ich satt war, mich erkenntlich zeigen und überreichte allen von dem Tabak, mit dem ich mich in Skuule eingedeckt hatte. Was für einen Erfolg die Gabe auslöste, hatte ich nicht ahnen können. Alle fünf schrien sie vor Vergnügen, und augenblicklich fischte jeder aus einem der zahlreichen Anhängsel seines Gürtels ein Pfeifchen heraus, das ohne Umschweife gestopft und geschmaucht wurde.

Ich muss gestehen, dass der Anblick von Stummelpfeife rauchenden jungen Grazien von höchstens fünfzehn Jahren mich anfangs abstieß. Aber da sie es mit so unbefangener Selbstverständlichkeit und mit augenscheinlichem Genuss taten, behielt ich meine Ansicht für mich. Als Aglaia bemerkte, dass Stemma leer ausgegangen war, holte sie aus einer finsteren Ecke ein schon reichlich gebraucht aussehendes Pfeifchen und wollte es ihr aufnötigen.

Der alte Fanasi übersetzte Stemmas Protest: Der Knabe will nicht rauchen. Wie denn – der Knabe lehnt es ab zu rauchen? Aber er ist doch kein Kind mehr! Die Frauen hielten sich darüber auf, ungläubig und belustigt.

Dann erschien Raimo wieder, mit Zweigen von allerlei Nadelbäumen schwer bepackt, und die Mädchen huschten schnatternd und flatternd in die Sonne hinaus. Voller Interesse beobachtete ich, wie Raimo und seine Frau die kleineren Ästchen abhackten und in den Kessel mit dem siedenden Wasser stopften. Das also würde der berühmte Baumtee werden? Es duftete nach feuchtem Wald zwischen den Fellwänden. Aber schon bald wandelte sich der Koniferenduft zum Geruch und der Geruch zum Gestank. Und das sollte ich einen Tag, einen ganzen Tag lang aushalten? Und die Brühe davon trinken?

Väterchen Fanasi drückte sich noch immer herum, obwohl Aglaia ihm unmissverständlich zu verstehen gab, dass seine Übersetzerdienste vorläufig nicht mehr gebraucht würden. Stemma schlief schon halb; auch ich gähnte und legte mich zurecht, seit Tagen endlich wieder wunderbar satt.

Hausvater Raimo rührte und stampfte das Wunderelixier und schürte gewaltig das Feuer.

»Sie sagt, bitte eure Kleider ausziehen«, gab Fanasi Aglaias letzte Anordnung weiter.

Hatte Stemma bei Isel und Lini noch um ihr Hemd gekämpft, trennte sie sich jetzt ohne Zaudern von allem, was sie auf dem Leibe trug, nur zu froh, das verschwitzte und zerrissene Zeug loszuwerden. Allerdings kroch sie dazu unter die Felle und arbeitete darunter herum, um nach beendeter Prozedur den nackten Arm mit den Sachen herauszustrecken und sofort wieder unter die Felle zu schlüpfen bis an die Augenbrauen.

Aglaia lachte und fragte etwas. Der alte Fanasi übersetzte: »Sie will wissen, warum der Knabe mit Namen Stemma sich so scheu vergräbt wie eine … eine wühlende Maus. Hat er Grind oder Wunden?«

»Weder das eine noch das andere«, sagte ich. »Der Knabe ist ein Mädchen. Sie kommt von sehr weit her, von jenseits des Meeres. Dort sind die Sitten anders als hier.«

Während Aglaia sich mit unseren Kleidern davonmachte, bückte sich Väterchen Fanasi tief zu mir herunter. Er sprach sehr leise.

»Erst wenn du geschlafen hast, Isak Zettervall, und wenn du Baumtee getrunken hast und noch einmal geschlafen in großer Hitze, wenn du Kraft hast von zehn Männern, werde ich dich fragen. Nur ein Wort, bitte ich sehr, sage mir jetzt, bevor du schläfst: Wie ist unser Freund Tore Haugen gestorben? Welche Krankheit hatte er?«

Ebenso leise antwortete ich: »Er ist nicht von selbst gestorben. Und er litt auch an keiner Krankheit. Man hat ihn auf das Rad geflochten. Auf das Rad, das dicht beim Galgen steht. Sein Leib wurde in vier Teile zerstückelt.«

»Du meinst … Folter?« Zittern lief durch die dürren Arme und Beine von Väterchen Fanasi. »Nur ein letztes Wort, bitte ich sehr, sage mir, bevor du schläfst: Warum?«

»Weil er euch kannte. Weil er euer Freund war. Und weil er es nicht verschwieg.«

»Oh …« Plötzlich wirkte er gebrechlich wie ein Hundertjähriger. »Hat das Unglück uns schon eingeholt? Es ist also nicht am Ob und am Tas zurückgeblieben. Wir hatten so sehr gehofft. Sag es niemandem, Isak Zettervall. Noch nicht. Ich gehe nun. Schlaf und erwache gesund!«

21. Kapitel

Ich schlief und schlief wie ein Bär in seiner Laubgrube unter dem Schnee. Ich holte all die Nächte nach, in denen Frieren, Regen, Ungewissheit, leerer Magen und Darmkrämpfe mich vom Schlafen abgehalten hatten. Mitunter war mir, als sei ich wach; dabei handelte es sich wahrscheinlich um Träume, denn es traten Personen auf, die nicht hierher gehörten.

Sonnenflecken und Feuerschatten geisterten über die Fellwände, schlafende Gestalten lagen zusammengerollt in meiner Nähe oder jemand kam und ging und redete halblaut. Immer wieder fielen mir die Augen zu und ich ließ es geschehen, fühlte mich behütet und aufgehoben wie in frühen Kindertagen.

Einmal wurde mir ein dampfendes Gefäß aufgedrängt, aus dem es unangenehm roch. Benommen wollte ich den Kopf abwenden, doch drückten mich Hände in sitzende Haltung, auch wurde mir kurzerhand die Nase zugekniffen. So blieb mir nichts anderes, als zu schlucken. Aglaias kehlige Stimme lachte, und eine kräftige Hand schlug mir auf den Rücken, als ein Teil des Getränks in die falsche Röhre meines Halses geriet.

Dann driftete ich abermals weg in den Schlaf.

Als ich später von einer Sekunde zur anderen munter wie ein Säugling erwachte, lag ich im Schweiß, wie aus dem Wasser gezogen. Neugeboren und neu geschaffen wie Adam fühlte ich mich, der auch als Mann erwacht war an seinem ersten Tag.

Bereitwillig, als sei dies ein Spiel, legte ich, nach etlichen Güssen aus dem Bottich, den dargebotenen weißen Kittel an und die weißen Beinlappen, ließ mich gürten und die Waden mit roten Schnüren umkreuzen und mir eine spitze Mütze aufstülpen, deren Innenseite aus Pelz bestand. Aglaia und Raimo hatten kindliche Freude daran. Solcherart kostümiert schlenderte ich durch das Sbitenlager.

Erst jetzt fiel mir Stemma ein. Ich entdeckte sie weder in Aglaias Behausung noch in der Nähe, auch nicht bei den Kindern, die sich Birkengeäst wie Rengeweihe vorgebunden hatten und drollig kämpfend aufeinander einrannten.

Ein Trüppchen junger Leute, in ihren weißen Kleidern wie die Engel in einem Mysterienspiel anzusehen, kam unter Gelächter und Geschäker von irgendwoher zum Lager zurück. Ivalo war dabei, der Junge, der dem Imker geholfen hatte, mich herzutragen. Auch eins der Mädchen lachte mich gleich so vertraulich an, dass es sich nur um Svala, Garanas oder Guesa handeln konnte.

Sie hatten Körbe aus Wurzelgeflecht und Birkenrinde bei sich und darin größere Mengen von gesammeltem Sauerampfer und *Angelica* vulgo Engelwurz, Letztere noch ohne Blüten. Als sie merkten, dass ich mich für den Inhalt der Körbe interessierte, waren sie sogleich eifrig bemüht, mich zu belehren.

Ivalo hielt eine Hand voll Sauerampfer hoch: »Jumo, Jumo!«

Und Guesa (oder Garanas oder Svala) nahm einen Stängel der *Angelica*, zog ihr Messer aus dem Gürtelfutteral und schälte flink und graziös Blätter und Haut vom Stängel. Worauf sie hineinbiss wie in einen Apfel und die angebissene Leckerei sodann mir hinhielt: Eva im Paradies. Ich nahm dreisterweise die ganze Hand an mich und kostete, während Guesa (oder Garanas oder Svala) den Stängel festhielt, aß ihr also buchstäblich aus der Hand. Es schmeckte angenehm frisch und leicht süß. Die anderen Mädchen glucksten und kicherten über mein Benehmen, die Jungen grinsten.

Eine der weißen Gestalten war ein wenig hinter den anderen zurückgeblieben oder hielt sich bewusst abseits. Als mein Blick flüchtig über sie hinglitt, fiel mir auf, dass sie als Einzige braune Zöpfe hatte, zudem kurz und fast jämmerlich, verglich man sie mit den armdicken pechschwarzen Prachtseilen der anderen.

»Stemma«, rief ich überrascht, »so hast du dich schon angefreundet! Das ist gut. Du musst mir alles mitteilen, was du gesehen und bemerkt hast, jedes Detail ist wichtig für meinen Bericht. Hast du auch Baumtee trinken müssen?«

Stemma lächelte etwas gequält und schüttelte den Kopf. »Der ist doch nur für Kranke und Schwache. Ich wohne jetzt bei Garanas und ihren Eltern. Für den Fall, dass du mich suchst. Du hast weder gesehen noch gehört, wie sie mich wegholten und mitnahmen.«

Das klang vorwurfsvoll.

»Daran ist der Baumtee schuld. Du willst mir doch nicht etwa meinen Schlaf verübeln, Unkräutchen?« Wie zuwider mir schmollende Personen waren, sollte sie eigentlich wissen.

Um mich den Mädchen von meiner angenehmsten Seite zu zeigen, nahm ich ihnen die Körbe ab. Sie schauten verdutzt. Weit davon entfernt, sich geehrt oder dankbar zu äußern, lachten sie alle miteinander schmetternd über den Tollpatsch, der sich mit drei Körben auf einmal beladen hatte. Wahrscheinlich sahen sie in dieser Geste nur eine närrische Laune. Ich bereute sie auch bald, denn die Körbe waren schwerer, als ich gedacht hatte; den dritten konnte ich nur mit Mühe festhalten.

Fast wären wir in Väterchen Fanasi hineingelaufen. Zusammen mit einem anderen Mann schleppte er einen überschwappenden Trog frisch gemolkener Renmilch.

»Oh, Isak, was für ein schöner Sbite ist aus dir geworden!« Bartstopplig und zahnlückig schmunzelte er über das ganze Gesicht. »Ich hatte Recht, siehst du nun? Hast du jetzt Kraft von drei Mädchen. Baumtee sehr viel gut!«

Obwohl außer Stemma keiner der jungen Leute die Neckerei

verstand, fühlte ich mich doch in meinen besten Absichten gekränkt. Immerhin war ich heilfroh, als ich die Last endlich loswurde. Auf einer offenen Feuerstelle befand sich ein eisernes Gefäß, in das der Sauerampfer hineingeworfen wurde. Sodann goss eine rundliche Sbitenfrau Wasser nach und rührte, bis es zu köcheln begann.

»Lange kochen«, unterwies mich Väterchen Fanasi, den meine Neugier amüsierte. »Nicht so lange wie Baumtee, aber auch lange. Dann mit Milch vermischen und in Ruhe lassen. Ist es fertig, heißt es Jumo. Kommt in kleines Fass und kleines Fass kommt in Erdgrube. Feines, gutes Jumo.«

Wohlgefällig betrachtete er mich von oben bis unten.

»Bleib bei uns, Isak, und werde ein Sbite. Wir haben nicht viele junge Männer. Wir haben Väter und haben Söhne – ältere Männer und Knaben. Ganz alte wie mich haben wir auch nur wenige, nur zwei, aber das ist nicht so nötig wie junge Männer. Unsere Töchter gefallen dir, ich kann es sehen. Wähle eine zur Braut, und sie wird dich lieben.«

»Vorläufig lachen sie nur über mich, eure Töchter«, sagte ich. »Sie scheinen nicht viel von Kavalieren zu halten. Da will man galant sein und kommt sich vor wie ein Narr.«

»Sie lachen, weil sie nicht verstehen. Bei uns gibt es kein Wort für das, was du ›galant‹ nennst«, sagte der Alte begütigend. »Bei uns tun alle alles. Männer kochen, Frauen kochen. Männer melken, Frauen spinnen. Männer fischen und jagen, Frauen fischen und balgen ab. Mädchen gehen und pflücken, Knaben gehen und pflücken. Mädchen tragen, Knaben tragen. Tragen viel oder wenig, jeder, wie er kann. Wenn ein Mann drei Körbe auf einmal nimmt und drei Mädchen gar nichts tragen, finden sie das dumm. Du verstehst mich?«

»Bei uns würde jedes Mädchen erwarten, dass ihm der Mann die Last abnimmt«, verteidigte ich mich; ich wollte nicht gern als dumm dastehen. Selbst dann nicht, wenn ich nicht im Traum dran dachte, in eine Sbitenfamilie einzuheiraten. Um abzulenken, griff ich nach dem Ärmel von Garanas (oder Svala oder Guesa) und hielt ihn fest.

»Sag mir, Fanasi, woraus spinnen eure Frauen diese Leinwand hier? Ihr tragt alle dieselben Gewänder. Du sagst, ihr habt Gerste ausgesät und Roggen, die wachsen schnell, wenn die Sonne Tag und Nacht scheint. Aber der Lein? Der verträgt keine Kälte und braucht neunzig oder sogar hundert Tage, bis man ihn groß hat.«

Väterchen Fanasi zupfte stolz an seinem Rockschoß und rieb den Stoff zwischen Daumen und Zeigefinger.

»Wird gesponnen und gewebt aus den Bastfasern der großen Nessel. Bei anderen Völkern, die ich kennen gelernt habe, schmücken sich die einen mit glänzenden Kleidern, die man Seide nennt, und mit solchen, bunt wie Blumenwiesen und weich wie Maulwurfshaut, ich glaube, man nennt es Samt. Dann gibt es andere Menschen desselben Volkes, die haben nur Fetzen voller Schmutz an ihrem Leibe. Bei uns gehen alle gleich, so neidet keiner keinem sein Hemd. Findest du das nicht klüger?«

»Nun, es erscheint mir ein wenig eintönig«, wandte ich ein. »Aber immerhin erkennt ein Sbite den anderen so auf weite Entfernungen, das ist sicherlich wichtiger als persönlicher Geschmack. Ich denke dabei an die Lage, in der ihr euch befindet. Ihr seid in ein fremdes Land eingewandert und könnt nicht wissen, wem ihr vertrauen dürft. Ihr müsst sehr vorsichtig sein und Fremde meiden. Die weiße Kleidung ist demnach so etwas wie eine Uniform. Ja, je mehr ich darüber nachdenke, umso genialer finde ich die Idee mit den Kleidern aus Brennnesselstoff.«

»Wir wollen heute noch mit dir sprechen, Isak.« Väterchen

Fanasi machte den Versuch, mir den Arm um die Schultern zu legen, was aber missglückte, da ich ihn um ein Beträchtliches überragte. »Ich habe einigen erzählt, was unserem Freund Tore Haugen zugestoßen ist, unseretwegen, und wir sind alle sehr besorgt. Es wäre schön, wenn du noch eine andere, eine bessere Nachricht für uns hättest.«

»Die habe ich auch, Väterchen Fanasi«, sagte ich, nahm seine wurzligen Hände und drückte sie herzlich. »König Olvart Mär-tus ist bereit, euch in seinem Land eine Heimat zu geben. Und da er gern mehr von euch wüsste, hat er mich als geheimen Kundschafter ausgesandt, damit ich ihm über euch berichte. Nur leider ist der König selbst in Gefahr. Auch ich und Stemma müssen sehr aufpassen, dass es uns nicht ergeht wie Tore Haugen. Niemand außer dem König darf erfahren, dass wir euch kennen.«

»Du wirst uns alles sagen, was wir wissen müssen, Isak. Ich danke dir schon jetzt für die gute Nachricht.«

Mit Notizbuch und Bleistift ging ich durch die Gasse, zu deren beiden Seiten die spitzen Fellhütten aufgereiht standen. Es waren fünfundvierzig. Fünfundvierzig Familien also – ein klägliches Häuflein Übriggebliebener, Reste eines aussterbenden Stammes. Wie viele mochten auf dem jahrelangen Zug von Ob und Tas bis hierher am Wege begraben worden sein?

Ich schrieb alles auf, was mir notierenswert dünkte. Und wo ich meinte, dass Worte nur ein ungenügendes Bild vermitteln, versuchte ich mich auch an Zeichnungen. So skizzierte ich das Prinzip, nach dem die Stangengerüste der Hütten zusammengefügt waren. Auch mehrere Gerätschaften, die mir ins Auge fielen, malte ich in mein Buch: einen primitiven Pflug, einen Speer mit eiserner Spitze. Am anderen Ende des Stockes war mit losen Lederriemen ein Kränzchen aus Wurzeln befestigt. (Der

Kranz sollte im Winter den Stock daran hindern, im Schnee zu versinken; doch das erfuhr ich erst später.)

Ich bat das Mädchen, das mich mit Angelicastängeln gefüttert hatte, ihren Gürtel abzulegen, damit ich auch ihn abzeichnen konnte samt all seinen Anhängseln. Soweit ich das beurteilen konnte, war er aus purem Silber, mit Silberdraht verziert und mit Silberperlen beschlagen – ein auffallender Kontrast zu dem schlichten, groben Gewand und auch im Winter sicher recht kleidsam, wenn er zwischen den weichen Haaren eines Polarfuchskittels hervorfunkelte.

Svala (oder Garanas oder Guesa) lachte ihr Turteltaubenlachen und führte mir alles vor: den Löffel im Beutel, das Stummelpfeifchen in einem anderen, das Messer in der Messerscheide, einen dritten Beutel, darin ein lederner Fingerhut und ein Nadelbüchschen.

»Guesa?«, fragte ich und half ihr dabei, den Gürtel wieder umzubinden, auf die Gefahr hin, dass auch diese »Galanterie« verlacht und ich schon wieder als komische Figur dastehen würde.

Sie wiegte verneinend den Kopf und sah auf mich herunter, der an ihrem Gürtelschloss herumnestelte.

»Svala?«

Abermaliges Kopfschütteln.

Also Garanas. Starke Wärme strömte von ihr aus. Ich konnte nicht verhindern, dass mir die Röte ins Gesicht stieg, weil ich so dicht vor ihr stand, gebückt außerdem, um in Augenhöhe mit den Gürtelschließen zu sein. Zu guter Letzt erbarmte sich Garanas, lenkte meine Hände mit ihren Händen und fügte die Gürtelenden mühelos ineinander. Fast war ich erleichtert, dass sie, nach einem letzten koketten Augenwerfen, davonging, um sich ihren Beschäftigungen zu widmen.

Als ich ein in Pelz gewickeltes, sonst aber nacktes kleines

Kind in seiner Lederwiege abzeichnete, kam die Mutter herbeigefegt und erhob, nach einem Blick auf meine Kritzelei, ein aufgebrachtes Geschrei. Sie packte die Wiege samt Kind und brachte es schleunigst im Innern der Hütte in Sicherheit. Das Gezeter hatte einen Auflauf verursacht; jeder wollte die gezeichnete Wiege mit dem Säugling sehen und fuhr, nachdem er sie gesehen hatte, unter Anzeichen von Furcht zurück. Man bedachte mich mit finsteren Mienen.

Stemma holte Väterchen Fanasi zu Hilfe.

»Sie glaubt, dass du die Seele ihres Kindes stiehlst«, sagte der Alte. Als ich anbot, die Seite herauszureißen und zu verbrennen, fiel er mir entsetzt in den Arm. »Das wäre ebenso schlimm, als wenn du das Kind selbst ins Feuer wirfst. Geschieht dem Kleinen auch nur das Geringste, wird man es von nun an dir zur Last legen. Was soll ich raten? In meinem Leben gab es solch einen Fall noch nie.« Er schien aufrichtig besorgt. Nicht nur um das Kind, sondern auch um mein weiteres Wohlergehen.

Wie immer, wenn sie etwas für mich tun konnte, war Stemma wie ausgewechselt. Ihre Augen blitzten, verschwunden war das Mauerblümchen, das sie inmitten der hübschen Sbitenmädchen abgegeben hatte.

»Ich glaube, du solltest der Mutter das Bild schenken, Isak«, schlug sie vor. »Damit gibst du ihr die Seele ihres Kindes wieder. Am besten, wir schenken ihr noch etwas dazu, etwas Persönliches, das sie besänftigt.«

»Schön, aber was, du kluges Kind? Von meiner Ausrüstung kann ich nichts entbehren. Und was sollte sie mit meinen zerlöcherten Strümpfen anfangen, da doch kein Mensch hier welche trägt?«

»Warte, ich bin gleich wieder da.« Sie schoss davon, schlüpfte in eine der Fellhütten und tauchte nach kurzer Frist wieder auf. Sie ging langsam und balancierte etwas auf beiden Handflächen.

»Stemma, Unkräutchen, nein, das darfst du nicht«, wehrte ich ab, gerührt und beschämt zugleich. »Das hat dir dein Vater geschenkt. Niemand hier weiß den Wert von Porzellan aus Versailles zu schätzen, sie würden auch gar nicht wissen, was sie damit anfangen sollen.«

»Wenn sie es nur schön finden«, sagte Stemma leichthin. »Reiß das Blatt mit dem Bild heraus und leg es zwischen das Geschirr. Ja, so. Bleib du draußen, ich werde es ihr geben.«

Das Puppenservice vor sich hertragend, begab sie sich in die Hütte. Einige bange Minuten des Wartens verstrichen. Mit einem Lächeln erschien Stemma wieder. Ihre Hände waren leer.

»Ich habe ihr vorgemacht, wie man es benutzt. Schokolade kann man natürlich nicht erklären, ich habe stattdessen Wasser in das Kännchen gegossen. Die gemalten Heckenrosen haben ihr sehr gefallen. Sie behält es, alles ist in Ordnung. Die Zeichnung hat sie zuunterst in die Wiege gelegt.«

Ich nahm Stemma in die Arme und drückte sie an mich. Durch den weißen Nesselstoff hindurch fühlte sie sich an wie ein junger Hase; man konnte jeden Knochen unter der Haut spüren. Die Tage der Entbehrung waren auch an meiner vormals so robusten Reisegefährtin nicht spurlos vorübergegangen.

22. Kapitel

Gegen Mitternacht, unter rosaroten und goldhellen und bläulich rot wie Lungenkraut gefärbten Wolken, fand die von Väterchen Fanasi angekündigte Versammlung statt.

Zuvor hatte es ein großes Mahl gegeben, öffentlich und gemeinsam, zu dem jeder Haushalt beitrug. Auf dreierlei Art zubereiteter Fisch: gekochter im Sud mit wenig Salz, am Stock gebratener ganz ohne Salz und getrockneter, für den ich mich entschied, da man hier am Salz nicht gespart hatte. Dann allerlei Sorten gebratenes Fleisch: Eichhörnchen, Biber, Marder, Schneehuhn, die Ersteren mit der Armbrust erlegt, die Letzteren in Fallen gefangen. Und Fladen von dem wunderlichen Brot, dessen Zutaten Väterchen Fanasi mir zu zeigen versprach, da er sie nicht in meiner Sprache zu benennen wusste, sowie Sauermilchkäse.

Die Frau, deren Säugling in der Wiege ich so unbedacht gezeichnet hatte, mied mich zwar, doch ohne Feindseligkeit. Dafür bemutterte sie Stemma umso mehr, nötigte ihr Extrahappen auf, immer neue Portionen. In Anbetracht der erhaltenen Gabe, Stemmas heiß geliebtem Andenken an Heimat, Kindheit und Vater, fand ich das nicht mehr als recht und billig. Ich wünschte nur, Frau Ulfeldt hätte die Speisen sehen können, denen das »mäklige, verwöhnte Fräulein« so herzhaft zusprach.

Nach und nach wischte man sich den Mund, stieß auf und sammelte das Nichtgegessene sorgsam ein. Ich merkte, dass man mich auffordernd ansah.

»Bist du satt?«, wollte Väterchen Fanasi wissen. »Dann lass uns gehen, wenn es dir recht ist.«

»Aber wohin? Wolltet ihr nicht mit mir reden?«

»Gewiss wollen wir das. Doch nicht zwischen Hunden und Kindern und Knochen und Kesseln.«

Es war eine schweigsame Schar, die sich nun in Bewegung setzte. Außer dem alten Fanasi, mir und Stemma zählte ich fünfzehn Männer und dreizehn Frauen. Weder Knaben noch junge Mädchen waren darunter, wenn man von Stemma absah. Aglaia kam mit, nicht aber Raimo, auch Ingul, der Imker, war dabei. Keiner sprach mit dem anderen. Sie wirkten seltsam feierlich und gingen gemessenen Schritts. Weg und Ziel schien jeder zu kennen.

Nach Durchquerung einer Moorgegend, vorbei an stillen, kleinen Seen, wanderten wir über sandige Hügel, dann durch ein lichtes Waldgebiet, auf Bärenpfaden. Ich schätzte, eine halbe Meile hatten wir zurückgelegt, als ich das Rauschen des Scaevolaflusses hörte, der noch immer mit Hochwasser ging.

Der Himmel hatte sein nächtliches Mittsommerleuchten, sein Rosarot, sein Blau und flüssiges Gold mit dem Fluss geteilt. Überwältigt blieb ich am Ufer stehen und betrat gleich darauf, den anderen nachgehend, eine Zone aus zauberischem Weiß, ein wahres Feenland. In einer versandeten Bucht, auf einer Schicht toter Pflanzen, wuchs ein weißer Erlenwald, und der Boden unter den Bäumen, auch die Uferränder, waren weiß von Blüten: Siebenstern und Hartriegel, Sumpfporst und Fieberklee.

Hier nun ließen sich alle nieder, und ich fand, dass kein anderer Ort einen so passenden Rahmen für die weißen Gestalten abgegeben hätte.

Der alte Fanasi nahm das Wort.

Tore Haugen, so erfuhr ich, war sehr beliebt gewesen bei den Sbiten. Er hatte sie mit verschiedenem Notwendigen versorgt – mit Salz, Hanfgarn, Näh- und Stricknadeln und Eisenwaren.

Auch der größte Teil der ausgesäten Gersten- und Roggenkörner stammte von ihm. Er hatte im Tausch dafür Felle erhalten. Nachdem die Schneeschmelze eingesetzt hatte und der Stamm ins Sommerquartier aufgebrochen war, wartete man beinah täglich auf sein Erscheinen.

»Er hat uns schon bei seinem letzten Besuch berichtet, dass unter den Leuten eures Volkes Böses erzählt wird über uns. Wir seien wilde Steppenkrieger, die nichts anderes im Sinn hätten, als mordend und brandschatzend die Städte zu überfallen. Bereits unsere Kinder würden abgerichtet, mit dem Krummdolch zwischen den Zähnen Menschen anzufallen. Wer diese Gerüchte ausstreut, konnte Tore Haugen nicht herausbekommen. Er hörte sie von Personen, die sie ebenfalls nur von anderen gehört hatten.

Die Wahrheit ist: Weder auf unserem Zug durch die Reiche des Nordens noch in den beiden Sommern und Wintern, die wir uns in eurem Land aufhalten, sind wir mit einem einzigen Menschen in Streit geraten. Die wenigen, die uns begegneten, haben gern als Gast an unseren Feuern gesessen und an unserer Seite geschlafen, ehe sie uns wieder verließen. Auch die dreiunddreißig anderen Sbitenfamilien, die mit uns ins Land gekommen sind, wussten nichts von Feindschaft oder unguten Vorfällen zu melden, als wir Abgesandte zu ihnen schickten. Sie leben eine Tagesreise entfernt von hier.

Tore Haugen hat geschworen, dass es nicht die Pelzjäger und die Falkenjäger sind, die uns verleumden. Denn wer für lange Monde die Menschenwohnsitze flieht, um wie ein Bruder mit der Natur zu leben«, schloss Väterchen Fanasi ernst, »lässt Bosheit hinter sich wie auch das Lügen und das Ränkeschmieden. Deshalb bitten wir dich, Isak, uns zu sagen, was du darüber weißt.«

Jetzt war die Reihe an mir. Ich überlegte fieberhaft, wie ich die Intrigen und Pläne der Adelspartei erklären sollte. Wie Macht und Machtgelüste einer Versammlung aus Familienvätern und -müttern verständlich machen, die noch nicht einmal einen Stammeshäuptling über sich duldeten? Eine vorsichtige Frage ergab, dass sie von der Rolle eines Königs oder Kaisers als Oberhaupt eines Staates schon gehört hatten. Auch dort, von wo sie geflohen waren, hatte es einen solchen Herrscher gegeben – den Zaren.

»Als die Überfälle der Siedler und Bauern sich häuften«, sagte der alte Fanasi, »haben beide Sbitenstämme je sechs ihrer besten jungen Männer ausgeschickt, um bei dem Herrscher Anklage zu erheben und Schutz zu erbitten gegen die blutige Verfolgung. Wir dachten, es müsse ein Leichtes sein, ihn zu finden, da er nicht wandert wie wir, sondern das ganze Jahr über in festen Häusern aus Stein wohnt. Aber unsere Männer sind niemals zurückgekehrt. Andere erboten sich, brachen auf, den Zaren zu suchen, doch auch sie blieben verschollen. So sind wir ausgezogen, um anderswo zu überleben.

Wenn wir nur wüssten, weshalb man Tore Haugen, der unser Freund war, so grausam umbrachte! War es, weil er die Wahrheit über uns erzählte und den Menschen dieses Landes sagte, sie sollten das Böse nicht glauben?«

»So ist es«, sagte ich traurig.

»Wie kann man das verstehen? Was gibt das für einen Sinn?«

»Darf ich etwas aufzeichnen?«, fragte ich zurück.

»Solange du *uns* nicht in dein Buch hineinzauberst …« Er redete mit den anderen und sie nickten zögernd.

Ich zeichnete eine große prächtige Krone – König Olvart Märtus. Darunter eine Reihe kleinerer und schlichterer Kronen – die Häupter der Adelspartei. Dann ließ ich einen Hagel aus Pfeilen von den kleinen Kronen ausgehen. Das Ziel dieser Pfeile war die große Krone. Nun schwärzte ich diese Krone ein, bis sie unkenntlich war. Zog sodann einen Kreis um die mittlere der kleinen Kronen und malte sie noch einmal nach – nur jetzt viel größer, so dass sie die Linie des Kreises überragte: Graf Stenbassen.

Aufmerksam neigten sich die Gesichter der im Erlenwäldchen Versammelten über meine Kritzeleien; der alte Fanasi sprach die Erläuterungen dazu.

»So steht es um den König hierzulande«, sagte ich und klappte das Buch zu.

Ein hagerer Sbite erkundigte sich aufbrausend nach etwas und Fanasi übersetzte: »Aber was hat das mit uns zu tun, wenn die Kleinen mit dem Großen die Kronen tauschen? Wir begehren keine einzige von euren Kronen, wir wollen nur in Frieden und guter Nachbarschaft leben.«

Eine neue Geschichte musste her. Am besten eine Allegorie, die sie begriffen.

Unvermutet meldete sich Stemma. »Mir ist da etwas eingefallen; darf ich, Isak? Nehmen wir an, einer von euch wäre König der Sbiten. Er hätte die meisten Rentiere, die schönste Frau zur Gemahlin, bessere Waffen als alle anderen und die geräumigste Hütte ...«

Fanasi übersetzte und schon kam der erste Einwurf von dem Hageren: »Was soll das Geschwätz? Die Rene sind gemeinsames Eigentum des Stammes!«

»Begreifst du nicht, dass sie ein Märchen erzählt?«

Stemma fuhr fort: »... und da ist ein anderer, der neidet ihm alles – die Herde, die schöne Frau, die Armbrüste und die Speere. Der König nun hat, als er einstmals jagte, ein fremdes, nie geschautes Tier entdeckt. Einen Wundervogel, ähnlich dem Adler, doch mit silbernen Flügeln, glänzend wie Fischschuppen und mit einer Stimme schöner als Menschengesang. ›Wer von euch ihn sieht, möge ihn schonen‹, bittet er daraufhin alle Männer des Stammes. Und er kann von nichts anderem mehr reden, Tag und Nacht. Bisher jedoch hat keiner außer ihm den Wundervogel mit dem Fischschuppengefieder gesehen.

Bis eines Tags der Neidische behauptet, auch er sei ihm begegnet. Ein gefährliches Untier sei dieser angebliche ›Wundervogel‹, messerscharf sein Schnabel, messerscharf seine Fänge, und der Hieb seiner Schwingen schmettere selbst wütende Bärenmütter leichthin zu Boden. Wie ein stürzender Baum falle der ›Wundervogel‹ auf seine Beute nieder, es gebe kein Entkommen. Und jener da, dem alle vertrauten, sei ohne Zweifel mit der Bestie im Bunde. Er werde ihr, das sei gewiss, nach und nach den ganzen Stamm ausliefern – zuerst die Kinder, dann die Frauen, zuletzt die Männer. Warum sonst fordere er Schutz und Schonung für die grässliche, Menschen fressende Kreatur?

Umsonst schwört und fleht der König und sucht sich und den silbernen singenden Wundervogel zu verteidigen. Er spricht die Wahrheit, doch niemand glaubt ihm. Warum? Weil die Menschen nun mal das Allerschlimmste leicht für wahr halten, während das unbewiesene Gute ihnen immer zweifelhaft erscheint. Der Stamm zieht also aus, das angebliche Scheusal zu vernichten, bevor es seinen Blutdurst an den unschuldigen Kindern des Stammes stillen kann. Sein Fürsprecher wird verurteilt, wird an Händen und Füßen gefesselt und im Sumpf ausgesetzt, dort, wo er grundlos ist. Der Verleumder aber zieht in dessen Hütte, heiratet dessen Frau, benutzt seine Waffen und ist über Nacht Herr einer unermesslichen Rentierherde.«

Stemma hatte langsam vorgetragen und der alte Fanasi hatte bedächtig übersetzt, mit Heben und Senken der Stimme wie ein wirklicher Märchenerzähler.

»Dieser Wundervogel aus der Geschichte – das sind wir.« Wie erstaunt, die Lösung so einfach entdeckt zu haben, sagte es Ingul, der Imker. »Wir sind das seltene Tier, das keiner gesehen hat außer einem. Es geht gar nicht um uns. Der neidische Mann benutzt uns nur, um dem mächtigen Mann zu schaden. Weil dieser für uns spricht, ist es notwendig, dass wir Barbaren sind und Menschenfresser. Denn wer sich für das einsetzt, was allen schadet, ist selbst ein Schädling und man darf ihn ungestraft beseitigen.«

»Aber warum glauben die Menschen eures Volkes den Lügen der kleinen Kronen mehr als dem weisen und großherzigen Spruch der großen Krone?«, begehrte Aglaia zu wissen.

»Die Antwort haben wir bereits gehört«, sagte Väterchen Fanasi. »Unsere Freundin hat sie in ihrem Märchen ausgesprochen. Sei so gut und wiederhole sie noch einmal mit deinen Worten, kleine Stemma.«

»Weil die Menschen so veranlagt sind, dass sie das Schlimme unbesehen für wahr halten, wenn man es ihnen weismacht. Während sie das unbewiesene Gute stets für zweifelhaft ansehen«, sagte Stemma. Ich war stolz auf sie. Sie musste das in meinen Blicken gelesen haben, denn sie errötete vor Freude.

»König Olvart Märtus ist bereit, euch in seinem Land als Bürger anzuerkennen«, ließ ich mich nun vernehmen. »Er hat mich beauftragt, euch zu finden und euch kennen zu lernen, damit ich ihm von euch berichte. Graf Stenbassen aber – das ist die kleine Krone in dem Kreis – sucht das mit allen Mitteln zu verhindern. Er will nicht, dass das abschreckende Bild, das er von euch entworfen und ausgestreut hat, als falsch erkannt wird. Er braucht den Hass gegen euch. Jeder, der Gutes über euch verbreitet, wird mundtot gemacht. Wie Tore Haugen. Denn solange ihr eine ›Gefahr‹ für die Bevölkerung des Landes darstellt, kann der Graf den König als Unterstützer dieser Gefahr verunglimpfen und sich selbst als Befreier hinstellen.«

»Können wir etwas tun, Isak, um dich und deine Begleiterin vor der Verfolgung der kleinen Kronen zu behüten?«, fragte

Väterchen Fanasi, nachdem er eine Weile lebhaft mit den anderen palavert hatte. »Wir sehen ein, wie wichtig es ist, dass ihr heil und gesund wieder bei der großen Krone eintrefft. Sollen wir euch drei Männer mitgeben, unsere besten Armbrustschützen?«

»Je weniger wir auffallen, umso leichter entschlüpfen wir Stenbassens Spitzeln und Meuchelmördern«, wehrte ich ab. »Außerdem ist meine Mission noch nicht beendet. König Olvart Märtus hat von einem zweiten Volk gesprochen, das Zuflucht in unserem wilden Norden gesucht haben soll. Sie nennen sich Rubutschen. Habt ihr sie je getroffen oder von ihnen gehört?«

Einmütig wurden die Köpfe geschüttelt. Einen zweiten Sbitenstamm gab es wohl, aber – wie sollten sie heißen? Rubutschen? – von einem Volk solchen Namens wussten sie nichts.

Das Mindeste aber, was sie für uns tun wollten, war, uns behilflich zu sein, unbeschadet wieder nach Skuule zu gelangen. Gleich morgen würde man darangehen, Stämme zu schlagen und ein Floß zu bauen. Einige Tage würde es dauern.

Verlegen gestand ich meine Unfähigkeit ein, mit derart ungefügen Wasserfahrzeugen umzugehen. Aber man beteuerte mir, dass wir selbstverständlich zwei erfahrene Flößer mit auf die Reise bekämen, die steuern und staken würden.

»Der Fluss, den ihr den Scaevolafluss nennt, ist ein Kind gegenüber den Flüssen, mit denen wir aufgewachsen sind. Und wenn er zehnmal mit Hochwasser geht«, hieß es fast ein wenig herablassend.

»Aber wie wollen diese beiden Männer wieder heimkommen?« Ich hatte Skrupel, das Angebot anzunehmen, und doch fiel mir ein Stein vom Herzen. »Kein Floß lässt sich flussaufwärts steuern. Und sobald die Leute von Skuule sie in ihrer fremden Tracht zu Gesicht bekommen und die fremden Laute hören ... Wenn sie nicht davor zurückschrecken, ihren eigenen Mitbürger als Sbitenfreund zu vierteilen und aufs Rad zu flechten, wird man mit zwei echten Sbiten erst recht übel verfahren.«

Väterchen Fanasi lachte gutmütig und ein wenig bitter. »Man lebt nicht mit der Natur so viele Jahre wie wir, ohne von ihr zu lernen, Isak! Wenn Tiere über hunderte von Meilen hinweg zu ihren Nist- und Weideplätzen zurückfinden, werden unsere Männer das ebenfalls schaffen. Und sie werden die Leute von Skuule nicht mit ihrem Anblick ärgern.«

Er klopfte mir freundschaftlich den Rücken.

Der Heimweg zum Lager war gelöster, es wurde hier und da halblaut geplaudert. Es schien, als sei eine Spannung gewichen, nun, da sie alles erfahren hatten und der nebelhafte Feind Gesicht und Namen bekommen hatte. Und immerhin gab es eine Hoffnung und ein Versprechen: die Gnade und das Wohlwollen von König Olvart Märtus.

Die Sonne schwang sich vom Horizont, wo sie die helle Nacht über geruht und geglüht hatte wie ein glosendes Feuer, bereits wieder hinauf in das frisch gewaschene Himmelsblau, während ich mich auf Aglaias Reisig-und-Fell-Sofa freute. Stemma war vor der Hütte von Garanas, der hübschen, kecken Garanas, stehen geblieben, als erwarte sie etwas von mir.

»Guten Morgen und zugleich gute Nacht, Unkräutchen«, sagte ich. »Bist du nicht auch müde? Erst der lange Tag, dann das Festmahl und dann noch der lange Weg hin und zurück.«

»Nicht sehr.« Sie zuckte die Achseln. »Und wenn ich's wäre, so könnte ich doch nicht schlafen.« Es klang irgendwie anklagend, als sei dies meine Schuld. »Vielleicht bin ich nur die Unruhe nicht gewöhnt, die Hunde und die vielen Stimmen überall. Hier schläft doch jeder, wann er will, weil die Nacht fehlt.«

Sie holte tief Atem und stieß schnell hervor: »Bei den Ulfeldts habe ich auch nicht schlafen können. Sieht man von Aettersbron ab, haben wir immer Seite an Seite geschlafen, jede Nacht ... in den Gasthäusern, auf dem Möönsberg, bei den Fischern, als es so regnete, selbst im Unglücksmoor. Ich habe mich nun mal daran gewöhnt. Ich kann mich nicht plötzlich damit abfinden, dass du nicht auch da bist, neben mir. Jetzt weißt du es.«

Unvermittelt bückte sie sich und tauchte in die Öffnung der Fellhütte. Kein »Schlaf gut, Isak«, kein Lächeln oder wenigstens ein freundlicher Blick. Jetzt war ich es, der die Achseln zuckte. Dann eben nicht! Eine wahrhafte kleine Xanthippe, diese Stemma Dannhauer! Launen, Eifersucht, Ansprüche! Wer sie einmal zur Frau nahm, würde kein leichtes Leben haben.

Insgeheim dankte ich der Vorsehung, dass sie mich an Hjördis Ulfeldt gewiesen hatte, deren einzige Untugend ihre eigensinnige Liebe zu ihrer Vaterstadt Aettersbron war. Dem würde ich schon noch beikommen, wenn ich erst meinen Doktortitel besaß und Seine Majestät mir aus Dankbarkeit für geleistete Kundschafterdienste einen Lehrstuhl für Botanik in Västhedanger anbieten ließ. Wäre doch gelacht, wenn Hjördis dann nicht lieber die Gattin des bekannten Professor Zettervall in der Hauptstadt werden wollte, statt ewig in Aettersbron »die Tochter von Doktor Ulfeldt« zu bleiben!

23. Kapitel

Ich erwachte davon, dass ein sanfter, warmer Wind über meine Wange strich. Mein traumverlorener Zustand ließ mich glauben, ich sei durch einen Zauber wieder südwärts getragen worden, in die sommerlichen Schärenwiesen vor Västhedanger oder in den Fliederhof des Schlosses von Rökstuna. Doch als ich blinzelte, war es nur Garanas, die neben meinem Lager saß und mir mit gespitzten Lippen zart ins Gesicht blies.

Sie und Aglaia tauschten ungeniert Bemerkungen aus, in denen es ganz offensichtlich um mich ging. Dazwischen gab es Gelächter – Aglaias Ho-ho-ho und Taubengurren von Garanas. Kaum hatten sie mich mit Resten vom gestrigen Festschmaus versorgt, fasste Garanas meine Hand. Mit dem gleichen Fingerverflechten, wie überall auf der Welt Mädchen ihre Burschen bei der Hand fassen und mit sich ziehen.

Jetzt, wo ich wusste, dass für unsere Rückkehr nach Skuule alles in die Wege geleitet würde und man sicherlich schon dabei war, geeignete Baumstämme für das Floß ausfindig zu machen, hatte ich nichts dagegen, mich dem angenehmen Leben der Sonnenzeit zu überlassen.

Einen Rindenkorb tragend, ging ich, Hand in Hand mit Garanas, wohin sie mich haben wollte. Ob in den Birkenwäldchen, im Moor, im Heideland – überall trafen wir auf Halbwüchsige oder ältere Frauen, die irgendetwas sammelten oder pflückten. Man rief uns zu, jeder lächelte, niemand schien etwas dabei zu finden, ein unverheiratetes junges Mädchen so einig und herzlich mit einem völlig fremden Mann umgehen zu sehen. Als hätte ohne mein Wissen eine Verlobung stattgefunden.

Zuerst rauften wir junges Birkenlaub aus und größere Mengen von Gemeinem Flachbärlapp. Unter pantomimischen Scherzen fragte ich, wozu das verwendet würde, doch wohl kaum zum Essen?

Als Antwort ahmten die mutwilligsten unter den jungen Leuten das Blöken der Schafe nach und die Mädchen zupften herausfordernd an ihren kurzen wollenen Leibchen. Ich schloss aus diesen Andeutungen, dass in einem speziellen Sud Wolle gefärbt werden sollte.

Nachdem wir abgeliefert hatten, ging es unverzüglich wieder hinaus, doch gemächlich und ohne jede Eile. Während der ganzen Zeit meines Aufenthalts sah ich niemals einen Sbiten etwas in Hast erledigen. Diesmal sammelten wir Birkenrinde und die Blätter der Bärentraube. Ungefragt deutete Garanas auf ihre Fellstiefelchen und auf die spitze Mütze. Die Ausbeute war demnach wohl zum Gerben oder Beizen von Häuten bestimmt.

Bei der dritten Exkursion galt es, so viel als möglich an Kiefernrinde zusammenzutragen, wobei jüngere Bäume als zu bitter und zu harzig verworfen wurden.

Svala und Guesa, denen wir, in der Heide herumstreifend, begegneten, riefen uns von weitem Bemerkungen zu. Ich bedauerte, dass ich den Inhalt ihrer hellen, fast singenden Zurufe nicht verstand. Ich hätte gewettet, dass sie anzüglicher Art waren und nicht gewagt worden wären, hätte ich ihre Sprache beherrscht.

Ich bemitleidete diese jungen Geschöpfe aus tiefstem Herzen. Denn für wen klingelten die Glasperlenbüschel über ihren Ohren, für wen schmückten sie ihre prächtigen Zöpfe mit roten Schnüren und ihre spitzen, kleinen Mützen mit Kränzen aus Hahnenfuß und weißen Sumpfveilchen? Für die Väter ihrer Freundinnen? Oder gar für deren glattwangige Brüder, denen beim Lachen noch die Stimme brach?

Während ich mit dem Hirschfänger Kiefernrinde von großen alten Stämmen schälte, malte ich mir aus, ich würde Fanasis Vorschlag annehmen. Alle Brücken hinter mir abbrechen und der natürlichen Sehnsucht der jungen Sbitinnen ein greifbares Ziel bieten, indem ich dabliebe. Svala, Guesa, Garanas und all die anderen Mädchenblüten, deren ganze Aussicht auf Ehe darin bestand, dass eine der Frauen und Mütter im Kindbett starb, um dann den Witwer zu ehelichen – jede von ihnen wäre überglücklich, hielte ich bei ihren Eltern um sie an.

Immerdar reine Luft und reines Wasser, rein wie am ersten Tag der Schöpfung. Kein Schweißvergießen beim Hausbau. Weder katzbuckeln um einen guten Posten in der Welt noch sich plagen müssen um den Erwerb von schnödem Mammon. Die Gaben der Natur maßvoll nutzen und sie niemals schädigen. Ruhigen Gemüts, ohne Streit und Missgunst, Kinder aufziehen. Fischen und jagen, Häute gerben und Renkühe melken, Jumo herstellen und Jumo essen. An keinen Ort gebunden, meine Fellhütte aufschlagen, dort, wo auch meine Freunde wären …

Solchen Träumen nachhängend, war es kein Wunder, dass ich dem hübschen Mädchen an meiner Seite das Zärtliche-Augen-Machen zurückgab. Es war nur ein Strohfeuer, ich liebte Garanas nicht, aber auch Strohfeuer haben ihre Zeit, in der sie leuchten und wärmen.

Erst Stemmas missmutige Blicke holten mich in die Wirklichkeit zurück.

Sie stand hinter einem taillenhohen Trog, meine schlecht gelaunte Gefährtin, einem Trog, der aus einem ausgehöhlten Baumstamm bestand, und der junge Ivalo hinter einem ebensolchen. Und beide, Stemma und Ivalo, stampften aus Leibeskräften auf den Inhalt ein; sie mit einem Spaten, er mit einer Keule.

Dem Beispiel der anderen folgend, schälte ich die äußere Borkenschicht von der gesammelten Kiefernrinde. Die so gewonnenen dünnen Stücke warfen wir auf ein schwaches Glutfeuer, wo sie vor sich hin rösteten, um, sobald sie ausgekühlt waren, in Ivalos Trog zu wandern und zerkleinert und zerrieben zu werden. Ich wollte auch Stemma etwas zukommen lassen, wurde aber von ihr eines Besseren belehrt.

»Nicht doch, hier sind Wurzeln drin, keine Rinde! Ziemlich durcheinander, der Herr Doktor Zettervall. Rindesammeln tut ihm scheint's nicht gut.«

Kratzbürste! Woher sollte ich wissen, was hier und was dort zerstampft wurde?

»Du arbeitest ja richtig, Unkräutchen«, sagte ich versöhnlich. »Sie werden dich ungern fortlassen.«

Spitz entgegnete sie: »Oh, *ich* tue überhaupt nichts, so sagt eine Sbitenweisheit. Der Spaten macht alles, ich helfe nur ein wenig nach. Das Netz zieht die Fische ein, der Kessel kocht die Mahlzeit, der Baum liefert Körbe und Löffel. Willst du das nicht aufschreiben? Ich habe es von Väterchen Fanasi gehört. Du wolltest doch, dass ich dir alles mitteile. Aber das war gestern. Inzwischen scheint dir anderes wichtiger.«

Wieder ein finsterer Blick unter dem Balken der zusammengewachsenen Brauen hervor; aufeinander gepresste Lippen.

Ich hatte eine Zurechtweisung auf der Zunge, etwa, dass sie sich nicht aufführen solle wie eine verheiratete Kleinbürgersfrau. Doch die Beschwingtheit des Herzens lässt uns zur Großmut neigen und ich fühlte mich ziemlich beschwingt. Das arme Ding war durch seine Eifersucht schon genug gestraft. So versetzte ich Stemma nur einen leichten Nasenstüber und stillte ihr Verlangen nach Beachtung, indem ich sie bat, mit Stampfen innezuhalten, damit ich die Wurzeln identifizieren konnte. Einige waren noch unverletzt, und ich fand heraus, dass es sich um die Wurzeln des *Dracontium* vulgo Schlangenwurz handelte.

Befriedigt, dass ich mich von Garanas abgewendet hatte, brüstete sich Stemma mit neuem Wissen, das sie von Fanasi hatte. »Wenn ich alles klein gestampft habe, wird es gemahlen, ein Brei angerührt, und weil es so wenig ist, kommt noch Kiefernmehl dazu. Jetzt rate mal, was man daraus macht!«

»Am Ende Schlangenwurzbrot?«, scherzte ich.

»Ach, hat sie es dir schon verraten?« Enttäuscht zeigte Stemma mit dem Kopf auf Garanas.

»Wie sollte sie? Wo wir uns nur mit Händen und Füßen verständigen! Nein, ich wollte spaßen und traf dabei ins Schwarze. Aber sag, ist es nicht wunderbar, wie die Natur die Menschen auch dann mit Brot versorgt, wenn kein Getreide zur Hand ist! Schlangenwurzbrot ... man sollte es nicht glauben.«

Ich war froh, nicht weiter über Garanas ausgefragt zu werden. Zwar hatte ich die Wahrheit gesprochen, was die Verständigung zwischen ihr und mir anging, doch konnte ich eine gewisse Scheinheiligkeit nicht leugnen. In ihrer Unerfahrenheit wusste Stemma nicht, dass die Sprache der Hände und Füße, nicht zu vergessen die Sprache der Augen, zwischen einem Mann und einer Frau völlig genügt und der Worte nicht unbedingt bedarf.

Nach der Abendmahlzeit verbreitete sich Unruhe im Lager. Kinder, so erfuhr ich später, hatten von Scharen flüchtender Rotmäuse berichtet, die alle in eine Richtung gerannt seien, auch Füchse hatten sie bemerkt und Hermeline im roten Sommerfell, hetzende Eichkätzchen, kreischende Vogelschwärme.

Schließlich kam ein Sbite zurück, der mit seinem Hund und seiner Armbrust samt Speer auf Bärenjagd gewesen war. Brandgeruch hatte ihn eilends zur Umkehr bewogen, um dem Stamm Bescheid zu geben.

Sofort begaben sich einige zu den Hügeln in der Heide, um von deren Höhe Ausschau zu halten, ob das Feuer zu sehen sei und welchen Weg es nahm. Die Jungen stiegen einander auf die Schultern und machten Anstalten, an den kahlen Kiefern- und Fichtenstämmen hinaufzuklettern.

Auch ich lief zu den Heidehügeln und holte den alten Fanasi ein, der trotz seines Alters flink und leicht zu Fuß war. Seine Stirnfalten waren um eine senkrechte Sorgenfalte vermehrt.

»O weh, o weh, der Wind steht nicht gut, Isak, er springt ständig um. Und selbst wenn das Feuer nicht hierher kommt, so sind da immer noch unsere Felder. Dürftige Felder nur, aber unter wie viel Mühe mit dem Handpflug beackert. Wir hatten den letzten Kornvorrat ausgesät, den unser Freund Tore Haugen für uns beschaffte. Da Tore Haugen nun tot ist, wird es keine Aussaat mehr geben, wenn das Feuer unsere kleinen Felder zerstört, und wir werden für den Rest unseres Lebens nur mehr Brot aus Kiefernmehl essen.«

Nach der Art alter Leute sah er das vorgestellte Unglück bereits als geschehen an und jammerte vor sich hin, bis wir auf der Kuppe des größten Hügels anlangten.

Die Mitternachtssonne hatten wir im Rücken; sie glänzte feierlich wie ein goldener Hort zwischen den Zacken ferner Nadelbäume. Aber da, wohin die Blicke aller auf dem Hügel Versammelten gerichtet waren, gab es noch eine Sonne. Oder vielmehr drei. Drei zuckende, unstete Mitternachtssonnen, die ihr Licht aufblendeten, für Augenblicke verschwanden und Schleier aus Rauch verbreiteten, um an anderer, ein Stück entfernter Stelle wieder aufzuzüngeln. Hüpfend bewegten sie sich den Kamm des Waldlandes entlang, bisweilen abtauchend, um auch das Strauchwerk zu verspeisen, aber immer wieder zum Vorschein kommend, schneidend hell und gefräßig. Sie mussten schon seit Tagen unterwegs sein.

Zwei der Brände waren gottlob weit entfernt, und es hätte schon ein Sturm losbrechen und in unsere Richtung drehen müssen, um dem Lager gefährlich zu werden. Tückischer war das dritte Feuer. Väterchen Fanasi bezeichnete mir die Stelle inmitten des Waldes, wo, von hier aus nicht sichtbar, die kostbaren Felder des Stammes lagen. Nicht jeder Boden eignete sich; sie hatten lange suchen müssen.

Einige der Männer beschlossen, mit Schaufeln loszuziehen und eine Feuerschneise zu graben, für alle Fälle. Auch Frauen wollten sich anschließen, um die Ablösung zu übernehmen, damit die Männer hin und wieder ausruhen konnten. Andere wieder wollten auf dem Hügel bleiben und beobachten. Zu ihnen gehörte der alte Fanasi.

Ich sah Raimo und Aglaia einen Disput führen; wahrscheinlich ging es darum, wer im Lager bleiben sollte und wer mit dem Feuer kämpfen durfte. Oder umgekehrt. Ich verließ den Hügel, begab mich zum Lager zurück, trank noch einmal ausgiebig aus dem Wasserkübel am Hütteneingang von Aglaia und schickte mich an, die Kraft meiner Arme beim Graben zur Verfügung zu stellen.

Nur, wo waren sie alle? Raimo hatte offenbar seine Frau überredet, dass er der Ausdauerndere sei, denn Aglaia unterhielt sich in der Nähe ihrer Hütte mit anderen Frauen, die gleichfalls zu Hause blieben. Sie zeigten mit den Händen, wohin der Trupp aufgebrochen war, den ich noch einzuholen hoffte.

Ich beschleunigte meine Schritte. In der Stille der lichten Nacht hörte ich deutlich die Stimmen der vor mir Gehenden, so dass ich ihnen folgen konnte, obgleich ich den Weg zu den Feldern nicht kannte. Hier, im Wald, war es viel düsterer als im Freien; ich hastete vorwärts und trotzdem näherten die Stimmen sich nicht im Geringsten.

Ein fremder, wilder, brandiger Geruch kam bisweilen mit dem Wind daher und überdeckte die kühlen Düfte der betauten Pflanzen und Sträucher, der Birken und Nadelbäume. Eine halbe Meile mochte ich so gelaufen sein, den immer gleich weit entfernten Stimmen hinterher, ohne erkennbaren Pfad. Als um mich herum nur noch Schweigen war und Blättergeraschel und das eigentümliche Sausen windbewegter Wipfel, blieb ich stehen, von jäher Angst erfüllt. Waren die Zurufe verstummt, oder hatte sich die Entfernung zwischen mir und den anderen so vergrößert, dass sie außer Hörweite geraten waren? Wo lagen die Felder der Sbiten?

Fest stand, dass ich nicht mehr wusste, in welche Richtung ich mich wenden sollte. Nicht einmal den Rückweg würde ich finden, da ich mir keinerlei Merkmale eingeprägt hatte, einzig darauf bedacht, die Verbindung nach vorn nicht zu verlieren. Der Gedanke an die erwähnten Bären bereitete mir Unbehagen. Natürlich war mir bekannt, dass sich die Petze in der beerenreichen Sommerzeit eher an vegetarische Nahrung hielten. Doch noch waren die Beeren nicht so weit. Ausgehungert, zudem durch das Feuer verstört und gereizt, würde sich ein Bär kaum durch Menschenfreundlichkeit auszeichnen.

Ich legte die Hände an den Mund und versuchte es mit Rufen. Einmal glaubte ich eine Antwort zu vernehmen, aber die Laute konnten ebenso gut von einem Tier herrühren. Trotzdem eilte ich darauf zu, mit jagendem Herzen, nur um ein Ziel zu haben. Der Brandgeruch nahm zu.

Unvermittelt tat sich eine schreckliche Zone des Todes vor mir auf. Das Feuer musste hier vor geraumer Zeit gewütet haben, denn es gab nicht ein grünes Hälmchen mehr, weder Blatt noch Kraut, nur verbrannten Boden und dürre Baumstrünke. Hier und da qualmte es noch, ein Ameisenhaufen gloste und überall brachen die verkohlten Äste von den Baumgerippen herunter. Schwarz stand der Rauch wie eine Wand und verriet den Weg, den das Feuer genommen hatte.

Wolken winzigster Fliegen stürzten sich auf mich, krochen mir ins Gesicht, in die Nase, in Mund und Ohren und bedeckten jedes Fleckchen meiner weißen Sbitenkleidung. Meinen bewährten Mückenschutz hatte ich im Lager gelassen.

Mich packte Verzweiflung. Ich irrte weiter und weiter. Die fallenden Äste verfehlten mich oft nur um Haaresbreite. Ich schützte das Gesicht mit den Armen und nahm die Mütze ab, um damit zu wedeln, hustete, nieste und achtete nicht mehr darauf, wohin ich ging, nur dass ich ging.

Sollte mir ein solch erbärmliches Ende an der Wiege gesungen worden sein?

Wenn ich wenigstens eine Ahnung gehabt hätte, in welcher Richtung der Scaevolafluss lag! Fast erschien er mir jetzt wie ein Stück Heimat, denn floss er nicht nach Skuule, wo der Fuchswallach von Herrn Scavenius auf mich wartete? Und segelten von Skuule nicht Schiffe an der Küste entlang, hinunter nach Västhedanger?

Ich dachte an Stemma. Was sollte aus ihr werden ohne mich? Auch an Hjördis Ulfeldt dachte ich. Sie würde nach zwei oder drei Jahren treuen Ausharrens wahrscheinlich dem Werben dieses Anwalts nachgeben und schließlich doch Hjördis Froeding heißen.

Ich hatte jedwedes Zeitgefühl eingebüßt und gelangte nach einer weiteren Viertelmeile – oder waren es zwei gewesen? – in Gefilde, die das Feuer verschont hatte. Vielleicht war ich auch nur im Kreis gelaufen. Ein letztes Mal rief ich, was meine Lungen hergaben. Danach ließ ich mich niedersinken auf ein paar feuchte Grashöcker und schlief ein. Verzweiflung und Angstgefühle können einen ebenso erschöpfen wie körperliche Anstrengung.

Träume narrten mich; wie am Morgen spürte ich sanften, warmen Wind im Gesicht.

»Ach, Garanas«, seufzte ich im Traum, »so bist du auch tot und wir treffen uns hier wieder?«

Doch ich kehrte ins Leben zurück. Ein nach Rauch riechender weißer Ärmel fegte über meine Augen und scheuchte die kleinen Fliegen fort. Dicht über meinem Kopf klingelten Glasperlen. Und schwere, rot bebänderte Zöpfe fielen auf meine Brust.

Garanas! Meine reizende Rabenbeere, mein rettender Engel! Wie sie mich gefunden hatte, ob sie vom Himmel gefallen oder von einer inneren Stimme geleitet worden war – es war mir gleich. Nur dass ich nicht mehr allein war, zählte. Der Instinkt des Nomadenmädchens würde uns zum Lager zurückführen. Oder dahin, wo die anderen waren.

Im Überschwang glücklicher Erleichterung zog ich sie zu mir auf die Grasbuckel nieder und sie wehrte sich durchaus nicht, im Gegenteil. Ich weiß nicht, was noch geschehen wäre, doch kann ich mit gutem Gewissen sagen, dass es nicht geschah, weil mitten in unser Herumrollen, Küssen und Betasten hinein ein Wäschestück geflogen kam und wie ein schlaffer, weißer Vogel auf meinem Nacken landete.

Aus meiner liegenden Position heraus blickte ich auf, sah allerlei Blumen, in den letzten warmen Tagen in üppigem Flor aufgeschossen, die sich in der Sommerbrise wiegten. Nordische Pestwurz war darunter, Waldbrustwurz, die goldenen Zepter der Moorkönigspflanzen und purpurn flammendes Läusekraut. An ihnen war die Feuerwalze vorübergegangen. Die Arme von Garanas noch um den Hals, rappelte ich mich hoch und erspähte, halb hinter Buschwerk verborgen, eine Gestalt in weißer Sbitenkleidung. Das Gesicht hatte sie mit einer Schleierkapuze aus Spitzen verhüllt, die mir nur zu bekannt war.

Ein langhaariger Hund lief herzu, stellte sich neben Garanas und mich und kläffte zu der vermummten Gestalt hin, als wolle er gelobt werden. »Stemma!«, rief ich verlegen. So froh mich ihr Auftauchen noch vor einer kleinen Weile gemacht hätte, so ungelegen kam es mir jetzt. »Ich hatte mich verlaufen, als ich zu den Feldern wollte, um graben zu helfen. Ich bin herumgeirrt und herumgeirrt und schließlich hier eingeschlafen. Ich dachte schon, ich müsste mein Leben in der Wildnis beschließen. Aber Garanas hat mich gefunden, denk dir!«

»*Ich* habe dich gefunden, Isak Zettervall«, kam es scharf hinter dem Schleier hervor. »Ich stehe schon die ganze Zeit hier. Sie war dagegen, dass ich dich aufwecke, sie wollte es unbedingt selbst tun. Zuerst dachte ich mir nichts dabei; du sagtest doch, ihr könntet euch nur mit Hilfe von Händen und Füßen verständigen. Oh, was war ich dumm! Du darfst ruhig über mich lachen, Isak Zettervall. Ich hasse dich! Ich wünschte, ich hätte dich noch ein paar Tage lang verschollen sein lassen.«

Außer sich vor Entrüstung, rieb sie mit dem Handrücken auf dem Spitzengewebe herum, wischte wohl die Tränen des Zorns und der Eifersucht fort.

»Du bist sehr ungezogen, Stemma Dannhauer«, sagte ich. »Deine Mutter würde ein solches Benehmen auch tadeln, da bin ich sicher.« Etwas milder fügte ich hinzu: »Sag niemals Dinge, die dir hinterher Leid tun, Unkräutchen.«

»Und du *tu* nichts, was dir hinterher Leid tut«, gab sie patzig zurück. »Aber wahrscheinlich hast du längst vergessen, dass du verlobt bist. Mit Hjördis Ulfeldt aus Aettersbron!«

Ich stand auf und zog auch Garanas in die Höhe. Der schöne Moment, als Traum und Wirklichkeit ineinander übergehen wollten, war vorbei. Zwar hatte Garanas von Stemmas heftigem Hervorgesprudel nichts verstanden, aber wohl das meiste erraten; sie lächelte unendlich wehmütig.

Auf dem Rückweg ins Lager ließ sich Stemma nach und nach die Geschichte entlocken, die zu meiner Rettung geführt hatte.

Als nach Stunden die Ersten, erschöpft vom Graben der Feuerschneise, wieder im Lager anlangten, war Stemma ihnen entgegengelaufen, hatte sich nach mir erkundigt. Wieder und wieder meinen Namen genannt, fragend, und stets nur Kopfschütteln geerntet. Isak? Nein, der sei nicht dabei gewesen. Daraufhin war sie zu Väterchen Fanasi auf den Hügel gegangen und hatte ihm ihre Sorge vorgetragen: Laut Aglaia sei ich kurz nach den anderen aufgebrochen, ihnen hinterher. Doch sei ich nicht bei ihnen angekommen. Man müsse nach mir suchen, vielleicht sei ich von einem Bären angefallen worden.

Das hatte man ihr ausgeredet. Ivalo, begleitet von einem der Hunde, hatte sie alsdann zu den Feldern geführt, wo nur noch ein paar junge Leute als Wache zurückgeblieben waren; die Gefahr schien vorerst gebannt. Stemma, das gewitzte Kind, hatte eins meiner Hemden aus dem Mantelsack mitgenommen. Das wurde jetzt dem Hund vorgehalten, in der Hoffnung, dass er meine Spur witterte.

Garanas hatte zu denen gehört, die bei den Feldern Wache hielten. Als sie erfuhr, worum es ging, hatte sie sich Stemma zugesellt.

»Ich gebe zu, anfangs war ich froh, dass sie mitkam. Ich hatte Angst, mich auch zu verirren, denn der Hund rannte und rannte, so dass ich kaum folgen konnte. Als er dich fand, am Boden liegend, glaubte ich zuerst, du seist tot, so umschwirrten dich diese grässlichen kleinen Fliegen. Aber du lebtest, was war ich glücklich!

Ja, und dann pustete sie dir ins Gesicht, du kamst zu dir und ihr habt euch ›unterhalten‹. Mit Händen und Füßen. Hätte ich das vorher gewusst, wäre ich bestimmt nicht auf die Suche nach dir gegangen!«

»Danke, Unkräutchen.« Ich lüftete ihren bizarren Fliegenschutz und gab ihr einen Kuss auf die tränenfleckige Wange.

Liebe arme Stemma; mehr denn je sah sie wie ein beleidigter Elch aus. »Danke für alles. Für deine Sorge und auch für das andere. Ich verdiene dich gar nicht.«

Seligkeit zog über ihr Gesicht.

Ich ließ den Schleier wieder herunter und wandte mich zur anderen Seite, um auch Garanas zu küssen und mich bei ihr zu entschuldigen. »Verzeih mir, schönste aller Rabenbeeren, verzeih mir, dass ich dich enttäuschen muss«, sagte ich so leise, dass Stemma es unmöglich hören konnte. Garanas, die kein Wort verstand und dem Raunen wohl einen anderen Sinn geben mochte, umschlang mich mit beiden Armen; fast musste ich sie weiterziehen.

Aus unversehrten Bäumen rief lustig ein Kuckuck, schrie dem Feuer hinterher, das ihn hatte leben lassen. Auch mich hatte das Leben wieder. Was scherten mich Graf Stenbassen und seine Kreaturen!

24. Kapitel

»Und du wirst der großen Krone berichten, dass die Sbiten weder rauben noch plündern noch den Menschen eures Landes nach dem Leben trachten?« Es klang fragend, aber zuversichtlich. Väterchen Fanasi stand vor mir am rauschenden Scaevolafluss, und im Halbkreis hinter ihm stand der halbe Stamm der Sbiten, um Stemma und mich zu verabschieden. Der zierliche Alte streckte die Arme nach mir aus.

»Wir setzen alle unsere Hoffnungen auf dich, Isak Zettervall. Die Götter von Wind und Wasser und die guten Geister des Feuers und der Erde werden euch begleiten und schützen, und die Macht über den Sternen, die Liebe lehrt zwischen den Geschöpfen der Erde, wird ihre Hand über euch halten, damit du die Wahrheit verkünden kannst über die Sbiten, diesen heimatlosen Stamm. Über unser Elend und unsere Sitten wirst du aussagen, dass wir friedfertig sind und dass die jungen Männer der Sbiten von ihren Bittgängen zum Herrscher unseres alten Landes nicht zurückkehrten. Und so haben wir niemanden, den wir schicken könnten, uns der großen Krone zu empfehlen, ehe nicht unsere Knaben herangewachsen sind. Denn unsere Gesetze sehen vor, dass kein Mann, der Frau und Kinder hat, diese ohne Not verlässt. Tu es für uns, lieber Freund Isak. Sei du unsere Stimme.«

Tränen rannen ihm in den weißfädigen Bart hinein. Auch mir wurden die Augen nass. Ich umfasste die würdige kleine Gestalt und drückte sie fest an mich.

»Vor allem, Fanasi, Väterchen, werde ich von eurer Gastlichkeit und eurem Fleiß berichten«, sagte ich. »Niemand soll euch nachsagen dürfen, ihr wäret ins Land gekommen, um euch von Almosen zu ernähren. König Olvart Märtus dürfte sich glücklich preisen, wenn alle seine Landeskinder ein wenig von eurer Genügsamkeit und eurer Geschicklichkeit hätten.«

»Zu große Worte, viel zu große Worte«, wehrte der Alte ab. »Das Beil ist es, das das Holz spaltet. Das Netz ist es, das die Fische einzieht. Der Baum spendet die Rinde für die Löffel und Schuhe und Gefäße. Der Kessel kocht die Mahlzeiten für uns, die Schafe lassen die Wolle für uns wachsen, und die Armbrust sendet den Pfeil ab, der uns den Vogel oder den Biber oder was immer zu Füßen legt. Wir selbst tun kaum etwas dazu.«

»Ich habe eure Bescheidenheit vergessen«, verlängerte ich meine Aufzählung. »Und noch etwas: Das Lob eurer Mädchen werde ich singen, für die allein es sich lohnte, Schwiegersohn der Sbiten zu werden.«

Jeder, den ich umarmte, sagte ein paar kurze Worte, von denen ich nichts verstand, als dass sie herzlich waren. Auch Stemma wanderte aus einem Arm in den anderen.

Wir trugen wieder unsere alten Kleider, zum ersten Mal seit mehr als zwei Wochen. Die weißen Brennnesselgewänder steckten in unseren Mantelsäcken, zum Andenken. Unsere Stiefel waren fachmännisch mit vielen Lagen aus weich geklopftem Gras gefüllt, um Kälte und Nässe abzuhalten. Ein Rindenfässchen mit Jumo stand bereits auf dem Floß, ebenso eine Bütte mit Schlangenwurzbrot, frisch gebacken, und mit Fleisch. Man hatte uns zu Ehren eins der Rene geschlachtet, was sonst nie vor Eintritt des Winters geschah.

Das Floß, das man für uns gebaut hatte, bestand aus fünf Stämmen, jeder Stamm so dick wie ich und gut zwei Klafter lang. Der Anker war ein schwerer Stein, mit Birkenbast umwickelt, durch ein zwei Klafter langes Basttau mittels Keil am Floßende befestigt.

Ingul, der Imker, und ein anderer Sbite standen mit je einer Stake bereit, uns über die Stromschnellen zu bugsieren und so nahe wie möglich an Skuule heranzubringen.

Eine Wolke verdüsterte die Sonne; es wehte frisch auf dem Wasser. Der »Anker« wurde hochgehievt. Mit Gebärden gab uns der andere Steuermann, sein Name war Beresan, zu verstehen, wir möchten uns flach hinlegen, das Wasser sei hier recht tief.

Die an der Uferböschung Versammelten brachen, als das Floß sich zu entfernen begann, in Gesang aus. Wir erlebten einen der mächtigen, vielstimmigen Sbitengesänge, von denen Tore Haugen seiner Tochter Silpa erzählt hatte und die nur bei außerordentlichen Anlässen zelebriert werden. Es handelt sich dabei um Töne ohne erkennbare Melodie, ohne Worte, vergleichbar allenfalls mit in einer hohen Höhle gefangenen Echos, von denen das erste noch nicht erstorben ist, wenn das zweite, dritte und vierte dazukommt.

Dies war das letzte Geschenk, das sie uns mit auf die Reise gaben.

Garanas war nicht mit zum Scaevolafluss gekommen.

In den Tagen zwischen dem Feuer und unserer Abreise waren wir für kurze Zeit unzertrennlich gewesen. Sie kam jeden Morgen und weckte mich auf ihre besondere Weise. Doch hinderte mich die Anwesenheit Aglaias, das handgreifliche Spiel vom Tag des Feuers zu wiederholen. Und suchten wir die Einsamkeit, getarnt mit Körben, hinausgeschickt mit nutzvollen Aufträgen, klebte alsbald Stemma uns an den Fersen.

Das hatte ich dem Hund zu verdanken, der sich seit dem Beriechen meiner Leibwäsche als mein spezieller Freund aufführte. Im festen Glauben, sie, die ihm das Hemd hingehalten hatte, und ich, der nach dem Hemd roch, gehörten zueinander, spürte er Stemma auf, wo immer sie sich gerade aufhalten mochte, und rannte so lange kläffend zwischen ihr und mir hin und her, bis er seine kleine Herde wieder beisammenhatte. Halb ärgerlich, halb belustigt, blieb mir nichts anderes übrig, als die selbst ernannte Tugendwächterin als fünftes Rad am Wagen zu dulden.

Ich musste Stemma zugute halten, dass der Ausbruch von Eifersucht sich nicht wiederholte. Sie gab sich alle Mühe, heiter und unbefangen neben uns her zu trotten, als hätten wir sie eigens zur Begleitung aufgefordert. Sie tat sich weder durch störendes Geplapper hervor noch durch spitze Bemerkungen. Das war ihr hoch anzurechnen, zog man in Betracht, was angesichts unserer verschlungenen Hände und verzehrenden Blicke in ihr vorgehen mochte. Dennoch stellte sie sich jedes Mal wieder ein.

Nein, dass wenige Tage vor unserer Abreise eine Abkühlung meiner Gefühle gegenüber Garanas eintrat, war nicht Stemma anzulasten. Auch Garanas selbst konnte nichts dafür. Schuld war, wenn hier überhaupt von einer Schuld gesprochen werden konnte, allein mein ästhetisches Empfinden.

Ich hatte es mir zur Gewohnheit gemacht, die Bräuche der Sbiten in meinem Notizbuch festzuhalten, wobei ich mich auf eine rein sachliche Beschreibung beschränkte und mich aller persönlichen Kommentare enthielt. So auch, als ich Garanas, meine Rabenbeere (denn das bedeutete ihr Name in der Sprache der Sbiten), beim Spinnen antraf.

Zusammen mit vier anderen Frauen und Mädchen saß sie an einem sonnigen Platz. Jede der fünf hatte einen Korb flockiger, ungekämmter und ungewaschener Wolle neben sich. Und jede griff in die Wolle hinein, zog einen Wust heraus, zwirbelte diesen zwischen den Fingern, so dass sich ein fester Strang bildete. Der nun wurde mit der flachen Hand über die Wange gerollt, wodurch er sich in eine noch dünnere Strähne verwandelte, und sodann durch den Mund gezogen, um alle Unebenheiten vollends zu glätten. Auf der anderen Seite kam der Faden jetzt eingespeichelt und »gesponnen« wieder heraus. Allmählich häufte sich neben jeder der fünf Spinnerinnen ein endlos langer Faden, der nur noch zum Knäuel aufgerollt werden musste.

Zu beobachten, wie die schmierige, schmutzige Schafwolle unablässig durch den Mund von Garanas hindurchglitt, war mir ein widerwärtiger Anblick. Emsig an dem grauen Strang lutschend, lächelte Garanas zu mir auf, ahnungslos, wie abstoßend sie dadurch für mich wurde.

Ich verachtete mich selbst dafür, dass ich es beim zärtlichen Wecken von nun an vermied, ihrem Mund zu nahe zu kommen. Ich wich dem sich annähernden Gesicht aus, klimperte stattdessen mit dem Glasperlenschmuck oder zog sie an den Zöpfen, kurzum, ich benahm mich wie ein alberner Schuljunge. Das Strahlen, mit dem Garanas mich sonst immer begrüßt hatte, erlosch.

Nachdem ich sie zum zweiten Mal so abgefertigt hatte, kam sie nicht mehr in Aglaias Fellhütte. Trafen wir im Lager oder beim Rindesammeln aufeinander, setzte ich ein dummes, beschämtes Lächeln auf. Garanas blieb ernst. Ich hatte sie zu tief verletzt. Vor allem, da ich ihr keine Erklärung für mein verändertes Betragen geben konnte.

Stemma war die Entfremdung zwischen Garanas und mir nicht entgangen. Sie stellte indes keine Fragen und zeigte keine Freude. Nicht einmal Schadenfreude, was auch nicht zu ihr gepasst hätte. Falls sie befriedigt war, behielt sie es für sich.

Wie schon beim Aufbruch in Aettersbron, als Hjördis Ulfeldt zurückblieb und sie, Stemma, mit mir weiterreisen durfte, äußerte sich ihre Erleichterung durch verstärkte Munterkeit. Beinah hüpfend legte sie den Weg zum Fluss zurück, wo das Floß auf uns wartete. Und auf ihrem Nacken tanzte das wieder in den schwarzen Taftbeutel eingebundene Haar, das nun nicht mehr mit seinen zwei kärglichen mausbraunen Flechten gegen die Konkurrenz von jeweils sechs armdicken, pechschwarzen rot umschnürten Zopfseilen antreten musste.

Sobald wir von der Strömung erfasst wurden, ging es sehr rasch flussabwärts und dank des Könnens unserer beiden Steuerleute bewältigte unser Floß selbst kleinere Stromschnellen ohne Beeinträchtigung. Nur bei den größeren wurde es am Ufer entlanggetreidelt.

Gegen Abend braute sich Nebel zusammen, so dass man keine drei Sprünge weit sehen konnte, und so blieb es die ganze Nacht über. Dasselbe wiederholte sich in der folgenden Nacht, weshalb wir zweimal am Steilufer den »Anker« auswarfen. Eine eigentliche Nacht gab es noch immer nicht; nur die Flussnebel, die sich am Morgen träge auflösten, schufen durch ihre Undurchdringlichkeit eine Art Nachtersatz.

Am dritten Tag, als der Scaevolafluss sich schon merklich verbreiterte, hielt ich immer öfter das Perspektiv ans Auge. Ich hätte nicht sagen können, was ich zu sehen erwartete. Oder zu sehen fürchtete. Skuule lag hinter der letzten Flussbiegung versteckt und würde seine Türme und Dächer erst präsentieren, wenn wir bereits in das Hafenbecken hineintrieben. Auch sonst gab es kaum Grund zur Sorge; Stenbassen war davongesegelt, ohne aller Wahrscheinlichkeit nach erfahren zu haben, dass Dag Sparre ihn belogen hatte und wir nach wie vor am Leben waren – bereit und willens, unser Vorhaben fortzusetzen.

Plötzlich arbeiteten die beiden Steuerleute wie wild mit den Staken und hielten auf das wieder flachere Ufer zu. Jetzt hörte ich es auch. Obwohl der Wind von uns weg- und auf das Meer zuwehte, vernahm man dennoch, fein und dünn, den Klang erzener Kirchenglocken. Wir waren näher an Skuule, als wir dachten. Auch am Mittag nach dem Unglücksmoor hatte Skuule seine Glocken zur Begrüßung dröhnen lassen.

Nach herzlichem Abschied von Ingul und Beresan machten wir uns auf, die Mantelsäcke geschultert. Die letzte halbe Meile – ein Fußmarsch durch unwegsames mooriges Waldland. Einmal noch drehten wir uns um. Ingul und Beresan zerhieben die Basttaue und zertrümmerten die Gefäße. Langsam lösten sich die Stämme voneinander und schaukelten einzeln davon, auf Skuule zu. Wie lange würde es wohl dauern, bis unsere fürsorglichen Freunde das Sbitenlager am Oberlauf des Scaevolaflusses wieder erreichten?

Ich hatte das Gefühl, man müsse mir all das Gesehene und Erlebte vom Gesicht ablesen können, nicht weniger verräterisch, als trüge ich noch immer die hellen Nesselgewänder.

»Setz eine andere Miene auf, Unkräutchen«, meinte ich auch meine Gefährtin ermahnen zu müssen. »Vergiss nicht: Wir sind von da, wo Kaare uns im Stich ließ, Meile für Meile auf Skuule zugewandert, durch Sümpfe und Urwald, zuletzt mehr tot als lebendig. Du siehst nicht elend genug aus. Ich wahrscheinlich genauso wenig.«

Stemma musterte mich eingehend. »Ja, du solltest besser diese … diese verklärte Erinnerung aus deinem Blick entfernen, Isak Zettervall.«

Rot durchglomm die niedrige Sonne den Dunst über der Flussmündung, als wir mit der Fähre übersetzten und auf den Knüppeldämmen durch Skuules Straßen schritten. Auf von Menschen angelegten Straßen.

Ich verglich im Geist die geschäftigen, wichtigtuerischen Mienen der Einwohner, ihren gockelhaft gespreizten oder auch überhasteten Gang mit der Gelassenheit unserer Freunde, der gemächlichen, doch zugleich kraftvollen Art, mit der sie sich zu bewegen pflegten. Nach und nach stellten sich meine Gedanken auf das vor uns Liegende ein.

»Wir müssen allerlei besorgen«, sagte ich. »Nicht nur Proviant. Auch Fellkittel oder etwas dergleichen. Kommen wir ins Gebirge, kommen wir in den Schnee. Hast du noch von dem Geld, das deine Mutter dir mitgegeben hat?«

Stemma nickte, doch recht zögerlich; groß konnte ihre Barschaft also nicht mehr sein. Ich sagte beruhigend: »Das Futter für die Pferde und die Stallmiete an Pastor Henningsen nehme ich auf mich. Auch das Entgelt für den Bergführer, wenn wir in Trillefos, wie ich hoffe, einen bekommen. Also mach dir vorerst kein Kopfzerbrechen.«

»Ich mache mir Sorgen um Mama«, sagte Stemma überraschend. »Seit vorgestern habe ich das Gefühl, dass sie irgendwie um mich herum ist. So, wie man spürt, dass man beobachtet wird, ohne dass man jemanden sehen kann.«

Hermynia Dannhauer ... Ob sie wohl inzwischen Nachricht auf ihren Brief hatte? Lag sie noch immer fiebernd und fröstelnd im überheizten Gästezimmer des KARLS ZEPTER? Schickte sie Doris, ein Schmuckstück nach dem anderen zu veräußern? Oder war erneut ein Blutsturz aufgetreten? Würde ihre Tochter sie auf dem Friedhof von Rökstuna suchen müssen?

»Isak!« Stemma packte meinen Arm. »Deine Perücke, schnell! Frau Henningsen trifft der Schlag, wenn du zur Begrüßung den Hut hebst und sie deinen geschorenen Schädel erblickt. Vergiss nicht – du repräsentierst die Sozietät der Wissenschaften.«

Meine Perücke – ach! Der Ärmsten war die lange Verbannung im Mantelsack nicht gut bekommen. Ich musste sie morgen zum Auffrischen tragen, wollte ich nicht, dass die Kinder über mich lachten. Noch eine unnütze Ausgabe.

Bei Pastor Henningsen war man gerade beim Abendbrot. Ganze Wasserflüsse strömten mir im Mund zusammen, als ich den

Schinken sah, die goldene Kruste des Weizenbrotes und den Rapunzelsalat in der Schüssel, glänzend vor Specksoße. Das Beste vom Besten, obwohl sie keine Ahnung gehabt hatten, dass gerade heute Abend ihre Gäste wieder da wären.

Im nächsten Augenblick stand ich wie vom Donner gerührt. Denn als Dritter am Tisch, selbstverständlich sich bedienend wie ein alter Hausgast, saß Sivert Snekker, der König aller Nasen. Snekker, der doch von Rechts wegen Stenbassens Kutsche hätte zurückbringen sollen, während sein Herr das schnellere Schiff genommen hatte. Weshalb war er in Skuule geblieben?

Pastor Henningsen stellte uns einander vor. Ich war vom bloßen Beauftragten zum »Mitglied« der Sozietät der Wissenschaften aufgerückt, Botaniker »von landesweitem Ruf«, in Begleitung seines Neffen Lovis Dannhauer.

Sivert Snekker hatte ebenfalls gesellschaftliche Beförderung erfahren. Durch Henningsens Eitelkeit, mit der Exklusivität seiner Gäste zu prunken, war aus dem Spitzel ein »guter Bekannter von Seiner Erlaucht Graf Stenbassen« geworden.

Keiner von uns beiden verriet durch ein Muskelzucken, dass der andere ihm nicht fremd war. Umso eifriger schwatzte Henningsen.

»Tiliander und ich lernten unseren vorzüglichen Freund an jenem peinlichen Morgen kennen, als wir uns wegen Ihres vorzeitigen Verschwindens beim Herrn Landeshauptmann entschuldigen mussten. Ich begreife noch immer nicht, was in Sie gefahren war, Zettervall. Aber lassen wir das ruhen. Herr Snekker wollte gerade die Karosse Seiner Erlaucht in Richtung Süden besteigen.

Wir kamen ins Gespräch, wie das so ist, und er überlegte es sich anders, was ich mir und Skuule zum Verdienst anrechne. Da Herr Snekker meint, Graf Stenbassen sei in Bälde wieder in unserer Stadt zurückzuerwarten, wenn er seine Geschäfte im

Süden erledigt habe, beschloss er, sich die lästige Hin- und Herreiserei zu ersparen. Er teilte seiner Erlaucht den neuen Entschluss mit und akzeptierte mein Angebot, derweil in meinem bescheidenen Heim zu wohnen.«

Das war ja eine schöne Bescherung! Musste dieser aufgeblasene Ochsenfrosch Henningsen dem König aller Nasen noch über den Weg laufen, bevor jener aus Skuule hinausrollte? Hätte er nicht zehn Minuten später dort aufkreuzen können? Müßige Vorwürfe an das Schicksal. Man kannte sie aus der Weltgeschichte, diese berühmten vertrackten Minuten, deretwegen Schlachten verloren gingen oder gerade noch gewonnen wurden.

Aber wenn sie sich schon getroffen hatten – musste Henningsen sich vor Snekker, einem ihm völlig Fremden, unbedingt mit meinem Namen brüsten? Mein Vorhaben erwähnen? Denn nur das konnte Snekker zum Bleiben bewogen haben. »In Bälde zurückzuerwarten« – das hieß, dass das Frettchen seinem Herrn in dem Brief alles berichtet hatte: Der Anschlag auf den reisenden Botaniker sei leider missglückt, aber man sei ihm wieder auf den Fersen. Anweisungen dringend erbeten. Oder so ähnlich.

Wie schlau von ihm, sich ausgerechnet bei meinem Gastgeber einzuschmeicheln! Dieser Schlauheit halber hatte Stenbassen ihn ohne Zweifel angestellt. Und dank dieser Schlauheit war Snekker auch jetzt auf der Hut, redete nur, wenn er angesprochen wurde, antwortete, aber erzählte nichts. Die ganze Zeit über grinste er, und mir fiel ein, dass ich ihn noch nie ohne dieses Grinsen gesehen hatte. Ein Feixen diebischer Freude, das umso unheimlicher anmutete, als die Unterhaltung nicht den geringsten Anlass dazu bot.

Das waren die Gedanken, die mir durch den Kopf gingen. So niederschmetternd sie auch waren, hinderten sie mich doch nicht daran, Brot, Schinken und Salat sowie ein superbes Kaldaunensüppchen in mich hineinzuschaufeln.

Stemma war bei ihrer Vorstellung als »Lovis Dannhauer« feuerrot angelaufen, hatte Snekker sie doch im Haus der Frau von Gyldenhammar im ausgeschnittenen Kleid mit Atlasröcken gesehen und mit Seidenblumen im Haar. Da er indessen mit keinem Wort auf ihre wahre Identität anspielte, beruhigte sie sich schnell. Wie ihre Mutter gesagt hatte, war sie den Wechselfällen des Lebens in beinah jeder Lage gewachsen.

Um meine auffällige Einsilbigkeit zu vertuschen, nahm sie ihre Rolle als impulsiver, vorlauter Knabe wieder auf, als der sie sich bei den Henningsens eingeführt hatte. Sie schwadronierte frisch drauflos und gab eine bewegende Schilderung unserer Wochen in der Wildnis von dem Zeitpunkt an, als Kaare, der Schiffer, samt Boot das Weite gesucht hatte.

Unwetter, tagelanger Regen, ständig erlöschendes Feuer, durchweichte Stiefel, Unmöglichkeit, einen trockenen Schlafplatz ausfindig zu machen, übermüdetes Vorwärtsirren in eine Richtung, von der wir hofften, dass es die rechte sei. Wie ich mich vor den Würmern in den Fischen geekelt hatte und zuletzt nicht einmal mehr das Pökelfleisch herunterbrachte.

Unter Ausrufen des Mitgefühls legte Frau Henningsen mir zum dritten Mal von dem Schinken vor und rückte die Schüssel mit den Rapunzeln näher an meinen Teller.

»Heute Mittag nun trug uns der Wind den Klang von Glocken zu«, berichtete Stemma und sah mit ernsthaften, kreisrunden Augen in die Runde. »Wir glaubten an eine Sinnestäuschung, Vetter Isak und ich, waren unsere Sinne doch durch die lange Entbehrung geschwächt. Wir fassten uns bei der Hand und sanken in die Knie, wo wir standen. Doch der Glockenklang dauerte an. Da wussten wir, dass unsere Prüfung und unser Elend ein Ende hatten.«

Pastor Henningsen stimmte sogleich einen Choral an, in dem von wunderbarer Errettung aus tiefster Not die Rede war, und hörte nicht auf, bis er alle siebzehn Strophen abgesungen hatte.

»Ich als vernünftiger Mann mit Lebenserfahrung hätte diese Exkursion gar nicht erst angetreten, vor allem, wenn ich schon vor dem Hochwasser gewarnt worden wäre«, sagte er abschließend. »Wer sich in Gefahr begibt, wird darin umkommen, so steht es bei Sirach 3, Vers 27. Mutwilliges Gottversuchen zählt als Sünde, lieber Zettervall. Ich hoffe, Sie sind nunmehr von aller Selbstüberschätzung geheilt und gehen dahin zurück, wo Sie hergekommen sind, um sich einer Ihnen gemäßeren Tätigkeit zu widmen.«

Keinesfalls! Ich hätte nach wie vor die Absicht, meine Reisepläne weiter zu verfolgen, widersprach ich, von seinem salbungsvollen Predigerton gereizt.

Sobald wir dies und das besorgt hätten (Snekker war einmal hinausgegangen und würde wohl kaum hinter der Tür stehen und lauschen), stände wie vorgesehen das Hochgebirge auf meinem Programm. »Die Pferde haben sich lange genug ausgeruht. Sie werden sich freuen, wenn sie wieder etwas traben können.«

»Außerdem – wie könnten wir heimkehren, ohne Ihre festen Wolken am eigenen Leibe erlebt zu haben?«, schaltete sich Stemma ein. »Die Gelegenheit, ein solches Naturereignis kennen zu lernen, wird sich mir und Vetter Isak niemals wieder bieten. Nur der Augenschein kann ihn von seinem Unglauben heilen und zu Ihrer Auffassung bekehren. Auch ich selbst möchte zu gern sehen, wie die Wolken Gesteinsbrocken und entwurzelte Bäume über die Berggipfel treiben. Hatten Sie nicht selbst gesagt, dass sich die Gewalttätigkeit dieser Wolken nur im Gebirge entlädt?«

Sie wirkte so ehrlich begeistert, dass ich ihr fast geglaubt hätte. Wie viel mehr glaubte ihr der eitle Tropf Henningsen!

»Nun, da ist etwas Wahres dran«, gab er gnädig zu. »Du hast wahrhaftig Köpfchen, Junge. Wärst du mein Sohn – ich gebe mein Wort, du hättest unter meiner und Tilianders Anleitung deinen gelehrten Herrn Vetter überflügelt.«

Das ging mir denn doch zu weit; ich räusperte mich. Stemma stieß mich unterm Tisch mit dem Fuß.

Frau Henningsen streichelte Stemma über das Haar. »Leider, leider haben wir keine eigenen Kinder. Solltest du einmal nicht wissen, wohin, bist du Henningsen und mir immer mit offenen Armen willkommen, lieber Lovis.«

Stemma bedankte sich und küsste unserer Gastgeberin die Hand.

»Noch habe ich Vater und Mutter«, sagte sie, etwas unbedacht, doch mit Wärme. Hatte sie sie wirklich noch?

Glücklicherweise fragten die Henningsens nicht nach.

Als Snekker wieder hereinkam, hatte er einen Packen Spielkarten in der Hand und schien regelrecht in sich hineinzuwiehern. Als hätte man ihm, während er draußen war, einen köstlichen Witz erzählt.

Niemand nahm es Stemma und mir übel, dass wir es vorzogen, uns zurückzuziehen, hatten wir doch Anrecht auf Ruhe und Schlaf. Auf Schlaf in einer festen Bettlade mit weichen Kissen voller Gänsedaunen. (Es wunderte mich insgeheim, dass niemand eine Bemerkung machte, wie erstaunlich wohl erhalten unsere Konstitution nach so vielen Tagen kärglichster Ernährung sei.) Mochten sich die Henningsens vom »guten Bekannten Seiner Erlaucht« beim Biribi oder Landsknechtspiel übertölpeln lassen!

Auf der Treppe nach oben zitierte ich halblaut, um mir Luft zu machen, ein altes Sinngedicht:

»Wenn Dummheit täte weh,
O welch erbärmlich Schrei'n
Würd' in der ganzen Welt
In allen Häusern sein.«

Stemma gähnte und gähnte und gähnte. Ich nahm es als Zustimmung.

25. Kapitel

Das Erste, was uns beim Eintritt in die nun schon vertraute Kammer in die Augen fiel, war ein in Schweinsleder gebundenes Buch.

Mein Tagebuch, angefüllt mit den detaillierten Aufzeichnungen der letzten Wochen. Jemand hatte es aus dem Mantelsack genommen und auf eins der Kopfkissen gelegt.

Auf dem Bett an der anderen Wand, säuberlich ausgebreitet wie zum Hineinschlüpfen, lagen unsere weißen Sbitengewänder.

Mehrere Herzschläge lang konnte keiner von uns beiden ein Wort herausbringen, wir standen nur da wie Salzsäulen und starrten. Und begriffen.

»In der kurzen Zeit, die er fort war, kann er unmöglich alle deine Notizen gelesen haben«, sagte Stemma endlich.

»Es reicht, wenn er die letzten Seiten gelesen und die Skizzen gesehen hat.«

Wieder Schweigen.

»Isak ...«

»Hm.«

»Er weiß jetzt, dass wir sie gefunden haben.«

»Hm.«

»Und wenn *er* es weiß, weiß es bald auch Stenbassen. Wollte der uns bereits auf den bloßen Verdacht hin, wir könnten mit den Sbiten in Verbindung treten, umbringen lassen, wird er nun erst recht alles daransetzen.«

»Ich wünschte, ich könnte dir widersprechen.«

Mit eiskalten Händen klammerte Stemma sich an mich: »Ich

will nicht auf das Rad geflochten und in vier Teile zerstückelt werden wie Silpas Vater. Ich habe Angst, Isak.«

»Tröstet es dich, wenn ich dir sage, dass auch ich Angst habe?«

Nicht imstande zu sprechen, wie von einem Krampf befallen, schüttelte sie den Kopf. Ihre Zähne schlugen aufeinander.

Betäubt setzten wir uns auf das eine Bett. Stemma hielt sich an mir fest, presste ihr Gesicht an meine Brust, und ich drückte sie an mich, als stände uns ein Abschied für immer bevor. Nach einer Weile ließ das Zittern nach. Der Verstand begann wieder zu arbeiten. Halblaut tauschten wir Beruhigungen aus.

»Auch unter solchen Existenzen gibt es eine Rangordnung«, überlegte ich. »So wie es Einbrecher verabscheuen, sich mit Blut zu beflecken, wird sich ein Attentäter nicht dazu herablassen, sein Opfer obendrein zu bestehlen. Snekker ist ein Spitzel. Spitzel töten nicht, sie schnüffeln nur. Das entspricht ihrer feigen Veranlagung. Ich glaube nicht, dass wir viel von ihm zu fürchten haben, solange sein Herr und Meister noch abwesend ist.«

Stemma begann nachzurechnen. »Vor vier Wochen sind wir mit dem Boot losgefahren, stimmt das? Schau nach, du hast doch jeden Tag das Datum festgehalten. Zum gleichen Zeitpunkt hat Snekker Pastor Henningsen kennen gelernt, hat erfahren, dass du nicht von Dag Sparre erstochen wurdest, und hat die erstbeste Gelegenheit benutzt, Stenbassen dies zu melden. Die Nachricht eilte also schon hinter Stenbassen her, ehe er selbst im Süden angelangt war. Eine Woche später wird sie ihn erreicht haben oder auch etwas später, je nachdem, ob der Brief zu Wasser oder zu Lande reiste. Geben wir Stenbassen eine weitere Woche, um seine Angelegenheiten zu regeln, so kann er jetzt bestenfalls auf dem Meere schwimmen oder in seiner vierspännigen Kutsche sitzen und die Pferde auf Skuule zupeitschen lassen. Die nächsten zwei, drei Tage wird er noch unterwegs sein. Mindestens. Und dann sind wir fort. Über alle Berge, im wahrsten Sinne des Wortes. Snekker allein kann uns nicht zurückhalten.«

»Dafür würde ich meine Hand nicht ins Feuer legen«, sagte ich düster. »Er könnte zum Beispiel den Pferden etwas antun, um unsere Abreise zu verhindern. Oder einen Unfall inszenieren, bei dem wenigstens einer von uns gebrochene Beine, ausgekugelte Schultern oder ein Loch im Kopf davonträgt, so dass die Reise aufgeschoben werden muss.«

Stemma schaute drein, als hätte ich sie einen Blick in eine Schlangengrube tun lassen.

Mir war noch etwas eingefallen. »Nehmen wir an, Stenbassen wäre im Moment nicht von seinen Verschwörern im Süden abkömmlich. Er müsste also auf unsere Verurteilung nach Art des mittelalterlichen Hexenhammers verzichten. Kein Galgen, kein Rad, kein Vierteilen. Wo der Ankläger fehlt, gibt es auch keinen Richter. Was, wenn er stattdessen einen anonymen Mörder anwirbt? Beziehungsweise Snekker den Befehl schickt, sich in den Hafengässchen von Skuule nach einem solchen Individuum umzutun?«

»Auch die schnellste Nachricht kann unmöglich vor zwei, drei Tagen hier sein«, sagte Stemma halsstarrig.

Wir beschlossen, mehrmals täglich dem Stall einen Besuch abzustatten, Fuchswallach und Grauschimmel streng zu kontrollieren. Für unsere eigene Sicherheit vereinbarten wir, unbedingt zusammenzubleiben. Keiner sollte einen Schritt ohne den anderen tun.

Mir war vor lauter Grübelei über diese »Was aber, wenn …« leer und wirr im Kopf. Ohne langes Federlesen streiften wir nur Stiefel, Röcke und Westen ab. Wir krochen in ein und dasselbe Bett, jeder froh, dass er nicht allein war.

Wie oft bei Übermüdung, wollte der Schlaf sich nicht gleich einstellen. Die Rädchen im Hirn meiner Gefährtin spulten seltsame Fäden auf.

»Isak …? Ob wir wohl auch diese Rubschen … diese Rubutschen zu sehen bekommen? Oder sind sie und die Sbiten dasselbe Volk und die Leute haben ihnen nur zwei verschiedene Namen gegeben?«

»Lieber Himmel, Unkräutchen, woher soll ich das wissen? Und wenn ich es zehnmal wüsste, würde ich jetzt nicht darauf antworten. Ich bin müde, zum Sterben müde. Erzähl mir lieber zum Einschlafen eine von deinen kuriosen Geschichten, damit ich den Gedanken an morgen und übermorgen nicht mit in meine Träume nehme.«

Ich wusste, dass ich Übermenschliches verlangte, bedachte man unsere Lage. Doch Stemma protestierte nicht. Ich konnte förmlich spüren, wie sie ihre Erinnerungen durchging, um mir gefällig zu sein.

»Weißt du, wie die Sbitenmädchen zu ihren vielen dicken Zöpfen kommen? Hast du gemeint, sie hätten von Natur aus so viel Haar?«

Ich traute meinen Ohren nicht – das Geräusch hinter meinem Rücken war ein Kichern. Wir lagen hier, bedroht an Leib und Leben, und sie kicherte!

»Sie flechten schwarz gefärbte Wolle hinein. Deine Garanas auch. Und die roten Bänder werden darum herumgewickelt, damit die Wolle hält. Was sagst du nun?«

Was sollte ich dazu sagen? Meine körperlich wie seelisch überreizte Verfassung schaffte sich ein Ventil, indem sie mich in hysterisches Gelächter ausbrechen ließ.

Gedämpfte Schritte kamen die Stiege herauf, kamen den Gang entlang und machten vor der benachbarten Tür Halt. Auch jetzt konnte ich nicht aufhören. Gerade jetzt nicht. Gerne hätte ich einen blanken Kupfertaler dafür geopfert zu wissen, was sich der »gute Bekannte Seiner Erlaucht« bei unserem lauten, albernen Gelächter dachte. Doch als es endlich nachließ, war mir, als hätte ich mich in verzweifeltem Geheul verausgabt; dieselbe traurige Leere war zurückgeblieben. Keine Spur von Fröhlichkeit.

Wir fanden einen Mann, der mit gegerbten Häuten und Fellen handelte, und seine Frau erklärte sich bereit, zusammen mit ihrer Magd zwei knielange Wämser aus Seehundsfell für uns zu nähen. Es würde indessen einige Tage dauern. Und ich musste die Hälfte der Summe im Voraus entrichten. Keiner in Skuule schien seinem Mitmenschen zu trauen.

Bei einem Schuhmacher gab ich zwei Paar der entenfüßigen Pelzschuhe in Auftrag, wie ich sie bei den Sbiten gesehen hatte. Unsere ersten »Spezialanfertigungen« hatten uns bis jetzt recht gute Dienste geleistet, waren aber kaum geeignet, Schnee und Gletscherfirn abzuhalten, mit denen wir zweifelsohne bald in Berührung kommen würden.

Die Taler der Sozietät rollten nur so dahin, bis mein Beutel die Schwindsucht bekam. Ich war heilfroh, dass ich noch meinen königlichen »Kundschafterlohn« besaß, sonst wäre es um die Heimreise wohl schlecht bestellt gewesen.

Diesmal galt es auch an Hafer für die Pferde zu denken, denn wer wusste schon, wie es in Trillefos damit aussehen mochte, der letzten Ortschaft auf dem einzigen Weg ins Hochgebirge, wie Pastor Henningsen mich informierte. Es handle sich um etwa zwei Hand voll Hütten, bewohnt von so genannten »Neusiedlern«. Nach seiner Meinung (auf die ich aber nicht allzu viel geben wollte) seien es samt und sonders eigenbrötlerische Existenzen, halbe Heiden, mit dieser oder jener Untat auf dem Kerbholz. Sie kämen höchstens zweimal im Jahr, zu den hohen

Festtagen, bis nach Skuule herunter, um eine Kirche zu besuchen.

Ich kaufte auch mehrere Pfund Rolltabak sowie Priemtabak – eine Währung, die in entlegenen Gegenden geschätzter war als klingende Münze. Ich musste unwillkürlich an die ausgelassene Freude unserer Sbitenfreunde denken und auch daran, wie manches Mal ich diesem Tabakgeschmack wieder begegnet war, wenn ich Garanas geküsst hatte.

Innerhalb Skuules war nicht auszuschließen, dass wir bei allen unseren Unternehmungen – Käufen und Bestellungen – heimlich von Snekker, dem Schatten, observiert wurden. Nun, das schadete niemandem. Anders wäre es, würde er uns nachspionieren, wenn wir Silpa besuchten. Denn unser Verlangen, die Tochter von Tore Haugen wieder zu sehen, wurde immer unvernünftiger und übermächtiger. Sie war die Einzige, der wir von unseren Erlebnissen der letzten Wochen erzählen konnten, ohne Gefahr zu laufen, uns selbst wie unseren Freunden zu schaden. Außerdem hatte sie ein Recht darauf, alles zu erfahren. Verdankten wir ihr nicht unser Leben?

Um in Ruhe beratschlagen zu können, waren wir den steilen Pfad außerhalb der Stadtmauer hinaufgewandert, von dessen oberstem Punkt aus wir vor drei Wochen Skuule zum ersten Mal hatten liegen sehen. Wir ließen uns die Stirnen vom Seewind umblasen. Möwengekreisch erfüllte weithin die Lüfte.

Eine einzelne Gestalt auf dem Umgang der Stadtmauer zog meine Aufmerksamkeit auf sich. Ich hielt das Perspektiv ans Auge. Um die Gesichtszüge zu erkennen, reichte die Stärke der Linsen nicht aus. Doch unverkennbar war, dass das Individuum auf der Stadtmauer ein ähnliches Instrument auf uns gerichtet hatte.

Ich reichte Stemma das Perspektiv. »Schau durchs Glas und sag mir, was du siehst.«

»Ich sehe, dass wir keinen Schritt tun können, ohne dass er darüber Bescheid weiß«, sagte sie missmutig. »Das bedeutet, dass nur einer von uns zu Silpa gehen kann. Der andere muss Snekker ablenken.«

»Er ist schlau«, gab ich zu bedenken, »wir dürfen ihn keinesfalls unterschätzen.«

»Wenn er sieht, dass wir plötzlich getrennte Wege gehen, wird er sich ganz bestimmt nicht dafür entscheiden, ausgerechnet mir zu folgen«, sagte Stemma.

»Oder er folgt dir gerade deshalb, weil kein vernünftiger Mensch dich verdächtigen würde. Vielleicht hält er mich für listiger, als ich bin, und glaubt, ich hätte dich aus ebendiesem Grund mit einem besonderen Auftrag betraut.«

So ging das hin und her; jeder suchte nach Argumenten, warum der andere geeigneter sei, sich um Sivert Snekker zu kümmern.

Bis ich mit einer Überlegung kam, die Stemma nicht entkräften konnte.

»Wenn wir ihn dazu bringen wollen, dass er seinen Auftrag vergisst, müssen wir ihn an seiner schwachen Stelle packen. Snekker ist ein notorischer Spieler. Ich kann mir nicht vorstellen, dass die Henningsens um Geld spielen. Er muss sie überredet haben, des reinen Vergnügens wegen Karten in die Hand zu nehmen. Er hätte ja auch in eins der Wirtshäuser gehen können, aber er wagte wohl nicht, uns ohne Aufsicht zu lassen. Kennst du nicht ein deutsches Kartenspiel, Unkräutchen? Eins, bei dem er die Regeln erst lernen muss und der Ehrgeiz ihn dazu bringt, nicht eher vom Tisch aufzustehen, bis er dich mit deinem eigenen Spiel zehnmal geschlagen hat.«

Stemma zog die Oberlippe über die vorstehenden Zähne à la »beleidigter Elch«. Ein finsterer Blick unter finsteren Brauen wurde auf mich abgeschossen. Hast du es wieder einmal geschafft, das Unangenehme auf mich abzuwälzen, Isak Zettervall!, sagte dieser Blick.

Wenn ich schon mein sauer verdientes Geld für dich ausgebe, hätte ich antworten können, dann darfst du gefälligst etwas dafür tun, Stemma Dannhauer! Stattdessen strich ich ihr ein paar lose Haarsträhnen aus der Stirn und sagte weich: »Du bist doch meine rechte Hand, mein Großbrotabschneider und Halsbindenbewahrer, mein Nachtstuhlaufseher und Erster Perückenwart. Verraten und verkauft wäre ich ohne mein kluges Unkräutchen.«

Ein schwer zu deutendes Geräusch kam aus Stemmas Kehle, halb war es ein Lachen, halb klang es wie Aufschluchzen. »Jetzt redest du beinah, wie Papa immer mit mir geredet hat. Also gut – ich werde Schnipp-Schnapp-Schnurr-Burr-Basilorum mit Sivert Snekker und den Henningsens spielen. Heute Abend. Du musst Silpa aber umarmen und sagen, dass es von mir kommt.«

Das wollte ich nur zu gern tun. Das heißt, wenn Silpa in ihrer ernsten Unnahbarkeit es zuließ.

»Und du bist bestimmt nicht eifersüchtig? Obwohl Silpa hundertmal schöner ist als Garanas?«

Stemma schüttelte den Kopf. »Gerade deshalb nicht. Schau, Garanas ist wie … wie ein Himbeerstrauch am Wege; jeder, der vorbeikommt und die roten Beeren sieht, findet nichts dabei, sie zu pflücken und in den Mund zu stecken. Silpa dagegen ist eine silberne Schale, auf der ein Künstler die feinsten Früchte angerichtet hat – in der Mitte eine königliche Ananas, umrahmt von Melonenscheiben, Pfirsichen und Granatäpfeln. Jedermann bewundert den Anblick, doch traut sich keiner, das Kunstwerk anzufassen oder gar zu verspeisen.«

»An dir ist eine Dichterin verloren gegangen, Unkräutchen. Ich ziehe meinen Hut vor deiner Phantasie. Das dachte ich übrigens schon, als du auf der Versammlung unter den Erlen das

Gleichnis vom Wundervogel erzähltest. Hattest du etwas Ähnliches schon einmal gehört, so dass du es nur abzuändern brauchtest?«

»Nein, gar nicht, es kam ganz von allein in meinen Sinn; plötzlich war es da.« Sie sah glücklich und geschmeichelt aus, fast leuchtete sie. Ich sollte sie mehr loben. »Ich habe schon früher, als ich Kind war, gern Geschichten erfunden. Mein Vater wurde nie müde, sie anzuhören. Er sagte, wenn er einmal nicht mehr genügend Geld mit seinen Versuchen verdiente, würden wir alle drei in den Orient auswandern. Dort wäre Märchenerzählen ein einträglicher und angesehener Beruf.«

Nach dem Abendessen, als nur noch der Bierkrug und die Becher auf dem Tisch standen, zog Stemma ihre schönen italienischen Spielkarten aus der Rocktasche. Sivert Snekker begutachtete sie eingehend und schnalzte mit der Zunge.

»Viel zu schade. Die hier tun es ebenso gut.« Und er mischte seine eigenen speckigen Blätter, dass es nur so knatterte.

Stemma, wieder in der Rolle des naseweisen Bürschchens, sagte dreist: »Sicher – weil Sie sie gezinkt haben. Sie erkennen jeden König von hinten am schmutzigen Fingerabdruck. Nein, heute Abend spielen wir mit meinen Karten. Und zwar Schnipp-Schnapp-Schnurr-Burr-Basilorum. Nicht bekannt? Das macht nichts, es ist ganz leicht zu lernen. Sie sind doch auch dafür, liebe Frau Henningsen, nicht wahr?«

Natürlich bekam sie ihren Willen; die beiden Henningsens hatten einen Narren an dem vermeintlichen »Jüngelchen« gefressen.

Snekker zuckte die Achseln, fügte sich jedoch ohne Murren. Wird schon ein rechtes Kinderspiel sein, sagte seine spöttische Miene. Nichtsdestoweniger lauschte er Stemmas Erklärungen der Regeln mit Neugier.

Die Magd ließ einen späten Gast eintreten – Tiliander, der

Wind davon bekommen hatte, dass wir wider Erwarten aus der Wildnis zurückgekehrt waren, lebend und wohlbehalten. So mussten die Regeln wiederholt werden. Snekker schloss gelangweilt die Augen und grinste still in sich hinein.

Es war wirklich ein Kinderspiel, und ich konnte nur hoffen, dass Snekker sich so lange fesseln ließ, bis ich draußen in der hellen Nacht und ihm aus den Augen war.

Vorhand spielte ein Blatt aus und sagte *Schnipp*. Wer das nächsthöhere Blatt der gleichen Farbe besaß, musste zuwerfen und *Schnapp* sagen. Und so ging es weiter mit *Schnurr, Burr* und *Basilorum*. Basilorum zog den Stich ein und durfte ausspielen. Es galt so geschickt auszuspielen, dass man selbst Basilorum machen konnte und möglichst auch Freiblätter übrig behielt, auf welche die anderen Spieler nichts zuwerfen konnten. Wer seine Blätter zuerst losgeworden war, hatte gewonnen.

Stemma, wie nicht anders zu erwarten, da sie in den Regeln geübt war von Kind an, rief »Basilorum!« Bei der zweiten Runde hatte Snekker Blut geleckt und suchte ihr zuvorzukommen, schon aus alter Gewohnheit.

Mit entschuldigenden Gebärden legte ich meine Karten umgedreht auf den Tisch, drückte die Hand auf den Leib und murmelte etwas wie »gleich wieder da«. Der Abtritt befand sich im Hof, in der Nähe des Stalles. Mit eingezogenem Kopf schlich ich unter dem angelehnten Fenster vorbei, aus dem triumphierendes Gemecker nach draußen schallte; das Frettchen schien gewonnen zu haben. Nein, noch nicht; ein »Ha, ha, und was ist das? Basilorum!« von Stemma krähte dazwischen.

Mit raschen Schritten polterte ich die Knüppeldämme entlang, ließ mir gegen ein kleines Entgelt das Seitenpförtchen im Tor öffnen – »Ich bin Arzt und muss zu einem Kranken« – und strebte den einzeln stehenden Fischerhütten zu, wo Silpa bei ihrem Onkel mütterlicherseits Obdach gefunden hatte.

Die Verwandten musterten mich misstrauisch; sie kannten mich nicht und wollten mich auch nicht kennen lernen. Sie wollten nur möglichst unauffällig leben, keinen Ärger und vor allem kein Aufsehen erregen. Das Ende ihres Schwagers Tore Haugen hatte die Familie bei den Nachbarn und Fischhändlern der Stadt genug in Verruf gebracht.

Silpa kehrte sich nicht daran. Sie nahm ihren mönchischen Kapuzenmantel um und ging mit mir spazieren. Ohne dass darüber geredet wurde, mieden wir den Strand, wo wir unausweichlich am Galgen und den Rädern hätten vorbeikommen müssen.

Stattdessen wählten wir den Weg hinauf zu den Höhen über der Stadt, verließen oben den Pfad, den ich bereits kannte, und kletterten seitwärts über die Steinbuckel.

Ich sprach und sprach, hatte ich doch so viel zu erzählen, dass ich nicht wusste, wo beginnen. Ab und zu reichte ich Silpa die Hand, um ihr über Partien voll Geröll oder durch ausgewaschene Rinnen zu helfen, und sie ergriff sie auch, ließ aber ihre Hand nie länger in meiner liegen. Der Abend war bedeckt, also gab es keine über dem Horizont schmelzende Sonne. Lavendelblaue Wolkenfelder zogen langsam über uns und dem Meer dahin. Es herrschte ein sonderbares Zwielicht, fast wie in Träumen.

»Ach ja, Fanasi …« Silpa lächelte wehmütig. »Mein Vater liebte ihn. Ich glaube mehr noch als Ingul, der sein bester Freund war. So hat Ingul seine Bienen noch einmal über den Winter gebracht. Mein Vater wollte es nicht glauben.«

Als sie erfuhr, dass Stenbassens Spitzel sich bei Pastor Henningsen einquartiert hatte, runzelte sie die Stirn. »Jeden Tag, den ihr noch hier verbringt, setzt ihr euch mehr der Gefahr aus. Weshalb seid ihr nicht heute schon fortgeritten, ins Gebirge? Pelzjacken … Larifari! Wie kann man so leichtsinnig sein!

Wenn Stenbassen eintrifft und euch hier vorfindet, was nützen euch dann Pelzjacken und Fellschuhe?«

Das Schlagen und Schmatzen der Wellen war nun ganz verstummt, die Abendflaute hatte eingesetzt. Das Meer kräuselte sich unter uns, perlmuttern schimmernd, die Untiefen deutlich erkennbar. Weit draußen ankerte ein Dreimaster.

Silpa fragte: »Und wenn er sich auf jenem Schiff dort befindet? Er oder jemand, der einen Brief für diesen Snekker bei sich hat? Sobald Wind aufkommt, werden sie den Hafen ansteuern.«

»Nur noch zwei Tage, Silpa.«

Ich sagte es, als müsse ich um Erlaubnis betteln. »Ich verspreche dir, in zwei Tagen sieht Skuule nur noch den Staub, den wir aufwirbeln.«

»Die Entscheidung liegt allein bei euch. Oder vielmehr bei dir, denn das Mädchen würde allem zustimmen, was du für gut befindest. Hat sie keine Eltern mehr?«

Ich sagte wahrheitsgemäß, dass ich das nicht wüsste. Es konnte sein, Stemma besaß noch beide Eltern oder wenigstens eine Hälfte, sie konnte aber inzwischen auch längst Waise sein.

»Wirst du sie bei dir behalten, wenn alles vorbei ist?«

»Wie könnte ich? Ich habe keine Anstellung. Und wenn von der Reise etwas Geld übrig bleibt, habe ich geplant, endlich nach Holland zu reisen, um meinen Doktortitel zu erwerben. Außerdem bin ich seit einem Jahr verlobt und werde irgendwann heiraten. Ich kann meiner Frau schlecht eine fast erwachsene Ziehtochter zumuten. Und abgesehen davon gibt es genug Leute, die Stemma unbedingt behalten möchten.«

Ich berichtete – in abgeschwächter Form – von Klein-Hane, der sie zur Königin des Möönsberges hatte machen wollen. Auch Frau von Gyldenhammar, die »Lauschende«, würde sich freuen, Stemma immer bei sich zu haben, vermutete sie doch bei ihr die Gabe des »Sehens«. Und die Henningsens hatten angeboten, sie »an Sohnes statt« anzunehmen.

Silpa lachte. Das Lachen zerstörte nicht das Ebenmaß ihrer Schönheit, wie es bisweilen geschieht, sondern es kam etwas Liebliches, Reizendes hinzu. Fast wäre ich versucht zu sagen, dass ihre Schönheit dadurch »menschlicher« wurde.

»Silpa ... ich soll dich von Stemma umarmen.«

»Du hattest es schon ausgerichtet, Isak Zettervall. Danke ihr und umarme sie wieder.«

Jetzt lächelte sie nur mehr. Sie lächelte über mich, der einen roten Kopf bekam, obschon er ein Vierteljahrhundert an Jahren zählte.

Pastor Henningsens Tür war bereits zur Nacht verschlossen; ich musste den Hausknecht herausklopfen. Auf der Treppe zog ich die Stiefel aus, um niemanden unnötig auf den Plan zu rufen.

Stemma lag in meinem Bett. Sie hatte das Gesicht in das Kopfkissen gewühlt, und als sie es hob, schien es mir ungewöhnlich verquollen.

»Hast du geweint? Ist etwas vorgefallen?« Ich setzte mich auf die Bettkante neben sie.

Stummes Kopfschütteln.

»Ist er daran schuld?« Ich wies auf die Wand, hinter der Snekker sein Zimmer hatte.

Zuerst wieder Kopfschütteln, dann Nicken, Schulterzucken, jämmerliches Aufschnupfen. Ich zog sie sacht hoch, sie sträubte sich nicht, sondern warf sich mit Macht in meine Arme und sagte heiser: »Ich musste ihm mein Schachspiel als Preis aussetzen, damit er dablieb. Und ich hab's getan, obwohl ich wusste, dass er es gewinnen würde.«

Ich schnappte nach Luft. »Du machst Scherze! Das Schachspiel, das dir dein Vater dafür schenkte, dass du nicht an den Pocken gestorben warst? Mit den Figuren aus Bernstein und Gagat? Samt dem Kasten mit all den hübschen Intarsien darauf?«

»Immer abwechselnd eine Beere und eine Blume«, ergänzte Stemma, tonlos vor Kummer. Sie suchte nach einem Schnupftuch.

»Aber warum, Unkräutchen, warum nur? War das denn wirklich nötig?«

»Als du nicht wiederkamst, wurde er unruhig. Er spielte ohne Aufmerksamkeit. Zwar erzählte ich, dass du schon den ganzen Nachmittag an Bauchgrimmen littest und sicher entweder ins Bett oder ein wenig hinters Haus gegangen seist. Aber es war ersichtlich, dass er es nicht glaubte. Und als Frau Henningsen das Mädchen mit einem Wärmestein hinaufschickte und der Vogel ausgeflogen war, ohne dass jemand wusste, wohin, gähnte er und tat, als sei er müde, wollte abbrechen. Wir sollten uns nicht stören lassen und ruhig weitermachen. Was sollte ich da tun? Zulassen, dass er vielleicht am Stadttor herumlungert, wenn er dich nicht in den Wirtshäusern gefunden hätte?

So tat ich eben, als sei ich meiner nächsten Stiche so sicher, dass ich etwas Einmaliges als Einsatz zu bieten wagte, um das Spiel aufregender zu gestalten. Geld wollte Henningsen nicht zulassen. Ich hatte richtig gerechnet: Nun konnte Snekker nicht widerstehen. Das musste er sich holen.«

»O Unkräutchen, das hättest du nicht tun sollen! Du hast schon das kleine Schokoladenservice mit den Heckenrosen geopfert. Und jetzt noch dein kostbares Schachspiel. Beides Geschenke deines Vaters. Bin ich das wert?« Ich wusste nicht, ob ich mehr entsetzt oder mehr gerührt sein sollte.

Schulterzucken. »Ich habe ja noch Papas persischen Diwanschal. Und die Spielkarten. Und den silbernen Taufbecher; der soll eigens für mich geweiht worden sein, den darf ich nicht weggeben, hat Mama mir eingeschärft.«

»Trotzdem hättest du es nicht tun sollen«, beharrte ich, ganz elend vor schlechtem Gewissen.

»Ich bin schon traurig genug, du musst mich nicht obendrein noch tadeln, Isak. Kannst du nicht etwas annehmen und bloß danke sagen? Und nicht bloß danke sagen – auch dankbar sein?«

Da ich sie schon im Arm hielt, drückte ich sie zweimal, so fest ich konnte. »Das ist von mir. Und das hier – von Silpa.«

»Du hast es ausgerichtet?«

»Nur ausgerichtet. Silpa kann man nicht so einfach umarmen, du hast ja selbst gesagt, warum.«

»Aber mich.«

»Aber dich. Ich nehme also dein Opfer schweren Herzens an und bin außer mir und dankbar zugleich. Du liebes, außerordentliches Unkräutchen.«

Ich beschloss, bei Snekker vorzufühlen, ob er sich das Schachspiel nicht wieder abhandeln ließe. Vielleicht kannte er seinen wirklichen Wert nicht.

26. Kapitel

Gerne hätte ich die beiden nächsten Tage mit einer Hundepeitsche angetrieben. Die Stunden schienen stehen zu bleiben, obwohl Stemma und ich mehrmals bei der Frau des Pelzhändlers und beim Schuhmacher vorstellig wurden und zwischendurch immer wieder in Henningsen Stall uns über das Wohlergehen der Pferde Gewissheit verschafften.

Eine schwache Beruhigung war die ungewöhnliche Windstille. Der Dreimaster kam nicht von der Stelle; wie festgebannt lag er da draußen vor Anker, sooft wir ihn mit den Augen suchten.

Mittlerweile hatte sich bei mir die Einbildung festgesetzt, in diesem Schiff eine Bedrohung zu sehen. Silpas Worte gingen mir nicht aus dem Sinn.

Am Abend hatte ich Snekker beiseite genommen und ihm angeboten, das Schachspiel zurückzukaufen. Er hatte mich angegrinst mit seiner schaurigen Vergnügtheit, deren Grund niemand außer ihm selbst kannte. Wie Leid ihm das tue! Zu schade, aber er habe es bereits weiterverkauft. An wen, wollte er nicht verraten.

Ich argwöhnte, da es in Skuule keinen Händler für solch kostbare Dinge gab, dass er den Kasten samt den Figuren dem Landeshauptmann angeboten hatte. Verschlagen, wie das Frettchen war, konnte es jedoch ebenso gut sein, dass er sich an meinem Drängen weidete und das Schachspiel wohlbehalten drüben in seiner Kammer stand, nur durch die Wand von uns getrennt.

Dies nachzuprüfen ging leider nicht, denn sobald wir im

Haus waren, stellte kurz darauf auch Snekker sich ein, während er sich im Freien in gebührender Entfernung hielt.

Am dritten Morgen wurde ich von Stemma aus dem Schlaf gerüttelt. Sie flüsterte dicht an meinem Ohr: »Isak, Isak, schnell, wach auf, bitte, wach doch auf! Hör zu – ich musste einmal hinaus, und dort, draußen im Hof, kann man es spüren. Es ist Wind aufgekommen. Wind, verstehst du? Wer weiß, wie nahe das Schiff schon ist. Vielleicht hat es sogar bereits angelegt. Wir müssen sofort in die Stadt, unsere Sachen abholen, ob sie nun fertig sind oder nicht.«

Sekundenlang lauschten wir. Das Röcheln hinter der dünnen Bretterwand, Zeichen dafür, dass Snekker seiner schwarzen Seele Ruhe gönnte, fehlte.

Mit grimmiger Entschlossenheit schlich sich Stemma in den Korridor und pochte leise an Snekkers Tür. Dann noch einmal, während ich hastig meine Kleider überstreifte. Ein Quietschen, gefolgt von behutsamem Klappen, schon war sie wieder da.

»Er ist nicht in seinem Bett, Isak. Sicher hat er die ganze Nacht darauf gelauert, dass der Wind auffrischt, und hat sich dann unverzüglich zum Hafen begeben.«

»Und wenn er nur auf dem Abtritt hockt?«

»Bestimmt nicht, dann wäre ich ihm begegnet.«

Fahrig schlug sie sich mit der Bürste die Haare aus dem Gesicht, ohne Rücksicht auf ihre armen Ohren, die von der Misshandlung feuerrot anliefen, knüpfte mit zittrigen Fingern das Taftbeutelchen im Nacken zu.

»Am besten, wir nehmen die Pferde gleich mit, kommen nicht noch einmal hierher zurück. Nur fort! Das Geld für Futter und Stall habe ich Pastor Henningsen zum Glück schon gegeben. Auf großartigen Abschied müssen wir verzichten«, ordnete ich an.

Stemma lud sich mit Schwung den Mantelsack auf die Schulter. Wie leicht musste er jetzt sein, ohne das Schachspiel.

Um den schlaftrunkenen Pelzhändlersleuten keine Zeit zu lassen, zu schimpfen und kostbare Minuten zu vergeuden, trat ich recht barsch und unverschämt auf, schnallte das zusammengerollte Bündel Rauchwerk am Sattel fest, und weiter ging's zum Schuhmacher, wo sich der Auftritt wiederholte.

Zum letzten Mal trabten wir den bewussten Weg hinauf, diesmal auf Pferden.

Oben angelangt unterbrachen wir den Galopp, um einen Abschiedsblick auf das Meer zu werfen. Auf der gestern noch so seidenglatten Fläche hetzten nun Wellen mit weißen Mähnen einander. Der Hafen von Skuule war von hier oben nicht einsehbar, doch erspähten wir die beflaggten Toppen des Dreimasters, die ein Stück über den Dächern aufragten. Er musste in diesem Moment einlaufen.

»Hüho!« Mit Zügelklatschen und Fersendruck feuerten wir Fuchswallach und Grauschimmel an, ihr Bestes zu geben; schließlich hatten sie für meine guten Taler lange genug faulenzen dürfen.

See reihte sich an See, einer lag immer höher als der andere und war von lang gestreckten Bergrücken eingefasst. Sie auf den abfallenden Landstreifen, besät mit Geröll, zu umrunden war nicht leicht. Wir mussten absteigen, die Pferde führen und sie beschwichtigen. Besonders scheuten sie vor den Wasserfällen, die an manchen Stellen herabstürzten.

»Bis er in Skuule anständige Pferde aufgetrieben hat, haben wir mindestens einen Tag Vorsprung«, sagte ich, nachdem wir wieder einmal so ein Sturzwasser hinter uns gebracht hatten.

»Falls er überhaupt auf dem Schiff war«, ergänzte Stemma.

Gegen Abend öffneten sich die Berge nach Westen. Scheinbar kaum eine Meile entfernt erblickten wir eine weiß schimmernde Gipfelkette. Das Hochgebirge!

»So nah …« Stemma staunte in kindlicher Freude.

»Das täuscht, es sind sicher drei oder vier Meilen bis dahin. Aber dieses Trillefos sollten wir nach meiner Schätzung längst erreicht haben.«

Die Sonne war zum Vorschein gekommen, schmolz aber nicht zu einem flackernden Schmiedefeuer zusammen wie unten in Meeresspiegelhöhe. Sie blieb groß und rund auf der Kuppe eines näheren Berges stehen. Unverwandt hielt sie das glühende Auge auf uns gerichtet wie in unersättlicher Neugier.

In der klaren, rosafarbenen Abendbeleuchtung schlängelte sich Rauch empor. Ein windschiefes Gebäude verschwand fast in den Schatten einer Talsenke. An allen möglichen und unmöglichen Stellen waren Brettchen und Rundhölzer auf Dach und Außenwänden festgenagelt, verdeckten hier eine Lücke, stützten dort etwas, das abzurutschen drohte. Gerste spross grün auf einem kleinen Feld. Wiesenastern und die winzigen Blüten des Nordischen Augentrostes sprenkelten die Umgebung der erbärmlichen Behausung.

Drei Hunde flitzten herbei und bellten uns an.

»Kommt ihr endlich heim, ihr Taugenichtse und Herumtreiber?«, gellte es aus der Hütte.

Ich rief: »Ist es noch weit bis Trillefos?«

»Hier ist Trillefos, Dummkopf. Fällt dir nicht mal was Neues ein?«

Aus dem niedrigen Türloch schob sich eine schwammige Frau, die mit dem Vorhang ihrer hüftlangen, grauen Zottelhaare kämpfte, um sehen zu können, was vorging. »Wollt ihr mich foppen, Ule, Eddik, Ennebaer? Nanu, ihr seid es ja gar nicht. Ich hätte geschworen … Aber wer seid ihr dann?«

Ich wollte gerade anfangen, uns vorzustellen, als sie auch

schon weiterplapperte: »Na, ist mir auch gleich. Mir soll jeder recht sein, der mir ein wenig behilflich ist. Ich bin Merta, falls ihr noch nicht von mir gehört habt. Merta, die Frau von Ule, die Schwester von Eddik und die Mutter von Ennebaer. Die zwei Rösser dürfen aber nicht mit in die Stube, die müssen draußen bleiben bei den Hunden.«

Ein Stück entfernt entdeckten wir eine Art Scheune. Während wir die Pferde abrieben, wechselten wir unschlüssige Blicke.

»Nicht gerade Vertrauen erweckend, diese Merta«, tuschelte Stemma.

Ich war derselben Ansicht, versuchte indessen, mit einem Scherz darüber hinwegzugehen. »Soll es meinetwegen in Frieden ruhen, unser Vertrauen, wozu es wecken. Wenn sie uns nur auch einen Ruheplatz gibt.«

»Können wir uns nicht lieber in die Pelze wickeln und im Freien übernachten?«

»Dafür sind hier oben im Gebirge die Nächte zu kühl«, sagte ich. »Haben wir es auf dem Möönsberg und bei Isel und Lini überstanden, werden wir es auch unter Mertas Dach ein paar Stunden aushalten.«

»Wie lange soll ich noch warten?«, wurden wir angefaucht, als wir uns unter dieses Dach begaben. »Da, nehmt und fangt endlich an. Wer von euch es macht, ist mir egal. Wichtig ist mir nur, dass ich die Schmerzen loswerde.«

Die Hütte bestand aus einem einzigen Raum, dessen undichte Fugen mit Lappen und Moos verstopft worden waren. Neben der Feuerstelle hockte Merta auf einem dreibeinigen Schemel. Sie hatte ihre Lumpen bis auf die Hüften herabgestreift und hielt uns einen Napf mit stinkender Salbe hin. Ich nahm ihn, wenn auch unter Zögern; Stemma hatte ihre Hände betont auffällig in die Rocktaschen versenkt.

Befriedigt grunzend kehrte Merta mir den Rücken zu und nahm eine erwartungsvolle Haltung ein. Beim Inhalt des Napfs handle es sich um Hundefett, eine vortreffliche Medizin gegen Kreuzschmerzen, wie sie beteuerte. Und da sich seit Tagen keiner habe blicken lassen, der ihr den Rücken einreibe, kämen wir gerade recht.

Nach dem ranzigen Geruch und der Schmierigkeit ihres Rückens zu schließen, war ihr dieser Liebesdienst schon mehrfach erwiesen worden, und offenbar hatte Merta die Wirkung nicht schmälern wollen, indem sie den Rücken später mit Wasser und Seife in Verbindung brachte.

Während der Prozedur gab sie ächzende Laute des Wohlbehagens von sich.

Immer wenn ich meinte, nun aber genug getan zu haben, verwies sie mich an Stellen, die einer besonderen Behandlung bedürften. Und überhaupt wirke das Hundefett nur bei langer gründlicher Einreibung.

»Was wollt ihr denn sonst tun, wenn ihr schon einmal da seid? Maulaffen feilhalten? Du, Jüngelchen, kannst dich auch nützlich machen. Nimm die Schere da drüben vom Nagel und schneide mir die Haare im Gesicht ab. Ich besitze keinen Spiegel, sonst hätte ich es selber getan. Ule wird sich wundern, wenn er heimkommt, wie schön ich plötzlich bin.« Krächzendes Gekicher schüttelte sie.

Stemmas Miene drückte heftigen Widerwillen aus, als sie mit der ellenlangen Schere begann, die reichlich sprossenden Haare am Kinn der Alten abzuschnippeln.

»Gib mir ja gut Acht, dass du mir nicht auch meine Warzen mit abschneidest, obwohl ich nichts dagegen hätte, sie loszuwerden. Besonders die auf der Nase hüte mir. Ein Tropfen Blut, und du bekommst kein Abendessen, Jüngelchen!«

Was sie vorhin gemeint habe, als sie sagte, hier sei Trillefos, wollte ich wissen. Soweit ich gesehen hätte, gebe es im Umkreis von einer Viertelmeile kein weiteres Haus.

Es stellte sich heraus, dass die Einwohner des besagten Ortes keinerlei Neigung verspürten, einander zu sehen, es sei denn, ein Notfall verlangte dies.

»Ihr könnt stundenlang gehen, ohne eine Seele zu treffen, und doch seid ihr noch immer in Trillefos«, belehrte uns Merta. »Wer nicht weiß, wo der Nachbar wohnt, marschiert glatt am Haus vorbei. Hier lässt jeder den anderen in Ruhe und mischt sich nicht in dessen Angelegenheiten. Was nicht heißen soll, dass wir Besucher von der Schwelle jagen. Erst neulich hatten wir den berühmten Dag Sparre hier. Ich selbst habe ihn nicht gesehen, aber Eddik berichtete davon. Dag Sparre kommt jedes Jahr durch Trillefos, allerdings übernachtet er nicht bei uns, sondern weiter oben, bei Purki-und-Damaris-am-Gletscher. Er ist auf Falken aus, wisst ihr.«

»Aha«, sagte ich vorsichtig und machte Anstalten, meine Hände von Mertas Rücken zu lösen. Schon eine ganze Weile kam es mir vor, als hätte ich draußen Stimmen gehört, Männerstimmen: unmelodisches Singen, ausgelassenes Lachen. »Es scheint, Ihr bekommt heute noch mehr Besuch. Wo kann ich mir die Hände waschen?«

»Weshalb in aller Welt willst du dir die Hände waschen? Hundefett ist doch nichts Schlechtes. Und was meinst du mit ›Besuch‹?« Merta wühlte in ihren Haaren, bis sie ein Ohr frei gemacht hatte, um zu lauschen.

»Ach das – das ist kein Besuch. Das sind bloß Ule, Eddik und Ennebaer, die dreimal verfluchten Nichtsnutze. Sicher waren sie wieder bei diesen Kleinen Leuten und haben sie um Schnaps angebettelt. Angeblich soll es keinen Baum geben, aus dessen Saft und Trieben die nicht irgendeinen Branntwein brauen können.«

Hurtig fuhr sie in die Ärmel ihres schmutzstarrenden Kittels und rannte zum Türloch, wo sie stehen blieb und die Hände in die Hüften stemmte.

»Ist es noch weit bis Trillefos?«, johlte es draußen. Übermäßiges Gelächter.

»Ich sollte euch gar nicht ins Haus lassen, ihr elenden Saufsäcke!«, keifte Merta. »Was habt ihr euch nur dabei gedacht – zieht los zum Rentiermelken und verschwindet für ganze sieben Tage! Jetzt aber ins Haus, marsch! Und tummelt euch, wir haben nämlich feine Gäste!«

Drei Männer quetschten sich durch den viel zu kleinen Eingang und stellten sich tölpisch in einer Reihe auf, wobei sie die Köpfe gesenkt hielten wie gescholtene Knaben. Ihre übermütigen Stimmen waren augenblicklich verstummt. Die Männer taten, als könnten sie nicht bis drei zählen, und ließen keinen Mucks hören.

»Wo ist die Milch?«

Sofort schlüpften die zwei Älteren noch einmal hinaus und brachten dienstfertig einen Bottich hereingeschleppt. Der jüngere Mann hielt Merta seine Mütze hin.

»Was bringst du mir da, Söhnchen Ennebaer? Etwas Lebendiges oder etwas Totes?« Gierig packte sie das speckige Ding von Mütze.

»Sieh an – Himbeeren hat er gesammelt, das ist brav. Die ersten in diesem Sommer. Nun, dann darfst du sie auch selbst zurechtmachen. Heute nach der besten Weise, weil wir Gäste haben.«

Worauf sie sich den beiden älteren Männern zuwandte. »Die Schneehühner, die ihr fangen solltet, sind wohl bei den Kleinen Leuten gelandet, he? Eingetauscht gegen Kiefernbranntwein oder Birkenschnaps, stimmt's? Und womit sollen wir uns heute den Bauch füllen? Mit kleinen Töpfen in großen?«

Ohne auf ihre Schimpftirade einzugehen, duckten sich die zwei Älteren abermals unter dem Türrahmen hindurch und bugsierten umständlich einen langen Ast ins Hütteninnere, an dem sechs Schneehühner bei den Füßen aufgehängt waren. Unsicher schielten die Männer zu der gestrengen Ehefrau und Schwester hin, die abtastend und schnuppernd sich an jedem Vogel zu schaffen machte.

»Ihr wollt mir doch nicht einreden, dass das alles gewesen ist«, nörgelte sie. »Raus mit der Sprache – wie viele habt ihr den Kurzen überlassen?«

»Wir haben genau geteilt«, brummte schließlich der eine.

»Ihr habt geteilt, so, so. Und ich? Bin ich vielleicht gefragt worden? Ich will nicht, dass ihr mit denen Tauschgeschäfte abschließt! Ihr Fusel, auf den ihr so versessen seid, macht euch noch dümmer im Kopf, als ihr es ohnehin schon seid. Na, was ist, was ist? Macht euch ans Rupfen, damit wir noch vor Mitternacht was zwischen die Zähne kriegen, hopp, hopp!«

Wir wechselten mehrmals Blicke der Belustigung und der Empörung, Stemma und ich. Wie Merta mit Mann, Bruder und Sohn umsprang, hätte man denken können, es handle sich bei ihnen um eine Schar Domestiken. Noch unbegreiflicher war, dass die drei Mannsbilder sich die Befehle so selbstverständlich gefallen ließen.

Ennebaer, der Sohn, der wenigstens seine vierzig Jahre auf dem Buckel haben mochte, hatte inzwischen einen Teil der Milch zum Kochen gebracht. Vor Eifer zappelte ihm die Zungenspitze im Mundwinkel. Er schöpfte den dicken, gelben Rahm in eine hölzerne Schüssel ab und langte nach einer an der Wand hängenden Blase. Fragend sah er dabei zu seiner Mutter hin, die gnädig nickte.

»Getrockneter Molkenschaum«, wurden wir von Merta instruiert. »Das Feinste vom Feinen. Jetzt die Beeren dazu, Ennebaer, mein Junge, und fleißig gerührt. Könnt ihr nicht schneller rupfen, Ule und Eddik? Die Hühner fangen ja inzwischen an zu stinken, so wie ihr trödelt.«

Auf diese freundliche Aufforderung hin flogen die Federn noch wilder und bedeckten bald den gesamten Fußboden.

Ennebaer, der mit der Zubereitung der Beerenmilch fertig war, trug die Schüssel zur Begutachtung zu Merta, die kostend einen Finger hineintunkte und ihn laut schmatzend ableckte. Er erhielt einen Klaps auf die Schulter, was offenbar höchstes Lob bedeutete, denn er strahlte, dass sein Mund mit den Ohren in Berührung kam.

»Was sind das für welche, die ihr die ›Kleinen Leute‹ nennt?« Ich richtete die Frage direkt an die beiden älteren Männer. »Leben sie schon länger hier in der Gegend?«

»Besser, du lenkst sie nicht ab, junger Herr«, fuhr Merta dazwischen. »Sonst kommen wir nie zu unserem Braten. Ennebaer, du kannst alles, was fertig gerupft ist, ausnehmen und an den Spieß stecken.«

Ohne aufzusehen, am Boden hockend, bearbeiteten Ule und Eddik die beiden letzten Schneehühner.

»Im Sommer vor dem, der gewesen ist, haben wir sie zum ersten Mal gesehen«, sagte der eine ruhig. Nach der Familienähnlichkeit zu schließen, Mertas Bruder, Eddik. Dass er so normal und geläufig sprach, erstaunte mich. Ich hatte nicht ernstlich damit gerechnet, eine vernünftige Antwort zu erhalten. Die demütige Unterordnung der erwachsenen Männer unter Mertas Launen, gepaart mit ihrer dreieinigen Schweigsamkeit, hatte mich glauben lassen, es könne hier ein Fall von grassierender Idiotie zugrunde liegen.

»Sie siedeln in einem der Hochtäler zwischen den Gletschern. Wir nennen sie die Kleinen Leute, weil der Scheitel der größten Männer uns noch nicht einmal bis zum Kinn reicht.«

Aufgeregt kauerte ich mich hin, so dass ich auf gleicher Höhe mit Mertas Bruder war. »Sprechen sie unsere Sprache?«

Kopfschütteln. »Sie sprechen wohl, aber man versteht nicht, was sie sagen. Wir zeigen nur und sie zeigen auch.«

»Könnte es sein, dass sie sich selbst als Rubutschen bezeichnen?«

Mühsames Nachdenken; Erinnerungsversuche. Auch Ule knurrte, mit Überlegen beschäftigt.

»Ein solches Wort haben sie, ich weiß es genau«, meldete sich Ennebaer vom Feuer her, wo er den Spieß drehte. Erschrocken über die eigene Kühnheit, ungefragt den Mund aufzumachen, kroch er förmlich in sich hinein.

»Schwatz nicht, sonst schläfst du mir noch ein beim Spießdrehen«, schimpfte denn auch Merta sogleich, ohne der eigenen Unlogik gewahr zu werden. »Ich erlaube nicht, dass in meinem Haus von den Kurzen geredet wird. Alles Saufgurgeln. Verdorbenes Gesindel, das aus jeder Kiefernnadel Branntwein macht und auch andere zum Saufen verleitet.«

Die Männer fielen daraufhin in ihr altes Stummsein zurück. Allerdings wagte es Eddik, mir in einem unbeobachteten Moment ein Augenzwinkern zuzuwerfen. Mach dir nichts draus, wenn sie kläfft, unsere alte Merta, sagte dieses verschmitzte Blinzeln, wir kehren uns auch nicht daran; ihre Gewalt endet hinter der Hüttentür. Vielleicht waren Ule, Eddik und Ennebaer schlauer, als ich angenommen hatte. Statt sich mit ihr anzulegen und nutzlos die Kräfte zu verschwenden, ließen sie ihre Ehefrau, Schwester und Mutter einfach ins Leere wüten und behielten ihre Gedanken für sich.

Ich beschloss, mich morgen außerhalb des Hauses an die Männer heranzumachen und zwei von ihnen oder besser gleich alle drei als Führer zu verdingen. So gab es sie also doch, die Rubutschen, einen ungewöhnlich kleinen Menschenschlag, wenn Eddik nicht übertrieben hatte. Offenbar waren sie von gänzlich anderem Charakter als die Sbiten, die nur Wasser und Milch als Getränk kannten.

Als die Schneehühner aufgegessen waren und nur noch ein Kranz abgenagter Gerippe um das Feuer herumlag, ging die Schüssel mit der säuerlichen Beerenmilch reihum. Es steckte ein klobiger Holzlöffel darin, den jeder in den Mund steckte und gründlich ableckte, ehe er die Schüssel weiterreichte. Stemma benutzte seit langer Zeit wieder einmal ihren eigenen Löffel mit dem ziselierten »D« am Griff.

»Zeig her, Jungchen – Silber, he?« Ohne Umschweife nahm ihn Merta ihr aus der Hand. »Hab ich doch gleich erkannt. Ich hab was übrig für schöne Dinge, Gold, Silber, Glas oder was immer.« Und zurechtweisend bemerkte sie: »Viel zu schade, um sich Essen damit reinzuschieben. Wenn der mir gehörte, würde ich ihn mir um den Hals hängen. Oder ins Haar stecken.«

Sie wickelte tatsächlich eine ihrer langen, grauen Haarsträhnen um den Löffelstiel und hielt ihn sich an die Schläfe wie eine Aigrette, wobei sie triumphierend in die Runde blickte. »Hab ich nicht Recht, Ule?«

»Als ob du in deinem Leben schon mal Silber oder Gold zu Gesicht bekommen hättest«, kam es brummelnd aus der Ecke, wo Ule saß.

»Was hast du gesagt?«, keifte Merta. »Na, mit deinen schnapsverklebten Augen siehst du sowieso nichts. Noch nicht mal, dass mir das Jüngelchen da die Haare vom Kinn geschnippelt hat. Ennebaer, streu Asche übers Feuer, jetzt wird geschlafen. Und morgen fegst du als Erstes die Federn zusammen, vergiss das nicht.«

Ungern befreite sie Stemmas Löffel aus dem Dickicht ihrer Haare und gab ihn zurück. »Was können Kinder wie du mit Silberlöffeln anfangen, tzz!«

27. Kapitel

Der Aufbruch zog sich hin. Nicht dass Ule, Eddik und Ennebaer etwas dagegen gehabt hätten, den Kleinen Leuten nach so kurzer Zeit einen zweiten Besuch abzustatten. Sie zeigten sich einverstanden, noch bevor ich erwähnt hatte, dass ich ihre Dienste als Bergführer selbstverständlich zu bezahlen gedächte. Sie akzeptierten die von mir vorgeschlagene Summe, ohne zu handeln.

Ich war ihnen gefolgt, als sie sich bei den Rentieren zu schaffen machten, und hier, am Waldrand, außerhalb der Reichweite von Mertas Befehlsgewalt, gaben sich die Männer ganz natürlich und umgänglich. Eddik machte den Sprecher, der sich mit Schwager und Neffe jeweils kurz in einer allen dreien geläufigen Blicksprache verständigte, ehe er ihre gemeinsame Meinung weitergab.

»Wie gesagt – sehr gern, aber nicht auf der Stelle. Ihr versteht, junger Herr, drei oder vier Tage müssen wir wenigstens hier bleiben. Wir können Merta nicht schon wieder allein sitzen lassen. Wenn sie Wind davon bekommt, dass wir so bald wieder zu den Kurzen wollen, wird sie außer Rand und Band geraten. Wir sagen ihr besser nichts, bis es so weit ist.«

Mir blieb nichts übrig, als die Pause zu akzeptieren. Die Männer ließen sich trotz reichlicher Gaben von Tabak nicht umstimmen. Ich konnte nur hoffen, dass Stenbassen nicht an Bord jenes Schiffes gewesen war. Oder wenn doch, dass er es für unter seiner Würde hielt, dem seltsamen Pärchen, das wir darstellten, höchstselbst in die Berge nachzusetzen.

Merta durfte sich also für einige Tage uneingeschränkt ihres vollen Hauses erfreuen. Ihre Kommandos erschallten von früh bis spät. Sie blühte förmlich auf dabei und spielte die »Herrin vom Herrenhof«, die über Scharen von Gesinde verfügt.

Mich respektierte sie und ließ mich weitgehend ungeschoren. Aber Stemma, das »Jungchen«, wurde von ihr mit mancherlei Aufträgen und Befehlen bedacht, ganz so, als handle es sich um ein seit langem zur Familie gehöriges Kind. Ob es galt, die Asche zusammenzukratzen oder Mertas ungebärdiges Haar zu kämmen – Stemma wagte nicht, sich zu weigern, nur ihre Miene sprach für sich. Jedoch an Mienen störte sich Merta nicht. Andererseits überschüttete sie das »Jungchen« mit überschwänglicher Fürsorge.

Jeden Tag nahmen Stemma und ich die Pferde und erkundeten den eigentümlichen Ort Trillefos in dieser oder jener Richtung. Von den dreißig Höfen oder Häusern, die zu ihm gehörten, entdeckten wir trotz größter Aufmerksamkeit nur neun, die anderen verbargen sich zu gut. Keine Menschenseele schien sie zu bewohnen. Und so, wie die Dinge standen, war es mir ohnehin lieber, nur auf Tiere zu treffen. Die Vögel des Nordens hatten augenscheinlich ihr Brutgeschäft beendet und waren nun unablässig dabei, ihre Jungen mit Futter zu versorgen. Das ließ mich an Dag Sparre denken, der weiter oben in den Bergen den flüggen Jungfalken nachstellte. Ob wir ihm noch einmal begegnen würden? Jemand sollte ihn davon unterrichten, dass Stenbassen nun wusste, dass er den Mordauftrag nicht ausgeführt hatte. Es konnte übel enden für Dag Sparre, wenn er Stenbassen noch einmal vor Augen kam.

Es blühten Alpenmilchlattich und Nordischer Eisenhut, an anderer Stelle fand ich die Rundblättrige Glockenblume und das Schmalblättrige Weidenröschen. Blinzelnd in der grellen Sonne, notierte ich und untersuchte und presste zwischen Papier. Außerdem hielt ich meiner Gefährtin einen Vortrag, wie wunderbar es doch eingerichtet sei, dass sich die Blütenpflanzen so perfekt den unwirtlichen klimatischen Bedingungen dieser rauen Zone anpassten. Wie sie gelernt hätten, sich flach an den Boden zu schmiegen und in dichten Polstern zu wachsen und daher gegen den trockenen, kalten Wind weitgehend geschützt seien.

»Schau, was sie für dicke Blatthäute entwickelt haben! Siehst du, wie flaumig behaart ihre Stängel und Blätter sind? Damit beugen sie gleichzeitig dem Feuchtigkeitsverlust vor und speichern die Wärme. Ist dir nicht auch aufgefallen, dass die Blätter der Pflanzen hier oben viel grüner sind als unten in der Ebene? Das bedeutet, dass sich die Zahl der Chlorophyllkörnchen in den Blattzellen stark vermehren musste …«

»Ich frage mich, wieso *wir* keine Beeren finden«, sagte Stemma träge. »Ennebaer kommt jeden Abend mit einer Mütze voll.«

Sie lag auf dem Rücken auf einem stachligen Teppich aus Heide und Blaubeerkraut, einen Arm hinter den Kopf geschoben, mit dem anderen schlug sie nach den Mücken. »Verzeih, Isak, ich hatte gerade nicht zugehört. Was hast du gemeint?«

»Es war nicht wichtig. Das heißt, für mich schon«, präzisierte ich und beschloss ernüchtert, meinen Vortrag fürs Erste zu beenden. »Etwas ganz anderes, Unkräutchen: Hast du eigentlich noch immer das Gefühl, die Gegenwart deiner Mutter um dich herum zu spüren?«

Stemma schüttelte den Kopf. »Seit wir von Skuule fort sind, nicht mehr. Ob sie schon etwas über Papa erfahren hat? Ich werde sie bitten, dass wir umgehend heimfahren und uns um ihn kümmern, sobald ich erst wieder in Rökstuna bin. Wir werden uns verkleiden, damit uns keiner erkennt, obwohl ich nicht mehr glaube, dass jemand Mama oder mir nachstellt.«

»Deine Mutter ist schwer von etwas zu überzeugen«, warf

ich ein. »Und je vernünftiger die Gründe sind, mit denen man ihr kommt, desto mehr sperrt sie sich dagegen.«

Ich entsann mich, gehört zu haben, dass die Seelen Verstorbener noch etliche Tage an die Erde gebannt bleiben, bevor sie sich endgültig von allem irdischen Ballast befreit haben. Hatte Hermynia Dannhauer Abschied genommen von ihrem Kind? War es das gewesen, was Stemma als »unsichtbare Gegenwart« empfunden hatte? Für sie schien es selbstverständlich, dass ihre Mutter im KARLS ZEPTER auf ihre Rückkehr wartete.

Am Abend des vierten Tages machte Eddik Merta mit unserem Plan bekannt. »Herr Zettervall und der Kleine wollen morgen in die Berge hinauf und wir werden sie begleiten und ihnen den Weg zeigen.«

»Nun, wenn sie das wollen, kann ich sie nicht zurückhalten«, geiferte Merta. »Aber ihr bleibt schön hier und tut eure Arbeit. Ihr habt mir schon seit einer Ewigkeit ein neues Dach versprochen. Die Fensterstöcke sind modrig vom Winter, ich brauche dringend neue Besen, neue Bastschuhe brauchen wir alle, und wer soll die Rene melken und die Milchbütte schleppen? Ich mit meinem wehen Rücken vielleicht? Außerdem: Habt ihr nicht eben erst eine Sauftour hinter euch? Das reicht bis zum Herbst und darüber hinaus. Begleiten, Weg zeigen, in die Berge hinauf – diese Flausen schlagt euch aus dem Sinn.«

Triumphierend schaute sie in die Runde, im festen Glauben, dass ihr Machtwort die Beschlüsse der Männer ein für alle Mal zunichte gemacht hatte. Wie üblich wurde kein Ton des Protestes laut und sie nahm es als stilles Sichfügen ihrer drei großen Tollpatsche. Wie aber quollen ihr die Augen aus den Höhlen vor Zorn, als sie sehen musste, dass Ule, Eddik und Ennebaer in einträchtigem Schweigen ihre Birkenrindenranzen packten, an die Vorräte gingen, die Schneerädchen am unteren Ende langer Stöcke prüften und ihre Zottelpelze aus dem Winkel holten, in dem sie seit dem letzten Ausflug gelegen hatten, um sie auszuschütteln.

Tobend und kreischend riss Merta ihrem Sohn die Fellstiefel aus den Händen, die er gerade mit weich geklopftem Heu ausstopfen wollte. Sie standen alle aufgereiht um ihn herum, auch die von Stemma und mir, und jetzt flogen sie einer nach dem anderen in hohem Bogen über den Zaun.

»Untersteh dich, das Verbot deiner Mutter zu missachten! Willst du, dass dir die Hand aus dem Grabe wächst?«

»Ich denke, das passiert nur, wenn man die Hand gegen seine Eltern erhebt«, sagte der vierzigjährige Ennebaer, zwar kleinlaut, aber durch die Unbeirrbarkeit seines Vaters und seines Onkels gestützt. »Du weißt, das würde ich nie tun, also sag nicht so etwas.«

Mit sichtlich schlechtem Gewissen drückte Ennebaer sich an seiner Mutter vorbei, sprang über das windschiefe Gatter, sammelte die verstreuten Stiefel ein und machte mit dem Schuhausstopfen draußen weiter.

Wir waren Zeugen einer Palastrevolution. Mertas Verbote und Anordnungen, bisher im Hause ohne jeden Mucks befolgt, wurden auf einmal nicht mehr beachtet als das Summen einer Fliege. Das war, scheint's, noch nie da gewesen. Merta hatte ihr Gesicht verloren. Ihr Rasen, als sie ihre Ohnmacht erkennen musste, ließ sie alle Würde vergessen. Sie schmetterte Wirtschaftsgegenstände aus den Fenstern, raufte sich die Haare aus, zerriss und zerbrach, was sich zerreißen und zerbrechen ließ, rannte mit dem Kopf gegen die Wände und heulte zuletzt zum Erbarmen, laut und lange und ohne das Gesicht abzuwenden.

Niemand mischte sich ein. Niemand gedachte den Kampf mit ihr auszufechten. Und irgendwann fand alles von selbst ein Ende.

Mehr oder weniger in die Rolle des »Volksaufhetzers« und Unfriedenstifters versetzt, war mir äußerst unwohl zumute. Obwohl ich nichts Unbilliges verlangt hatte, nur drei Bergführer angeworben, die ich anständig zu bezahlen gedachte, fühlte ich mich für Mertas maßlose Verzweiflung verantwortlich. Mochte hinter ihrem strengen Regiment sich der Wunsch verbergen, Rache zu nehmen dafür, dass die drei Männer sie so konsequent von ihrem Vergnügen ausschlossen, steckte doch ebenso sehr der Wunsch dahinter, als unentbehrlich angesehen zu werden. Indem sie die Männer wie unreife Kinder behandelte, hoffte die arme Merta, wenn sie schon keine Liebe erzwingen konnte, sich wenigstens deren Abhängigkeit zu sichern. Jetzt hatte sie erfahren müssen, dass niemand wirklich ihrer bedurfte.

Mit einem Mal tat sie mir unendlich Leid in ihrem abstoßenden Schmerz. Sie saß auf dem Hackstock, Büschel ihrer ausgerauften Haare zwischen den Fingern. Sie fuhr mit dem Handrücken unter der Nase entlang und stieß mit dem nackten Fuß nach einem der Hunde, der ihr tröstend die Wade leckte.

Unerwartet begann sie, mit normaler Stimme zu reden.

»Jetzt, im Sommer, ist es gefährlich da oben, wenn man nicht im Bergsteigen geübt ist. Unterm Eis hat es getaut. Das Jungchen wird in eine Gletscherspalte fallen. Was dann, he?« Sie wandte sich an mich und fragte in bereits wieder herrischem Ton: »Hat der Herr vielleicht ein Seil dabei? Die da haben nämlich keins.«

Niemand antwortete. Ich besaß kein Seil, hatte bisher angenommen, dass Bergführer so etwas mitbrächten.

»Dachte ich mir doch. Also wirst du schön bei Merta bleiben, Kleiner. Kinder haben dort oben nichts zu suchen. Lass die Dummen nur in ihr Unglück rennen, wir machen es uns hier unten gemütlich. Merta geht mit dir Beeren sammeln, Ennebaer wird uns die Plätze verraten, wo schon welche reif sind, sonst lassen wir ihn nicht fort und verstecken seine Schuhe …«

Sie plapperte und bestimmte, schon beinah wieder die Alte, und verwaltete die Tage zu zweit im Voraus, als sei es damit abgemacht.

Wo war Stemma überhaupt? Sie musste sich davongestohlen haben, ins Haus hinein, denn eben trat sie aus dem Türloch, etwas in der Hand oder im Ärmel verborgen haltend. Sie gesellte sich zu Ule, dem Stärksten der drei. Was sie von ihm wollte, konnte ich nicht sehen, da beide uns anderen die Rücken zukehrten, nur dass seine Ellenbogen ein paar Mal angestrengt auf und nieder gingen.

Zögernd, wie um Verzeihung bittend, näherte Stemma sich unserer Hausherrin, nahm Mertas Hand und führte sie behutsam durch einen seltsamen Reif aus Silber. Sie streifte ihn den Arm hinauf, bis er eine Spanne über Mertas Handgelenk festsaß.

Mit weit klaffendem Mund hielt Merta ihren Arm von sich ab, als hätte sie ihn noch nie zuvor gesehen. Es blitzte und blinkte. Die drei Zinken blitzten – die beiden äußersten hatte Ule seitwärts gebogen – und es blitzte die breite Zunge des Stiels mit dem kunstvoll ziselierten »D« in der Mitte. Die Gabel aus dem Dannhauer'schen Familiensilber.

Zwei große Tränen, übrig geblieben, hüpften aus Mertas Augen und rutschten auf den schwärzlichen Bahnen ihrer Vorgänger langsam abwärts, bis sie in die Mundfalten gerieten und von dort zum Kinn weiterrollten.

An diesem Abend hörten wir kein Wort mehr von Merta.

»Soll das heißen, ihr kommt nicht wieder zurück?«, zeterte sie, als wir am anderen Morgen den Fuchswallach und den Grauschimmel beluden. »Wenn ihr gescheit seid und auf mich hört, lasst ihr die Pferde hier stehen. Weiter als bis zu Purki-

und-Damaris-am-Gletscher könnt ihr sie sowieso nicht mitnehmen. Hab ich nicht Recht, Ule? Eddik, Ennebaer, hab ich nicht Recht?«

Doch sie fand keine Unterstützung.

»Es ist ein ganzes Stück bis dahin. Sie haben zu tragen und sind das Laufen nicht so gewohnt wie wir.«

»Warum sollten sie noch einmal hierher kommen? Nicht weit von Purki-und-Damaris-am-Gletscher zweigt ein Weg nach Truushögen ab und von dort aus kommen sie ans Meer hinunter. Da sie später ohnedies nach Kongismora wollen, wäre es doch sinnlos, durch ganz Trillefos zurückzureiten, nur um hier zu übernachten.«

Schließlich gab Merta auf. Von den Hunden umbellt, humpelte sie uns zur Seite ein Stück mit. Die Pferde gingen langsam, damit Ule, Eddik und Ennebaer Schritt halten konnten, trotzdem blieb Merta bald zurück. Sie hielt sich das Kreuz und beschränkte sich nur mehr auf gebrüllte Verständigung.

»Glaube nicht, dass wir uns je wiedersehen! Denkt mal an mich!«

Wir riefen, dass wir das ganz gewiss tun wollten, winkten und winkten.

»Ich habe noch nie so ein Geschenk bekommen!«, schrie sie uns hinterher. Und wieder drehten wir uns im Sattel um und schwenkten grüßend die Hüte.

Sie hörte nicht auf, uns Mitteilungen nachzuschicken, von denen nur die lang gezogenen Vokale uns erreichten. Ennebaer, mit der Artikulation seiner Mutter vertraut, übersetzte für uns: »Sie will den Schmuck nie abnehmen. Er soll ihr ins Fleisch wachsen. Und wer ihn haben will, muss ihr erst den Arm abhacken.«

»Nach Trillefos verirren sich keine Diebe«, knurrte Ule. »Und wer versuchen würde, Merta zu bestehlen, tut mir jetzt schon Leid.«

28. Kapitel

Die Behausung von Purki-und-Damaris-am-Gletscher schmiegte sich an den Berg wie ein Schwalbennest; blanker Fels bildete die vierte Wand. Dicht dabei lag ein See mit milchigem, grünem Wasser, kälter als Schnee. Wir waren an der Baumgrenze angelangt.

Meine Begleiter hatten die beiden, wenn sie von ihnen sprachen, stets in einem Atemzug genannt: Purki-und-Damaris-am-Gletscher, als handle es sich um eine einzige Person. Und in der Tat blieb das alte Paar wie zwei Hälften eines Ganzen, von denen keine allein existieren kann, beständig Seite an Seite. Sie verrichteten jeden Handgriff gemeinsam, traten gemeinsam aus der Tür und begaben sich gemeinsam wieder ins Haus. Fing der eine einen Satz an, vollendete ihn der andere, als habe er Kenntnis von dessen Gedanken. Noch niemals war mir bei Eheleuten solch völlige Übereinstimmung vorgekommen.

Später, während des Aufstiegs, holte ich aus Eddik heraus, was er über sie wusste. In bereits reifem Alter von heftiger Zuneigung zueinander befallen, waren sie ihren jeweiligen Ehepartnern davongelaufen, um in Trillefos, wo niemand sich um sie kümmerte, miteinander zu leben als Purki-und-Damaris-am-Gletscher.

»Ist das nicht das Pferd von Dag Sparre, dem Falkenjäger?«, fragte ich, nachdem ich Fuchs und Grauschimmel in einem Schuppen oder Stallgebäude untergebracht hatte. Denn neben vier Ziegen und einem Stapel Holz stand dort auch jener unverwechselbare hochbeinige Falbe, der am Abend vor unserer Bekanntschaft mit dem Unglücksmoor aus dem Wald gekommen war, zusammen mit seinem ebenfalls hochbeinigen, fahlhaarigen Herrn.

Ja, das sei es, wurde mir bestätigt. Nein, wann Dag Sparre zurückkäme, wussten Purki-und-Damaris nicht, das hing von den Falken ab und vom Wetter. So ließ ich wenigstens eine Botschaft für ihn da, die sie beide auswendig lernten: »Stenbassen weiß, dass Isak und Stemma noch am Leben sind.«

In aller Frühe machten wir uns in die Gletscherberge auf, voran Eddik und Ennebaer, Ule als Nachhut. Zu Anfang gab es hier und da noch winzige, blühende Pflänzchen zwischen den weißen Flächen, bald aber schritten und stapften wir nur mehr durch Schnee und auf Schnee, hartem, gefrorenem Schnee. An manchen Stellen allerdings hatten die Bäche, die unter dem Schnee flossen, diesen von unten weggefressen, so dass man einbrach und die rauen Krusten Wunden schabten.

Je höher hinauf es ging, umso mächtiger umfing uns der ewige Winter. Der Sommer der Täler, obwohl nur einen Tag weit entfernt, schien in eine andere Welt zu gehören. Scharfer Ostwind drang durch die Pelzmäntel. Er fauchte und pfiff und trieb uns vor sich her, dass ein Aufrechtgehen unmöglich war. Hätten wir ihn gegen uns gehabt – uns wäre nichts übrig geblieben, als vor seiner Kraft zu kapitulieren und wieder abzusteigen.

Stemma, die Leichteste von uns, musste sich an Ennebaers Gürtel festklammern. Immer wieder drohten die heftigen Windstöße sie umzuwerfen. Ennebaer, massig wie ein Bär, trug auch ihren Mantelsack.

Äußerst unangenehm war mir, dass ich die Augen nicht völlig öffnen konnte, was dem schneidenden Ostwind zu verdanken war, zum anderen aber dem blendenden, funkelnden Weiß der Schneegefilde um uns herum. Ich fürchtete zuletzt, blind zu werden, und verwünschte das ganze Unternehmen, verwünschte auch die Rubutschen, um derentwillen ich mein Kostbarstes aufs Spiel setzte. Lieber wollte ich auf alle königliche Dankbarkeit verzichten und mein Augenlicht behalten.

Da ich kaum sehen konnte, wohin ich meine Füße setzte, strauchelte ich mehrere Male und kollerte einen Abhang hinab. Der Wind machte es mir unmöglich, wieder aufzustehen. Mir blieb nur die Wahl, mich noch weiter hinunterblasen zu lassen oder mich nach Art der Robben wieder dem Punkt zu nähern, wo der gebückte Ule mit ausgestrecktem Bergstock kniete, um mich heranzuziehen.

Um das Maß voll zu machen, begann es zu regnen. Binnen kurzem bildete sich auf unseren Rücken eine Eiskruste.

Mehrere Meilen legten wir so zurück. Selbst die Lippen waren mir steif gefroren. So fühllos waren sie, dass ich nicht imstande war, mich zu einer Erkundigung – »wie lange noch?« – aufzuraffen. Aus entzündeten, tränenden Augen blinzelnd, entdeckte ich endlich zu meiner unsäglichen Freude, dass wir wieder Felsen unter den Füßen hatten. Weit unter uns ragten Bäume auf, spielzeugklein, grüne Wiesen und Triften breiteten sich aus, und der Regen zog davon, anderen Berggipfeln zu.

Der Gedanke, so weit hinunterzumüssen, wurde vom Gefühl süßer Leichtigkeit, das Schlimmste nun überstanden zu haben, aufgewogen.

Steil ging es abwärts durch ausgewaschene Scharten voller Steinblöcke und Schutt. Ganze Strecken sprangen wir regelrecht wie Ziegen, ständig in Gefahr, umzuknicken und uns den Knöchel zu verstauchen oder gar zu brechen. Immer näher kamen wir dem Hochtal, in dem die Rubutschen hausen sollten. Bis jetzt hatte ich noch nicht das Geringste erblickt, das auf menschliche Besiedlung hingedeutet hätte.

Schenkel und Waden zitterten mir wie Gelee, als der Boden erreicht war. Weiche, köstliche Erde! Latschengestrüpp, Gräser, sprudelnde Bachgerinnsel! Anstelle von Eis und Schnee empfing uns Wärme, die mir siedend vorkam, der Wind brachte den Duft nach blühendem Klee mit, Sturmhut und Leimnelken flatterten mit ihren weißen Blüten. Ich warf mich hinein in das Grünen und Blühen, Arme und Beine weit von mir gestreckt. Keuchend und japsend ließ Stemma sich neben mich fallen.

Verwundert sahen die drei Männer auf uns nieder. Ihnen schien die Strapaze kaum etwas ausgemacht zu haben, obwohl Ennebaer dem Alter nach fast unser beider Vater hätte sein können und Ule und Eddik mindestens sechzig bis siebzig Jahre zählen mussten. Nach kurzem Blickwechsel untereinander, der üblichen Verständigung, teilte Eddik uns mit, sie würden inzwischen weitergehen, wir könnten ja nachkommen. Zu verfehlen sei es nun nicht mehr. Sie deuteten die Richtung an, in sichtlicher Ungeduld fortzukommen.

Ob sie das Gepäck schon mitnehmen sollten? Eddik kratzte sich am Kopf. Nochmaliger Blicktausch, Zögern dann und Übereinkunft, es doch lieber bei den Eigentümern zu lassen. Eilig stolperten sie davon.

Wir lagen und atmeten und sammelten Kräfte.

»Erdbeeren …« Stemma flüsterte es nur, als könne das Wunder sonst verschwinden. Sie hatte sich auf den Bauch gewälzt. »Isak – reife Walderdbeeren!« Da unsere Glieder bretterhart und steif vor Schmerz waren, krochen wir darauf zu wie Schlangen und taten uns gütlich.

»Und Gott der Herr pflanzte einen Garten in Eden, gegen Morgen, und setzte den Menschen darein«, sagte ich inbrünstig.

»Zwei«, verbesserte Stemma; ihre Ohren leuchteten so rot wie die kleinen Purpurfrüchte. »Zwei Menschen. Einen Mann und eine Frau. Der Mann hieß Isak und die Frau Stemma.«

Da wir nicht ewig so liegen bleiben konnten, rappelten wir

uns endlich auf und wanderten mit geschulterter Last unter tief hängenden Tannen weiter. In meiner Vorstellung hatten die Rubutschen, von Eddiks Beschreibung beeinflusst, das Aussehen von Wichtelmännern angenommen – graue Kapuzenmäntel, weißbärtig, mit klugen, alten Augen unter weißen Brauen und so zartknochig und leichtgewichtig wie Väterchen Fanasi.

Fast erschrak ich deshalb, als wir aus dem lichter werdenden Wald ins Freie kamen und uns einem Talkessel gegenübersahen, in welchem, wie es schien, gerade eine wüste Streiterei tobte. Ein Haufen kleiner, doch derber, untersetzter Gestalten, säbelbeinig, mit Tierhäuten bekleidet, wimmelte durcheinander, und jeder schrie auf jeden ein in einer schrillen Sprache, die beinah ohne Vokale auskam und sich in einer Zusammenballung von Zischlauten gefiel. Ihre Haare waren sehr glatt und steif vor Fett, die Gesichter breit und flach und von gallig-gelblicher Farbe. Als man unser gewahr wurde, schwoll das allgemeine Kreischen und Gellen noch wilder an und alles stürzte auf uns zu.

Was uns in jenem ersten Moment wie ein Angriff vorkam, vergleichbar dem Ansturm einer Horde Kinder, denen ein Spielzeuglager zum Plündern freigegeben wurde, war jedoch nur auf ihr Temperament zurückzuführen, das wir in den nächsten Tagen zur Genüge kennen lernen sollten.

Ich hatte mir eingebildet, dass die Rubutschen, vom Äußeren abgesehen, im Wesen den Sbiten ähnlich sein müssten, deren Gelassenheit und selbstverständliche Würde mich sofort für sie eingenommen hatte. Mit einer solch hitzigen Zutraulichkeit willkommen geheißen und gleichsam als »Beute« fortgeschleppt zu werden war dagegen eher befremdlich und gar nicht nach meinem Geschmack. Dass hinter dem »Überfall« Methode stand, ging mir erst später auf, als ich feststellte, dass die mich Umringenden ausschließlich Männer waren, während

Stemma von einem schnatternden Frauenrudel mitgezogen wurde.

Vergeblich hielt ich nach Hütten oder spitzen Stangenhäusern Ausschau. Ich konnte nur eine große Anzahl von Lattenverschlägen entdecken, fast wie Gänseställe, die in unterschiedlicher Höhe an den Wänden des Talkessels klebten, erreichbar durch ein Gewirr von Leitern und schmalen Fußsteigen.

Zu einem dieser Gänseställe wurde ich geführt, sah mit halbem Auge allerlei Gerätschaften an den Latten festgebunden und blickte in eine dahinter liegende Erdhöhle. In ein mit Fetzen und Zweigen ausgepolstertes Mäusenest blickte ich, aus dem mir Rauch beißend entgegenschlug, denn es brannte ein Feuer in dem Loch und der Rauch hatte keine andere Öffnung zum Entweichen als den Eingang. Undeutlich erkannte ich hinter den Schwaden Ule, Eddik und Ennebaer sowie ein halbes Dutzend Rubutschen, die am Boden hockten, alle miteinander schon reichlich bezecht und in Verbrüderungsstimmung.

»Komm rein, junger Herr«, grölte Ule, »komm rein und setz dich und nimm einen. Kiefernschnaps! Und Birkenschnaps! Sie sind nicht geizig damit, sie geben gerne. Aber pass auf, junger Herr ... sie nehmen auch gerne ...« Der Rest seiner Rede erstarb in Lachen.

Mühselig krabbelte einer der Rubutschen auf die Füße, näherte sich mir und packte meinen Ärmel, um mich zur Teilnahme an der Gästebewirtung zu nötigen. Ein anderer drückte mir ein Gefäß in die Hand, ich schnupperte, verzog das Gesicht und lehnte ab. Aber so leicht kam ich nicht davon. Niemand glaubte mir, dass ich an ihrem einzigartigen Branntwein nicht interessiert war. Immer wieder wurde an mir gezerrt, wurde ich an den Schultern niedergedrückt und immer wieder tauchte der Becher vor meiner Nase auf.

Bis ich, um guten Willen zu zeigen, einen Schluck probierte.

Flüssiges Feuer glitt mir den Schlund hinab in den Magen. Ich meinte zu ersticken und hustete und würgte, während um mich herum gutmütig gelacht wurde. Ich riss mich los und stürzte hinaus in die frische Luft.

Wo, zum Teufel, war mein Mantelsack? Wo war Stemma?

Da hier niemand unsere Sprache beherrschte, sah ich Schwierigkeiten auf uns zukommen und nicht wenige Missverständnisse. Den Rubutschen schien es wenig auszumachen, dass ich sie nicht verstand, denn Männlein und Weiblein schwatzten in ihrem Konsonantengezisch frei von der Leber weg auf mich ein. Vielleicht meinten sie, wenn sie es nur oft genug wiederholten, müsste ich den Sinn des Gesagten irgendwann doch erfassen.

Urplötzlich meldete sich die Erschöpfung. An einem ruhigen Platz sitzen oder liegen dürfen! Nebel hob sich aus den ferneren Wiesen, und aus den zahlreichen Eingängen der Erdhöhlen flackerte Feuerschein und quoll der abziehende Rauch. Es musste schon spät am Abend sein.

Kinder begleiteten mich auf Schritt und Tritt, rissen mich am Rock, wohl um vor den anderen ihre Kühnheit zu beweisen, sprangen zurück und wagten sich wieder vor. Ihre Mütter achteten nicht auf sie, keiner rief nach ihnen, sie wirkten auch nicht im Mindesten müde.

»Stemma! Stemma?«

Einer der älteren Knaben hielt mir ein aus Wurzeln geschnitztes Figürchen hin, Hund oder Pferd, das war nicht zu unterscheiden. Hartnäckig schnarrte er immer dasselbe Wort, das wie »glnznasch« klang. Um ihn zufrieden zu stellen – offenbar wollte er es mir schenken –, nahm ich es ihm ab und strebte weiter, zum nächsten Erdloch.

»Stemma? Bist du da drinnen?«

Doch nun bedrängte mich der Junge erst recht. »Glnznasch!«,

rief er einmal ums andere. »Glnznasch!« Seine ausgestreckte Hand erschien fordernd vor meinem Gesicht. Wollte das Kind etwa das Spielzeug bezahlt haben? Entrüstet drückte ich ihm das Wurzelpferdchen wieder in die Hand. »So lass mich endlich in Ruhe, scher dich fort!«

Auch ich benutzte nunmehr unwillkürlich meine eigene Sprache, in der Hoffnung, wenigstens dem Tonfall nach verstanden zu werden. Wer, zum Teufel, hatte mein Gepäck? Wollte sich denn niemand meiner annehmen?

Zwei jüngere Männer, die einander unschlüssig anstießen, verstellten mir den Weg. Begehrlich fingerten sie an meinem nagelneuen Kittel herum, strichen über den silbrigen Seehundspelz und ließen die Hände dann zwischen ihren und meinem Ärmel hin- und hergehen. »Glnznasch?«

Da war es wieder, das Wort, dessen Bedeutung ich bald als Alarmsignal begriff, mich vorzusehen.

Der eine tat, als wollte er sich seines Halbpelzes entledigen, während der andere Anstalten machte, mich aus meinem Seehund zu schälen. Sie wollten mit mir tauschen, so viel wurde mir klar. Zungenfertig redeten sie auf mich ein, priesen augenscheinlich den Vorteil, den das Tauschgeschäft für beide Teile hätte. Aber obwohl ihre Wämser auch nicht gerade aus abgeschabtem Ziegenfell gefertigt waren, lag mir nicht das Geringste an einer Veränderung unseres Eigentums. Energisch schüttelte ich daher den Kopf, worauf sie lächelnd mit den Achseln zuckten und es nicht weiter krumm zu nehmen schienen.

»Styn.« Der eine hielt mir die Hand hin. Der Zweite tat das Gleiche und sagte: »Mel.« Ich schloss, dass dies ihre Namen waren, drückte die Hände und sagte meinerseits: »Isak.«

Da nun so etwas wie Freundschaft zwischen uns bestand, nahm ich dies zum Anlass, mich pantomimisch nach meinem Mantelsack und nach meiner Begleiterin zu erkundigen. Ich beschrieb mit Gebärden Stemmas Zopfbeutel – eine Frisur, die hier niemand trug. Styn und Mel erfassten auf der Stelle, was und wen ich suchte, denn sie fuchtelten bald hierhin, bald dahin. Wahrscheinlich hatte man meine Habe und meine Gefährtin an verschiedenen Orten untergebracht.

Schon in der ersten Höhle, zu der sie mich eskortierten, fanden wir einen Teil des Vermissten. In dem finsteren verqualmten Loch stritten sich mehrere der kleinwüchsigen Gestalten, alle so breit wie hoch und nur an den schrillen Stimmen als Frauen kenntlich, vor einem fast erloschenen Feuer um irgendwelche Gegenstände. Eine völlig aufgelöste Stemma stand dabei und protestierte vergeblich mit »Bitte, das geht nicht! Bitte, nein, ich möchte das nicht hergeben!«.

Ich rief sie beim Namen, sie stürzte auf mich zu und erklärte verzweifelt: »Isak, was soll ich nur tun? Sie haben mein Bündel aufgemacht und mir alles weggenommen, was ich noch hatte – Papas persischen Diwanschal … und meinen Taufbecher … und den Löffel und das Messer, auch die schönen Spielkarten. Sogar den Mückenschleier aus Mamas Spitzen! Dafür haben sie mir das da aufgedrängt. Was soll ich damit?«

Und sie wies auf den Boden, wo sich über ihrem aufgerissenen Mantelsack allerlei Schnitzwerk türmte; hölzerne Schöpfkellen, Tierfiguren mit Geweih und ohne, Vögel mit gespreizten Flügeln, Pfeifchen, aber auch Pelzhandschuhe und eine Kappe mit hängendem, buschigem Schwanz – der Rute eines Eisfuchses.

Hilfe suchend wandte ich mich an Styn und Mel, die draußen vorm Eingang geblieben waren. Sie nahmen die Situation in Augenschein, lächelten dann breit und beruhigend: »Glnznasch.« Womit sie wohl sagen wollten, Stemma habe ja einen ordnungsgemäßen Gegenwert für ihre Sachen erhalten.

Da aber unser aufgeregtes Kopfschütteln auf Unzufriedenheit hindeutete, nahmen sie den Frauen unter vielen Zischlauten und Verwendung zahlreicher Konsonanten die Streitobjekte wieder ab. Einer musste der persische Schal mit Gewalt von den Schultern gewickelt werden. Der Berg geschnitzter Tierfiguren und das Rauchwerk verschwanden im Handumdrehen, als hätten die Eigentümerinnen Sorge, das vorher Besessene auch noch einzubüßen. Sie schimpften und murrten und betrachteten Stemma und mich deutlich als Spielverderber.

Mein eigenes Gepäck fand sich in der ersten Höhle, wo man noch immer dem Branntwein huldigte. Zwar hatten auch da schon Interessenten eine Vorauswahl getroffen – mein Mikroskop und das Feuerzeug lagen im Schoße desjenigen, der den Ausschank unter sich hatte, das weiße Oberteil des geschenkten Sbitengewandes war turbanartig um einen fremden Schädel geknüpft, und ein anderer Rubutsche stierte durch das vorgehaltene Perspektiv tiefsinnig ins Feuer, wohingegen ich eine kleine Handtrommel und mehrere Schnitzmasken als nicht zu meinem Besitz gehörig aussortieren musste. Aber keiner reagierte unwirsch oder gar feindselig, als ich ihnen die Sachen höflich wieder fortnahm.

Ule, Eddik und Ennebaer blickten in trunkener Heiterkeit auf mein Gebaren, bereits zu weit entrückt, um einzugreifen oder auch nur Anteil zu nehmen. Ennebaer sang und haute den Takt dazu mit der rechten Faust in die Handfläche der Linken. Eddik kicherte albern und Ule hatte in dumpfer Zuneigung den Arm um einen der Rubutschen gelegt.

Da standen wir nun mit unseren glücklich wiedererlangten Habseligkeiten und wussten nicht, wo wir bleiben sollten. Der Qualm in den Erdlöchern war unerträglich; auch in der Frauenhöhle hatte man kaum Luft holen können. Styn und Mel hatten sich davongemacht.

»Am liebsten würde ich, so wie ich bin, auf den Berg steigen und über den Gletscher zurückgehen. Auch ohne Ule, Eddik und Ennebaer. Lieber im Schnee erfrieren, als noch eine Minute länger bei diesen Rubutschen bleiben. Merta hatte ganz Recht, als sie sie schmähte«, sagte Stemma. »Aber das geht ja leider nicht, weil du über sie berichten musst.«

Niedergeschlagen suchten wir mit den Augen die Mitternachtssonne, die sich oben hinter den Waldrändern verbarg. Hier unten, auf dem Grund des Tals, war es dämmrig und kühl, wir gähnten und zitterten vor Müdigkeit. Die Höhlen, in die man uns zuerst gewiesen hatte, mochten wir nicht noch einmal aufsuchen und in andere bat man uns nicht. Später bekam ich ungefähr heraus, dass ich als Gast des Stammesoberhauptes galt wie auch unsere drei Begleiter. Stemma dagegen, die man als Kind ansah, war von einer Witwe und deren Töchtern vereinnahmt worden.

Als uns einer der kleinen Männer in immer engeren Kreisen umschlich und zuletzt eindeutige Gesten machte mitzukommen, schlurften wir ergeben hinter ihm her. Denn was auch immer er an Unverständlichem schwatzte und lockte und zischte – das Wort Glnznasch kam nicht darin vor.

29. Kapitel

Er konnte sein Glück nicht fassen, wedelte uns aufmunternd mit den Armen zu, drehte sich unablässig um und grinste triumphierend nach allen Seiten. Was er zu bieten hatte, verdiente den Namen »Nachtquartier« allerdings kaum. Im Gegensatz zu den Sbiten, bei denen jede der luftigen Familienhütten den anderen geglichen hatte, was Größe und Komfort betraf, schien es bei den Rubutschen sehr wohl Rangunterschiede zu geben. Die Höhle, in der unsere drei Bekannten so freigebig mit berauschenden Getränken traktiert wurden, war recht geräumig, weit in die Erde hineingegraben und mit Rundhölzern abgestützt. Auch in der Höhle der Frauen hatte man sich bequem umdrehen und (was mich anging, allerdings nur mit gebeugtem Nacken) sogar aufrecht stehen können.

Wovor unser Gastgeber nun stehen blieb, war nicht viel mehr als ein Fuchsbau. Ein ausgescharrtes Loch, gerade ausreichend, dass zwei Personen darin kauern konnten. Es gab keine Feuerstelle – dafür wäre auch gar kein Platz gewesen – und keinen Lattenverschlag vorm Eingang, an dem Töpfe oder Decken hätten hängen können. Es waren auch nirgendwo Töpfe oder Decken zu sehen. Nur ein Reisighaufen und herabzottelnde Graswurzeln. Klein-Hanes Grotte auf dem Möönsberg mit den glitzernden Steinwänden, dem üppigen Vorrat an Hasenfellen und dem sorglichen Holzstapel war ein Fürstengemach dagegen gewesen.

Verlegenheit und Stolz standen dem Wohnungsinhaber ins Gesicht geschrieben. Verlegenheit über seine Armut und Stolz darüber, dass wir, die Fremden, seinen Unterschlupf dem des

Stammesoberhauptes vorzogen. Er krabbelte in das Loch, legte sich lang und ließ dabei seine Fußsohlen sehen, redete unaufhörlich, kam wieder zum Vorschein, zupfte mich am Rocksaum und machte Gebärden, als wolle er mich wie ein Brot zum Backen in die Öffnung schieben.

»Burz!« – er trommelte sich auf die Brust, offenbar war dies sein Name – werde draußen liegen und unsere Habe bewachen (seine erdbraunen Zeigefinger fuhren wie Pfeile zwischen seinen Augen und unseren Mantelsäcken hin und her).

Als Burz (wenn er denn wirklich so hieß) merkte, dass wir in Ermangelung von etwas Besserem seine Wohnung guthießen, geriet er förmlich aus dem Häuschen. Er stieß spitze Schreie aus und sprang herum.

Mit gierigen Blicken sah er zu, wie wir unsere Leiber in den Fuchsbau hineinschoben, wie wir uns auf dem Reisig streckten, wie wir ächzten und gähnten.

»Ein seltsamer Kauz …« Kopfschüttelnd legte ich mich zurück; Stemma nistete sich an meinem Rücken ein wie gewohnt.

Sie sagte: »Weißt du, was ich glaube? Er war nur deshalb nicht auf Glnznasch aus, weil er nichts zum Tauschen hat.«

»Keine Schnitzereien, keine Rührlöffel, keine Flöten«, sagte ich und betastete die rohen Erdwände in allernächster Nähe, »keine Trommel und keine Felle, nicht mal ein Mauseschwänzchen.«

»Ich schätze, er kann nichts, der arme Teufel«, sagte Stemma mitleidig. »Nicht schnitzen, nicht jagen, nichts erfinden, nichts herstellen. Der geborene Bruder Ungeschick.«

Aber immerhin besaß er ein Erdloch, in dem wir trocken und unbelästigt von Qualm schlafen konnten, geschützt gegen Tau und Reif und bewacht vom Eigentümer des Etablissements selbst.

Solange der kurze Nordlandsommer andauerte, war das Hochtal, in dem die Rubutschen sich niedergelassen hatten, voller Sonne, Farben, Düfte, voller Summen und Brummen und Vogelstimmen. Alpenrosen wucherten in karmesinroten Teppichen, Beeren wetteiferten mit den ersten Pilzen. Ein Garten Eden, wie schon gesagt. Für die restlichen acht Monate aber, zumindest nach den ersten Schneefällen, war es ein Friedhof. Abgeschnitten von der Außenwelt, begraben unter klafterhoher Schneedecke, die wenigen Wege übers Gebirge unpassierbar.

Außer dem Weg, der von Trillefos aus über den Gletscher führte, musste es noch eine andere Verbindung nach draußen geben. Nach der entgegengesetzten Himmelsrichtung hin sah man zwischen den eisglänzenden Berghäuptern lange Strecken baumloser, flacher Abhänge, deren Felsplatten mit dunklem Moos und orangefarbenen Flechten überzogen waren. Über diesen Regionen schwebten in ruhigen Kreisen große Raubvögel.

Ich stellte mir vor, dass Dag Sparre dort herumstreifte, und sooft ich in den nächsten Tagen meine Blicke über diese Wände und Buckel wandern ließ, beschäftigten sich meine Gedanken mit ihm. Weder er noch Tore Haugen hatten die Rubutschen erwähnt. Bei Silpas Vater war es verständlich, er hatte in anderen Gebieten gejagt, am Oberlauf des Scaevolaflusses. Dass das Leben und Treiben des überaus lebhaften Völkchens indes auch dem scharfen Auge des Falkenjägers entgangen sein sollte, wollte mir nicht in den Kopf.

Ich reimte es mir so zusammen, dass er sie wohl beobachtet haben musste, es aber vorgezogen hatte, einer Begegnung auszuweichen. Dag Sparre wählte die Haushalte, die er mit seinem Besuch beehrte, sorgfältig aus. Er legte Wert auf äußerst abgeschiedene Lage, geringe Personenzahl und Wortkargheit der Gastgeber, wenn ihn nicht gerade der Beruf zwang, ab und an seine Auftraggeber in den Städten oder Adelssitzen aufzusuchen.

Wie hatte Väterchen Fanasi es ausgedrückt? Wer für lange Monde die Menschenwohnsitze flieht, um wie ein Bruder mit der Natur zu leben, lässt ... was war es noch? hinter sich ... Es wollte mir nicht mehr einfallen, was derjenige hinter sich ließ. Auf jeden Fall Trubel, Gezänk, Habgier, Vorteilsucherei, Hohn und Herablassung. Und die Aufteilung in Bessere und Mindere. All das aber hatten die Rubutschen aus ihrer früheren Heimat mit in das versteckte Hochtal zwischen den Bergen gebracht.

Je länger ich zwischen ihnen herumging, umso gründlicher lernte ich die Grundeigenschaften des Stammes aus den Eigenschaften des Einzelnen herauszulesen.

Beim Stammesoberhaupt, Oud, wurde ich regelmäßig mit Kesselfleisch und Käse bewirtet. Hartnäckig verschmähte ich die gegorenen Baumsäfte und hielt mich stattdessen an Quellwasser und Renmilch. Der von mir freigebig verteilte Tabak fiel unter »Gegen-Bewirtung« und hatte nichts mit Glnznasch zu tun, denn Oud und seine Freunde nahmen ihn so selbstverständlich, wie ich Essen und Trinken genoss. Da die Rubutschen Rentierherden besaßen, stand es für mich nun außer Zweifel, dass noch ein günstigerer Zugang zum Talkessel existierte als der über Trillefos. Wären sie seinerzeit durch Trillefos gezogen, auf der Suche nach einem ungestörten und unangefochtenen Platz zum Leben, hätte Merta davon zu erzählen gewusst.

Ich fragte Eddik, der seinen vom Rausch benebelten Kopf in einem der schnell fließenden Bäche kühlte, was er von diesem Gedanken halte. Er nickte pfiffig und meinte, dafür spreche so manches. Zum Beispiel die großen Fische, die zum Trocknen auf einer Art Dachgerüst hingen.

»Siehst du die dort, junger Herr?« Er zeigte zu den schneelosen Schroffen hinüber. »Jenseits davon fließt der Truusalv, ein Wildwasser. Es schießt ein paar Meilen weiter unten am Flecken Truushögen vorbei und vereint sich später mit anderen Wassern, um ins Meer zu fließen. Sie müssen einen geheimen Weg dorthin kennen. Wozu sonst brauchen sie diese merkwürdigen Boote, nur für einen Mann berechnet, in die man hineinschlüpfen kann wie in einen Sack, wenn nicht, um damit auf dem Wildwasser zu reisen? Sie sind nicht dumm, o nein, sie haben es faustdick hinter den Ohren. Ule und Ennebaer meinen auch, dass einige von ihnen sich bisweilen nach Truushögen hinunterwagen, um dort Glnznasch zu machen. Branntwein wird man überall los. Immer noch nicht gekostet? Du weißt nicht, was dir entgeht.«

Vielleicht war es ein Fehler von mir, ständig Vergleiche zwischen den Rubutschen und den Sbiten zu ziehen. Aber obwohl mir Letztere bei weitem sympathischer waren, was ihre charakteristischen Wesenszüge wie auch ihre Lebensführung betraf, konnte ich doch nicht umhin, gewisse Eigenschaften der Rubutschen zu bewundern. Oder sagen wir: belustigt zu betrachten.

Gewiss – es ging recht ungezügelt bei ihnen zu. Ihre turbulente Geschäftigkeit hatte selten ernsthafte, nutzbringende Arbeit zum Inhalt und das Ergebnis entsprach fast niemals dem darum gemachten Getöse. Sie kannten keinerlei Arbeitsteilung der Gemeinschaft wie etwa das Spinnen, Färben, Brotbacken und Sammeln ganz bestimmter Naturgaben bei den Sbiten. Dagegen liebten sie Auftritte und Unterhaltungen, liefen dann zusammen und amüsierten sich, wobei sie alles andere stehen und liegen ließen. Jedes Vorkommnis musste dafür herhalten, fand Entrüstung oder Gelächter.

So war auch Glnznasch, das Tauschen, eigens dazu da, in Ermangelung anderer Kurzweil den Alltag abwechslungsreicher zu gestalten. Denn wohin ich auch kam, überall traf man auf zwei oder drei, Erwachsene oder Kinder, die beisammenstanden und lauthals feilschten. Siebe, Messer, bastgeflochtene Körbe, steinchengefüllte Rasseln, Fellkapuzen und das unvermeidliche Schnitzwerk – alles und jedes wechselte tagtäglich den Besitzer und kehrte auf die Art irgendwann wieder zum ursprünglichen Eigentümer zurück. Ich schloss daraus, dass es ihnen nicht auf den Wert des Gegenstandes ankam, sondern lediglich auf den Kitzel, für gewisse Zeit etwas Neues, Unvertrautes erworben zu haben.

Worin die Rubutschen sich aber vor den Sbiten auszeichneten, war ihre Begabung für die Kunst des Holzschnitzens. Männer wie Knaben übten sich darin, und ich bekam, je mehr ich mich dafür erwärmte, wirklich erstaunliche Ergebnisse zu Gesicht. Ich hängte mein Herz an eine Schnee-Eule mit zwei Jungen im Nest, die Alte etwa eine Spanne hoch, das Nest aus trockenen Flechten, vom Umfang einer Kinderhand.

Trotzdem konnte ich mich nicht entschließen, dem *Glnznasch*-Ring der Tauschbesessenen beizutreten. Denn hätte ich nach meiner entschiedenen Weigerung vom ersten Abend nur ein einziges Mal eine Ausnahme gemacht, wäre ich von einer Lawine aus Angebot und Nachfrage überrollt worden. Unsere Besitztümer hatten für die Rubutschen den Reiz des Niegeschauten, ganz und gar Wunderbaren.

Stemma, der ich meinen heimlichen Wunsch mitteilte, gab mir den Rat, das erforderliche Glnznasch für die Stunde des Abschieds aufzuheben. Sie ließ keinen Zweifel daran, dass sie diese Stunde herbeisehnte. Dabei waren wir erst zwei Tage hier und ich hatte noch längst nicht genügend Material gesammelt und Notizen gemacht.

Meine Gefährtin trug eine gedrückte Miene zur Schau, obwohl ich den säbelbeinigen Rubutschenmädchen mit den zwei

Finger breiten Stirnen unterm fettgeglätteten Haar nicht die geringsten Liebesblicke zuwarf.

»Was ist los, Unkräutchen? Bist du noch immer auf ein ›Damenzimmer‹ aus?«

»Unsinn. Es macht mir überhaupt nichts aus, dass wir in dem Fuchsbau übernachten müssen …«

»Niemand zwingt uns, bei Burz zu nächtigen«, unterbrach ich sie. »Wir könnten jederzeit in die größten Räucherkammern des Stammes umziehen, wenn wir wollten.«

»Du weißt, Isak, dass ich tausendmal lieber neben dir in einem Erdloch schlafe als bei den schreienden Frauen in ihrer Gemeinschaftshöhle, wo einem nach fünf Minuten die Augen tränen vor lauter Rauch.«

»Was also ist es dann?«

»Es ist … es liegt an ihnen. Ich kann mich einfach nicht an ihre Art gewöhnen. Diese schrillen Stimmen, der Lärm, den sie schlagen um nichts und wieder nichts. Dann das ewige Glnznasch, als wäre man auf einem Jahrmarkt. Und, Isak – sie sind so vulgär, wenn sie übereinander herfallen, selbst wenn es nur mit Worten geschieht …«

»Du willst sagen, sie *erscheinen* dir vulgär, Unkräutchen, weil du ihr Benehmen an deiner Erziehung misst. Für sie ist es das Normale, da es ihrer Natur entspricht, sich so und nicht anders zu verhalten. Ich gebe zu, dass sie auch mir oft reichlich barbarisch vorkommen. Aber ich mag nicht den Stab über sie brechen, bloß weil ich zufällig mit anderen Sitten und in einer anderen Zivilisation aufgewachsen bin.«

»Was glaubst du, Isak – wird euer König sie als seine Landeskinder behalten wollen?«

»Nun, ich werde jedenfalls nichts Nachteiliges über sie berichten«, sagte ich. »Schade, dass wir uns nicht mit ihnen verständigen können. Mir ist aufgefallen, dass sehr viele von ihnen an entzündeten Triefaugen leiden, und ich würde ihnen gern klar machen, dass sie noch alle blind werden, falls sie sich weiter dem fürchterlichen Rauch in den Höhlen aussetzen. Sie unterhalten die Feuer ja Tag und Nacht. Wenn ich mir vorstelle, dass sie im Winter, wenn man draußen vor Frost nicht atmen kann, nicht nur die Nacht, sondern auch den größten Teil des Tages in dem Qualm hocken!«

»Was sollten sie deiner Meinung nach tun?«

»Für einen anständigen Abzug sorgen«, ereiferte ich mich. »Ofenrohre anfertigen, sie sind doch so geschickt, aus Rinde oder aus was weiß ich. Oder Fenster in die Wände hacken.«

Eine größere, vergnügte Zuschauermenge erregte unsere Aufmerksamkeit und lockte uns, dem Schauspiel beizuwohnen. Ule und ein älterer Rubutsche standen in der Mitte wie auf einer Stegreifbühne und es ging – natürlich – wieder einmal um Glnznasch. Der Rubutsche nützte Ules Trunkenheit aus und wandte all seine Überredungskunst an, Ules Gürtel mit der eisernen Schließe an sich zu bringen. Sein Mienenspiel wechselte zwischen Fuchs und Grandseigneur. Gesten voller Großartigkeit wurden zelebriert und ein wahres Bombardement von Zischlauten und Konsonanten aufgeboten, nicht zu vergessen die eigentlichen Tauschwerte: ein Rindeneimer voll Walderdbeeren, ein Kleiderhaken, aus einem Rengeweih gefertigt, und eine aus biegsamen Ruten geflochtene Kopfbedeckung, so hoch und spitz wie eine Bischofsmütze, über und über mit flammenden Alpenrosen bestickt. Der kleine Rubutsche ließ dem riesenhaften Ule keine Gelegenheit, über Sinn und Unsinn des Tauschs nachzudenken.

Eddik und Ennebaer krümmten sich vor Lachen, als sie ihren Schwager und Vater dastehen sahen, leicht schwankend, erstaunt in die Welt blickend, die Blütenkrone auf dem Schädel, in der einen Hand den Kleiderhaken, in der anderen den Beereneimer. Sein Kittel fiel nun lose herab, von keinem Gürtel mehr gehalten, wie der Kittel eines Kindes, das laufen lernt. Merta würde toben.

Doch ebenso intensiv, wie die Gaffer sich von diesem ergötzlichen Hergang hatten fesseln lassen, wurde ihre Unterhaltungslust bald von einem zweiten Ereignis in Anspruch genommen. Es verbreitete sich wie ein Lauffeuer im Lager. Männer, Frauen und Kinder schauten mit über die Augen gelegten Händen nach jener Felspartie hin, die dem Gletscher gegenüberlag.

»Genau wie du vermutet hattest, junger Herr«, sagte Eddik. Denn dort oben bewegten sich drei Menschen vorsichtig abwärts; einer musste gestützt werden oder mitgeschleift. Ich holte mein Perspektiv und erkannte an der kurzen Statur und den glatten Stirnfransen der Haartracht, dass es sich um Rubutschen handelte. Der geheime Weg aus dem Talkessel. Der Weg über die Berge zum Truusalv hinunter – also gab es ihn doch!

Das Stammesoberhaupt, Oud, bemühte sich höchstpersönlich aus seiner Räucherhöhle und bat mich mittels Gebärden, einen Blick durch das Zauberglas tun zu dürfen.

Etliche der Rubutschen waren losgelaufen, den Heimkommenden entgegen. Auch ohne Perspektiv konnte ich verfolgen, wie einer den Verletzten übernahm und ihn nun huckepack trug; Fellsäcke wechselten auf andere Schultern über. Dann tauchte die kleine Karawane in den Waldgürtel ein und blieb der Sicht entzogen, bis sie zwischen den Birken und Kiefern wieder zum Vorschein kam.

Bereitwillig machte man mir Platz, als ich vortrat, um den Blessierten zu untersuchen. Eine Schusswunde – sieh an! Trugen Stenbassens Verleumdungen schon Früchte? Hier, in der tiefsten Einöde? Das wollte mir nicht in den Kopf.

Es hatte den Mann am Schenkel erwischt; die Wunde war bereits brandig. Mit Hilfe meines Arztbestecks sondierte ich und war so glücklich, die Kugel auch bald zu finden, ohne den Ärmsten allzu lange quälen zu müssen. Ich ließ Eddik um Branntwein schicken. Als die Umstehenden jedoch herausfanden, dass ich ihn auf die Wunde zu schütten gedachte, um diese zu reinigen, fiel man mir unter Ausrufen der Entrüstung in den Arm.

»Das lass besser, junger Herr«, meinte Eddik. »Die haben da ihre eigenen Methoden. Ich möchte dich ja nicht beleidigen, aber verstehst du denn was davon?«

»Ich bin Arzt. Ich habe Wundbehandlung studiert!«

»Trotzdem«, Eddik blieb fest, »wenn es übel ausgeht mit dem Bein, wird man es dir anlasten, junger Herr. Und sie sind nicht gerade die Sanftmütigsten, du kennst sie ja nun. Du hast die Kugel entfernt – alles andere überlass lieber der alten Hexe da.«

Die grauhaarige Rubutschin, die sich jetzt vor dem Verwundeten niederkauerte, glänzte vor Talg, dass man sich in ihrem Gesicht hätte spiegeln können. Herrisch befahl sie herum und die Befehle wurden von zahlreichen Stimmen wiederholt und weitergegeben. Ein dichter Kreis von Neugierigen umstand den Liegenden und die Schamanin. Man bot ihr einen der Fellsäcke, die so mühselig über den Berg geschleppt worden waren. Dann – ich traute meinen Augen nicht – brachte ein Rubutsche die Bälge zweier frisch getöteter Hasen, noch blutig.

Hast-du-nicht-gesehen zückte die Alte ein Messer, machte zwei lange Schnitte, parallel zur Wunde, in den Schenkel, langte in den Fellsack und holte eine tüchtige Hand voll Salz heraus, das sie über die Wunde verteilte. Der Verletzte brüllte, man musste ihn mit Gewalt niederhalten. Mit resoluten Griffen band die Alte nun die blutigen Hasenbälge um das Ganze, steckte ihr Messer ein und ließ sich auf die Füße helfen.

Ennebaer zupfte mich am Ärmel. »Oud ist mit den zwei

Neuen in seine Höhle gegangen. Vielleicht bekommst du heraus, Herr, wer auf sie geschossen hat und warum.«

Ich dankte Mertas Sohn. Ennebaer redete so gut wie nie, doch dass er alles andere als stumpfsinnig war, hatte ich längst herausgefunden.

Oud, das Stammesoberhaupt, und die drei Rubutschen, die immer um ihn waren – seine Berater oder Freunde –, hockten mit nackten Bäuchen, schwitzend, in der Gluthitze ihrer unterirdischen Behausung. Auch Eddik und Ule waren anwesend, Letzterer noch immer im Schmuck seiner Mütze aus Alpenrosen.

Den Mittelpunkt der Versammlung aber bildeten die beiden Heimkehrer. Heimgekehrt, wie ich mir nach und nach zusammenreimte, von einer Glnznasch-Reise hinunter nach dem Flecken Truushögen.

30. Kapitel

Die Empörung über das, was ihnen widerfahren war, war groß, noch größer ihre Verständnislosigkeit. Sie schienen bisher noch nie auf Feindseligkeit gestoßen zu sein in unserem Land. Sechs kleine, halb nackte Männer redeten zischend und schnatternd auf uns ein, auf Eddik, Ule und mich. Sie erwarteten von uns, den eingesessenen Bewohnern des Landes, eine Erklärung für den Vorfall. Was aber war nun wirklich geschehen? Das einfache »Sie zeigen und wir zeigen« (wie Eddik es kürzlich ausgedrückt hatte) reichte in dem Fall nicht aus.

Da kam mir die Idee, mein Notizbuch mitsamt dem Bleistift einem der beiden Heimkehrer zu reichen. Ich machte ihm einige Striche vor, zeigte auch meine eigenen Zeichnungen als Beispiel. Allgemeines Beifallsgemurmel, begleitet von lebhaften Ratschlägen Ouds.

Anders als die Sbiten kannten die Rubutschen keinerlei Furcht, etwas abzubilden oder auch selbst abgebildet zu werden, da sie nicht nur Tiere, sondern auch Menschen zum Gegenstand ihrer Schnitzkünste machten.

Tsirn, ein noch junger Mensch, stämmig wie alle Rubutschen, doch ohne das Schwammige der Älteren, hatte eine andächtige Freude an Stift und Papier. Obwohl er noch niemals mit dergleichen umgegangen war, warf er eine präzise Skizze quer über eine Doppelseite hin.

Das Gebirge kam in die Mitte. Links davon, in eine Mulde, setzte er einige Strichmännchen: »Rubutschki!« Womit er das Lager meinte. Rechts, am Fuße des Berges, zog er Wellenlinien – das Wildwasser. An die äußerste Bildkante malte er ein Haus, das er »Truushögen« nannte – der Ort, bis zu dem sie gelangt waren.

Mit Trippelschritten ließ er nun den Stift von Truushögen aus am Wasser entlang aufwärts marschieren. Sie waren demnach bereits auf dem Rückweg gewesen. Kurz ehe der Wildwasserpfad auf die Stelle traf, wo der Aufstieg über die Berge begann, ließ Tsirn einen anderen Weg abzweigen. Dieser verlief um die Berge herum und bekam links unten gleichfalls ein Haus am Ende: »Trille-fosch!«

»Ich kenne diesen Weg«, wandte sich Eddik an mich. »Es ist derselbe, der unterhalb von Purki-und-Damaris-am-Gletscher nach Truushögen führt. Auf diesem Weg werdet ihr reiten, wenn ihr wieder in Richtung Meer unterwegs seid.«

Auf ebendem Weg nun waren Fremde heruntergesprengt gekommen; Tsirn malte sechs ameisenkleine Pferdchen samt Reitern. Er stieß mit der Spitze des Bleistifts auf die winzige Kavalkade nieder und ließ verschiedene Mienen über sein Gesicht gleiten – höhnische, grausam lächelnde und vor roher Angriffslust verzerrte. Noch einmal stieß er den Stift auf die Ameisenreiter nieder und hinterließ eine Spur von Punkten. So heftig bohrte sich die Spitze ins Papier, dass sie abbrach.

Punkte … Punkte? Flintenkugeln. Oder Pistolenkugeln.

Eddik und Ule waren zu demselben Schluss gekommen. »Wer sollte das gewesen sein, der auf drei friedliche Leute schießt wie auf streunende Wölfe im Winter?« Eddik schüttelte den Kopf. »In ganz Trillefos gibt es keinen Haushalt, der sechs Pferde sein Eigen nennt. Und ich kenne auch keinen aus Trillefos, der auf einen Menschen schießt, ohne dass er angegriffen würde.«

»Die Rubutschen können nicht zuerst geschossen haben?«, wagte ich eine Vermutung.

»Womit denn, junger Herr? Sie jagen mit Leimruten und ihren altmodischen Bogen und Pfeilen, meistens aber benützen sie Netze und Fallen. Du solltest dir einmal ihre Schneehuhnfallen zeigen lassen! Sonst haben sie nur Messer und Äxte wie wir alle. Und bedenke: Sie trugen schwer an dem, was sie in Truushögen ertauscht hatten. Sie sind hitzig von Gemüt, das ist wahr, aber sie sind auch schlau. Sie wollen sich keine Feinde machen, sondern hier leben.«

Tsirn hatte inzwischen den Stift wieder angespitzt. Sehr langsam ließ er ihn den Berg hinaufklettern – der Heimweg mit dem Verletzten. Jäh umfuhr er die Reitergruppe mit einem Kreis und zog einen Pfeil von ihr bis zum Fuß des Berges. Dorthin, wo der Aufstieg begann. Tsirn reckte den Kopf, als schaue er nach oben. Wie der Fuchs unterm Baum auf das verzweifelte Huhn schaut, das mit letzter Kraft hinaufgeflattert ist. Er fuchtelte mit den Armen und redete Kauderwelsch; offenbar wollte er eine Beratung der fremden Reiter andeuten.

Tief aufatmend gab er mir Buch und Stift zurück.

Ratlos und betreten senkten wir die Köpfe, Eddik, Ule und ich. Wir hätten uns gern entschuldigt für den heimtückischen Überfall. Die gewünschte Erklärung jedoch konnten wir nicht liefern.

»Tsirn …« Ich winkte den jungen Mann zu mir und tippte auf die eingekreiste Reitergruppe. Für zwei Minuten wäre ich gern ein versierter Porträtist gewesen. Da ich es nicht war, stümperte ich ein Profil zusammen, von dem ich nur hoffen konnte, dass es Sivert Snekker einigermaßen ähnlich sah.

Tsirn starrte darauf nieder und danach auf mich, als sei ich ein Zauberer und Schamane. Sprachlos vor Furcht, konnte er nur nicken.

Jetzt wusste ich auch, wer die anderen fünf waren. Einer davon musste Graf Stenbassen sein, die übrigen vier angeworbenes Gesindel aus Skuule. Dass wir, Stemma und ich, über Trillefos reiten mussten, hatten sowohl Pastor Henningsen wie auch Tiliander gewusst. Auch die Möglichkeit, auf die »Barbaren« zu stoßen, war im Gespräch gewesen. Mehr brauchte unser Verfolger nicht zu wissen, um die Spur aufzunehmen. Ich hätte nicht geglaubt, dass er sich so weit ins Gebirge hinaufwagen würde, wo es keine Fahrstraßen für Kutschen gab. Dachte ich an ihn, hatte ich unwillkürlich das geschminkte, parfümierte Herrchen vor Augen, das sich Ejnar Hasselquist nannte. Doch er hatte offenbar auch andere Gesichter.

Ich überlegte. Es gab zwei Wege, um das Hochtal zu verlassen. Den einen über den Gletscher. Und jenen anderen, zwischen den Schroffen hindurch, den Rubutschenpfad. Für den ersten sprach, dass dort unsere Pferde auf uns warteten und allerlei zurückgelassene, vorerst nicht benötigte Habe, darunter die Reitstiefel und die Büchse von Herrn Scavenius. Für den zweiten sprach, dass wir uns dort nicht durch Eis und Schnee kämpfen mussten und zudem ein ganzes Stück Weg abschnitten. Aber die Reise ohne Pferde fortsetzen?

Gegen beide Wege war anzuführen, dass Stenbassen hier wie dort schon vor uns da sein konnte, um uns hämisch lächelnd willkommen zu heißen. Nach seinem Plan hätten wir nicht über Skuule hinausgelangen sollen. Wie wütend musste er sein!

Wir saßen in der Mausefalle, während der Kater beide Ausgänge bewachte.

Obwohl die Antwort am Ergebnis nichts änderte, fragte ich Eddik: »Wie weit liegt das Haus von Purki-und-Damaris-am-Gletscher von der Stelle entfernt, wo die Reiter waren, unten am Wildwasser?«

Er hob die Schultern. »Wenn man zu Pferde ist, wie diese verrückten Kerle … ein paar Stunden, zwei oder drei. Warum? Woran denkst du dabei, junger Herr?«

Es wäre zu kompliziert gewesen, ihm unsere Lage zu schildern und all das, was dazu geführt hatte. So begnügte ich mich mit einem verzagten »Ach, nichts weiter. Nur, dass ich mich bedroht fühle. Hast du nicht selber gesagt, dass sie verrückt sein müssen, diese Leute? Lass uns von hier fortgehen, gleich morgen. Ich wünschte, ich wäre schon über den Gletscher und säße auf meinem Pferd und würde das Meer von Kongismora riechen und die Brandung hören«.

»Wir tun, was du willst, junger Herr. Du bezahlst uns, dass wir dich und das Jungchen über den Berg führen. Wenn du möchtest, geht es morgen zurück. Ich will nur rasch Ule und Ennebaer Bescheid sagen, damit wir ... na ja, du verstehst schon. Nachher kommt wieder eine lange branntweinlose Zeit. Das müssen wir ausnützen bis zum letzten Augenblick.«

Stemma wirkte kindlich vergnügt, als ich sie vor der Frauenhöhle traf, wo sie ihre Mahlzeit in Empfang nahm. Ihre Augen funkelten, als habe sie ein schelmisches Geheimnis. Die Mitteilung, dass wir die Rubutschen morgen früh verlassen würden, versetzte sie erst recht in Hochstimmung. Sie aß mit den Fingern und versuchte, die Fleischstücke mit dem Löffelstiel zu zerteilen.

»Warum nimmst du nicht dein Messer?«

Stemma kicherte albern.

»Hast du etwa von dem schrecklichen Fusel getrunken? Unkräutchen? Hauch mich an!«

Wieder Augenfunkeln, fröhliches Auf-und-ab-Hüpfen. Ich hatte nicht das Herz, ihr die Laune zu verderben. Wir krochen in Burzens Erdloch auf unsere Reisigstreu, deckten uns mit den Fellmänteln zu. Erst dort, in der Enge der ausgescharrten Höhle, wo niemand uns hören konnte als der quer vor unseren Füßen liegende treue Burz, berichtete ich ihr alles. Dass wir eingeholt waren. Und dass es so aussah, als würde es diesmal ernst werden. Stenbassen höchstpersönlich machte Jagd auf uns.

Wir waren so früh reisefertig, dass wir Sonne und Mond gleichzeitig am Himmel überraschten, den Mond allerdings nur als bleiches Gespenst seiner selbst, da die Sonne noch immer die Vorherrschaft über Tag und Nacht innehatte. Unsere drei Führer, die die halbe Nacht gebechert hatten, stierten aus glasigen Augen in den dampfenden Morgen. Ennebaer hatte den Beereneimer und den Kleiderhaken, die Mitbringsel für Merta, an seinen Gürtel gebunden. Sein Vater hatte den eingebüßten Taillenriemen durch ein Stück Seil aus Bastfaser ersetzt.

Vom Stammeshäuptling Oud und seinen Kumpanen sowie von den Frauen, die Stemma beköstigt hatten, war schon am Abend Abschied genommen worden. Ein merkwürdig flauer, beiläufiger Abschied, den Ennebaer, der unser Befremden sah, folgendermaßen erklärte: So lärmend und überströmend die Rubutschen Fremde willkommen hießen, da deren Ankunft Kurzweil und Zwischenfälle versprach, so wenig Teilnahme brachten sie für das Wiederverschwinden der enthusiastisch Begrüßten auf. Wer fort war, war fort und zählte nicht mehr.

Was sollten wir Burz als Dank für die Abtretung des Erdlochs schenken? Viel Entbehrliches besaßen wir nicht mehr. Da Stemma von ihren Sachen schon so viel geopfert hatte, trennte ich mich von einem Paar Strümpfe. Seit Trillefos verzichteten wir ohnehin darauf, welche anzuhaben. Merta und ihre Mannsleute hatten geschworen, dass die Heufüllung in den dicken Fellstiefeln zusätzliche Fußbekleidung überflüssig mache, was sich als zutreffend erwies.

Ich knotete die Strümpfe – gutes, weißes Baumwollgarn – mit den Füßlingen aneinander; so waren die Löcher in Fersen und Spitzen nicht zu sehen und das Ganze ergab einen netten Schal.

»Übernimm du das«, sagte ich zu Stemma, »er hat eine Schwäche für dich.«

Mit einer herzlichen kleinen Rede verabschiedete sie sich also in unser beider Namen von Burz, schlang ihm die Strumpfkrawatte um den Hals und knüpfte einen kunstvollen Knoten, als handle es sich um feinsten Batist.

Burz trank den freundlichen Tonfall in sich hinein, der so vom schrillen und scharfen Organ der Rubutschenfrauen abstach. Immer wieder betastete er das weiche Gewebe und machte drollige Anstrengungen, seinen eigenen Hals zu begutachten.

Plötzlich erlosch die Glückseligkeit in seinem Gesicht. Verstört irrte sein Blick über die nächste Umgebung, während seine Hände an seinen speckigen Lederlumpen auf und ab strichen, in die Ärmel, in den Brustausschnitt fuhren, als müssten sie dort etwas suchen, etwas finden. Traurig verzog er den Mund.

»Was hat er denn?«, erkundigte sich Stemma erschrocken. »Haben wir ihn etwa beleidigt?«

Wieder war es Ennebaer, der alles so aufmerksam Beobachtende, der Burzens Kummer begriff. »Rubutschen kennen keine Geschenke. Sie kennen nur Glnznasch. Seine Ehre verlangt, dass er dir etwas anderes dafür gibt, Kleiner. Aber er hat nichts.«

»Er hat uns Obdach gegeben, drei Nächte lang.«

»Das zählt nicht. Essen und Trinken und Schlafplatz stehen jedem Gast zu. Dafür eine Entschädigung zu verlangen gehört sich nicht. Das hat mir Merta schon früh eingebläut. Ist das bei euch Herrschaftsleuten nicht so?«

Als wir uns zum Gehen anschickten, geriet Burz in Aufregung und bedeutete uns mit Geschnatter und verzweifelten Gebärden, wir möchten doch ein wenig warten. Er stürzte davon, auf die zunächstliegenden Höhlen zu, wobei er »Glnznasch!« schrie und es triumphierend wiederholte: »Glnznasch! Glnznasch!«

Verstrubbelt krochen hier und da einige Bereitwillige hervor. Schnell bildete sich eine Traube von Interessenten.

»Das kann dauern«, sagte ich unwillig, »dafür haben wir jetzt keine Zeit.«

Stemma blickte vorwurfsvoll. Doch als Burz nach zehn Minuten noch immer nicht erschien, folgte sie mir, wenn auch zögernd.

Wir hatten bereits den Wald erreicht und schritten unter den tief hängenden Tannenzweigen sacht aufwärts, als hinter uns raue Rufe laut wurden: Burz. Er rannte mit dem täppischen Eifer eines kleinen Kindes und zeigte breit lachend seine Stummelzähne.

Als er uns eingeholt hatte, streifte er Stemma ein dünnes Lederriemchen über den Kopf. Die Enden des Riemchens waren an einem zierlichen Schnitzwerk befestigt. Es stellte ein Gesicht dar, von dem kreisförmige Strahlen oder Blütenblätter abgingen, eine Verkörperung der Sonne wahrscheinlich.

»Glnznasch«, sagte Burz voll inniger Zufriedenheit. Dann machte er auf dem Absatz kehrt und wetzte ebenso ungestüm davon, wie er gekommen war.

»Aber wo hat er das plötzlich her?«, fragte ich begriffsstutzig. »Ich dachte, er besitzt nicht das Geringste zum Tauschen.«

»Er hat unseren Strumpfschal dafür hergegeben«, klärte mich Stemma auf. »Sein Hals war wieder nackt. Was für ein dummes Spiel dieses Glnznasch doch ist! Armer Burz – nun hat er selbst gar nichts.« Sie schaute so betrübt drein, dass Ennebaer sie tröstete.

»Aber verstehst du denn nicht, Kleiner? Ihr habt ihn glücklich gemacht. Nur das ist wichtig.«

Wir stapften fürbass. Ich bemerkte Alpentragant an den Berghängen, auch Schnee-Enzian. Verschiedene Schmetterlinge, die staunenswerterweise bis über die Baumgrenze hinaus zu finden sind, taumelten vorüber. Der Anstieg wurde steiler und steiler und bald waren wir in Schweiß gebadet.

Jedes Mal, wenn wir anhielten, um Wasser aus dem Schlauch zu trinken, meinte ich, dass nun der Punkt erreicht sei, von wo aus der Marsch über den Gletscher anfinge. Aber immer erstreckte sich eine neue Höhe vor uns, die es zu erklimmen galt. Ich schwor mir, dass dies meine letzte Gebirgstour sein sollte. Zumindest, was diesen Sommer betraf. Auch Ule und Eddik schnauften nicht wenig; der so ausgiebig genossene Branntwein hatte ihren Bärenkräften mehr zugesetzt, als sie eingestehen mochten. Doch angesichts ihres hohen Alters hielten sie sich weit wackerer als ich oder Stemma.

Allmählich nahm der Pflanzenbewuchs ab, die kleinen, krüppligen Kiefern blieben zurück, es begann die Zone des Gerölls, die Zone des Gletschers. Es wurde merklich kühler; der scharfe Bergwind blies uns eiskalt an und im Nu waren unsere schweißnassen Kleider steif. Wir warfen die Pelzkittel über und banden die Hüte mit Halstüchern fest.

Für lange Zeit waren das hohe Sausen des Windes und das Knirschen unserer Tritte im hart gefrorenen Schnee die einzigen Geräusche. Zum Glück hatte der Wind an dem Tag nicht so schreckliche Sturmesgewalt wie auf dem Herweg. Nachdem wir ein Stück dahingewandert waren, die Gesichter bis zur Nase in die Mantelkragen gedrückt, die Wimpern von Reif verklebt, blieb Eddik stehen.

Mit der Spitze seines Stocks wies er auf eine mächtige Wolke im Nordosten. Sie reichte vom Himmel bis zur Erde und näherte sich mit beträchtlicher Geschwindigkeit.

Stemma hob den Mund aus dem Schutz des Pelzkragens. Sie rief mir zu: »Und du hattest Pastor Henningsen nicht glauben wollen, Isak. Schau, da kommt sie, die große böse Wolke, die er uns prophezeit hat, gleich wird es Kühe und Milchkannen und entwurzelte Bäume regnen. Und wir werden durch die Luft davongetragen bis ans Meer, nach Kongismora!«

Sie lachte, frostblau im Gesicht, mit all ihren vorstehenden Zähnen, mein unverwüstliches Unkräutchen.

Ich lachte nicht mit. »Kongismora liegt dort, wo die Wolke herkommt«, sagte ich mit klammen Lippen. »Wir landen also in der falschen Richtung. Mir gefällt das nicht. Eddik! Eddik, was bedeutet die Wolke da?«

Die Augen zusammengekniffen, drehte Eddik sich um. »Schneesturm.«

Unwillkürlich beschleunigten wir unser mühsames Stapfen. Alle paar Minuten wandte einer den Kopf nach links, um das Vorrücken der Wolke zu beobachten. Schon verschwanden die umliegenden Bergspitzen im Nebel, das Licht verdüsterte sich zusehends. Aber immer noch strebte Eddik verbissen vorwärts, Ennebaer folgte ihm dichtauf. »Bleib ja hinter mir, Kleiner! Du auch, Herr.« Ule macht den Schluss, wie auf dem Herweg.

Als ich, kaum zwei Flintenschüsse entfernt, mitten im Schnee mehrere Menschen gewahrte, glaubte ich an eine Halluzination, hervorgerufen durch das Blenden des unendlichen Weiß in meinen gereizten Augen.

31. Kapitel

Ich schaute wieder vor meine Füße, wo Aufmerksamkeit mir mehr von Nutzen war als in der Weite. Doch als ich zum zweiten Mal nach der betreffenden Stelle hinüberspähte, waren die Gestalten noch immer da, jetzt ein wenig mehr zusammengerückt. Fünf zählte ich, ehe erneut alles vor meinen Augen zu grellen Flecken zerbarst wie Raketen bei einem Feuerwerk.

Tsirn, der Rubutsche, hatte sechs Angreifer in mein Buch gezeichnet. Handelte es sich hier um dieselben? Wenn ja – wo war der sechste geblieben? Ich wunderte mich, dass ich diese Überlegungen so unbeteiligt, fast kaltblütig anstellte. Als wäre ich Teilnehmer eines Traumes, von dem ich wusste: Wie auch immer er ausging – es würde am Ende eben nur ein Traum gewesen sein. Das mochte an der großen Höhe liegen, in der wir atmeten, an der dünnen Luft, die mich bisweilen schwindelig machte. Oder auch an der Kulisse ringsum, dem erstarrten Riesenmeer aus hochgebäumten Wellenkämmen, so weit das Auge reichte – ewiges Eis, ewiger Schnee, ewiger Fels. Hier würde nur geschehen, was die Natur selbst zuließ.

Unvermutet meckerte es vor mir nach Art der Himmelsziegen. Unser Notruf. Dann gleich noch einmal.

»Was ist? Geht es dir nicht gut, Unkräutchen?«

Stemma deutete aufgeregt nach vorn. »Dort ... der rote Mantel! Er ist es selber. Er will uns umbringen, ganz sicher. Damit wir nicht weitersagen können, was wir gesehen haben.«

»Das ist der Firnglanz«, beruhigte ich sie. »Unsere Augen sind so viel Weiß nicht gewöhnt. Ich sehe auch nur lauter Farbflecke statt der Schneefelder.«

»Du verstehst mich nicht.« Ihre Stimme wurde dringlicher. »Ich habe dir doch erzählt, dass er einen scharlachroten Mantel trug, als er in Skuule auf das Schiff ging. Dort drüben bei diesen Leuten ist auch jemand mit einem solchen roten Mantel.«

Ich schluckte. »Nun, einmal mussten wir ja mit ihm zusammentreffen. Aber ausgerechnet hier – das ist absurd.«

Unsere Gefährten, falls sie dem Wortwechsel zugehört hatten, ließen keine Anzeichen erkennen, dass sie Gefahr witterten. Jedenfalls keine von Menschen ausgehende. Erst als eine sechste Gestalt im Rücken der fünf auftauchte, wartete Eddik, bis wir alle heran waren. Dieser Sechste, so beobachteten wir, zeigte kein Eile, sich den anderen anzuschließen. Und sie wiederum schienen von seiner Anwesenheit nichts zu ahnen, schauten nicht nach ihm aus wie nach einem Zurückgebliebenen.

Nach ihrer Weise tauschten Ule, Eddik und Ennebaer stumme Fragen und Antworten aus.

»Das könnten diese Verrückten sein, die am Tag vor dem gestrigen den Kurzen so übel mitgespielt haben«, gab Eddik das Ergebnis an mich weiter.

Die ersten Ausläufer der Wolke schwebten heran und hüllten uns in eisige Nässe. Feines Stieben hatte eingesetzt und prickelte wie mit Nadeln auf der Haut.

»Was wir uns fragen, junger Herr: Falls sie es auf die Kurzen abgesehen haben, warum haben sie sich nicht für den schneefreien Aufstieg entschieden, unten am Truusalv? Was hat sie dazu getrieben, wieder nach Trillefos hinaufzureiten und sich auf den Gletscher zu wagen? Als würde man sich über die Schulter fassen, wenn man sich am Hintern kratzen will.«

»Sie suchen uns«, kam es dampfwolkig-weiß aus Stemmas Pelzkragen.

»Uns? Uns?? Wie kommst du darauf, Kleiner?«

»Nicht uns alle. Nur Isak und mich.«

Stille. Schnaufen. Räuspern.

»Leute aus Trillefos könnten es nicht sein?« Ich klammerte mich an einen letzten Strohhalm. Ule, Eddik und Ennebaer verneinten gleichzeitig durch entschiedenes Kopfschütteln. »Die Männer von Trillefos rotten sich niemals zusammen. Nicht zu fünft und schon gar nicht zu sechst. Man kennt sich, aber man meidet sich lieber. Wir bilden keine ›Jagdgesellschaften‹ oder dergleichen.«

Wieder gingen Blicke aus blinzelnden Augenschlitzen zwischen unseren drei Getreuen hin und her; sie standen Bauch an Bauch, um in dem Schneegewirbel einander überhaupt in die Augen sehen zu können.

»Hast du deine Pistole noch, junger Herr?«

Ich klopfte auf die untere Manteltasche. Ule, Eddik und Ennebaer, das wusste ich, verfügten bloß über ihre unentbehrlichen Messer und über ihre Stöcke mit den eisenbeschlagenen Spitzen. Zwischen der zerklüfteten Wand und dem Abgrund gab es nur den einen Weg. Wir mussten, ob wir wollten oder nicht, an der Stelle vorbei, wo die fünf unschlüssig verhielten und offenbar ebenfalls miteinander beratschlagten.

Das Flockentreiben brach nun wie ein Heuschreckenschwarm über uns herein, wir sahen keine zwei Ellen weit. Das Wichtigste war der Rücken des Vordermannes, und jeder benutzte dessen Fußstapfen, das einzig Verlässliche in der plötzlich so blind gewordenen Welt. Falls Eddik fehltrat, waren auch wir verloren. Insgeheim flehte ich den Schneesturm an, Mauern der Unsichtbarkeit zwischen uns und jenen zu errichten, auf die wir gleich stoßen mussten. Doch die Natur lässt sich nicht von menschlichem Sinnen und Trachten beeinflussen.

Viermal pfiff etwas über uns hinweg und jedes Mal war dem ein Knall vorausgegangen. Sie konnten uns ebenso wenig mehr sehen wie wir sie, hatten daher nicht mit unseren gegen den Schneefall tief geneigten Köpfen gerechnet.

»Oha«, sagte Eddik. Er war so unvermittelt stehen geblieben, dass wir anderen zusammenprallten. Vier Männer, eng nebeneinander, verstellten uns den Pfad. Haarsträhnen klebten ihnen nass an blauroten Wangen. Da es bei dem Schneegestöber ausgeschlossen war, die abgefeuerten Waffen neu zu laden, ohne dass das Pulver nass wurde, hatten sie sie beim Lauf gepackt, um mit dem Kolben zuschlagen zu können.

Eiswind und Frost hatten ihre Visagen zu gequälten Masken erstarren lassen, die einander seltsam gleich sahen. Sivert Snekker war jedoch nicht dabei; die vier Halunken waren mir gänzlich unbekannt.

Noch hielten sie sich zurück, warteten offensichtlich auf den entscheidenden Befehl. Auch meine drei Getreuen aus Trillefos bildeten eine Reihe, standen Schulter an Schulter, schnaufend und unfreundlich.

»So begegnet man sich wieder, Isak Zettervall! Ist das nicht ein lustiger Zufall?« Dieselbe helle, leicht überschnappende Stimme, die mich seinerzeit im Salon der Frau von Gyldenhammar mit Malicen und Scherzen unterhalten hatte. Und schon trat er in unser Blickfeld, aus dem Schleier der wild wirbelnden Flocken heraus; seine vier Strolche wichen ein wenig beiseite. Graf Stenbassen.

Ohne die rosige Schminke wirkte er noch knabenhafter als damals. Die Kälte hatte seine hochmütigen Züge nicht gerötet, sondern blutleer gemacht, die Nase stach bläulich angelaufen daraus hervor, obwohl er als Einziger der fünf mit einem bodenlangen, pelzgefütterten Mantel angetan war. Die Außenseite des Mantels flammte in scharlachroter Seide.

»Sieh an, Ejnar Hasselquist«, sagte ich. »Ich ahnte ja, dass Sie hoch hinauswollen, aber dass Sie es so wörtlich nehmen und auf die Gletscherberge steigen, ist doch eine Überraschung. Machen Sie am Ende Jagd auf Eisbären? Ich hörte da vorhin ein paar Kugeln pfeifen.« Niemals zeigen, dass dir vor Angst das Wasser aus der Blase rinnen möchte, war schon immer meine Devise gewesen.

»Sie stören meine Pläne, Zettervall, ich nehme an, Sie wissen das. Es war äußerst töricht von Ihnen, sich zum Kundschafter für eine Person herzugeben, deren Macht und Einfluss bald ausgespielt haben werden. Dummheit muss bestraft werden, das sehen Sie doch ein? Sie und Ihre Begleiterin werden von der Reise in den Norden nicht zurückkehren. Ihre Auftraggeber werden Sie für verschollen halten und« – er schrie es heraus – »oder hoffentlich davon Abstand nehmen, noch mehr Dummköpfe auszuschicken, um die ›Wahrheit‹ über gewisse Barbaren herauszufinden. – So, jetzt tut, wofür ihr bezahlt werdet«, wandte er sich an seine Kreaturen. »Ich will sie tot sehen. Alle.«

Im Augenblick, da die vier Kerle ihre Musketenkolben hoben, fuhren auch die Bergstöcke von Ule, Eddik und Ennebaer in die Höhe. Holz krachte auf Holz, auf Schultern, auf Köpfe, ganze Schneefladen fielen von den verbissen kämpfenden Körpern ab.

Zitternd drückte Stemma sich an mich. »Ist sie geladen, Isak? Deine Pistole?«

»Schon, aber ich habe sie noch nie benutzt. Vielleicht ist die Kugel eingefroren oder das Pulver feucht.«

»Versuch es, versuch es! Du musst, Isak. Wir werden sonst nie Ruhe haben vor ihm. Er ist verrückt, Isak, siehst du das nicht?«

Doch ich war wie gelähmt. Ich war tätlichen Auseinandersetzungen seit jeher aus dem Weg gegangen. Und so wenig Skrupel ich hatte, ein Tier zu erlegen, so sehr scheute ich mich, einen Menschen an dessen Stelle zu setzen, mochte er auch ein gefährlicher Psychopath sein. Ein Schrei gellte; einer der Kämpfenden riss die Arme hoch, fuchtelte, fand keinen Halt, kippte in den Abgrund, wo tief unten der Gletscherstrom unterm Eis floss. Es ging so pfeilschnell abwärts mit ihm, dass sein Schrei erstickte wie abgeschnitten.

Unmöglich zu erkennen, wen es getroffen hatte. Einen von unseren Freunden? Starr vor Entsetzen, immer noch zögernd, selbst einzugreifen, bemerkte ich aus den Augenwinkeln, wie die Falten des roten Umhangs auseinander gingen und Stenbassen in den Gürtel fasste. Stemma handelte schneller als ich, sie riss die nagelneue, noch nie gebrauchte Pistole aus meiner Manteltasche und umklammerte den Kolben mit beiden Händen, den Lauf auf den scharlachroten Mantel gerichtet. Stenbassens »Königsmantel«. Was dann geschah, war das Werk von Sekunden, dennoch nahm ich eine Vielzahl von Einzelheiten in mich auf.

Ich sah die tauenden Schneerinnsale, die über Stemmas Stirn sickerten, als sich ihr Finger um den Abzug krümmte.

Ich sah Stenbassen verächtlich lächeln, hatte Stemma doch vergessen, den Hahn zu spannen.

Ich sah, wie er seinerseits auf Stemma zielte.

Mit einem Ruck hatte ich meinen guten alten Stockdegen aus seiner hölzernen Hülle befreit, warf mich vorwärts und ließ ihn mit voller Wucht auf Stenbassens Handgelenk niedersausen. Dabei verlor ich auf dem gefrorenen Boden das Gleichgewicht und rollte meinem Widersacher vor die Füße. Er hob den Stiefel, um mir auf den Kopf zu treten, wankte, fluchte, rutschte gleichfalls aus und fiel auf den Rücken. Der Schuss löste sich und fuhr in die Eiswand.

Sein langer Mantel behinderte ihn, so dass ich flinker auf die Knie kam als er, und wie bei einer Knabenbalgerei setzte ich mich rittlings auf seine Brust. Er fletschte in wahnsinniger Wut die Zähne, in den Mundwinkeln bildeten sich Speichelbläschen und in seinen Augen glitzerte der Irrsinn.

Stemma hielt mir die Pistole hin, wortlos. Ich wehrte ab: »Du hast doch gesehen, sie zündet nicht. Feucht gewordenes Pulver, wie ich schon dachte.«

Ich mochte ihr nicht verraten, dass sie vergessen hatte, den Hahn zu spannen. Sie hätte das Unterlassene sofort korrigiert und, da ihr meine Rücksicht unverständlich war, in panischer Erregung statt meiner abgedrückt. Im gegenwärtigen Moment erschien es ihr nur als »Befreiungstat«. Als eine Handlung, die zwischen dem tödlichen »er oder wir« die Entscheidung fällte. Später, wenn es ein Später gab, würde die Erinnerung daran ihr Leben vergiften. Ich wollte nicht, dass sie mordete.

Stenbassen unter mir schnellte herum wie ein Lachs. Er versuchte, mich abzuwerfen, ich drückte dagegen, machte mich schwer und schob den Augenblick hinaus, da ich gezwungen sein würde, etwas Endgültiges zu unternehmen.

»Wie steht es?«, fragte ich Stemma, da ich nicht wagen konnte, mich umzudrehen. »Kannst du erkennen, wer fehlt?«

Ein weiterer Schrei, dem ein kurzes Echo folgte.

»Es sind nur mehr zwei«, gab Stemma Auskunft. Ihre Stimme klang dumpf.

Nur mehr zwei … »Wer, um Himmels willen, fehlt?«

»Doch nicht von den Unsrigen, Isak! Zwei von den Malefizlumpen. Jetzt gehen sie mit Messern aufeinander los.«

Der Schnee fiel sachter; es wurde wieder heller, und ich spürte, wie meine empfindlichen Augen erneut mit Blindheit und Tränenfluten auf das Gleißen ringsum reagierten. Ich bückte mich etwas seitwärts, um Stenbassens Waffe in den Abgrund zu schleudern. Es handelte sich um eine doppelläufige Pistole und noch immer steckte ein Schuss in ihrem Innern.

Mitten im Schwung des Ausholens sah ich einen Dolch in Stenbassens befreiter Hand blitzen, hatte ich doch den Schenkeldruck aus Fahrlässigkeit etwas gelockert. Er musste die ganze Zeit auf diese Gelegenheit hingearbeitet haben, sobald er durchschaut hatte, dass ich nicht imstande war, das zu tun, was er an meiner Stelle ohne Zaudern getan hätte: ihn umzubringen.

Doch wie von einer übermenschlichen Ohrfeige getroffen, fuhr sein halb erhobener Kopf zur Seite und eine Blutfontäne spritzte auf das Pelzfutter des pompösen Mantels. Ohne den Dolch loszulassen, sank der Arm herab. Der verzerrte Mund zeigte noch das Siegesgrinsen der Sekunde, da er geglaubt hatte, mich übertölpelt zu haben, die Augen stierten blicklos an mir vorbei ins Leere.

Wo war dieser Schuss hergekommen? Mit den schmerzenden Lidern zwinkernd, suchte ich die vor uns liegenden Schneefelder ab. Ein Rutschgeräusch kam vom Steilhang zur Rechten, und in einer Wolke aus pulvrigem Silberweiß glitt etwas von oben auf uns herab, sprang kurz vor mir auf die Füße und ruderte mit den Armen, um nicht von der eigenen Geschwindigkeit auf den Abgrund zugetrieben zu werden.

Eine große, fast sechs Fuß hohe Gestalt, in der Faust eine Büchse, die mir bekannt vorkam – der »Bärentöter« von Herrn Scavenius. Hatte ich den nicht bei Purki-und-Damaris-am-Gletscher zurückgelassen?

»Danke«, sagte ich. »Ich danke Euch, wer immer Ihr seid.« Denn ich erkannte ihn nicht. Das zottige Kapuzenfell war ganz und gar von Schnee verkrustet, desgleichen das Innere der Kapuze, so dass es aussah, als sei dies kein menschliches Gesicht, sondern ein lebendig gewordener Schneemann, der Kohlenaugen und Rübennase unterwegs verloren hat.

Der »Schneemann« legte die Büchse neben mir nieder. Mit drei Sätzen war er bei den Kämpfenden, die noch immer, fast wie bei einem Ritualtanz, umeinander sprangen, aufeinander losstachen, beiseite tänzelten, Angriffe vortäuschten, auswichen und dabei raue Schreie ausstießen. Er packte einen von Stenbassens Halunken von hinten um die Mitte, hob ihn hoch und beförderte ihn über den Rand in die Tiefe. Der übrig gebliebene Kumpan, als er sah, dass sich das Verhältnis so zu seinen Ungunsten verändert hatte, warf das Messer fort und ergab sich.

»Lasst ihn fliehen. Er wird nicht weit kommen«, sagte der »Schneemann« in bestimmendem Ton. »Ich sage: Respekt! Für zwei so alte Saufbrüder habt ihr euch nicht schlecht gehalten, Ule und Eddik aus Trillefos. Ihr habt einen Schluck verdient. Auch Mertas Goldstück Ennebaer kann einen haben, wenn er will.«

»Dag Sparre! Was machst du hier? Wir dachten, du jagst auf den Felsen da drüben nach Falken?« Keuchend umringten ihn die drei. Ennebaer hatte ein blaues Auge und blutete aus einer Platzwunde, auch Ule und Eddik waren zerschunden und zerbeult. Wo sie standen, ließen sie sich in den Schnee fallen und streckten die Beine von sich.

Dag Sparre? Wie betäubt erhob ich mich, denn ich hockte noch immer auf dem Leichnam des Grafen Stenbassen.

Stemma flüsterte: »Was hat er mit seinem Gesicht gemacht? Ist es ihm abgefroren?«

Der Lederschlauch, den ich von unserer ersten Begegnung her kannte, wurde aus dem Umhängebeutel hervorgezaubert. Dag Sparre nahm, wie damals, den ersten Schluck, spie etwas davon in die Luft, auf den Schnee und reichte die Kostbarkeit weiter an Ule als den Ältesten von uns, der begierig danach griff, auch Eddik und Ennebaer und ich bedienten uns ausgiebig.

Langsam bröckelten kleine Schneebätzchen von Dag Sparres Nase, Wangen und Stirn, lösten sich vom Kinn und aus den

Augenbrauen. Fasziniert sah Stemma zu, wie der grüne Bewuchs aus Bartstoppeln und sprießenden Pflänzchen nach und nach zum Vorschein kam.

Dag Sparre sagte: »Lasst uns weitergehen, bevor ihr Lust bekommt, hier einzuschlafen. Erzählen kann ich immer noch, wenn wir Trillefos erreicht haben.«

»Ein prächtiges Stück, was?« Ule bückte sich über den toten Stenbassen und betastete scheu den Purpurmantel.

»Das wäre was für Merta«, überlegte Eddik. Zum ersten Mal erlebte ich, dass sie ihrer Zwiesprache laut Ausdruck gaben.

»Wo ich doch alle Beeren aus dem Trog verloren habe. Aber daran bin nicht ich schuld, das müsst ihr ihr sagen«, ergänzte Ennebaer.

»Sie hat was übrig für schöne Sachen, unsere Merta.« (Ule)

»Wenn sie merkt, dass dein Gürtel fort ist, reicht der lumpige Kleiderhaken nicht aus, um sie zu besänftigen.« (Eddik)

»Der da braucht ihn doch nicht mehr.« (Ennebaer)

»Aber er ist doch blutig, der Mantel!«, rief Stemma.

»Kaltes Wasser.« »Hundefett.« »Holzasche.« Mertas Männer überboten sich in Reinigungsvorschlägen, die wohl auf Mertas Methoden zurückgingen.

Dag Sparre entschied den Disput, indem er den Mantel behutsam unter Stenbassen hervorzog, ihn zusammenrollte und Ule in den Arm drückte.

»Wir waren noch nicht so weit«, brummte Ule. »Konntest du nicht warten, bis wir uns selbst entschlossen hatten? Ungeduldige Menschen, diese Falkenjäger ... Dass du überhaupt was fängst, so vorschnell, wie du bist ...«

32. Kapitel

Mit welchen Gefühlen ich den Gletscher hinter mir ließ, kann ich nur schwer beschreiben. Den Tod so vieler Menschen mit angesehen zu haben, ja selbst dem Tode so nahe gewesen zu sein, hatte all meine Gefühle erstarren lassen. Erst als es mit jedem Schritt abwärts wieder in den Sommer hineinging, als Besenheide und die weißen Erdbeerblüten der *Dispensia* zwischen den Steinen sprossen, vermochte ich die Tatsache, am Leben zu sein und nicht mehr verfolgt zu werden, endlich zu begreifen.

Die Hütte von Purki-und-Damaris-am-Gletscher kam in Sicht, und ich stutzte über die Anzahl fremder Pferde, die die Umgebung des Stalles bevölkerten. Doch dann kam mir die Erleuchtung; wem sonst konnten sie gehören (oder nunmehr gehört haben) als Stenbassen und seinen fünf Lumpen? Wahrscheinlich hatte er sie samt einem Mann zur Bewachung hier gelassen.

Dag Sparre musste meine Gedanken erraten haben, denn er erklärte: »Da unten ist noch einer von denen. Ich wollte es nur gesagt haben, damit ihr ihm nicht die Hand schüttelt und meint, er sei ein Freund von Purki-und-Damaris-am-Gletscher.«

»Hat er vielleicht …?« Ich wölbte mit der Hand über meiner Nase eine zweite, unförmigere.

»Er könnte aus dem Ei eines Fischadlers geschlüpft sein, solch einen Schnabel hat er.« Dag Sparre lachte sein trockenes Lachen. »Ihr kennt Sivert Snekker? Ich schätze, er wird uns keinen Ärger machen. Dafür ist er viel zu schlau.«

Dass Sivert Snekker ebenfalls ein Perspektiv besaß, wusste

ich, hatte er doch in Skuule von der Stadtmauer aus unseren Spaziergang belauert. Er musste auch jetzt damit den Berg im Auge behalten und beim Näherkommen der kleinen Gesellschaft festgestellt haben, dass es sich nicht um diejenigen handelte, die er erwartete. Zweifellos hatte er daraus seine Schlüsse gezogen, denn wir trafen ihn dabei, wie er eins der Pferde, bereits beladen und gesattelt, besteigen wollte.

»Gratuliere zur glücklichen Rückkehr!« Unverfroren grinsend ließ er seine Frettchenaugen von einem zum anderen flitzen. »Die Frage, ob noch mehr zurückkehren, ist wohl überflüssig. Wie es aussieht, muss ich den Weg in den Süden allein antreten. Also dann – wünsche allerseits noch einen schönen Abend.«

Er setzte den Fuß in den Steigbügel, als ich auf ihn zutrat und ihm in die Zügel fasste. »Halt! Da wäre noch eine Sache, Snekker. Ihr bekommt den freien Abzug erst, wenn ich erfahre, bei wem sich das Schachspiel des Fräulein Dannhauer befindet.«

Hinter seinem Grinsen verbarg sich jetzt Unbehagen. »Ich habe es verkauft, gleich am nächsten Tag. Wie ich Euch sagte.«

»An wen?«

»Das darf ich nicht …« Er wand sich wie ein Aal.

»An wen?! Oder Ihr verbringt die Nacht im Stall, an die Pferdekrippe gebunden.«

»Der … Gegenstand ist schon nicht mehr in Skuule. Ein Segler hat ihn mitgenommen. Der, der ihn mir abkaufte, hat ihn zum Geschenk für eine Dame in Frankreich bestimmt. Tut mir Leid, aber da ist nichts mehr zu machen.«

»Er lügt, er lügt!«, schrie Stemma. »Er hat es hier, bei sich. Ich kann es fühlen!« Sie hatte sich Snekkers Pferd genähert und betastete den hinten aufgeschnallten, sehr umfangreichen Mantelsack.

Sivert Snekker war zu sehr Spieler, um nicht zu erkennen, wann er eine Partie verloren geben musste. Mit flinken Griffen, als befürchte er, sonst womöglich noch andere Beutestücke herausrücken zu müssen, schnürte er sein Gepäck auf und hob den schweren Kasten heraus. Er grinste wahrhaftig noch immer, aber es war das schiefe Grinsen des betrogenen Betrügers.

Stemma riss ihr Eigentum an sich, drückte es ans Herz.

Ohne weiteren Gruß ritt Sivert Snekker vom Hof. Niemand hielt ihn auf.

Purki-und-Damaris-am-Gletscher standen Hand in Hand vor ihrer Haustür. Sie wirkten etwas verwirrt, aber auch eigensinnig, gewillt, sich durch nichts aus der Ruhe bringen zu lassen.

»Der junge Herr im roten Mantel hat befohlen ...«

»... die Pferde sollten hier bleiben, bis er wiederkommt.«

»Er kommt nicht wieder«, entgegnete Dag Sparre.

»Wir haben aber keinen Platz für so viele Pferde ...«

»... und sie würden auch nicht genug Futter bekommen bei uns. Eins könnten wir ja ...«

»... zur Not behalten ...«

»... aber nicht alle fünf.«

Lebhafte, ja feurige Blicke fuhren zwischen Ule, Eddik und Ennebaer hin und her.

»Nun, wenn niemand sonst sie haben will? Wir wären nicht abgeneigt«, fasste Eddik, der Sprecher, das Resultat der stummen Umfrage zusammen.

Dag Sparre lachte knarrend. »Vier Pferde auf einen Schlag, so, so. Seit wann kann Merta reiten?«

»Entschuldige, es war nur ein Vorschlag«, verbesserte sich Eddik erschrocken. »Wir wollten dich nicht übergehen. Wie viele möchtest du?«

»Unsinn, das sollte ein Scherz sein. Mir genügt mein Jesper, der ist auf meine Beinlänge eingerichtet. Bei denen da würde ich mit den Sohlen am Boden schleifen.«

»Ja, dann vielen Dank. Und du, junger Herr?«

Ich wehrte ab. »Wir haben ebenfalls an den unseren genug, Stemma und ich.«

Ennebaer räusperte sich, ein Zeichen, dass er etwas sagen wollte.

Eine vorher nicht da gewesene Scheu hinderte ihn daran, Stemma direkt anzusprechen. Er fragte mich, sein Blick jedoch hing an Stemma. »Der Kleine da … der Kleine ist also in Wirklichkeit ein Fräulein? Stimmt das?«

Stemma begnügte sich damit, spitzbübisch zu lächeln. Bis die ungläubige Verblüffung der drei Getreuen in ein lautes, befreiendes Gelächter umschlug.

»Wenn wir das Merta erzählen!«

»Sie wird es rundheraus abstreiten. Nie und nimmer glaubt sie uns das.«

»Oder sie wird behaupten, dass sie es von Anfang an gewusst hat«, sagte Ule. »Ich kenne doch Merta.«

Nun, da sie Pferdebesitzer geworden waren, stand es für die drei außer Frage, dass sie nicht bleiben wollten. Sie würden auf stolzen Rossen davongaloppieren und nicht eher absteigen, bis sie ihr zusammengeflicktes Zuhause erreicht hatten, mochte es auch darüber Mitternacht werden.

Nach einem lärmenden und übermütigen Abschied – Ule, Eddik und Ennebaer umarmten jeden, den sie zu fassen bekamen, auch Purki-und-Damaris-am-Gletscher mussten dran glauben – machten sie sich davon.

»Ist es noch weit bis Trillefos?«, klang es durch die klare Luft. Sie übten schon die alte Begrüßungsneckerei, johlten laut und lachten über die Maßen.

»Kannst du dir vorstellen, dass sie sich nachher wie drei

dumme Jungen von Merta herunterputzen lassen und den Mund nicht aufbekommen?«

Ich legte Stemma den Arm um die Schultern und sie lehnte sich an mich. Der Himmel glomm in tiefblauer Veilchenfarbe und mitten darin sah ich zum ersten Mal seit langem wieder einen Stern. Er funkelte wie ein goldener Nadelstich.

»Alles gut, Unkräutchen?«

»Alles gut, Isak.«

Ich verteilte den Rest des Tabaks aus Skuule, was allseits mit großem Beifall aufgenommen wurde. Purki-und-Damaris-am-Gletscher ließen ihre Stummelpfeifen qualmen, während sie sich mit unserem Nachtmahl zu schaffen machten. Gemeinsam schlugen sie die Eier der ebenfalls im Raum anwesenden Hühner auf, stocherten abwechselnd in der Pfanne und gossen kleine Mengen Milch nach, bis die Speise stockte.

Dag Sparre schmauchte eine seltsame Pfeife, deren Kopf aus Wurzelholz geschnitten war und einen Raubvogelkopf darstellte. Ich hatte meine Tonpfeife beim Wickel; die letzte ihrer Familie. Ein halbes Dutzend hatte ich mit auf die Reise genommen und fünf waren mittlerweile durch die unsanfte Behandlung des Gepäcks zerbrochen.

Das Feuer knisterte. Die Hühner auf ihrer Stange unter den Dachbalken gluckten schläfrig. Fuchs und Grauschimmel waren gebührend beklopft und gestreichelt worden und hatten uns liebevoll in den Hals geschnaubt. Stemma hatte ihr Schachspiel neben sich auf die Bank gestellt und ließ die Figuren auf der Tischplatte in zwei langen Reihen gegeneinander antreten, um zu prüfen, ob auch keine abhanden gekommen war. Sie war so glücklich vertieft in ihre Tätigkeit, dass sie nicht zuhörte, was Dag Sparre erzählte.

Geduld und Erfahrung hatten ihn schließlich einen Falkenhorst aufspüren lassen, und es war ihm gelungen, zwei der Jungen aus dem Nest zu entführen. Da er nichts davon hielt, die Talsohle zu durchqueren und wieder hinaufzusteigen zum Gletscher (»das hat nicht das Geringste mit den Kleinen Leuten zu tun; ich bleibe nun mal lieber oben, solange ich dort vorankomme«), war er in weitem Bogen auf einem Höhenweg über den Grat gewandert und bei gutem Wetter über den Gletscher abgestiegen.

Bei Purki-und-Damaris-am-Gletscher angelangt, war ihm meine Botschaft ausgerichtet worden.

»Die Warnung kam gerade noch zur rechten Zeit. Ich war im Stall, um nach meinem Jesper zu sehen, da ging der Tumult vorm Haus los. Stenbassens Stimme war nicht zu überhören, und da ich nun wusste, dass er mich auf dem Kerbholz hatte, hielt ich es für klüger, im Stall zu bleiben. Dort würden sie nicht hineinschauen, denn dass dort kein Platz war für all ihre Gäule, sah ein Blinder. Ich lauschte also, um herauszubekommen, was der Graf vorhatte. Dann fiel Euer Name, Zettervall, und es wurde davon geredet, dass sie Euch und das Fräulein im Lager der Kleinen Leute aufstöbern wollten. Stenbassen meinte, der Weg über den Gletscher sei denen nicht bekannt, der Übergang am Truusalv könne dagegen bewacht sein.

Als Purki und Damaris in den Stall kamen, um die Ziegen und Eure Pferde zu füttern, weihte ich sie in meinen Plan ein. Ich ließ die beiden Falkenjungen samt ihrem Käfig im Stall, dort war es warm durch die Tiere und außerdem hätte ihr Anblick Stenbassen alles verraten. Er war ja von teuflischem Scharfsinn und hätte sofort gewusst, dass ich nicht weit sein konnte. Sie hatten vor, hier ein paar Stunden zu schlafen. Das war mein Glück.

Sobald sie schnarchten, schlich Purki sich zu mir in den Stall und brachte mir Essen. Ich glaube, das war das einzige Mal, dass ich ihn ohne Damaris zur Seite gesehen habe.«

Dag Sparre lachte leise und schielte zu den beiden Alten hinüber, die sich indes nicht um die Unterhaltung ihrer Gäste kümmerten, sondern allein um die Pfanne und deren Inhalt. Sie redeten halblaut miteinander.

»Daher hatte ich einen beträchtlichen Vorsprung und hackte mir eine Höhle in den Schnee oberhalb einer Stelle, wo sie vorbeikommen mussten. Ich hatte so eine Ahnung, dass sie nicht bis ins Tal, zu den Kleinen Leuten, gelangen würden. Ich bin mit dem Wetter des Hochgebirges vertraut und rieche Schneestürme Stunden vorher. Nun, was weiter geschah, habt Ihr ja selbst miterlebt.«

Er erhob sich, sein baumlanger Schatten erhob sich mit ihm und glitt an der Wand entlang zusammen mit Dag Sparre zur Tür hinaus.

Als er wieder hereinkam, hielt Dag Sparre einen Weidenkäfig mit zwei Falkenjungen in der einen Hand und in der anderen, bei den Schwänzen gepackt, zwei von einer Schlagfalle erlegte Mäuse.

Stemma hatte die Figuren wieder im Kasten verwahrt und war jetzt ganz Auge und Ohr. Mit aufgestützten Ellbogen verfolgten wir die Fütterung. Dag Sparre stopfte Häppchen bald in den einen, bald in den anderen Schnabel und hielt uns dabei einen Vortrag.

»Wenn der Steinadler den König verkörpert, so sind die Gerfalken hier die Ritter. Sie sind größer als die Wanderfalken, haben schwerere Schwingen, aber ein leichteres Federkleid. Sieht man sie, so sind sie auf der Jagd, denn Jagen ist ihr Leben. Niedrig und pfeilschnell gleitet so ein Gerfalke über Hügel und Berghänge, in der Hoffnung, ein Schneehuhn aufzuscheuchen. Sobald die Schneehühner den Feind erspäht haben, bricht Panik unter ihnen aus; sie flattern auf. Das weiß er und schon ist er über ihnen. Er lässt sich im Sturzflug nach unten fallen, schlägt die Beute mit den Krallen, fängt sie in der Luft auf und trägt sie fort. Oder er sitzt lange auf einem Felsen und wartet, bis das Opfer unter ihm vorbeifliegt. Denn er kann nicht auf der Erde fangen. Die Gewalt seines Stoßes ist so groß, dass er sich beim Aufkommen die Flügel brechen würde.

Die fürstlichen Herrschaften, für die ich meine Kleinen aufziehe und abrichte, lassen sie gern auf Reiher los. Es ist ein Anblick, der mich stets mit dem Stolz eines Vaters erfüllt, der zusieht, wie sich seine Söhne vor aller Augen hervortun.« Und Dag Sparres verwittertes Gesicht lächelte verklärt.

Später streckten wir uns auf den Pelzen dicht beim sacht glosenden Feuer aus.

»Isak?« Stemma schmeichelte an meiner Schulter herum.

»Hmm?«

»Ich danke dir, dass du Sivert Snekker das Schachspiel wieder abgenommen hast. Würde Papa mich fragen, warum ich es nicht mehr habe, hätte ich sagen müssen: Beim Schnipp-Schnapp-Schnurr-Burr-Basilorum verloren. Ich hätte ihm nicht mehr in die Augen sehen können. Weißt du eigentlich, dass der Bernsteinkönig ein ganz kleines Zepter aus Elfenbein hat und der schwarze Gagatkönig eins aus Malachit?«

»Mm-mm ...«

»Isak!«

»Mein Himmel, Unkräutchen«, knurrte ich ungnädig, »was ist bloß los? Ich war schon fast eingeschlafen.«

Stemma war zu ihrem Mantelsack gekrochen und wühlte beim erlöschenden Schein des Herdfeuers darin herum.

»Hier – das hätte ich doch beinah vergessen. Ein Geschenk für dich.« In meiner Hand fühlte ich die zackigen Konturen einer Holzschnitzerei.

»Was ist das?«

»Na, die Eule. Die Schnee-Eule mit den beiden Jungen.

Glnznasch! Ich habe das silberne Messer aus meinem Besteck dafür eingetauscht.«

»Ach, Unkräutchen!« Ich lachte und fast war mir ein wenig nach Tränen zumute. »Du bist und bleibst unvergleichlich.«

»Natürlich bin ich unvergleichlich«, sagte Stemma. »Ich dachte, du wüsstest das längst.«

Die nächsten Tage waren der Erholung gewidmet und ich holte die versäumten Eintragungen in mein Notizbuch nach. Dag Sparre verabschiedete sich schon am ersten Morgen.

»Mag sein, dass es anderen Leuten Leib und Seele erfrischt, wochenlang in fremden Haushalten herumzulungern. Ich für mein Teil halte es nirgendwo länger als eine Nacht aus. Ich bin nun mal ein alter Zugvogel und suche jetzt mein Standquartier auf, um mit dem Abrichten der beiden Kleinen da zu beginnen.«

»Und in welcher Gegend des Landes befindet sich Euer Quartier, wenn man fragen darf?«

Er schmunzelte in sich hinein. »Ein gutes Stück entfernt. Und kein Ort in der Nähe, dessen Namen irgendwem etwas sagen würde. Ein idealer Fleck für so einen Einzelgänger wie mich.«

»Falls Ihr Silpa wieder einmal besucht ...« Ich stockte und Stemma vollendete den Satz: »... dann grüßt sie von uns. Sagt ihr, dass wir sie lieben.«

Dag Sparre bemerkte: »Gehen eure Gedanken schon so sehr ineinander über wie bei den zwei Alten da, dass ihr euch die Worte teilt wie ein Stück Brot? Man wird euch bald Isak-und-Stemma-von-Dawiedort nennen. Oder wie immer die Stadt heißt, wo ihr euch niederlasst.«

»Schwerlich«, entgegnete ich rasch, »da in Kürze mehrere Ländergrenzen zwischen uns liegen werden. Stemma zieht es zurück nach Sachsen, um nach ihrem Vater zu forschen, und ich will endlich nach Holland, bevor mir die letzten Taler durch die Finger gerollt sind.«

Stemma sagte nichts. Irgendetwas an meiner Rede hatte sie verstimmt.

Am dritten Morgen ritten auch wir weiter. Purki-und-Damaris-am-Gletscher reichten uns nicht die Hände, sondern berührten nacheinander unsere Stirnen, Schultern und die Brust.

»Wind und Wolf mögen euch fern bleiben …«

»… und Schwert und Beil für immer begraben sein …«

»… nur mit den Händen schützt einander …«

»… wie man Kerzenflammen vorm Luftzug bewahrt.«

Das Wildwasser, der Truusalv, den wir nach wenigen Stunden erreichten, toste zuerst zwischen Schluchtwänden dahin, die jedoch bald abfielen und sich zu einer gewöhnlichen Böschung verflachten. Auf dem schmalen Saumpfad entlang des Wassers mussten wir hintereinander reiten und höllisch Acht geben, da er vom springenden und spritzenden Wasser stark aufgeweicht war.

Erlen waren bis auf die Ufersteine geklettert und versperrten uns mehr als einmal den Weg. Statt mich dem Identifizieren der üppigen Flora beiderseits des Truusalvs zu widmen, musste ich beständig absitzen und den Fuchs am Zügel hinter mir herlotsen. Immerhin erkannte ich große Mengen von Pfriemkresse, Dickblatt und Schlammkraut und von noch etwas, das ich zuerst für Wasserstern hielt; es hätte aber ebenso gut auch Laichkraut oder Sternmiere sein können. Zu meinem Erstaunen stellte ich einen gewissen Überdruss fest, mich nach den Erlebnissen der letzten Wochen mit botanischen Studien abzugeben.

Mehr als einmal beschäftigten sich meine Gedanken mit dem Bericht, den ich Seiner Majestät König Olvart Märtus geben würde, und allerlei hochfliegende Hoffnungen flatterten dabei in meinem Kopf herum. Auch meine Begleiterin verspürte keine Lust, sich zu unterhalten. Nun, da der Druck des Verfolgtwerdens von uns genommen war, gönnten wir uns ein friedliches Miteinanderschweigen. Die Gegenwart des anderen genügte vollauf.

Im Flecken Truushögen, wo wir rasteten und Milch, Brot und einen großen Napf Heidelbeeren kauften, fiel uns eine Eigentümlichkeit auf. Beinah in jedem Haus waren die inneren Fensterbretter mit Holzbildwerken voll gestellt: Pirole und Eichhörnchen, Rentiere mit verzweigten Geweihen, Füchse und Häher, Männlein mit fein geflochtenen Netzen und Weiblein mit Körben, Luchse und junge Bären samt ihrer Bärenmutter. Fast als wetteiferten die Hauseigentümer damit, das sehenswerteste Fenster zu haben, wie sie es im Süden mit den Nelken- und Geranientöpfen machen.

»Wo bekommt Ihr die hübschen Schnitzereien her?«, fragte ich die Hausmutter, bei der wir unseren Imbiss einnahmen.

»Die bringen uns die Kleinen Leute vorbei«, war die Antwort. »Sie kommen den Truusalv in ihren schwimmenden Säcken herunter und gehen zu Fuß wieder hinauf. Sie handeln dafür Zeug ein, das bei ihnen nicht zu haben ist – Schafwolle, Nägel, Roggenschrot und noch so manches. Wir glauben, dass sie im Innern der Berge hausen wie die Zwerge, ja vielleicht sogar von diesen abstammen, denn kein Christenmensch versteht ihre Sprache.«

Ich konnte es nicht lassen, ein wenig auf den Busch zu klopfen. Ich sagte: »Und man hat euch nicht gewarnt, sie kämen des Nachts mit dem Messer zwischen den Zähnen, um eure Kinder zu schlachten und eure Häuser und Höfe in Brand zu stecken?«

Die brave Frau glotzte mich verständnislos an. Dann nahm

sie Stemma beiseite und erkundigte sich besorgt: »Er ist wohl nicht recht gescheit, der Ärmste? Oder hat er etwa von diesen Pilzen gegessen? Du weißt schon – womit man das Gehirn derjenigen betäubt, denen ein Fuß oder die Hand amputiert werden muss. Es soll einige geben, die dann nicht mehr davon lassen konnten, der wüsten Bilder und Träume wegen, die sich einstellen sollen.«

Stemma begann schallend zu lachen. Sie konnte sich gar nicht mehr beruhigen. Bis zum Abend zog sie mich immer wieder damit auf.

Unwillkürlich musste ich an das argwöhnische, verschlossene Mädchen denken, das mit mir im Mai von Rökstuna aufgebrochen war, und leistete Hermynia Dannhauer im Stillen Abbitte für meine hässlichen Worte von damals. Sie hatte Recht behalten; ihre Tochter erwies sich als echter Kamerad. Hätte Stemma mich jetzt verlassen, wäre ich mir sehr einsam vorgekommen.

33. Kapitel

Als Kind hatte ich ein Buch sehr geliebt, in dem von alten Zeiten erzählt wurde.

Die Stadt Kongismora, so hatte darin gestanden, sei einst unvorstellbar reich gewesen, die Dächer mit Gold gedeckt und die Fußböden der Hallen und Häuser aus rot und weiß gewürfeltem Stein. Die Frauen trugen Brustlätze aus getriebenem Silber, mit Türkisen und Granaten besetzt, die Männer Armreifen und silberne Gürtel. Niemand hatte es nötig, das gute Bier und das gute Brot für Gäste aufzubewahren und sich mit Schwachbier und Fladen zu begnügen, sondern man gönnte auch sich selbst nur das Beste.

Die Männer von Kongismora trieben Handel zur See, blieben oft Jahre von daheim fort und kehrten dann mit Waren zurück, von denen bis dahin noch keiner je gehört hatte: Stoffe, so zart, dass hundert Ellen zusammengepresst durch einen Fingerring passten; Purpurfarbe aus Schneckenblut; Gefäße aus wasserklarem Material, durch dessen Wände man jeden Tropfen sehen konnte; fremde Gewürze, nach denen die Gassen von ganz Kongismora dufteten und die man nur in kleinsten Prisen genießen durfte.

Bis der Reichtum der Stadt Kongismora den Wikingern in die Nase stach und Gesta der Einarmige mit zwölf Schiffen in Kongismora landete, die Stadt plünderte und niederbrannte. Zweimal wurde sie wieder aufgebaut, doch jedes Mal etwas weniger prächtig. Nach dem dritten Überfall Gestas des Einarmigen begann das herrliche Kongismora zu verfallen, und wer davon Kunde erhielt, sagte, das sei die Strafe gewesen, denn die

Bewohner von Kongismora hätten auf Erden gelebt, als sei dies der Himmel.

Als sich herausstellte, dass es sich um ein Sagenbuch gehandelt hatte, um Mythen ohne geschichtliche Beglaubigung, tat mir das unsäglich Leid und ich trauerte um mein persönliches Kongismora wie um einen wirklichen Verlust. Jahrhunderte später war dann an diesem Ort eine andere, neue Stadt entstanden, die es noch immer gab und die mittlerweile auch schon alt war – Sitz eines Landeshauptmanns (wie Skuule) und einer Propstei.

Ich schilderte Stemma diesen Kindertraum und wie mein Vater ihn wohlmeinend zerstört hatte, als er das Buch eine Sammlung von Sagen nannte, nicht viel besser als Märchen. Erdachtes galt meinem Vater so viel wie Erlogenes, und er legte Wert darauf, dass ich dies beizeiten vom Wahren unterscheiden lernen sollte.

»Armer Isak«, sagte Stemma, »da ist mein Vater ganz anders. Er hätte – im Gegenteil – dich in deiner Wunderstadt bestärkt. Er selber hätte die tollsten Einzelheiten beigetragen und behauptet, sie in den hinterlassenen Schriften von Augenzeugen gelesen zu haben. Oh, er ist der liebste und großartigste Mensch! Ich werde ihn finden und ihn befreien und dann musst du uns besuchen. Ich möchte so sehr, dass ihr euch kennen lernt. Ich werde dir einen Brief nach Holland schreiben, damit du weißt, wo wir uns versteckt halten.«

Um ihre Zuversicht nicht durch meine berechtigten Zweifel zu trüben, tat ich, als glaubte ich an das Gelingen ihrer kindlichen Pläne. Ja, ich tat ein Übriges, indem ich ihr die Namen zweier berühmter Professoren der Botanik nannte, von denen einer, wie ich wusste, in Leyden wohnte, der andere in Amsterdam. Beide gedachte ich aufzusuchen und sicher würden sie etwaige Briefe für mich aufheben.

Die Strecke bis zu unserem letzten Reiseziel zog sich länger hin, als ich gedacht hatte. Über eine Woche dauerte es, bis wir am Meer waren, und noch einmal so lange, ehe Kongismora erreicht war. Der August neigte sich seinem Ende zu, die Nächte waren wieder dunkel, an manchen Morgen war alles weiß vor Raureif. Wir trafen jetzt gelegentlich auf Poststationen, auf vereinzelte Höfe so genannter »Neusiedler« und nächtigten nur noch selten im Freien; immer dann, wenn wir auf Bürstenmoos stießen. Wir fanden Beeren im Überfluss und liefen mit indigoblau und saftrot verfärbten Mündern herum.

Das Wetter wiederholte die Regenfälle vom Anfang unserer Reise. Es blieb kühl. Von den kalten Nächten wurden die Laubwälder vorzeitig gelb. Auf den einsamen, kärglichen Höfen zwischen Sumpffeldern und sandigem Bergland, auf welchem Weißmoos in gewaltigen Flächen wucherte, hoben sie schon die Wolfsfallen aus für den kommenden Winter.

Alle Einödbäuerinnen hatten den gleichen Speisezettel, mochten auch Meilen um Meilen zwischen den einzelnen Küchen liegen. Morgens gab es gekochte Rüben mit Sauerhering, mittags Sauerhering mit Fladenbrot und einem Stück Käse, abends Gerstenbrei mit Sauerhering. Nur an den Sonntagen leisteten sie sich Erbsen oder Kohl. Alles Fleisch, das sie schlachteten, brächten sie nach Kongismora, um es zu verkaufen, berichteten sie mir. Sie selbst behielten nur die Köpfe und Füße der Tiere für sich zurück.

»Dein Kongismora ist auf dem besten Wege, wieder die reiche Stadt von einst zu werden, wenn sich die Leute dort nur von Brust- und Schulterstücken ernähren«, meinte Stemma.

Ich stimmte ihr zu. Die alte Schimäre von den goldenen Dächern, den rot-weißen Marmorfußböden und dem Duft nach Zimt und Gewürznelken erhob sich wieder und schuf große Erwartungen.

Das letzte Stück Weges verlief so nahe am Meer, dass wir dieses fast die ganze Zeit durch die Waldbäume schimmern sahen. Wir hatten aufgehört, uns über das hinter uns Liegende zu unterhalten, und sprachen nur mehr über das Bevorstehende, ohne jedoch allzu weit in die Zukunft vorzudringen. Wir entwarfen ausgefallene Namen für das Schiff, das uns wieder gen Süden bringen sollte, und ließen es bald *Pastinake*, bald *Ambracia* oder *König der Trottellummen* heißen.

Ferner war zu bedenken, ob sich Stemmas falsche Identität auch in Kongismora aufrechterhalten ließe. Denn wir würden nicht in irgendeiner Absteige logieren, sondern voraussichtlich Gäste einer hohen Persönlichkeit sein.

Einer der Herren der Königlichen Sozietät der Wissenschaften hatte mir, wie schon für Skuule, so auch für Kongismora eine Empfehlung gegeben, bei wem wir um ein Quartier vorstellig werden sollten. Den Landeshauptmann Sophus Scheuchzer sollten wir aufsuchen. Das sei ein aufgeschlossener, modern denkender Mann, der auch der Sozietät der Wissenschaften schon Beiträge zugesandt habe – Abhandlungen über originelle und höchst interessante Gegenstände wie zum Beispiel über die Qualität und Bekömmlichkeit der verschiedenen Biersorten in aller Welt. Zu diesem Zweck habe er sich von überall her Fässchen mit Proben kommen lassen, sei mit sämtlichen Kapitänen gut Freund und beziehe regelmäßig Bücher und Zeitungen aus der Hauptstadt.

Ich konnte nur hoffen, dass der vortreffliche Herr Scheuchzer nicht auch inzwischen das Zeitliche gesegnet hatte wie der empfohlene Pastor von Skuule. Und dass wir nicht einen Nachfolger vom Schlage Henningsen und Tiliander vorfinden würden.

Die Stadt Kongismora verteilte sich auf drei oder vier Inseln, das war unser erster Eindruck, als wir sie erblickten. Mehrere Fähren verbanden die einzelnen Stadtteile miteinander. Ursprünglich hatten diese alle zum Festland gehört, aber die See hatte im Lauf der Jahrhunderte rechts und links der Altstadt tiefe Buchten gefressen und flache Regionen des Hinterlandes nach und nach überspült. So erzählte man mir später und tat, als sei dies einerseits ein Vorzug, andererseits aber auch ein besonderes Schicksal, mit dem Kongismora geschlagen sei: »Mit jeder Springflut kommt Gesta der Einarmige erneut zu uns.«

Alle Häuser hatten Steinsockel von quadratischem Umriss, auf denen die hölzernen Stockwerke sich aufbauten, und zwar auf eine Weise, wie ich sie noch niemals zuvor sah. Auf dem gewöhnlichen Walmdach saß quer zur Dachrichtung ein zweites, viel kleineres Haus. Und auf dessen Dach, wiederum quer, so dass es zum untersten parallel stand, ein drittes, ganz kleines Häuschen, nicht viel mehr als ein Ausguck oder eine Turmkammer. Bei einigen Häusern zählte ich sogar bis zu fünf solcher kreuzweise gegeneinander gesetzten Stockwerke.

Der Wohnsitz des Landeshauptmanns Sophus Scheuchzer gehörte zu den Letzteren. Ein etwa zehnjähriger Knabe öffnete uns die Haustür, zwei jüngere Kinder assistierten ihm, allesamt flachshaarig und überhaupt nicht scheu.

»Zwei Männer, die zum Vater wollen!«, rief der Große in eine halb offene Tür hinein.

»Von welchem Schiff sind sie?«, examinierte eine weibliche Stimme. »Bringen sie etwa die Meerkatzen? Oder die Straußeneier?« Als sich durch fortgesetztes Fragen und Antworten herausstellte, dass wir auf dem Landweg gekommen waren, und zwar zu Pferde, und dass wir weder Fässer noch Käfige, weder Säcke noch Ballen noch Kisten für den Herrn Landeshauptmann abzuliefern hatten, sondern dass wir auf Empfehlung der

Königlichen Sozietät der Wissenschaften um einige Tage Quartier baten, erschien die Besitzerin der Stimme endlich höchstpersönlich auf der Schwelle, um die seltsamen Reisenden in Augenschein zu nehmen.

Wogend und weißhäutig, in steif gestärkter Haube und blaurot gewebtem Wollrock, die Schürze knisternd vor Frische. Das erbsengroße Muttermal unter dem rechten Nasenflügel allerdings hüpfte beim Sprechen und Lächeln auf so leichtfertige Weise, dass alle zur Schau getragene steife Untadeligkeit davor verblasste und man nur noch das Hüpfen dieses natürlich gewachsenen Schönheitspflästerchens sah.

»Was – seit Mai seid Ihr unterwegs? Und alles der Wissenschaft zuliebe? Ich sage es ja immer – keiner Frau der Welt wegen hat je ein Mann sich so ruiniert und aufgeopfert wie im Dienste dieser Dame Wissenschaft. Ich weiß, wovon ich rede, Scheuchzer ist genauso.«

Ihre Augen glitten an mir und Stemma auf und ab und hingen besonders an meiner recht ramponierten Perücke. Ich wurde das Gefühl nicht los, dass Frau Scheuchzer – denn wer sonst sollte sie sein? – im Geiste bereits Schwämme, Bürsten, Nadeln und Bügeleisen dirigierte, über uns herzufallen. Sichtlich ungern verschob sie die Prozedur und wies den Knaben, den sie Hannibal nannte, an, uns zum Herrn des Hauses zu geleiten.

Ihre Stimme hatte den Klang einer erzenen Glocke; sie rief: »Karsta – lege zwei Gedecke mehr auf den Tisch!«

Wenn es im Amtszimmer des Landeshauptmanns von Kongismora Akten und Petschafte gab, woran nicht gezweifelt werden soll, so hatten sie sich längst zwischen Bücherstapeln und verstaubten Skeletten kleiner Nagetiere, zugepfropften Flaschen mit undefinierbarem Inhalt, Tabletts voller getrockneter Präparate, ausgestopften Seevögeln, exotischen Dolchmessern, Landkarten, Mikroskopen, Sezierbestecken, Kalebassen sowie diversen Erd- und Himmelsgloben unsichtbar gemacht. Mindestens zehn gehäuselose Uhrwerke befanden sich im Raum, die in wunderlichem Zeitmaß vor sich hin tickten, hämmerten und rasselten.

Sophus Scheuchzer, in grünsamtener Hausmütze und bequemem Hausmantel, gehörte zu jenen Gemütsmenschen, die Rock, Halsbinde und Perücke nur für besondere Besucher anlegen. Und die zwei abgerissenen Personen, die sein Sohn Hannibal da hereinführte, entsprachen diesen Voraussetzungen in keiner Hinsicht. Dennoch sah er uns wohlwollend entgegen, ich glaube, er konnte gar nicht anders blicken.

Obwohl sicher hoch in den Vierzigern, hatte er noch viel Jünglingshaftes in Gesicht und Wesen – ein Phänomen, das mir bei Söhnen aus reichen alten Familien bisweilen aufgefallen ist. Söhne, denen für ihre Neigungen und Liebhabereien stets ausreichend Vermögen zur Verfügung steht, so dass ihre Züge das Feurige, Sorglose der jungen Jahre behalten, ohne von der Bitternis des Erwerbszwangs gezeichnet zu sein.

In heiterer Zerstreutheit forderte Sophus Scheuchzer uns auf, Platz zu nehmen, ohne darauf zu achten, dass es im ganzen Zimmer keinen freien Schemel gab.

»Geradewegs von Bord der *Ellen Mannering*, was? Habt Ihr die Meerkatzen unten bei Atvida gelassen? Oder nein – Kapitän Drejer schickt Euch mit den Straußeneiern, richtig?«

Falls er enttäuscht war, dass wir weder von der *Ellen Mannering* noch von Kapitän Drejer kamen, so verzieh er es uns auf der Stelle, als ich ihm den Empfehlungsbrief vorwies, unterschrieben von mehreren Herren der Königlichen Sozietät.

»Eine botanische Exkursion – per pedes et equester! Donner und Doria, was für ein Abenteuer! Sind Sie etwa den Trillefosgletscher hinauf? Davon müssen Sie mir bis ins Kleinste berichten, mein lieber Zettervall. Sie und Ihr junger Freund sind selbstverständlich meine Gäste, solange es Ihnen beliebt. Atvida, das heißt Frau Vimmerdal, meine Haushälterin, wird sich um Ihr Wohlergehen kümmern, überlassen Sie sich nur ganz ihr. Sie ist der gute Geist meines Hauses, seit mir vor sechs Jahren auch die zweite Gattin gestorben ist. Ich habe nunmehr beschlossen, Witwer zu bleiben und mich – ähnlich wie Sie, nur nicht so tollkühn – allein der Dame Wissenschaft zu widmen.«

Helles Schellengeklingel alarmierte das ganze Haus. Sophus Scheuchzer machte uns mit bescheidenem Stolz darauf aufmerksam, dass dieses sinnreiche Glöckchennetz, vom Keller bis unters Dach, seine eigene Erfindung sei.

»Zu dieser Tageszeit bedeutet es, dass in einer Viertelstunde gegessen wird. Atvida will Ihnen sicher noch die Gästezimmer zeigen, wo Sie sich vom Reisestaub befreien können. Gehen wir hinunter. Bei der lieben Atvida muss alles wie am Schnürchen laufen, das ist ihre kleine Schwäche, der ich mich aber gern beuge, da es ihre einzige Schwäche ist, aufgewogen durch unschätzbare Vorzüge.«

Das Gebimmel hatte aufgehört, dafür brauste und summte es im Haus wie in einem Bienenstock. Aus allen fünf Etagenhäuschen liefen, trappelten und sprangen unzählige Kinder die Treppenstufen herab, Mägde dazwischen, und alle grüßten laut und ehrerbietig den Vater und seine Gäste.

»Gehören die vielen Kinder alle Ihnen, Herr Scheuchzer?«, fragte Stemma beeindruckt.

»Nun ja, es sind mit den Jahren wohl allerhand zusammengekommen. Ich meine, es müssten vierzehn sein, die früh verstorbenen nicht gerechnet. Am besten, Sie fragen Atvida, das heißt Frau Vimmerdal.«

»Als was oder wen soll ich dich vorstellen?«, flüsterte ich Stemma zu. »Als Lovis Dannhauer, meinen Neffen, oder als Stemma Dannhauer, meine Reisegefährtin, mit dem Beauftragten der Sozietät weder verwandt noch verschwägert? Entscheide dich schnell.«

Atvida Vimmerdal nahm ihr die Entscheidung ab. Einen Stapel Weißwäsche auf den Armen, rauschte sie uns voran, treppauf, stieß eine Tür auf, warf die Wäsche auf das noch unbezogene Lager und instruierte mich – nur mich! –: »Elsa kommt gleich und richtet das. Ich habe ein Hemd und auch Strümpfe von Scheuchzer dazugelegt, die dürften Ihnen ungefähr passen. Schmutziges zusammenknoten und Elsa mitgeben. Heute Abend heizen wir die Badstube ein, das wird Sie freuen. Wenn es zum zweiten Mal läutet, bitte im Esszimmer erscheinen. Wer zu spät kommt, hat das Nachsehen; die Fenchelwürstchen sind sehr beliebt.

Das Fräulein quartieren wir am besten bei Signe und Tabea ein. Mädchenkleider haben wir in allen Größen. Für die Schmutzwäsche gilt das Gleiche, was ich eben sagte: Bitte Elsa mitgeben. Wie heißt das Fräulein überhaupt? Oder sind Sie beide am Ende verheiratet?«

In heißer Verlegenheit verneinten wir.

Atvida Vimmerdal fuhr fort: »Stemma; sehr schön. Dann hurtig mir nach, Stemma, du hast nicht mehr viel Zeit, dich umzuziehen. Wie alt bist du? Vierzehn, so, so. Das trifft sich gut, Signe ist genauso alt, nur etwas mehr entwickelt. Aber keine Angst, das kommt schon noch. Nimm dir Signes rosa gestreiftes Kleid vom Haken und eins von den weißen Brusttüchern dazu. Pantoffelschuhe stehen unter den Betten, Strümpfe liegen in der Truhe. Na warte, ich zeige es dir lieber, du bist nicht der Typ, der an fremde Truhen geht.«

Schon war sie wieder auf und davon, wogend und raschelnd, in Richtung Stiege. Stemma blieb nichts weiter übrig, als der energischen Haushälterin hinterherzurennen. Mit kläglicher Miene drehte sie sich noch einmal nach mir um, aber da war nichts zu machen. Keine gemeinsame Kammer diesmal. Einer Atvida Vimmerdal, die täglich ein Dutzend und mehr Kinder jeglicher Altersstufe vor Augen hatte, konnte man nun mal kein Mädchen für einen »Neffen« andrehen.

Die wuchtige, ausladende Tafel aus blank poliertem Holz erinnerte mich an Abbildungen von Refektorien in Klöstern. Gedrechselte Holzteller, jeder einen zinnernen Löffel zur Rechten, standen dicht an dicht. Zwei Mädchen in Stemmas Alter schenkten an einem Serviertisch gerade Milch in Holzbecher und gaben sie an drei andere Kinder weiter, die sie auf dem Tisch verteilten.

Sophus Scheuchzer und Atvida Vimmerdal präsidierten an den beiden Stirnseiten der Tafel; sie bekamen Wein in Zinnbechern. Ich, als Ehrengast, ebenfalls. Dass Stemma zu den Milchtrinkern zählte, schien jedem selbstverständlich, nachdem Atvida es offenbar so bestimmt hatte.

Immer wieder flogen die neugierigen Blicke der kleinen Scheuchzers zu Stemmas Platz. Der Kontrast zwischen ihrem sonnenverbrannten Gesicht und Hals und dem weißen Brustausschnitt, zwischen den dunklen Händen und den bleichen Unterarmen, die aus den Halbärmeln des geborgten Kleides hervorlugten, war gar zu drollig. Einige tuschelten miteinander, kicherten hinter vorgehaltener Hand. Wahrscheinlich tauschten sie Bemerkungen aus über Stemmas Ohren, die hier, in diesem Kreis ausgeprägter Familienähnlichkeit, nicht ihresgleichen hatten.

»Möchtet ihr laut sagen, was ihr zu sagen habt, oder wollt ihr lieber hinter eurem Stuhl stehen und singen, während die anderen essen?«, fragte Atvida Vimmerdal. Es schwang nicht die geringste Drohung in ihrem Angebot, dennoch verstummten die Angesprochenen mit roten Köpfen.

Während der Mahlzeit machte ich eine Beobachtung, die mir

des Nachdenkens wert schien: Obwohl die letzte Frau Scheuchzer vor sechs Jahren verstorben war, gehörten erstaunlicherweise ein zahnender Säugling und zwei noch am Schürzenzipfel des Kindermädchens stolpernde Bübchen zur Familie. Unwillkürlich irrte meine Aufmerksamkeit zum leichtfertig hüpfenden Muttermal auf Atvidas Oberlippe. Sieh an, sieh an ... Atvida Vimmerdal! Das eine Auge braun, das andere grün wie eine Stachelbeere ...

Wie wir noch ausreichend Gelegenheit hatten festzustellen, leitete sie das Wohl und Wehe der fünfstöckigen Scheuchzerburg ganz so, als hätte sie zuvor einem Ameisenstaat vorgestanden. Ihr Gedächtnis ersetzte zwei Merkbücher, und was die Befehligung des Hauswesens anging, hätte ihr kein Generalstab das Wasser reichen können.

Obwohl zum Hauspersonal eine Köchin samt Küchenmädchen, zwei Knechte und mehrere Mägde gehörten, hatten alle Scheuchzerkinder ihren Anteil an der Arbeit, ausgenommen die drei jüngsten. Daher wurde wie selbstverständlich erwartet, dass Stemma sich den jungen Mädchen anschloss und an ihren Beschäftigungen teilnahm, während ich als Gast und Wissenschaftler mit Sophus Scheuchzer ungestört zusammensitzen und reden durfte und von ihm ganz Kongismora gezeigt bekam.

Niemand im Hause Scheuchzer wäre auf die Idee gekommen, dass es Stemma kränkte, von der Reiseberichterstattung und den Erwachsenenunterhaltungen ausgeschlossen zu sein, gewissermaßen in eine andere Welt verbannt. Ich sah sie selten in diesen Kongismora-Tagen, aber wenn sie und ich uns zufällig über den Weg liefen, wirkte sie wenig heiter und machte keinen Hehl daraus, dass die aufgezwungene Gesellschaft der Frauen und Mädchen sie langweilte und einschüchterte. War sie dagegen allein mit mir oder wurde sie als mir ebenbürtige Begleitung respektiert wie in Skuule, verwandelte sie sich augenblicklich. Dann kamen ihre besten Eigenschaften zutage: Charme und Witz, Erfindungsgabe, Hilfsbereitschaft bis zum Opfer, Tapferkeit und eine selten versagende gute Laune. Ich musste an ein Pflänzchen denken, das beständig umgesetzt wird und auf diesen Wechsel mit hängenden Blättern oder mit Aufblühen reagiert. Vielleicht kam das daher, dass sie nie mit Kindern zu tun gehabt hatte und die frühzeitige enge Beziehung zu ihrem Vater sie männlichen Umgang bevorzugen ließ.

Ihr Ungeschick in weiblichen Fertigkeiten mochte auch nicht wenig dazu beitragen. Das Sammeln und Rindezerstoßen bei den Sbiten war ein Spaß gewesen, bei dem man nichts falsch machen konnte. Dagegen musste sich Stemma im Kreis der herumwirbelnden Spindeln und surrenden Spinnräder äußerst unwohl fühlen, denn selbst das kleinste der Mädchen, die achtjährige Gunnel, war ihr hier an Flinkheit und sehenswerten Ergebnissen weit voraus.

Bis der Tag kam, der Stemma von alledem befreite, ohne dass es ihr vergönnt war, dieses Privileg auch zu genießen.

34. Kapitel

Einige Male, bei gutem Wetter, besuchten wir mit sämtlichen Scheuchzers deren Landgut auf dem Festland, inmitten eines weitläufigen, aber wenig ertragreichen Gartens und kleiner Äcker, bewirtschaftet von einem Verwalter. Sophus Scheuchzer hatte hier Schaukeln und Wippen, zwei Pavillons, einen Rundlauf und einen Gondelteich anlegen lassen, es gab ein Ziegengespann und Rasenflächen für Krocket und Federball. Groß und Klein beteiligte sich am Blindekuhspiel, Ringelstechen und Plumpsack, auch Scheuchzer und ich machten mit. Nur Atvida Vimmerdal thronte gelassen im Gras, den Säugling an der Brust, und bewachte eine Batterie von Körben vor unbefugtem Zugriff.

Jeder war fröhlich, ausgelassen und dachte nicht an das nahe Ende des Sommers, jeder war jung, und Sophus Scheuchzer war der Jüngste von uns allen, den Säugling vielleicht ausgenommen.

An einem solchen Picknicktag pirschte sich Stemma an mich heran und lenkte mich ein Stück von der allgegenwärtigen Scheuchzerfamilie fort. Sie war mit einem Häubchen ausstaffiert, das ihr nicht stand, obwohl die Falbelkrause über die dreisten Ohren herabfiel. Fast flehend fragte sie: »Hast du dich schon nach einem Schiff für uns umgehört, Isak? Wann können wir reisen?«

»Warum hast du es auf einmal so eilig, Unkräutchen? Gefällt es dir denn hier nicht? Was hast du diesmal auszusetzen?« Und um sie ein wenig zu necken, zählte ich auf: »Niemand will dich vom Fleck weg heiraten, niemand braucht dein ›Fluidum‹ für seine Geister, niemand stellt mir nach, weder liebeslustige Mädchen noch Sivert Snekker, niemand will Glnznasch machen, und niemand verlangt, dass wir ihm den Rücken mit Hundefett einreiben. Ist es, weil du nicht weißt, was mit deinem Vater ist?«

»Das auch. Aber es ist vor allem, weil sie so viele sind. Sie gehören alle so sehr zueinander und ich gehöre zu niemandem richtig. Und sie haben alle nichts von dem erlebt, was wir erlebt haben, und nehmen ihre kleinen Sachen so schrecklich wichtig: das Säumenähen, das Schellen zum Essen, das grässliche Spinnen, das Haareaufwickeln am Abend ...

Nur wenn wir beide, du und ich, unterwegs sind, lebe ich wirklich und fühle mich nicht mehr so allein. Ach, ich weiß, das hört sich für dich kindisch und undankbar an. Aber gerade jetzt habe ich keine besseren Worte und sonst sind wir ja nie mehr zusammen.«

Sie tat mir Leid. Sie hatte Recht.

Ich legte ihr den Arm um die Mitte und wir quetschten uns in die niedrige Astgabel einer Birke wie auf einen luftigen Schaukelsitz.

»Wenn es so arg steht mit dir, habe ich gute Neuigkeiten. Herr Scheuchzer ist Eigner von drei Schiffen. Zwar heißen sie weder *Pastinake* noch *König der Trottellummen*, sondern bloß *Gunda Lœve* und *Ellen Mannering* – das waren die Namen seiner beiden Ehefrauen – und sind irgendwo auf den sieben Meeren. Das dritte aber, die *Herzdame*, wird jeden Tag zurückerwartet. Mit ihr können wir fahren, sobald sie ihre neue Ladung an Bord hat. Sie bringt nämlich unter anderem Holz nach Västhedanger. Was sagst du nun?!«

Unvermittelt wurde aus dem traurigen Kind neben mir ein glücklich lachendes. Mit dem Glücksgefühl kehrte auch ihr Humor zurück.

»Wenn er seine Schiffe nach seinen Frauen benannt hat – ist mit der *Herzdame* dann Frau Vimmerdal gemeint?«

Ich hob die Schultern und tat geheimnisvoll.

»Warum heiratet er sie eigentlich nicht? Wo sie doch schon drei Kinder miteinander haben?«

»Das ist dir also auch aufgefallen, du frühreifes Unkraut, du? Nun, sogar hier oben im Norden gibt es offenbar Mesalliancen, die man fürchtet. Die Scheuchzers gehören seit Jahrhunderten zu den ersten Familien der Stadt, man könnte sie fast adlig nennen. Und Atvida Vimmerdal ist die Tochter eines Pferdeknechts; Herr Scheuchzer selbst hat es mir erzählt. Sie kam zu Zeiten seiner ersten Frau, Gunda Lœve, als Küchenmädchen ins Haus. So was vergessen die Honoratioren von Kongismora nicht. Er kann sich als Landeshauptmann zwar eine ›Herzdame‹ erlauben, aber nicht, sie auch zu heiraten.«

Stemma besann sich eine Weile. »Würdest du auch ein Schiff nach jemandem benennen? Ich meine, falls du eins besäßest?«

Da auf der Hand lag, welche Antwort sie hören wollte, machte ich ihr die Freude. »Ich schwöre hiermit feierlich: Sollte ich jemals Eigentümer eines Schiffes werden, so kommt kein anderer Name als *Agrostemma* in Frage.«

Ich behielt diesen letzten Sonntag im Garten, seine Spiele und Rundgesänge, das Gelage im Freien und die Unzahl kleiner, unwichtiger Vorkommnisse auch deshalb so lebhaft in Erinnerung, da am Abend Kapitän Drejer von der *Herzdame* gemeldet wurde und die sehnlichst erwarteten Straußeneier für Sophus Scheuchzer mitbrachte. Außerdem einen sorgfältig in Sackleinwand eingenähten Ballen von Scheuchzers Buchhändler in Västhedanger. Das Paket wurde umgehend aufgeschnitten, und der Landeshauptmann wühlte mit Wollust darin herum, kommentierte alles, was er fand, blätterte und benahm sich wie eins seiner Kinder am Christabend bei der Bescherung.

Was kam da nicht alles zum Vorschein: Almanache, die »Minerva« und »Urania« hießen, bebilderte Magazine, einige Folianten mit illuminierten Kupfern, ein Orbis pictus sowie die neuesten Fibeln für seine jüngere Rasselbande. Bändchen für die großen Töchter, betitelt »Blumenstrauß der Musen und Moden«, und ordentlich gebündelte Zeitungen der letzten Wochen.

Am gleichen Abend noch, dem Abend des letzten wirklich schönen Sommertages, las uns Sophus Scheuchzer nach dem Essen, als die kleineren Kinder zu Bett waren, aus den Zeitungen vor. Zuerst aus den Spalten »Vermischtes«, später noch dies und das aus der Spalte »Aus aller Welt«. Damit, wie er salbungsvoll ankündigte, »ein Hauch vom Treiben der Geschichte auch in unser friedliches Kongismora wehen möge«.

Wir erfuhren auf diese Weise, dass die Königin der Sandwichinseln auf einem Staatsbesuch in London an einer Lungenentzündung gestorben war. In einer Madrider Zeitung hatten sich Adressen an den König von Spanien gefunden, die Inquisition wieder einzuführen. Und die Stärke der niederländischen Heringsflotte beziffere sich derzeit auf hundertachtzig Schiffe.

»Gut, das zu wissen«, bemerkte Atvida Vimmerdal trocken. Sophus Scheuchzer schickte ihr einen irritierten Blick hinüber, räusperte sich und las weiter: »In Innsbruck wurde der Stiefel gezeigt, den König Karl XII. auf den Landtag zu Warschau schicken wollte, um seine Person dadurch vertreten zu lassen. Ein Engländer hat so viele Guineen dafür geboten, wie hineingehen. Er besitzt, wie er sich rühmt, schon Mohammeds des II. Pantoffeln, Caracallas Sandalen, Cromwells Gamaschen und die Fußtapfen Adams …«

Lautes Gelächter seiner Kinder unterbrach ihn. Er stutzte erst und lachte dann mit.

»Im März dieses Jahres wurde der in Sachsen wohnhafte

Goldmacher und Landesverräter Lovis Dannhauer durch Reichstagsbeschluss zum Tode verurteilt und am 21. des Monats in der sächsischen Hauptstadt öffentlich geköpft, nachdem er vorher versucht hatte, von der Festung Königstein zu entkommen. Zur Abschreckung für Nachahmer dieses Gewerbes hatte man den Delinquenten mit einem Rock nebst Weste aus Goldpapier bekleidet und seine Schuhe einem galvanischen Bad ausgesetzt ...«

Entsetzt sah ich mich nach Stemma um. Sie zeigte nicht die geringste Regung, sie war nur so weiß wie Papier. Ohne einen Laut kippte sie vom Stuhl auf den Boden.

Atvida Vimmerdal kniete schon neben ihr und klopfte ihr die Wangen. »Tabea, Signe! Riechsalz oder Essig, flink, flink!«

»Dannhauer ... Dannhauer? Könnte das etwa ein Verwandter gewesen sein?«, fragte Sophus Scheuchzer interessiert.

»Es war ihr Vater.«

»Oh ... ja, dann verstehe ich. Armes Kind ... armes kleines Ding.«

Villms, einer der beiden Hausknechte, hob Stemma auf und trug sie ins Bett. Ich wollte mitkommen, wurde aber von Atvida Vimmerdal entschieden abgewehrt. »Sie können jetzt nichts tun. Überlassen Sie das mir. Mädchen, macht in der Küche Wärmesteine heiß und bringt sie mir hinauf, wenigstens drei Stück. Und einen starken Kaffee.«

Irgendwann in der Nacht musste Stemma wieder zu sich gekommen sein, denn ich hörte durch die Tür, wie Atvida einlullend mit ihr redete wie mit einem kleinen Kind. Von Stemma selbst drang kein Ton nach draußen, nicht einmal Schluchzen, und ich musste an ihre lautlose Art zu weinen denken, damals in der Nähe des Byglefalles.

Erst am Vormittag durfte ich zu ihr.

»Ich halte es für das Beste, sie noch ein, zwei Tage im Bett zu lassen«, erklärte mir Atvida. »Der Schock hat bewirkt, dass sie angefangen hat zu bluten. Sie verstehen, was ich meine?«

»Ich habe Medizin studiert.«

»Ach ja, ich vergaß. Nun, das ist wohl alles ein bisschen viel für sie. Und beim ersten Mal sind sie immer zu Tode erschrocken, ich kenne das von unseren Mädchen. Ich habe ihr alles gesagt, was sie wissen muss und was sie zu tun hat, wenn es wiederkommt.«

»Danke, Atvida.«

Stemma saß im Bett, drei Kissen im Rücken. Man hatte ihr das Haar lose zu Zöpfen geflochten und eine Nachthaube umgebunden. Zwei der kleineren Scheuchzermädchen, die achtjährige Gunnel und die neunjährige Jensine, leisteten ihr Gesellschaft. Auf der Bettdecke lagen der Sonnenanhänger von Burz und das Spielzeug, das ich bei Stinus Nissen, dem fahrenden Händler, gekauft und Stemma an dem unglückseligen Abend in Aettersbron geschenkt hatte.

Die fenchelsamengroßen Kegel waren aus der Muskatnuss herausgeschüttelt worden, die vergoldeten Walnusshälften schaukelten leer und das geöffnete Bienenflakon mit dem Rosenöl wanderte von einer Nase zur anderen. Es war das erste Mal, dass ich Stemma mit den Dingen umgehen sah; ich hatte bisher angenommen, sie seien ihr zu unbedeutend, zu kindisch und, gemessen an den erlesenen Geschenken ihres Vaters, zu wertlos.

Sorgsam füllten Jensine und Gunnel alles wieder ein und verschlossen es, ehe sie uns allein ließen.

Ich setzte mich aufs Bett und wollte Stemma in den Arm nehmen, doch sie verhielt sich ungewohnt steif und geniert.

»Ich weiß. Ich weiß alles«, sagte ich beruhigend. »Es ist das, wonach ich dich damals im Stall vom Karls Zepter gefragt habe, erinnerst du dich?«

Sie nickte, wich aber meinen Augen immer noch aus.

Da nahm ich sie bei den Schultern und hob sie mitsamt der krampfhaft festgehaltenen Decke auf meinen Schoß. Die Nachthaube entfernte ich und warf sie beiseite. Wachsbleich stachen die Ohren meiner kleinen Reisegefährtin aus dem strähnigen Haar heraus.

»Wer dem Schneesturm auf dem Trillefosgletscher getrotzt hat, braucht sich weder heute noch sonst unter fremden Prachtmützen zu verstecken, merkt euch das«, sagte ich zu den Ohren und zauste sie ein bisschen.

Stemma lächelte schwach. Dann begannen die Tränen zu laufen, sie strömten unaufhaltsam, überholten einander und durchnässten mein Hemd.

»Weißt du, Isak, was das Ärgste ist?«, fragte Stemma nachher und schnaubte geistesabwesend in die missfällige Nachthaube. »Die Kleider aus Goldpapier. Dass sie ihm so etwas angetan haben. Ihn so verhöhnt. Vor allen Leuten.«

Mir fiel kein Trost ein, so schwieg ich.

»Wann gehen wir auf das Schiff, Isak?«

»Sobald Kapitän Drejer uns Bescheid gibt, Unkräutchen.«

Zehn Tage später lehnten wir auf dem Achterdeck der *Herzdame* und sahen Kongismora langsam zurückweichen, bis es nurmehr eine Fata Morgana war, eine bloße Spiegelung von Dächern und Kirchtürmen auf dem perlmuttern und seidelbastrosa getönten Hintergrund des Abendhimmels. Eine stattliche Abordnung von Scheuchzers hatte uns zum Hafen begleitet und zugesehen, wie man den Fuchswallach und den Grauschimmel an Bord brachte.

Atvida Vimmerdal, gepriesen sei ihr Name, war es zu danken, dass sowohl an Stemma wie an mir jede Spur von Vernachlässigung getilgt war – nur frisch Gewaschenes, Geplättetes,

Geflicktes und Gebürstetes, meine Perücke war frisiert, unsere Stiefel glänzten vor Wichse. Und jetzt segelten wir unter Atvida Vimmerdals Schutzherrschaft.

Die Galionsfigur der *Herzdame* hatte wenig Ähnlichkeit mit ihrem Urbild. Einer ihrer mächtigen Arme war erhoben und die Hand, wie Ausschau haltend, über zwei aufgerissene, grellblaue Augen gelegt. Die andere Hand hielt ein siegellackrotes Herz an die Brust gepresst wie einen Lebkuchen. Ein Katarakt gelb angestrichener Locken umgab das Gesicht und die bloßen Schultern der Figur; war Atvida blond? Ich hätte es nicht sagen können, da ich sie niemals ohne Haube gesehen hatte. Das einzige Zugeständnis an die wirkliche Atvida, das der Künstler sich erlaubt hatte, war ein dunkler Knubbel auf der Oberlippe, unterhalb des rechten Nasenflügels.

Über uns flatterte die Fahne mit dem Wappen von Kongismora. Wenn wir die Köpfe hoben, schauten wir direkt in die geschwellten Segel hinauf. Beide hatten wir so viel nachzudenken und vorauszugrübeln, dass wir für die Schiffsmannschaft den Eindruck von zwei Fremden machen mussten, die einander zum ersten Mal begegnet sind und sich nichts zu sagen haben. Tiefsinnig starrten wir in das schäumende Kielwasser; das scharfe Rauschen, mit dem der Schiffsrumpf die Wellen durchpflügte, war die Abschiedsmusik. Unsere Reise in den Norden war zu Ende.

»Pass auf deinen Hut auf, Unkräutchen, dass er dir nicht fortweht«, brach ich schließlich das Schweigen.

»Und du auf deinen. – Isak?«

»Hm?«

»In der Nacht, als Doris dich zu meiner Mutter holte ... was war da mit ihr? Ist sie schlimm krank gewesen? Meinst du, sie ist wieder gesund, wenn ich nach Rökstuna komme?«

»Deine Mutter hat die Schwindsucht, Stemma.«

»Du hast meine Frage nicht beantwortet. Kann sie wieder gesund werden?«

»Die Antwort lautet: nein. Sie hätte diese strapaziöse und sinnlose Flucht nie antreten dürfen. Ich fürchte, du musst dich auf etwas sehr Trauriges gefasst machen.«

Stemma nickte düster, schien aber nicht allzu überrascht.

»Eigentlich weiß ich es schon seit den Tagen auf dem Scaevolafluss, als wir mit dem Sbitenfloß nach Skuule zurückfuhren. Damals war Mama in meiner Nähe, ich habe sie ganz deutlich gefühlt. Es war überhaupt nicht beängstigend, sondern sehr schön. Ich glaube, da hat sie sich von mir verabschieden wollen.«

Es war inzwischen dunkel geworden. Dort, wo wir herkamen, zuckte eine Andeutung von Nordlicht über den Himmel. Es versuchte sich auszubreiten, warf ein paar Strahlen nach den ersten Sternen aus, hatte aber nicht die Kraft, sie zu erreichen.

Ein vielstimmiges Trompeten war in der Luft, näherte sich und blieb eine Zeit lang über uns, ehe es abdrehte, dahin, wo die Küste lag.

»Horch, die Singschwäne«, sagte ich, aus unerklärbaren Gründen freudig erregt. »Sie fliegen unsichtbar durch die Nacht, sie wollen auch nach Süden, wie wir. Sehr früh für dieses Jahr.«

Sehnsüchtig sagte Stemma: »Ich möchte so ein Singschwan sein.«

»Nanu? Woher plötzlich dieser Wunsch?«

»Ja, was bleibt mir denn sonst übrig? Mein Vater ist tot, meine Mutter wahrscheinlich auch. Soll ich etwa Pflegesohn bei Pastor Henningsen in Skuule werden, mit dem Galgen und den Rädern vor Augen? Oder zum Möönsberg reiten und Klein-Hane heiraten? Bei Merta könnte ich auch bleiben, ihr ab und zu den Rücken mit Hundefett massieren und ihr die Haare vom Kinn schnippeln. Nein, immer an einem Platz bleiben müssen, Isak – das halte ich nicht aus!«

Sie streckte die Arme in die Höhe und schrie: »Nehmt mich mit, ihr Singschwäne! Ich will mit euch nach Süden fliegen, weil Isak Zettervall mich nicht gebrauchen kann.«

Ich gab mir einen Ruck. »Wer behauptet das?«

Von der Laterne am Mast reichte nur ein schwacher Schimmer bis zu uns, dennoch konnte ich sehen, dass Stemmas Mund fassungslos offen stand. »Ja, aber du willst doch nach Holland, deine Doktorprüfung ablegen und alle die berühmten Professoren besuchen. Und dann wirst du Hjördis Ulfeldt heiraten.«

»Bevor es so weit ist, bitten wir erst einmal um Audienz bei König Olvart Märtus«, stellte ich richtig. »Dann werde ich hoffentlich eine kleine Belohnung in Form einer Börse voller Taler erhalten und kann mir für die Reise nach Holland einen Großbrotabschneider, einen Halsbindenbewahrer, Perückenwart und Nachtstuhlaufseher leisten. Möchten Sie diese Vertrauensstellung antreten, geschätztes Fräulein Agrostemma Dannhauer?«

»Singschwäne, fliegt ohne mich!«, schrie Stemma in den Wind. »Ich fahre auch so nach Süden! Holland liegt doch im Süden, Isak, oder?«

»Von hier aus gesehen schon«, sagte ich.

Worterklärungen

abortus: lat. Fehlgeburt
Adept: in die geheimen Wissenschaften Eingeweihter; erfahrener Alchimist, Goldmacher
Adlatus: Beistand, Helfer
adstringierend: lat. zusammenziehend (medizin.)
Aigrette: Hut- oder Kopfschmuck aus Federn, Edelmetall oder Edelsteinen
Alchimist: spätmittelhochdt. Goldmacher, Schwarzkünstler
Aplomb: Sicherheit im Auftreten, auch Nachdruck, Betonung
Bagage: frz. Gepäck
Bärenhäuter: »wilder Mann« im Märchen, der sein Äußeres vernachlässigt
Bredouille: frz. Verlegenheit, Bedrängnis
Chaise: Kutschwagen mit Halbverdeck
Dante: Dante Alighieri, italienischer Dichter (1265–1321)
Devotion: Untertänigkeit
Domestiken: Dienstboten
Elixier: Heiltrank, Lebenssaft
en face: frz. von vorn gesehen
Entourage: frz. Umgebung; Begleitpersonen hoch gestellter Leute
Exkursion: wissenschaftlicher Ausflug
Flora und Fauna: Pflanzen- und Tierwelt eines bestimmten Gebiets
Fluidum: von einer Person oder Sache ausströmende Wirkung
Folio: Bezeichnung für Buchformat in der Größe eines halben Bogens
Foliant: großes, unhandliches Buch
Fortuna: römische Glücksgöttin

fraternisieren: frz. sich verbrüdern
Gagat: schwarz glänzender Schmuckstein aus einer bestimmten Art von Kohle, später unter dem Namen Jett bekannt
Galionsfigur: aus Holz geschnitzte Verzierung des Bugs bei alten Schiffen, meist eine Frauengestalt
Gesinde: Dienerschaft
Gourmet: frz. Feinschmecker
Grazien: die drei römischen Göttinnen der Anmut; scherzhaft-spöttische Bezeichnung für junge Damen
herumterzen: Terz: Fechthieb
Hexenhammer: auch *Malleus maleficarum*, 1489 verfasstes »Gesetzbuch« päpstlicher Inquisitoren zum Zweck der Hexenverfolgung
Hirschfänger: Jagdmesser, mit dem angeschossenes Wild getötet wird
honett: anständig, ehrenhaft, achtbar
illuminierte Kupfer: kolorierte Kupferstiche
Indienne: leichter, mit schönen Mustern und leuchtenden Farben bedruckter Baumwollstoff des 18. Jh.
Intermezzo: Zwischenspiel
Kamarilla: kleine, aber einflussreiche, im Dunkeln arbeitende Hof- und Günstlingspartei
Kartaune: grobes Geschütz
Katarakt: Wasserfall
Khanat: Land eines Khans (meist mongolischer oder tatarischer Fürst)
Klafter: altes Längen- und Raummaß; Ersteres reichte bei ausgestreckten Armen von einer Fingerspitze zur anderen
Klepper: alter Ausdruck für ein minderwertiges, verbrauchtes Pferd
Krammetsvogel: Wacholderdrossel
Kretin: frz. Schwachsinniger
Lazarus: aussätziger Bettler in der Bibel (Lukas 16, 19)
Magisterium: (Großer Elisier, Roter Löwe) nach Anschauung der Alchimisten ein Stoff, der alle Körper in Gold verwandeln kann

Malicen: frz. Boshaftigkeiten, hämische Bemerkungen

Meile: altes Längen- und Wegemaß; eine nordische Meile betrug etwas über zehn Kilometer

Mesalliance: frz. (eigentlich »Missheirat«) eheliche Verbindung zwischen Personen von sehr unterschiedlicher sozialer Herkunft

Mouches: frz. (eigentlich »Fliegen«) schwarze Schönheitspflästerchen aus gummiertem Stoff

Negligé: frz. Hauskleid, Morgenrock

Odyssee: abenteuerliche Irrfahrt (geht auf den Namen des berühmten homerischen Epos zurück)

okkult: geheim, verborgen

Orbis pictus: lat. (eigentlich »gemalte Welt«) Unterrichtsbuch des Johannes Amos Comenius (1592–1670)

Palaver: portug. palavra: Unterredung, Erzählung (heute nur noch in abwertendem Sinn gebraucht)

per pedes et equester: lat. zu Fuß und zu Pferde

Phänomen: mit den Sinnen wahrnehmbare (auch: außergewöhnliche) Erscheinung

Physiognomie: griech. äußere Erscheinung, besonders Gesichtsausdruck eines Lebewesens

Plumage: frz. Federbesatz an Kleidung und Hüten

Plutarch: griechischer Schriftsteller (46–125 n. Chr.)

prekär: peinlich, heikel, bedenklich

Propst: damals erster Geistlicher nach dem Bischof an Kathedralkirchen

Pythia: weissagende Frau (nach dem griechischen Orakel zu Delphi)

Sackpfeife: Dudelsack

Schamane: Zauberpriester vieler Naturvölker

Schimäre: Trugbild, Hirngespinst

Seidelbast: myrtenartiger Zierstrauch, der im zeitigen Frühjahr leuchtend rosa blüht; Früchte sehr giftig

Souverän: unumschränkter Herrscher, Landesherr

Sozietät: Gesellschaft (dem Handel oder den Wissenschaften verpflichtet)

Stadtphysikus: alte Bezeichnung für Stadt- oder Kreisarzt

Syringa vulgaris: gemeiner, d. h. ungefüllter Flieder, erstmals 1566 in Europa eingeführt

Taburett: gepolsterter Hocker

Tirade: Wortschwall

treideln: ein Flussfahrzeug vom Ufer aus durch Ziehen fortbewegen

Trottellumme: Seevogel aus der Familie der Falken, vor allem an den nördlichen Felsenküsten verbreitet

visitieren: untersuchen, besichtigen, begutachten

vulgo: lat. gemeinhin, gewöhnlich

Wallach: kastriertes Pferd

Xanthippe: zänkisches Weib (nach der als zänkisch hingestellten Ehefrau des griechischen Philosophen Sokrates)

Karla Schneider
Die abenteuerliche Geschichte der Filomena Findeisen
Abenteuer-Roman
Beltz & Gelberg Taschenbuch (78230), 368 Seiten *ab 12*

Dresden, 1813, zur Zeit Napoleons. Es ist Krieg, doch zugleich der Beginn einer innigen und zärtlichen Freundschaft zwischen Filomena Findeisen und Pruna, der Kunstreiterin. Es ist das Jahr ihrer abenteuerlichen Reise mit den Gauklern.

»Karla Schneider hat ein Buch über ihre Heimatstadt geschrieben; hat ein Stück Stadtgeschichte, ein genaues Bild jener Zeit, ihrer Menschen und ihres Milieus gezeichnet. Bunt und bilderreich wie einen Film hat sie die Kulisse mit Leben gefüllt. Es ist ein Leben voller Kontraste. Spannungsreich stehen sich Lebens- und Denkweisen, harte Alltagsrealität und Kinderträume gegenüber. Karla Schneider erzählt die Geschichte einfacher Menschen voller menschlicher Wärme.«
Darmstädter Echo

Arnulf Zitelmann
Hypatia
Roman. Mit einem Nachwort des Autors
Beltz & Gelberg Taschenbuch (78750), 280 Seiten *ab 14*

»Heute ist dein letzter Tag«, liest Thonis auf dem Papyruszettel, und er weiß, die Drohung ist ernst gemeint. Das Leben in Alexandria hat er sich anders vorgestellt, mit neuen Freunden, mit mehr Zeit für sich und seine Gedichte. Aber seit er in Hypatias Dienste getreten ist, überschlagen sich die Ereignisse. Hypatia ist eine außergewöhnliche Frau. Selbstbewusst, hoch gebildet und politisch engagiert, fordert sie Bewunderung, aber auch Feindschaft heraus. Die spannende Geschichte lässt das Schicksal Hypatias wieder lebendig werden, einer historischen Persönlichkeit, die um 400 nach Christus in Ägypten lebte.

»Zitelmann verzichtet auf jegliche Klischees. Seine Hauptfiguren werden keine Helden, sondern bleiben durchschnittliche Menschen der Zeit, mit Ängsten und Zuneigungen, Stärken und Schwächen.«
taz Berlin

www.beltz.de
Beltz & Gelberg, Postfach 10 01 54, 69441 Weinheim

Dietlof Reiche
Der Bleisiegelfälscher
Historischer Roman
Beltz & Gelberg Taschenbuch (78781), 424 Seiten *ab 12*
Deutscher Jugendliteraturpreis
Oldenburger Jugendbuchpreis

Nördlingen im Jahre 1613: Meister Kratzer webt mehr Loden, als es die Zunftordnung erlaubt. Also muss er die offiziellen Bleisiegel der Stadt an den Tuchballen fälschen. Alle Weber tun dies, denn ohne die zusätzlich gewebten Loden könnten sie nicht existieren. Und alle wissen davon, auch die Handelsherren. Doch als die Siegelfälschungen auffallen, gerät der gute Ruf der Nördlinger Kaufleute ins Wanken und sie müssen handeln. An Meister Kratzer soll ein Exempel statuiert werden. Ihm drohen Folter und Tod. Der Geselle Martin, der Kratzers Tochter Margret liebt, will seinen Meister retten …

Klaus Kordon
Hundert Jahre und ein Sommer
Roman
Beltz & Gelberg Taschenbuch (78871), 392 Seiten *ab 14*

Kurz bevor das 20. Jahrhundert zu Ende geht, schreibt die Studentin Eva Seemann einen langen Brief an ihre Ururgroßmutter. Eva weiß von dieser Hermine kaum mehr, als dass sie seit über fünfzig Jahren tot ist. Aber Eva besitzt ein Foto von ihr und fühlt sich der jungen Frau darauf merkwürdig nahe. »Liebes Minchen«, beginnt Eva ihren Brief und erzählt vom letzten Sommer: wie sie und Grigorij sich ineinander verliebt haben, wie sie zum ersten Mal ihren Großvater Robert, Minchens Enkel, in Berlin besuchte und was sie in der wiedervereinigten Stadt über ihre Familiengeschichte herausgefunden hat. Klaus Kordons Roman schlägt einen Bogen vom Kaiserreich bis ins wiedervereinigte Deutschland. Aus der Geschichte einer Familie und eines Hauses entsteht ein ebenso anschauliches wie ergreifendes Bild eines bewegenden Jahrhunderts.

www.beltz.de
Beltz & Gelberg, Postfach 10 01 54, 69441 Weinheim